蜜糖与盐巴

SUGAR
AND
SALT

〔美〕苏珊·威格斯（Susan Wiggs）——著

区颖怡——译

中国出版集团
中译出版社

献给我的哥哥乔恩。他是家里的艺术家,也是我们所有人的灵感源泉。我非常爱你。

引　子

旧金山，2019 年

　　玛戈·索尔顿在想，她如何能捕捉到这一刻，并永远珍存。她能不能把每一个细节都封存在琥珀里，像纪念品一样永久珍藏下去，在需要时可以取出来紧紧拥抱一下？因为这一刻，是她永生难忘的珍贵时刻。

　　她爱的男人，是她的一名观众。在他的身旁，是她从未想过自己会拥有、也仍不敢相信她值得拥有的家人。看见他自信、骄傲、自豪的笑容，她的心都融化了。她不清楚，自己有何德何能配得上他。现场有朋友、同事、顾客、评论家、仰慕者和祝福者，所有人都齐聚一堂，鼓掌庆贺她所取得的成就。

　　也许这并非她人生中最重大的时刻——那一时刻已经被深埋在过去——但这一刻盛大隆重，甚至可能过于隆重，不属于像她这样的人，一个曾经一无所有、只隐藏着秘密和麻烦的人。

　　时至今日，经历了这一切后，她已不再是从前那个轻易畏缩的人。然而，她的所有梦想，连同好些她从来不敢妄想的事情，最终全都以不可思议的方式实现了，一想到这儿，她还是心生畏惧。就像所有不可思议的东西一样，她的梦想感觉一触即碎，似乎随时会化为齑粉,随风飘散。

她向来不是走好运的体质,直到最近才有所转变。面对命运的温柔以待,她还在努力适应。

她的脖子上挂着一条宽大的彩色勋带,缀着一枚沉甸甸的奖章。这枚奖章随着她的步伐在胸前起伏,引人注目到令她略显尴尬,但她仍自豪地佩戴着——她是迪维纳奖的新一届获奖者。迪维纳奖是美国餐饮界的最高荣誉之一。这对玛戈而言意义尤为重大,因为这个奖项不仅肯定了她作为餐厅经营者的卓越技巧和远见,还认可了她对雇员和社区所做出的杰出贡献。

话虽如此,给她颁发奖章?真的吗?奖章应该是英雄行为的象征,但她不是英雄。不过,这一刻依然专属于她。烹饪拯救了她,阅读拯救了她,坚毅的决心拯救了她。她付出了多少艰辛,才走到这里。

最终,她得到了伯乐的赏识。她走下领奖台时,掌声和欢呼声越来越大。相机闪光灯此起彼伏,人们纷纷举起手机记录这一刻。她那双标志性的牛仔靴格外引人注目。在闪耀的灯光下,服务员在室外宴会区来回穿梭,托盘里盛着她准备的美味餐前点心和小吃,一杯杯香槟酒和一扎扎薰衣草柠檬水。

拍完照片后,她回到祝福者的簇拥中。他们,连同冰桶里的一瓶香槟,早已等候多时。

她沿途与众人拥抱、击掌,其中有愿意冒险给她机会的普里韦集团投资人,有餐厅的总经理、副主厨、二厨、调酒师和服务员,所有人都曾助她一臂之力,并到场向她道贺。美食记者和博主也出席了,其中不乏曾对她持怀疑态度、让她紧张到肠胃不适的评论家,他们纷纷举杯,微笑着,由衷为她感到骄傲。

走到半路,她停下脚步,与《得克萨斯月刊》的资深作家兼编辑巴克利·德威特合影。几年前，当他还是杂志的特约记者时，他是第一个注意到她的记者。他腰身圆润，神情愉悦，因为他的声望便来自发掘、宣传了这家全国最好的烧烤店。他是今天出席的所有人中唯一了解她过往生活的人。

他凑近玛戈，降低声量说道："我们需要聊聊。关于吉米·亨特的事儿。"

光是提及到他的名字，她的血液就凝固了。"我已经把所有事情告诉你了，你也发表了报道，"她说，"关于亨特那家子，我无可奉告了。"

"但是……"

"没有什么但是，巴克利。我不想再跟这些事情扯上任何关系。"她恢复镇定，转身问候其他来宾。事实上，她不可能彻底摆脱干系。但她已经选择前行，并决意让过去和现在保持一段距离。

一个女人，一个陌生人，在人群中穿梭，似乎特别渴望与玛戈搭话。她一手挥舞着纪念菜单，一手拿着一个纸质信封和一支锐意牌记号笔。混在热心的市政领导人、带纹身的厨房员工和珀迪塔街上的同行餐饮人中，她显得尤为扎眼。这个女人穿着破旧的牛仔服和脏兮兮的运动鞋。她留着长直发，发间夹杂着缕缕银发，手指和牙齿均染有烟渍。

她一鼓作气地朝玛戈猛冲过来，脸上堆着令人晕眩的笑容，这与她尖锐的眼神格格不入。

"玛吉·萨利纳斯？"她缓慢认真地问道。

玛戈停顿了一下，她不习惯听到这个名字。她皱起眉头，左顾右盼，心跳骤停了一下。"抱歉，什么？"

"玛吉·萨利纳斯，也就是玛戈·索尔顿。"女人说。

玛戈已经很多年没听过这个名字了，也不曾想过会再次听到。

她不愿意再次听到。

世界变慢了。人群的喧闹声在她耳边呼啸而过,然后渐渐变成了含糊不清、无甚差别的声音。她能格外清晰地看到许多微小的细节——俯瞰海湾的华丽场景、璀璨闪烁的灯光、奢华昂贵的桌子、笑意盈盈的脸孔——所有这些都是她想永远铭记于心的细节。然后,一眨眼的工夫,这些细节就变成了她眼前这张令人惶恐的陌生面孔。

"你到底是谁?"她问道。

女人将纸质信封硬塞到她的手中。

"你已收到传票。"

第一部分

我总是絮叨不休地谈论烹饪，谈论它给你的生活和心情带来的影响，谈论在你面对陌生的事物时，烹饪如何成为保持平静的力量。这是一门需要运用你的双手完成的手艺，它能迫使你转变思考方式，而不只是拘泥于你的工作或为了消磨日子而做的事情。烹饪能让你的大脑暂时停止运作，得到喘息。

烹饪能为你带来疗愈。

——山姆·西夫顿（Sam Sifton）

一

旧金山，2017 年

糖和盐的适当平衡是制作完美烧烤酱汁的关键。当然，谈及烧烤酱汁，每个人都对酸、香料、水果和调味品的组合有自己的独特看法，那是一种每一口都让人心满意足、难以言说的鲜味。

但玛戈·索尔顿对此了然于心，这一切都始于糖和盐。她甚至以此来命名自己的拿手产品："糖+盐"。这种酱汁可谓她的看家本领，绝不外传的独门绝活。当初她一无所有——孑然一身，居无定所，没上完学，也没有经济来源——她调制出这种具有神奇魔力的味道，能让成年男性发出愉悦的赞叹声，让不敢松懈的女人忘记她们的节食计划，让吹毛求疵的美食家索求更多食物。

最开始，她在得克萨斯州的家中亲手制作酱料罐头，包装简陋，一路发展至今，有品牌专家和设计师为她的产品设计了标签和包装，打造出别具一格的高端外观。而今天，她小心谨慎，把样品的品鉴礼盒做得完美无缺，因为一切都取决于今天的会议。玛戈知道，世界上最好的名片就是样品。

就在今天。今天，她把所有希望都寄托在自己的终极目标上——开一家属于自己的餐厅。

餐厅取名为"盐",店名就如同盐这种物质本身一样干净简单。餐饮创业的失败率令人不安,所以她做了充分审慎的调研,尽力避开新手常犯的低级错误。她找过临时兼职,也到城市学院里修读了课程。她做过实习,上过培训,也在快闪店和比赛中展示过自己的烹饪才华。从后厨到店面,她学习了餐馆经营的方方面面。

这一路并非坦途。常言道,值得拥有的东西都来之不易。她不明白,为什么非得这样,为什么就不能轻松得到值得拥有的东西呢。

她一生中从未如此卖力地工作过,也从未如此热爱工作。没完没了的工作并没有把她吓退。成年后,她自力更生,有时甚至要咬紧牙关让自己振作起来,决心通过自身行动在社会上赢得一席之地。而今,历经多年的谋划、构思和计算,在极度兴奋和胆战心惊之间摇摆不定后,她准备好了。

她穿上大家推荐的商务休闲装——剪裁得当的黑色休闲裤、白色丝绸衬衫、合身的西装外套。穿戴整齐后,一阵紧张感袭来,她犹豫了。她以前也做过类似的事,向投资者展示自己的计划。

好些私募资金的渠道已经拒绝了她的计划。食物是五星水平,但概念的说服力不足。概念具有强说服力,但菜单稍显欠缺。商业计划书欠缺全盘考虑。肉做得太咸了,肉做得不够咸。加州不需要得州吐司。

每次遭拒只会更加坚定她的决心。也许这就是在得州经历折磨后幸存下来的潜在好处。如果连那种煎熬都能挺过来,任何磨难都不是问题。

今天会有所不同,成败在此一举。她必须抱着这样的信念。

她那双从旧货店淘来的高档鞋子穿着挤脚,有人建议她打扮成优雅的专业人士形象,从而激发投资者对她的信心。别矫揉造作,走商务休闲风,穿着得体,按规矩办事。

玛戈后退一步，看着镜子里的自己。她休闲裤上的褶痕如刀刃般清晰锐利，一头金发造型是在一间几乎负担不起的美发沙龙里做的。"你觉得怎么样，凯文？"她问道。

她那只漂亮的虎斑猫打着哈欠，梳理着爪子上的毛发。"我知道，"她说，"我像个骗子。糟了，我是个骗子。"她刚在旧金山定居，就改名换姓了。她很适应这个新身份，有时甚至做到了把玛吉·萨利纳斯抛诸脑后，就好像那人是某个中途转学的中学同学。

也有些时候，她会被噩梦缠身，从恐慌的阴霾中惊醒过来，那个曾经的身份会回来侵扰她。她再次落入玛吉的躯壳，感觉自己手脚被束缚着，困在一个茧房里，努力寻找出口。她曾在一本书里读到，过去从不会真正过去，甚至从未过去。即使十年之后，她知道这句话仍是真的。无论时光如何飞逝，悲伤还是会弥散并浸润她的每一处毛孔，怎么冲刷也清洗不掉。一旦想起另外一种生活，悲伤便随那些奇怪的瞬间翻涌起来，她随之陷入与情绪的抗争中。

有时，她所能做的就是尽量别沉溺于她遗留了什么，为什么遗留。但她仍会反复思考。尽管她很肯定，那是她在可怕的情况下能做出的最好抉择，但她仍会陷入自我怀疑。

大多数时候，玛戈都能熬过这些时刻，继续她的生活。在她的新世界里，她从不透露她的过往。就情感而言，一走了之所产生的痛苦与此前遭受的创伤同样强烈，只是方式有所不同。她内心有一部分渴望靠近那个能让她扎根现实的东西，但是她并没有这么做。在当时的情形下，考虑到她目标的规模和范围，继续前进是唯一可行的选择。

她的意志不会被摧垮，她不愿被打倒在地，于是她重新振作起来，改名换姓。她的家、她的心理治疗师、她的朋友……她抛下了一切，除了她的猫。她的合气道训练已经考到最高段位，能抵御鬼魂以外的任何对手。哪怕过去悄悄地如影随形，不请自来地溜进她的意识里，她通常都能像激光一样集中精力，重新开始。

她曾经大胆想象过在美国消费最高的城市开一家烧烤店，但似乎是很久以前的事了。这是一次信仰的飞跃，她内心燃起火苗，决心创造出她所期冀的未来。

但是，失败感仍在刺痛着她。她凭什么认为今天的会议能与以往不同？

糟糕！墨守成规只能招致另一次拒绝。

一时冲动下，她踢掉了正装鞋，吓得凯文蹿开。她脱下了休闲裤和西装外套，穿上一套让她感觉自在舒适的衣服——下身一条短牛仔裙，搭配印有"糖+盐"标志的T恤，再套上她最爱的牛仔靴。她露出大腿，来迎接这个连浓雾都望而却步的阳光夏日。

随后她打电话给坎迪——坎德拉里奥·埃利松多，她的烧烤师——告诉他计划有点变动。

"我们把车开过去吧。"她说。

"你要把餐车开到金融区？"他说，"你可能会被贴罚单的。"

"只要不卖食物就好，我们只是免费分发。"

他说了些西班牙语，语速太快，她没听懂说的什么，末了他说了句："你疯了。"

"我们在那儿见。"她说着，把地址给了他。她知道他不会让她失望的。她是在梅森堡农贸市集上卖酱汁时认识坎迪的。他是一位经验丰富的烧烤师傅，热情友好，曾是一位成功的墨西哥农场主。后来，一场银行危机夺走了他的一切，于是他决定北上，重头再来。他们一起采购食材，熏制并烹调出完美的烤肉。他们使用的是全原木烤炉，选用散发出诱人芳香的木材，如苹果木、山核桃木、牧豆树、橡木和雪松木。他们租了一辆餐车搞起餐饮服务，卖的食物很快就赢得了一批忠实的追随者。《观察家报》甚至对他们做了专题报道。玛戈还在快闪店和比赛中展示过自己的烹饪才华。直到某天，她售完所有食材，开始接受预订，那刻她便决定是时候推进自己的计划了。

她不知疲倦地起草概念计划书，涉及选址、市场营销、服务方案以及效仿行业最佳模式。她废寝忘食地构思着餐厅的氛围、定价、现金流、媒体宣传。她万事俱备，胸有成竹。

· · ·

坎迪把餐车停在一幢中高层办公大楼前的一小时停车区。他穿着工作服，戴着印有标志的帽子，系着围裙，与她的衣服相衬。长期的烤炉经历练就出他肌肉发达的前臂，他弯曲手臂，打开车窗和遮阳篷。"你确定要这样做吗？"他问道。

她点点头，说道："祝我好运吧。"

跟随着楼内低调素雅的标识指示，她走到了普里韦集团的办公区，这是一家专门扶植餐饮创业者的投资公司。他们投资过一百多家新餐厅，在这方面颇有建树。集团负责人是一对法国夫妇——马克和西蒙娜·贝勒，他们住在索萨利托的一套滨水房子里。俩人出了名的犀利凌厉，品位严苛，但玛戈成功说服他们听听她的计划。

一名接待员出现了，她身穿的正是玛戈早上最终放弃的那种着装。她将玛戈领到一间凉飕飕的会议室，里面摆放着人体工学椅和玻璃长桌。

她一进来就感到有六七个人盯着她看。空调的寒气让她的双腿起了鸡皮疙瘩，但现在后悔选择这身衣着已经太迟了。

"非常感谢你们能和我见面。"她说着，将酱汁礼盒和文件夹一并摆开,她在文件里事无巨细地述说自己的故事——她愿意吐露的那部分故事,以及宗旨声明、财务目标和提议计划。

"我们很期待听听你的想法。"马克说道,话里带着些许优雅的法国口音。西蒙娜的长相棱角分明,神色凝重,但眼神中闪烁着饶有兴趣的光芒。

"您可以询问任何事情,"玛戈主动提出,"我会坦诚沟通。随后我想……"

"谁是你的烹饪偶像?"西蒙娜问道。

这个问题有点出其不意,玛戈并没有准备。不过幸好,答案已到嘴边。"是我妈妈,达拉·萨……索尔顿。"说名字时她含糊了一下,差点说成了"萨利纳斯"。虽然已经改名多年,曾用名依然像个洗不掉的污点一样跟随着她。那是她妈妈的姓氏,源自西班牙的一个古老地区,那里的人长得更像凯尔特人而不是西班牙人。"她在一家商用厨房工作,也在得克萨斯州承办过餐饮服务。她做的三明治和酱汁很有名,我自小就观察她做饭,一看就是好几个小时。"她没有提及,妈妈把她带在身边,是因为她付不起儿童托管费。"后来,我师从希尔地区最好的烧烤师傅——库比·沃森先生。我妈妈去世后,他和他的妻子奎因就如同我的再生父母。"她停下来喘了口气,然后赶紧继续往下说,免得他们问起她为什么离开得克萨斯州。"而在旧金山,我的烹饪偶像,也是我的合作伙伴,是坎德拉里奥·埃利松多先生。其实,他现在就在楼下……"

他们打断了她,继续提问:为什么选择旧金山?她的财务目标看起来未必准确。她是怎么制订出这些服务方案的?市场营销计划呢?

她认出了一些投资者的表情,他们把拒绝写在了脸上。糟糕!她感受到了他们的怀疑。她心一沉,感觉这行不通。她心想,一个来自得克萨斯州的高中辍学生能在旧金山市中心开一家人气餐厅,可能性只有百万分之一。但是,她很想实现这个梦想。她希望获得信任和重视,被赋予她知道自己可以承担的责任。

"我们通常会为集团选择有潜力的厨师跟进其开店事宜。"其中一名董事会成员说道。

"我了解。"她说道。她曾经试过以物易物换取一个活动场地,但找不到自己能负担得起的空间。"各位,恕我唐突,虽然我知道这有违常规,但相比于说话,我更擅长烹饪。我发誓,只要是地里能种出来的,我都能做成烧烤。我能请你们移步到楼下的餐车吗?"

"你把你的餐车开来了?"西蒙娜那对经过精致打理的眼睫毛猛地抬起。

"是的,女士。"

一阵令人煎熬的沉默。贝勒夫妇交换了眼神。玛戈屏住了呼吸。然后,椅子纷纷向后滚动,他们都朝门口走去。去往停车区的路似乎漫长得没有尽头,但是街上的景象正如她所料。餐车被人群围得水泄不通,食客们狼吞虎咽地试吃着她的烧烤,就像一群从荒岛回来的饥肠辘辘的人。甚至有名可能本想给餐车开罚单的巡警,这会儿也在大快朵颐,他吞下的是手撕猪肉小汉堡,佐有玛戈命名为"新鲜莎莎酱"(Pickle de Gallo)的风味酱料。

她和坎迪对视了一下,然后回到台面前就位,就这样,她恢复到自己最舒适的状态。这是她的主场,能创造出让人垂涎的美味体验。忘了董事会议室和做作的品尝晚宴吧。她分发起餐盘,盘中装满她的拿手好菜:入口即化的招牌烤牛腹肉,表面经火焰亲吻后,生成酥脆的烧烤外皮;烤肠是她与雷耶斯角附近的一家可持续发展牧场共同制作的;蘸着黄油食用的烟熏波多贝罗蘑菇;酥香软嫩得不可思议的肋排,裹着她手工制作的绝妙酱汁。她最拿手的配菜也悉数登场：像布丁一样湿润的玉米面包，这是她妈妈的私人食谱集中收录的；豆类煮绿菜；辣味豆薯卷心菜沙拉；还有她的招牌蜂鸟蛋糕作为甜点。

大家安静品尝着她的食物。玛戈在一旁等着，忘记了呼吸。她的手艺和毕生的工作成果，已充分展示出来。为此，她花了数年时间寻找当地最好的时令食材。

痛苦的几分钟过去了，西蒙娜轻轻擦拭着嘴唇。"嗯，"她说，"你确实做出点不错的成果。"

玛戈不知道该如何应答，只好继续等待着，努力让自己不要惊慌失措。

"肋排的调味很独特。"

"是韩式辣酱。"玛戈回答道。她从这种韩国调味料中找到了辣味的完美平衡。不过，这是一个冒险的选择。"如果你喜欢的话，我可以用更传统的调味方式。"

西蒙娜推开餐盘，扫视着同事们的脸。她和丈夫用法语低声交流了一会儿。"我们不需要尝试别的菜品了。"她说。

"这是我最拿手的菜式了。"玛戈说。

又是一阵沉默。他俩再次用法语快速交换了意见。

"那么，"马克说着，把餐巾放在一旁，向玛戈伸出手，"你想把餐厅开在哪个位置，索尔顿小姐？"

· · ·

"你肯定就是玛戈。"房地产经纪人伸出手来，"约兰达·席尔瓦。很高兴终于见到你本人。"

"我也是。"玛戈坚定有力地握了下她的手。我走到这步了，她心想，我真的要有自己的店了。

"请自便，先喝点什么。我们开始参观店面之前，容我迅速回一趟办公室拿点东西。"和周围的环境一样，约兰达看起来光鲜亮丽、整洁有序，她佩戴着昂贵时髦的眼镜，美甲闪闪发亮。

"谢谢。"玛戈打开冰箱的玻璃门，开了一瓶冰镇的托帕客（Topo Chico）气泡水，坐在优雅的大厅里。她紧张地小嘬了一口凉爽的气泡水。真难以置信，在普里韦集团的助力下，她现在拥有了一支团队，一支配备了最佳阵容的团队。公司为她安排了一支管理团队，从概念、设计到盛大开业，团队将帮助她顺利渡过创业阶段的每一步。在那次一反常规的展示后，她又经历了几场更紧张、更具挑战性的会议，现在她得到了一位投资者的青睐，也因而拥有了一个目标、一个计划和一个未来。

所有合同已经签完，团队也已经召集完毕，时间线也规划出来了。这一刻，唯一欠缺的是一个可以共同庆祝的人。她还是孩童时，她会拿着一份得了优秀的论文作业，从学校一路跑回家，只为了看看妈妈脸上的表情，那是一种由衷的爱意和自豪。而成年后，她只能给自己倒上一杯酒，向她的猫举杯致意。

没有人跟她击掌或拥抱，没有人对她说我为你感到骄傲，她不禁灰心丧气起来。尽管时光荏苒，她仍感觉妈妈音容宛在。有时，这些记忆似乎是唯一能让她保持理智的东西——提醒她，在她人生里的某个节点，她曾对某个人相当重要。她曾被珍视。她曾被深爱。

她现在已经是成年人了。即使没有加油打气的啦啦队，她也得坚持下去。

话虽如此，在这样的时刻，有另一个人陪伴着，总是好的。

晚上她躺在床上辗转反侧，独自思考着，不敢相信自己已经走了这么远。她来时的道路上荆棘满布，充斥着悲剧和遗憾，她也时常不敢相信,她配得上这个崭新的开始。她试着感受自我的价值。有时,自我对话和自我关怀能起作用,哪怕只是一点点的作用。但有的时候,这种努力只是给自己筑起了一堵孤独的墙。是的,她有价值。但没有人与你同甘共苦,这又有什么意义呢?

抛开这些疑虑不说,真正的工作即将开始。她在烹饪和调配酱汁方面的天赋毋庸置疑,但光有天赋是不够的。空有一腔热情也是不够的。她必须钻研烹调技艺、经营业务、掌管生意、应对混乱场面,不惜付出一切代价——代价可能是彻夜失眠、无休无止的工作、永无休息时间、让人绞尽脑汁的详细研究,还有克服失败和挫折的勇气。

"都准备好了吗?"约兰达从办公室里走出来,手里拿着一个带夹写字板和一个文件夹。她眼光敏锐、品位雅致,她与普里韦集团的客户合作,帮助初创餐厅物色合适的开店场所。她承诺会找到一处地方,能同时吸引当地人和游客光顾,积累起日渐壮大的顾客群体,这样玛戈的餐厅就能一年四季食客盈门,取得长足稳健的发展。

玛戈的总经理阿妮娅·帕夫洛娃,也和她们一起参观了这些店面。阿妮娅曾管理过湾区最好的几家餐厅。她很认同玛戈对于"盐"这家餐厅的愿景——一家有格调的现代餐厅,在烧烤店里独树一帜。在她们的构想中,这家餐厅会提供让人眼前一亮、赞不绝口的食物,是一家人愿意排几个小时的队来品尝的餐厅,就像他们在餐车外大排长龙那样。不过,食客们无须在新餐厅外排队等位,因为有一款能精确管理餐厅人流量的应用程序提供技术支持。

"根据你提供的参数,我物色了以下这些绝佳选择。"约兰达分发起各个地点的介绍材料。玛戈和阿妮娅已经在网上研究过一番,想象着餐厅开设在各个地点的场景。在玛戈的一生中,她从未看过房产。对她而言,家只是个她能为自己和凯文提供安全的容身之所。

目前她俩租住在海港区的一套车库公寓里。

她们把选择范围缩小到三处店面。第一套位于渔人码头，离梅森堡农贸市集很近。厨房最近刚翻新过，餐厅四周都是窗户。坐在窗前，游客们能享受开阔的视野，将旧金山的标志性景色尽收眼底。房子前的木制平台延伸至水面之上，撑开的伞篷能为餐桌旁的客人遮阳挡雨，用餐者可以沐浴在微风中，遥望码头来往穿梭的船只，听着海狮的叫声。玛戈能预见到快乐的人群聚集于此。

"这里的顾客群体主要是游客。"阿妮娅说。

"这倒不是坏事，"玛戈指出，"不过，我希望看到更多本地人和回头客光顾。"

下一处选址坐落在诺布山的一个街区中，此处很可能会期待一家很棒的烧烤店落户。街区里有些颇具魅力的零售商店，剧院区也近在咫尺。缺点是，房子的正面看起来严肃阴森、平平无奇，而内部装饰有种机动车管理局的即视感。

"我们能处理好，"阿妮娅向她保证，"我目睹过设计团队在最朴实无华的空间里创造奇迹。"

厨房状况良好，后厨暗巷足够宽敞，方便坎迪在工业区的烤炉上烤好食物后，将菜品送到店里。

第三处选址是在珀迪塔街的一栋老式建筑里。这个街区历史悠久，地处旧金山最具活力的社区之一的中心地带。在这里，斑驳破旧的砖块铺砌成林荫大道，人行道上树影婆娑。有些建筑可以追溯至20世纪初，有的甚至在1906年的地震和火灾中幸存下来。

这个充满生机和活力的社区很受游客和当地人的欢迎，周六还会举办户外市集。街区内有一家名为曼海蒂[①]的酒吧，在那儿你可以

[①] 曼海蒂是一种以从散沫花提取的海娜粉为颜料的人体彩绘艺术，盛行于印度、巴基斯坦及中东。——译者注

点一杯康普茶，一面浅尝，一面做个非永久性的海娜手绘纹身。街区里还有其他店铺：一间品酒室，专营来自索诺马县的罗西酒庄的葡萄酒；一家时装精品店，橱窗里陈列着狗狗和主人穿的同款服装；一家记忆衰退人群护理中心，中心前面建有绿意葱茏的花园；在最古老的一栋建筑里还开了一家令人神往的书店。

书店对面的一幢矮层建筑里，曾经有一家很受欢迎的墨西哥餐馆，现在因为老板退休，餐馆关张，留下空荡荡的店面。店内因无人打理而阴暗潮湿，但整体架构良好，玛戈能想象出那种舒适友好的氛围。

只有一件事让她犹豫不定。它和隔壁的烘焙店共用一个厨房。

"这确实不太寻常，但厨房面积很大，这些年来一直和一家提供全套餐饮服务的餐厅共用。那家烘焙店是当地社区的地标，那里在20世纪60年代时还只是个社区中心。"约兰达说。

厨房虽然陈旧，但是收拾得干净锃亮，还有一个惊喜在等着她们。那扇标着"烘焙店"的门开了，一个戴着厚框眼镜的黑人老妇人走了进来，她的头发先是编成辫子，再盘成圆髻。她端着一盘烘焙食物和一大罐柠檬水。

"我是艾达。"她说着，把烤盘放在一尘不染的不锈钢台面上。

"你是烘焙店的老板娘，"约兰达说道，"很荣幸见到你。"

"名义上的老板娘，"艾达说道，"我已经退休了——话说回来，也该退休了。现在由我儿子杰罗姆经营这家店，但我还是很关心店里的事的。我今天来是想看看我们会和谁搭伙。"

玛戈做了自我介绍，艾达退后一步打量着她。"看看你，"她说，"你也太瘦了，还那么年轻。"

"我想是的，"玛戈说道，"但我入行很久了。最初是和我妈一起在餐车上做三明治。"

"是吗？看来你在这一行崭露头角了。"

"嗯。以前只有我妈妈和我搭档，她是我最好的朋友。"玛戈说。事实上，妈妈就是她的整个世界。"美味都不足以形容她做的三明治、甜椒乳酪酱、烟熏肉糕、鸡蛋沙拉、烤牛肉配蛋黄酱、蜂蜜黄油饼干和炸鸡……不夸张地说，人们为她的食物而活。"达拉·萨利纳斯并没有过上多么富足的生活，不是因为她做的食物不够好，她的食物很美味，只是她不擅长经商。

艾达示意了下烤盘。"请自便，尝尝看。先吃点东西，过会儿我带你四处转转。"

款待的甜点简直是她梦寐以求的食物——一个覆有新鲜水果的黄油蛋挞、一块糖蜜饼干，玛戈尝过一口后便沉醉于快乐之中。还有一小块让人罪恶感满满的巧克力布朗尼和柠檬小方。

阿妮娅开始向艾达询问起业务情况。玛戈心想，如果她妈妈专注于将餐饮事业做大做强，而不只是勉强糊口，结局会不会有所不同。有一年，达拉的牛腹肉夹意大利腌辣椒三明治——再撒上少许烤薯片碎，这种吃法算不上秘密——被《得克萨斯月刊》评为得州最佳三明治，但她从未想过利用这个名头来变现。

"我就是在这个厨房里开始自己事业的，当时它还只是一个社区中心。"艾达带着她们四处参观，打开了通往废弃的就餐区的门。空气中弥漫着日久陈腐、疏于打理的气息，墙上涂画着老墨西哥的风景。冷冷清清的餐厅就像一个被仓促遗弃的鬼城，留下了东歪西倒的桌椅、挂在钩子上的围裙、一张破旧的足球海报、一桶桶的塑料杯子和餐具，以及废弃不用的收据和订单纸。

玛戈一动不动地站了一会儿，想象着这个空间将被改造成温暖鲜活、热情款待客人的餐厅。在她的梦想里，她渴望找寻到一处需要她、重视她的地方，在那里她能融入其中，掌控状况，每处角落都由她精心设计，创设出能让人们尽情享受食物的环境。

艾达面带亲切的微笑，结束了讲解。"我期待很快能再见到你，玛戈。"她说道。

"该做决定了。"阿妮娅说道。她们走出餐厅，转入后厨暗巷。垃圾箱在巷子里整齐地排开，并贴上了垃圾和可回收物的标签。墙上装了一个旧篮球框，墙上的反战壁画已经褪色，似乎是越战时期遗留下来的。"我们需要对比分析下每个选址的利与弊。"

玛戈仔细考虑着她的选择，试图对每个地方都保持冷静客观的态度。热闹熙攘的渔人码头，时尚豪华的诺布山，还是历史悠久的珀迪塔街。她问阿妮娅："你怎么看？"

"嗯，和那家烘焙店共用一个厨房可能很有挑战性。这里干净宽敞，但有些设备已经过时淘汰了。"

"没错，"玛戈承认，"但别忘了，我之前一直在餐车里工作，所以我很擅长在狭小的空间里运转。这个地方给我的感觉很舒服。店面简朴实用，位于这座有时仍让我心生恐惧的城市中心。我喜欢艾达，她看起来很酷。你刚刚说那家烘焙店叫什么来着？"

阿妮娅递给她一张名片："糖。"

一抹笑容在玛戈的脸上油然而生。那一刻她感觉豁然开朗，这种确定的感觉很强烈，她不再心存疑虑："完美。"

· · ·

"好了，我希望你对这个地方满意。"艾达说道。这时，租约已经签好，计划书也通过了，许可证下发了，改造工作也差不多完工了。

"我们看过很多店面，"玛戈说，"我一看完这里就不再找了。我一眼就看中了。"

"有时候就是这样，"艾达说，"感觉对了，无须多言。"

玛戈希望艾达是对的。过去这五个月她奔波劳碌，但大有收获。专业的设计和开发团队将她的愿景变成了现实。她亲自去物色维多利亚风格的复古垂吊灯，用喷漆喷绘成黑色，悬挂在全白的餐厅顶上。沿着内墙摆放的卡座会给餐厅增添些微妙的色彩，桌上摆放着塞有苹果绿餐巾的高脚杯，在极地白的衬托下映射出辉光。整体印象窗明几净，但不会显得寡淡或令人生畏。屋内仍残留着灰泥和油漆的气味，但很快就会飘散出醉人的烧烤烟熏味。

厨房和备菜区重新翻修了，设备也更新了。员工招募和培训完毕，技术支持到位，经过深思熟虑、试吃、调整等阶段，菜单也准备就绪。播放列表收录了经典老歌和流行新歌，音乐声听起来安静而不烦扰。她新近培训的调酒师很快就能供应像"情冷芳心"和"西部荒原"马提尼这样的工艺鸡尾酒。她照料到每一个能想到的细节，同时充分意识到问题总会出现在意料之外的地方。这就是餐饮业的本质。这就是她必须接受的现实。这也许就是她为之兴奋的原因。

她和艾达坐在通明锃亮的酒吧旁，吧台是从一家1908年的酒店里回收改造的。

"我从烤炉和烟熏室里给你带了些试吃的菜品。"她递给艾达一个外卖餐盒，里面盛着烤牛腹肉和烤肠，还有些她最爱的配菜。她还放了几罐酱汁。

"糖+盐，"艾达端详着标签，说道，"我们现在成邻居了，这不是巧了吗？"

"我把它看作一种暗示，"玛戈说，"我小时候就想好了这个酱汁的名字。"

"是吗？天啊。"艾达饶有兴趣地凑过来，歪着头，一脸真诚友好。她看起来总是那么放松自然。"你妈妈教你的吗？"

玛戈觉得艾达很好沟通——这是件好事，因为玛戈很少能和人相处融洽。"她让我在商用厨房里调配试验。剩我一个人后，我在一家烧烤店里打工，给店里制作了一小批酱料。那是多年以前的事了。店名叫库比·沃森烧烤店，店主由库比和他妻子奎因共同经营。在得克萨斯州的希尔地区，烧烤几乎是一种宗教，沃森夫妇的厨房总缺人手。我就从帮工做起，认认真真洗碗，给他们家的经典配菜备菜，后来库比看到我做事一丝不苟，就把做餐饮业的方方面面都教给了我，从照管壁炉到打理吧台——那时我年纪还小，不是什么事都能做，但他是一位好老师。"

"听起来是个很不错的起点。"艾达说。

玛戈点点头。"我喜欢那儿，哪怕免不了会有艰辛。库比是全世界最优秀的烧烤师之一。他做的牛腹肉非常鲜嫩，你会以为是用黄油烹调的。人们会不远千里来品尝菜肴，奎因的自制香肠、夹奶油蛋黄酱的波多贝罗蘑菇素三明治，以及得克萨斯薄片蛋糕都很受欢迎。"

"听着很棒。那我知道你菜单的灵感来自哪里了。"艾达说。

电话响了，艾达走进烘焙店的办公室去接电话。玛戈很少这么健谈，但她感觉自己和艾达成了朋友。在很多方面，艾达让她联想起奎因·沃森——一位有着顽强精神的女性，似乎能经受住任何风暴。她们同属有色人种，所以玛戈相信她俩遭遇过类似的风暴。在玛戈最脆弱的时候，奎因的坚毅曾鼓舞她挺过来，她在艾达身上感受到相似的灵魂。

玛戈 16 岁时，在得克萨斯州班纳溪找到了沃森家的厨房。她想找一份工作，任何工作都行。

她的故事充满了绝望和不确定性，但她依然昂首挺胸，直视着他们的双眼——先是库比。他面容和善，语气轻柔，手艺精湛，双手从不停歇，手臂粗壮有力，能料理外面烤炉里的大块肉。然后是奎因，她用冷漠的目光打量着玛戈，从她的金发一直扫视到纤瘦的双腿。

"年纪轻轻就一个人在外闯荡。"奎因观察着说。

玛戈——当时还是玛吉——不太清楚对不满年龄限制的未成年人有哪些规定。那一刻，她非常想念她妈妈。她怀念她们在每周六晚上熬夜聊天，说说笑笑，无所不谈。即使在妈妈生病的时候，她们俩还是最好的朋友，生活平淡简单，没什么特别。直到德尔出现。

德尔，德尔默·甘特里。13岁时，他跟玛吉说，他们现在是一家人了。她问妈妈，那她们以前算什么，妈妈听了开怀大笑起来。玛吉一直没理解这个笑话。德尔油腔滑调，游手好闲。他看起来像一位电影明星，他和她妈妈在一起就像好莱坞的明星夫妇。这让玛吉联想起在《人物》杂志上看到的情侣，即使他们只是在喝咖啡或看湖人队的比赛，也足以羡煞旁人。

然而和好莱坞的明星夫妇截然不同的是，妈妈和德尔总是穷困潦倒。后来有一天，妈妈教她开车时，把车停在路边，说她头疼。她昏了过去，再也没有醒来，警察到现场时，她已经不在了——是血栓。妈妈的身体一直很虚弱，但医院的医生说这个栓塞完全是偶发的，没有潜在病因，因此也无法预防。

随之而来的震惊和悲伤摧垮了玛吉和德尔，他们几乎无法正常生活。好比有一艘支离破碎的船，他们就如同船体的碎片，漫无目的地漂泊着，随波逐流，彼此渐行渐远。妈妈曾经是这个家的黏合剂。

妈妈离去后，她和德尔的联结也随之消失。

后来有一天,玛吉注意到德尔用某种眼神看着她。

"你现在多大了?"他问道。

"16岁。"他怎么连这个都不知道?

夜里,她听到他的脚步声从她房间外的走廊传来。脚步声停在门边。她屏住呼吸,久久不敢喘气。直到最后,谢天谢地,他拖着脚步走了,外面重归平静。

之后德尔还是会用那种眼神看她,有时他几杯啤酒下肚后,门外的脚步声又会响起。他会轻声挠着她的房门。她的直觉警告她得尽快离开,于是她驾着她妈妈的车逃跑了。她带了一个行李箱,收拾了几件换洗衣物,一些重要的厨具,以及她妈妈的遗物里唯一有价值的东西——一本厚厚的、溅了食物污渍的活页夹,里面全是带注释的手写食谱。

"我妈妈去世了,"玛吉低垂着眼睛向奎因解释道,"而她的男朋友,德尔,他不是个好人。"

随后,库比和奎因就没有追问太多问题,她松了一口气,因为她不想谈及德尔。

如今,她想起沃森一家,心中充满感激,不知自己是否能报答他们的恩情。那时他们得知她还住在车里,便在镇子边上给她找了个住处,将她安置到自家餐馆烟熏棚屋附近的车库公寓里。

几年内,她在餐饮服务的各个方面都证明了自己的能力,成为一名烧烤技艺的忠实学徒。库比开玩笑说她是自己从未拥有的儿子。事实上,他和奎因没有孩子,当他们周日带着玛吉去教堂做礼拜时,其他信众震惊不已。她这个金发白皮肤的女孩从没踏进过黑人教会。但奎因是一位教会母亲[①],而库比又是教会执事,所以希望教会的一

[①] "教会母亲"是一些美国非裔教会的术语,指教会中聪慧善良、能提供精神引导的女性成员。此类女性备受尊重,常被视为教会社区里的导师和榜样。——译者注

众教友都热情迎接她，她从未受到过如此热烈的欢迎。

多亏有了稳定的工资和小费收入，外加那一小批酱汁的收益，她勉强做到收支平衡，便在河边租了一间带家具的小屋，还从更好超市（H. E. B.）[①]停车场的一箱小猫里拯救了一只猫，养在屋里。她已经安定下来，过上平静满足的生活，直到那个晚上，一切又分崩离析。

· · ·

艾达从办公室回来，把外卖餐盒放进保温袋里。"这香味闻着像天堂。"她说道，"我要带回家当晚饭。"

"记得告诉我你觉得怎么样。"玛戈说。

"现在嘛，我觉得我俩会相处得很融洽。"艾达看着玛戈的表情笑了笑，"别担心，我真的已经退休了。我不会插手你的事。你见过杰罗姆了吗？"

"我最近忙得团团转。我们还没打过照面。"

"你们肯定会碰面的。你介意我把这给他和他的儿子分享一下吗？"

"完全不介意，厨房里还有很多。"

"杰罗姆是单亲爸爸，"艾达说，"很有挑战，但他是个好爸爸。"

"我期待早点见到他。"玛戈说。

"我喜欢他们到店里来，"艾达说，"有他们陪着，我很开心。"

"休格先生[②]呢？"

[①] H. E. B.（全称 Here Everything's Better）是美国得州的一家连锁超市。——译者注
[②] "糖"烘焙店的英文名是 Sugar，这正是这家人的姓氏，音译为"休格"。——译者注

"以前有，现在没有了。我们很久之前就离婚了，"艾达说，"就在杰罗姆刚高中毕业那会儿。道格拉斯留给我的就只有他的姓氏。他自己又结了婚，五年前去世了。"

"你没有再婚？"

"没有。"她停顿了一下，似乎话到嘴边，正要开始一大段解释。然后她耸了耸肩，说道："逐渐喜欢独身的状态了。如果你去问我儿子，他肯定说我过于喜欢了，他挺担心我的。"

"等等，他自己单身，反而担心起你是单身？"

艾达轻声笑了笑。"也许是投射吧。他知道有时我会很孤独，我想我确实会，但是……"她看向远方，"我的心大概停留在过去了。"玛戈还没来得及继续追问，艾达问道："你呢？单身？在约会？"

"对，单身。至于约会？现在没有。"很多时候都没有，她心想。男生约她出去，有时她会答应。有好几次，俩人见了一次面后就无疾而终。她确实希望找到某个人。她期待那种让另一个人进入自己内心的感觉，但是敞开心扉比开一间餐馆要难得多。她身上总有那么一小部分在坚定地保护自己，让她免受伤害。这部分的她始终无法从每天困扰着她的过去中走出来。将精力专注于其他事情上是一种逃避方式，但与投资团队开会、制订战略、和新员工一起共事，这些事情显然简单得多。"让这个地方顺利运转起来，就是我最近的生活。"她告诉艾达，"我的总经理阿妮娅告诫过我，根据她的经验法则，要做好一件事，通常需要两倍的时间和成本。"玛戈叹了口气，"我最初定下的三个月期限延长到了六个月。"

"终有一天，你会感觉这一切就像过眼云烟，眨眼就过去了。我开烘焙店时，和你一样年轻。"艾达说，"那是我一直想做的事情。70年代的社区邻里和现在大不相同。这个地方以前是教会经营的慈善厨房。我们几乎没花什么钱就买下了这座建筑。我给我的小儿子杰罗姆搭了个游戏围栏,就在我的桌子旁边。"她指了指办公室,"从那以后,我们总喜欢说,我们像是犯罪团伙。他的两个儿子现在一个 8 岁,一个 10 岁,他们简直是你所见过的最美好的存在。"

"听语气,你作为奶奶,很是自豪啊。"玛戈对自己的外祖父母只有很模糊的记忆。她妈妈离世后,玛戈联系过他们,他们寄来了一张慰问卡。但之后那场匆忙而悲恸的葬礼上,并没有他们的身影,他们没有来和女儿告别。

回忆起她的外祖父母,玛戈脑海里只呈现出一片茫然的空白。在她的印象里,外祖父母就像反向抵押贷款广告上的陌生人,和善而普通。她对艾达说道:"希望有一天能见见你的孙子们。"

"我相信你肯定会见到的。小心哦,他俩会像蝗虫过境一样把食物一扫而光。"

"我最喜欢这样的人了。"玛戈对艾达和这个选址感觉良好。除了迈尔斯外,这是她做过的最困难,但也是最美好的事情。

距离餐馆开张还有一周。最后期限逐步逼近,像圣诞节的早晨一样令人热切期待,又像审判日一样令人心生畏惧。深夜,玛戈在餐馆背后的厨房送货区门外,输入密码,进入后厨。她紧张得无法入睡,于是决定利用夜间安静的时段做点工作。

她热爱这份工作,这是好事,因为这份工作永无休止。

她的厨房已经准备就绪,员工训练有素,菜品甄选完毕,菜单定稿。明晚餐馆会供应第一场晚餐,进入试运营阶段。这是为她的执行委员会和客人们准备的免费晚宴,受邀客人可以品鉴菜品,并为新店开业祝酒道贺。光是想到要开门迎客,玛戈就紧张不已,感到阵阵寒意。

厨房工作流程里的某个细节仍在困扰着她。哪怕食物再美味,上菜时间过长也会毁掉这顿饭。厨房各区域间的顺畅流转至关重要。

她一遍遍地模拟演练，从接收订单、备菜到最后的装盘上菜，她给每个环节都做好计时。模拟着工作流程时，她几乎没有注意到时间的流逝。这种情况经常发生在她身上。当她全情投入时，时间似乎会停止流逝并等待着她。

她在厨房的远端发现了一个可能的瓶颈。那里有一个很小的办公桌区域，已经成了未分类物品的收纳处，邮件、餐具、充电线、零碎物品等杂物混杂其中。她还在整理这个区域，但目前为止，她的唯一成果是在办公桌上方安装了一块软木板。她钉上一张凯文的照片，照片里的它蜷缩在公寓的窗台上，看起来很闲适优雅。还有另一张照片，是她和她妈妈为数不多的合照之一。有一次她们去了科珀斯克里斯蒂海滩，在那儿的复古照相亭里拍了一组照片。她仍能回忆起那天，她们沿着海堤骑行，在海边戏水踏浪，然后吃着软冰激凌蛋筒，把25美分的硬币塞进老式弹珠机里。她们挤在照相亭的卡座上，做着鬼脸，一起咯咯地笑。我们长得太像了，她想。我们看起来像两姐妹。

在照片背后，她妈妈草草留下一行字迹："你是我的幸福源泉。"

书桌下方有一个老木柜。玛戈把它挪出来，换成一些可堆叠的收纳箱，把工作台面清理干净。

柜子上层的抽屉空无一物，只有灰尘和碎屑。底层的抽屉卡住了，她来回推拉了几次，想把它拉开。最后她使了一把劲，抽屉终于打开了。她往后跌坐在地板上，里面的东西四散飞落——泛黄的文件、古老的信件、收据、用了一半的订单簿、火柴盒、一盒盒回形针，都是些几十年前的废弃杂物。其中一些可能属于之前的餐馆老板加尔萨先生。

她还找到一些奇怪的工具，比如馅饼褶边器和肉豆蔻研磨机，一些写着潦草数字的小笔记本，还有许多钢笔和铅笔。

在抽屉的底部，有个大相框被压坏了。她把玻璃碎片倒进垃圾桶里。相框里装着一张已经褪色的、由美国卫生部在1975年颁发的证书。

木制相框脆裂散开，一份折叠的报刊掉到地板上。那是一期《观察家报》的周日特刊。

这份报纸一直夹在相框里的证书背后，在避光的环境下保存得完好无损。

她把报纸拿到可回收物的垃圾桶前。正要丢弃时，报纸上的内容引起了她的注意。报道标题为"当地民权组织与反战活动家合作"。发行时间是1972年，越南战争时期。

标题下面是一群抗议者涌上街头的照片。尽管是几十年前的场景，但却让人奇怪地觉得像是最近发生的事——人们举着手写的标语，穿戴着印有标语的T恤和帽子，在空中挥舞着拳头，高声呐喊、唱歌或反复呼喊口号。

然后，玛戈注意到照片的背景。那是珀迪塔街，虽然与现在的街道相比不尽完美，但仍然能辨认出来。如今纹身店的位置过去是一家五金店，"失物招领"书店之处当初挂着"药剂师专用打字机公司"的招牌。而以她看来，此刻她所在的餐馆曾经是珀迪塔街福音布道所。

这倒是勾起了她的好奇心，她把报纸摊开在不锈钢备菜台上，仔细阅读起来。报纸上刊登了一篇深度报道，内容是一个民权组织和一个由伯克利学生组织的反战团体举行联合抗议。她掀开报纸内页，另一张照片吸引了她的眼球。这是一个年轻黑人女性的特写，她戴着厚边框眼镜，图片描述为"艾达·米勒小姐，尤金·米勒中士的侄女，民权和反战团体联合行动的主要组织者"。

在随后的一页上有一张露天演唱会的彩色照片，舞台周围有人跳舞、吃东西或慵懒地躺在毯子上，人群在山坡上绵延数英亩[1]，远处是伯克利钟楼。演奏的乐队名为"杰斐逊飞机"[2]，整场活动被描述为一场"供应餐食的户外休闲聚会"。还有一张照片，是艾达和一个留着长发、戴着约翰·列侬式眼镜的高个白人男子。他们拥抱着，似乎完全忽略了周围人群的存在，只专注于彼此。看起来两人之间情意绵长。

玛戈不经意地叹了口气，凝视着这张旧照片。能有一个人以那种眼神看着她，哪怕只是短暂一瞬，似乎也是一个不可能实现的梦想。这是不可能的，那种浪漫是不会长久的。

她提醒自己，她的生活充实而精彩。她有心爱的猫陪伴，能去合气道道场练武术。她有朋友，能与同事见证这个很棒的初创事业成形，并为之努力工作。这就足够了，她心想。你已坐拥繁星，无须伸手摘月。

她把报纸放在一旁，打算之后给艾达看看。

她仍然紧张不安，便重新整理了餐具架。有一箱玻璃器皿还没拆开。她从箱子里拿出玻璃杯，洗干净后归置好，然后拆开纸箱压扁，拿到专门放置可回收物的垃圾桶旁。垃圾桶已经满了，于是她打开外门，将垃圾桶推到外面巷子的大型废物处理箱。安全灯亮了，但闪烁几下后就熄灭了。暗巷陷入一片漆黑，她几乎无法看清穿过巷子走到垃圾箱旁的路。

旧金山弥漫的雾气给空气中增添了一阵刺骨的寒意，黑暗的夜色似乎更深了。玛戈摸索着钥匙，打开垃圾箱，把纸板放了进去。然后她锁上垃圾箱，转过身，差点撞上了她最可怕的梦魇——一个

---

[1] 1英亩约等于4046.86平方米。——编者注
[2] 杰斐逊飞机（Jefferson Airplane）是以加州旧金山为根据地的迷幻摇滚先锋乐团。——译者注

体型高大、气势逼人的男性。

在厨房窗户微弱光线的投射下,他的身影在雾气的漩涡中逐渐逼近。

凭借多年训练而锻炼出的敏锐反应,她立即使出一招四方投(*shihōnage*)。这个招式她已经练习了上百遍。就像那上百次训练一样,凶徒仰面倒下,砰地摔在人行道上。他的厚边框眼镜嗖地飞了出去,人像泄气的气球一样呼出一口气。

她抓住这宝贵的几秒钟跑回店里,疯狂地输入开门密码。然后她一头扎进屋里,猛地关上了门,连忙锁上。她脉搏加速跳动,呼吸急促,惊魂未定。哦,天啊,天啊!她的手机,她的手机去哪儿了?

二

杰罗姆·休格眼前繁星点点，尽管当晚雾气弥漫，看不见夜空。他的头重重撞击到人行道上，撞得头昏眼花，视线模糊。在最惊恐的那几秒里，他几乎无法呼吸。他把手探进口袋里，想摸出万托林[①]用。真不走运，他可能把哮喘药落在车里了。他喘息着，设法翻身侧躺。他摔倒时眼镜也飞出去了。没有眼镜，他几乎什么都看不见。

他努力呼吸，呻吟着深吸了一口气，然后用双手撑起上半身，跪在地上。他用手在满是沙砾的人行道路面一阵拍打，摸索着他的眼镜，终于在几英尺[②]开外找到了。其中一个镜片裂开了。真棒。

他站起身来，感觉后脑勺开始鼓起一个大包。该死。被一个扎着马尾辫的疯女孩狠摔在地上可不在他今晚的计划里。

他走向通到厨房的门口。

今晚本来不打算回来的，但韦尔娜请病假了。孩子们由妈妈照看着，所以杰罗姆提出替她的班。从他年少时第一天上班起，他就不喜欢轮值早班，但艾达·B坚持说要精通这一行，就得亲自熟悉各个环节。

他在键盘上输入门锁密码，自行进屋。

[①] 硫酸沙丁胺醇吸入气雾剂，主要用于缓解哮喘。——译者注
[②] 1英尺约等于0.3048米。——编者注

那个女孩背靠着台面站着,手里拿着手机。好吧,是个女人,不是女孩,一个年轻的金发女人,穿着牛仔短裙和牛仔靴,光腿。如果他心情好一点的话,可能会欣赏一下。

"我要打911了。"她拿着手机说道,拇指悬停在屏幕前。

他疲倦地叹了口气,揉了揉后脑勺,耸了耸肩,脱下外套。然后走到水槽旁,彻底洗净双手。"你要怎么说?"他问道,"说我来上班了?"他在水槽上方的镜子里瞥了她一眼,试图从她的视角看清自己——他身材高大,肩膀宽阔,方下巴,黑人,戴着厚边框眼镜,其中一片镜片破裂了。他穿上厨师服,转过身面向她。"那你打吧,"他说,"尽管报警,也不是第一次了。倒是第一次发生在我自己的店里。"

她放下手机,盯着他的厨师服,上面的口袋绣着"糖"这个字。"噢,我的天哪!杰罗姆。"

"那你肯定是玛戈了。"他擦干手,上下打量起她。

"我真的很抱歉。"她说道。他取下眼镜,用布擦了擦镜片,破碎的裂缝贯穿其中一边镜片。"我会赔给你换眼镜的钱的。"她提议道。

他重新戴回眼镜。"我家里还有一副备用的。"

"我真没想到我会做出这种事。我真的很抱歉。"她又说了一遍,"我在做一些最后的整理工作,我以为这里只有我一个人……然后,我被你吓到了。"

"我也是啊。"他盯着她的马尾辫、蓝色的大眼睛、忧心忡忡的粉唇。他控制着自己不去看她的腿。所以这就是新餐厅的店主。他妈妈曾夸赞过她——娇小的白人女孩,俏皮可爱,聪明机敏。不过艾达·B并没有提到她有暴力倾向。"你从哪儿学的那个招式?"

"自卫课。"她双颊绯红,深埋着头,一副很不好意思的样子。"对不起,我把你当成威胁了。"

"大多数像你这样的女孩在遇到像我这样的男人时,都会假想最坏的情况。"他说。这种侮辱似曾相识,但令人厌倦。

"我没有……我根本想都没想。我很讨厌我有这样的条件反射。我不想成为那样的人。我没预料到会有人在凌晨一点偷偷接近我。"

"我没有在偷偷接近你。"

"当时很黑。再说一遍,我真的真的很抱歉。"

"我觉得吧,"他说,"你晚上一个人在这儿时,也许不该到巷子里去。"

"你是对的,"她说,"我没提前考虑,这就违反了自卫的第一条规则了。你的头还好吗?你需要一些冰块吗?还是……"

"我需要工作,我今晚是来顶替别人轮班的。"

"噢!我可以帮忙吗?"

他脸上肯定露出了什么表情,因为她的脸颊变得更红了。她说:"我意思是,我愿意帮忙。我真的很抱歉,咱俩一开始就没相处好。"

"现在是凌晨一点。"他提醒道。

"我现在清醒得很。明天开业,我紧张得要死。我保证,我在厨房里会表现得很正常。我想帮帮忙。"

杰罗姆抬抬下颚,把头转向挂在门边架子上的一排干净厨师服。

玛戈的脸上掠过一丝微笑,似乎点亮了整个厨房。她麻利地将牛仔靴换成厨师鞋。我的天!他可以整晚看着她做这个动作。

他克制住了自己。这是工作,他在工作。

她急忙跑到水槽边洗净双手。"我知道我不可能睡得着,"她说,"所以我就进来干点活。最近我神经高度紧张。"

他对这种紧张的心情记忆犹新。多年前,他刚接手烘焙店时,他的第一项任务是停业翻修。自70年代以来,这家店就是社区的精神支柱,翻新是个冒险的举动。

"先做工匠面包。"他说着，把面包机桶拿了出来，"通常先做长棍面包。"他感觉到她在密切留意他的一举一动。在他将原料放入螺旋式搅拌机中混合和揉捏后，她就开始协助他，模仿他的动作。他能看出她具备厨房技能——她的手部动作自信利落，她在效仿他的技巧时全神贯注。搅面钩启动旋转后，他们开始准备发酵架——法棍面包里要加入玉米粉，意式面包上撒些芝麻。他面团揉好后先放在桌上进行基础发酵。

"我想你不会有问题的。"他说，"我妈带了一些试吃样品回家。味道很惊艳。"

"谢谢，我很高兴你喜欢。"

"我两个儿子狼吞虎咽地吃完了，就像在监狱里没吃饱饭似的。"

"你妈妈很喜欢他们，"她说，"阿舍和……抱歉，我忘了另一个孩子的名字了。"

"欧内斯特。"他说，"以他们祖父和外祖父的名字命名。"

"真好啊。"她说，带着拖腔拉调的得州式口音。他不太了解她，但艾达·B提过她来自得克萨斯州。他在当地的一份行业杂志上读到，这家初创餐馆得到了一家专门针对餐饮创业的著名私募股权集团的支持。也许玛戈·索尔顿出身特权阶层，本身就是信托受益人的那类公主，突然心血来潮想开个餐馆。他以前见识过这类人，他们只是享受开餐馆这个想法，而不是真正想做成这件事。现在看着她这么高效地分割面团，他意识到他可能得改变自己的看法了。

她看起来像童话里的公主，但她工作很卖力。他教她如何给不同类型的面包面团割出刀痕，并将它们转移到最终发酵区，这一过程她也参与其中并乐意帮忙。也许她没那么坏。他们边搭档干活，边悠闲地聊起天来。

"你自己呢？"杰罗姆问道，"你有孩子吗？"

35

也许吧，玛戈的肩膀僵硬了。她犹豫了一阵，也许是有的。这有点奇怪，因为这只是个要回答是或否的问题。

"没有，"她说道，"只有我和我的猫，还有露台上的芳草园。"

"艾达·B说你从得克萨斯州搬过来的。"

"你称呼你妈妈艾达·B。"

他点点头。"我14岁就开始在这工作，不想因为她是我妈妈而让别人觉得我很特殊。"

"我也和我妈妈一起工作过。一直以来我都在筹划开自己的餐馆。"她紧张得打了个寒战，"真不敢相信这一切终于发生了。"

"'盐'，"他说，"我喜欢你起的店名。"

"谢谢，我想，这名字是最先定下来的事情。"

"嗯，如果你问我的话，是个听起来不错的名字。"

"我希望人们会喜欢它。事实上，当我在物色店面时，因为有'糖'这家店，我就知道我会选择这里了。"她突然眼前一亮，"稍等下，马上回来。"她匆匆跑到一个储藏室，拿回来一个罐子，上面的标签写着"糖+盐手工酱汁"。"从我十几岁第一次做兼职烧烤工作开始，我就一直在做这种酱汁。"

"有些店就是因为一些疯狂的原因而诞生的。"

"噢，所以现在我疯了。"

他揉了揉脑袋上的鼓包。"我们大多数人都挺疯的，不是吗？"

厨房门打开，奥马尔来了。"我可听见了，"他说，"你刚说谁疯了？"

杰罗姆给双方做了介绍，他看得出奥马尔在努力克制不盯着她看。

"想休息下吗？来参观下我的店？"她问杰罗姆。

"当然。"他说道，同时被激起了好奇心。在他童年的很长一段时间里，厨房和隔壁那家名为"珀迪塔街美食"（La Comida Perdita）的餐厅都是他常去的地方。他常和加尔萨家的孩子一起玩耍。他们会在街区里四处乱跑，在楼背后那个篮球架下打比赛，根本停不下来。

现在轮到他照顾阿舍和欧内斯特时，俩孩子也会在那条后巷里玩耍。杰罗姆很好奇，这些男孩会留下怎样的回忆。他们似乎能坦然面对父母离婚，但他知道这对他们来说并不好受。在这段关系的最初，他和弗洛伦丝是怀着最美好的意愿和希冀共同出发的。他们的婚姻走向终点，并非由于突如其来的冲突，而是因为，那份本来强烈到能构筑起整个宇宙的爱意慢慢消减，直至消失殆尽。

她已经再婚了，尽管男孩们来往于两个家之间，但两家几乎从不开口打听彼此的情况。为了对抗孤独，杰罗姆会过度工作，或者在他妈妈教他驾帆船的码头上消磨时光。

玛戈打开餐厅的门，开了几盏灯。艾达·B说餐厅非常好，现在看来还是说得太保守了。餐厅光彩熠熠，流淌着友善舒适的氛围，布局合理得当，灯光和音响效果一流。餐厅的焦点落在吧台上。玛戈告诉他，吧台是从奥克兰一家古老的温斯洛酒店购置的，在美西战争时期，派往菲律宾的新兵就是在那家酒店应征入伍的。

"我喜欢这里。"他说，"一开始听到开的是'烧烤店'，我本以为会看到路边旅馆的装潢和奇怪的铁皮画挂饰呢。"

"拜托，那样设计师会直接辞职吧。话说回来，你是真的喜欢吗？"

"嗯哼。"他仔细端详着一组带射灯的架子，架上摆满了贴有"糖+盐"标签的罐子，都是些小罐装的调味干料和风味盐。

"看来你已经万事俱备了。"杰罗姆说。

"并没有，"她脸上挂着疲倦的笑容，"但我不能因此而停下。如果要等到自己做好百分百的准备,那我就永远不用开业了。"

他们一起回到厨房。早班开始了,搅拌机的嗡嗡声和切刀的咔嗒声在空气中碰撞交织。"我最好认真干点活了,"杰罗姆说,"谢谢提前剧透。"

"没事。哦对了,我晚上早些时候发现了点东西。"她递给他那本旧杂志。"这个嵌在一张旧镶框证书的后面。1972年的报道,你妈妈的照片在上面,你看她那时多年轻。"

杰罗姆扫了一眼那篇文章,感到好奇。艾达·B是在70年代步入成年的,她父母分别是牧师和教师。这张照片里,她还是少女,正参加某场抗议集会,和一个高大的白人男子在一起。她不怎么提及那段时期的往事,只是说她终于意识到自己的愚蠢可笑,于是遵循家庭传统和上帝对她的期待,结婚生子,安定下来。杰罗姆迈入大学校园还没有5分钟,她的婚姻就结束了。

"谢谢,"他说,"她知道你找到这个,肯定很开心。"

玛戈把厨师服放进洗衣篮里。"我得先走了。"她说,"很高兴认识你,杰罗姆。我是说,刚开始有点误会……"

"我理解。我也很高兴认识你。"他说。

她弯下腰去穿靴子。这双腿啊。她直起身来,他赶紧把目光移开。

"再说一遍,很抱歉我……"她朝后门歪了歪头。

"我死不了。"

"我欠你一副新眼镜。"

"没事,别担心。"

三

那天早上,杰罗姆的最后一项任务是把一盘烘焙点心送到街对面的书店。书店的店主纳塔莉每天都会订一些面包糕点,摆在书店里的咖啡馆里供应。他敲了敲门,她开门让他进来。

"早啊,糖人。"她说着退后一步,给自己明显隆起的孕肚腾点空间。"今天早上你给我们准备了什么?"

"全是店里最好的。牵牛花面包、手撕面包、奶油牛角包、可颂和黑白曲奇。"

"太棒了。"她说着,给自己拿了一个仍有余温的手撕面包。她咬了一口,轻轻闭上眼睛。"一个人吃两个人的分量,我喜欢。"

"很高兴能帮上忙。"他说。

她向橱窗外张望了一下,说道:"原来你们家隔壁的新店叫'盐'啊。"

"对,马上就要隆重开业了。"

"我知道。皮奇帮忙做了老式吧台的修复工作,还有安装。他觉得效果很棒。"

"你们喜欢烧烤店吗?"

"怀孕八个月后,我什么都喜欢。皮奇是南方人,所以他也很喜欢。和店主交上朋友了吗?"

39

"呃，碰了一面。是个女人，叫玛戈·索尔顿。"

"然后呢？"

"然后她给我弄成这样了。"他指了指镜片上的裂缝。

"哎哟，我想是场意外吧。"

"也……算是吧。"杰罗姆给纳塔莉讲了巷子里的事情经过。他还是觉得难以置信，一个女人能把他撂倒在地。

"好吧，想想看，聊起你俩第一次见面的情形时，就有故事可讲了。"

"这可不是什么好故事。"

"那就取决于这故事的结局了。"她煞有其事地指了指桌上陈列的新小说，"所以……她年轻吗？还是年长？单身？还是已婚？"

"年轻，单身。"以及性感。

"噢，可能和你很登对哦。"

"别闹了。你跟我妈一样坏。"他妈妈一直想让他找个人，他的朋友也是，他自己也是。但是人们往往忽略了一点，找一个人是容易的。留住这个人，去相爱和信任，才是最难的。

"我们只是希望你能幸福，糖宝[①]。"

"我会努力的。"劳累了一夜，他感觉到肩胛骨之间一阵刺痛。"再见，"他说，"你多保重。"

杰罗姆回到家，洗了个澡，小睡了一会儿。然后他回到办公室，开策划会、检查库存、做工资表和其他文书工作。他扫视了一下店面，想看一眼玛戈·索尔顿，但不见她的踪影。

下班后，他和他妈妈约在码头见面，准备晚上出海。帆船运动是艾达年轻时就有的爱好。她有时会说，在过去那个年代，黑人女孩是不可能追求这种爱好的，但她对帆船情有独钟，也有这方面的

[①] 原文为"Sugar"，本意为"糖果，宝贝"。同时这也是杰罗姆的姓氏（休格）。——译者注

天赋。他继承了这种天赋,也希望他的儿子们能爱上这项运动。

除了大家俗称"狭缝"的区域,海上没有一缕雾气。只有他们两人独处,就像他小时候经常跟着妈妈出海那样。他父母对他非常好,但回想起来,他察觉到他们的婚姻里总有一种沉寂的剑拔弩张。虽然他们很少吵架,但离婚是众人意料之内的结局。

"我能完完全全地拥有你,真好,宝贝。"他妈妈会这么说,她微笑中流露出的宠爱,总让他感觉沐浴于阳光之中。难怪他会慢慢喜欢上她的爱好——航海和烘焙。

杰罗姆在成长过程中享受过不少优越的条件,他希望自己能一直心存感激。他的父母努力工作,买了一所漂亮的房子。当地的学校是一所好学校——当然,这里的"好"是指大多数学生是白人。有时人们会说他能上那所学校很幸运。他们也告诉白人孩子他们很幸运吗?当然不。杰罗姆完全理解他们说这句话的原因。

他也很理解为什么他们希望他成为篮球队的中锋和橄榄队里跑得最快的跑卫。当他参加校际帆船队的选拔,决心证明自己时,他同样清楚为什么人们会如此惊讶。到第二个赛季,他已在这项全世界白人参与度最高的运动中屡次捧得奖杯,自然令人侧目。

今晚他们则不慌不忙。驾帆船是杰罗姆和他妈妈都很享受的消遣活动。他们绕到天使岛的后侧,那里风力足够强,能推动他们穿过浣熊海峡。艾达·B穿着风衣,戴着紫色无檐便帽,看起来十分年轻。她仰着脸,面朝夜空,健壮的双手稳稳地握着舵柄。返航时,他们以船体速度顺风航行,感觉神清气爽,想饱餐一顿。

他们买了炸鱼薯条外卖,带到艾达家。她的厨房充满了回忆。正是在这里,艾达展示了烹饪天赋和手艺,这使得她能在 20 岁时创办"糖"并取得成功。也正是在这里,她的技艺变得越发精湛,食谱也渐趋完善——口感厚实的底特律磅蛋糕、空气般轻盈的糕点、招牌香槟蛋糕、最畅销的哥拉奇[①]，这些都是在这个老式家庭厨房里研发出来的。她常说，饼干是对烘焙师技艺最纯粹的考验。原料很简单，关键全看技巧。选用冬小麦面粉，过筛两遍。准备一块冷藏黄油，用刨丝器擦成黄油碎。在白脱牛奶里湿润指尖，像呵护易破的肥皂泡一样揉捏面团。在他妈妈身旁，他发现了自己的人生意义。

在烘焙厨房里工作，就像驾驶着帆船横风航行[②]，这是船速最快的时候。他喜欢烘焙工作的方方面面——紧凑的节奏、香气、声响、与其他帮厨和供应商的合作情谊、顾客。令他着迷的不仅仅是烘焙工艺，还有这个行业本身。顾客想要什么日常产品？什么适合特殊场合？哪些产品利润最高？

高中毕业后，杰罗姆就对自己的未来有了清晰的认知。在大学里，他学的是酒店管理和创业学。他利用一年的时间旅行游学，尝遍了欧洲、非洲和亚洲的美食。他在巴黎的雷诺特厨艺学院[③]参加了培训课程，到柏林学习制作德式蜂蛰蛋糕。他品尝过澳门奶香浓郁的葡式蛋挞和开普敦美味可口的糕点。他在泽西岛学习黄油的制作工艺，在温哥华岛探索过纳奈莫条的奥秘。

正是纳奈莫条让他走进了婚姻的殿堂。在一个熙熙攘攘的维多利亚式咖啡馆，他想抢占吧台前的座位，这时他留意到身边的女士正小口地品尝某种甜点，甜点里夹有奶油糖霜，上面浇了一层巧克力。她听闻他从来没有尝过这种甜点，于是坚持让他尝一下。

就在那一刻，他爱上了纳奈莫条。往后没多久，他便爱上了弗

---

① 哥拉奇（kolache）是一种以面团为主，配以不同馅料的酥皮点心，馅料可以是水果、奶酪等。——译者注
② 横风航行是速度最快且最简单的航行方法，此时风以 90 度垂直吹过船，保障了稳定而有效率的航行。——译者注
③ 于 1971 年在巴黎创立，被认为是法国厨艺界的哈佛大学。——译者注

洛伦丝。他们把这次邂逅算作第一次约会。

一年后他们结婚了，又过了一段时间，男孩们也出生了。杰罗姆的父母教育他要有所成就，在社区里做出贡献，组建家庭，保护他所爱之人的安全。

他已经实现其中两个期待了吧，他心想。

又过了几年，弗洛伦丝提出两人分开。她感觉不幸福，已经有一段时间了。在内心深处，他也有相同的感觉，这印证了弗洛伦丝的感受，他也因此郁郁寡欢。他们如履薄冰，不去触及这个问题，都想等对方先说出来。为了孩子们，为了他们曾经共同拥有的梦，他和弗洛伦丝苦苦坚持，直至幸福熬成了痛苦。所以，虽然烘焙是他的终生事业，却并不能帮他确定终生伴侣。

在那个漫长而悲伤的婚姻破裂阶段，他妈妈成了支持他的盟友。"如果你找不到办法来解决问题，"她说，"那可能她就不是命中注定的那个人。"他明白，这是她从自身经历中得出的人生智慧。

现在，他们坐在厨房一角的胶木餐桌旁，厨房墙上贴着70年代时兴的壁纸，两人吃着香酥鲜嫩的炸鱼薯条。

"我碰到我们邻居了，"杰罗姆说，"玛戈·索尔顿。"

艾达·B用餐巾纸擦了擦嘴，说道："嗯哼。"

"她……和我想象中的不太一样。"

"嗯哼。"她重复了一遍。艾达·B的"嗯哼"能有千万种解读。

"你想说什么？"他嘎吱嘎吱地嚼着一片炸鱼块。

"她可是个美人儿，还是单身。"

"噢，别，"他说，"她年纪太小了，不适合我。"

"她多大了？"

他摇摇头。"太年轻了，别想了。你想撮合人，先从自己开始吧。"这些年来，他一直想让妈妈出去约会。他甚至为他们俩报了交际舞课，就是为了让她时不时能走出家门。

她皱起鼻子，说道："那不一样。我习惯了自己的生活方式，而你才刚开始。"

"你的生活还有很多变数。"他说。最近他很担心她，不是担心健康问题，她总是朝气蓬勃，很有活力。她会给免费社区报纸《微小改变》写专栏文章，她有一群来自教会的朋友，在帆船俱乐部里也表现得很积极。她会在旧皮革封面的本子上记录文字，本子的封面凸印着"航海日志"四个字。

但是，她最近有点心不在焉，神色恍惚。杰罗姆提起时，她只是笑笑说："我没有不开心，只是朝花夕拾吧。"

"朝花夕拾，什么意思？"

"考倒我了。应该是所谓的重拾往事吧。我们老人就爱回忆过去。"

"别闹了，你那么年轻。"

"我不年轻了。"

"对了，说起回忆，我有东西给你看。"他拿出旧报纸，放在桌上，"玛戈在整理厨房时发现了这个。是一份70年代的周日报纸。"

她调整了一下鼻梁上的眼镜，身体前倾，凝神注视着文章和图片。"噢，我亲爱的上帝，"她说，"这不就是让我回到过去吗？天啊，那会儿我正年轻，对吧？"

她缓慢地掀到下一页，翻到她和那个白人男子的合照。那一刻，杰罗姆察觉到她从脸部到身体都发生了微妙的变化。她柔软了姿态，嘴角露出他所见过的最甜蜜也最忧伤的微笑。

"这个男人是谁，妈妈？"他问道。

她抬起头，眼神游离，似在梦中。"你说什么，宝贝？"

"这个男人，"他重复道，"他是谁？"

第二部分

因为我的心总是躁动不安,所以每次冥想都快把我逼疯。但是,只要给我一团生面团,让我编织出一场并不遥远的梦——滚烫的樱桃馅饼,表面的条带交错有致,再撒上少许美妙的糖粉——一种澄明宁静的感觉就会油然而生。那一刻,我心静如水。

——谢里尔·谭(Cheryl Lu-Lien Tan)

四

1972 年，夏天

男孩的名牌上印着"弗朗西斯·勒布朗"。一头飘逸的金色长发，让他看起来像个电影明星，就像《虎豹小霸王》[①]里的某个演员。对，圣丹斯，那个圣丹斯小子。这部电影艾达至少在帕利塞兹看了四次，因为电影延长上映了。当然，她得偷偷摸摸地去看，因为她父母管教很严格，有脏话和枪击镜头的电影都不能看。

弗朗西斯·勒布朗不像是会骂脏话或开枪的人。

她向前走到桌边，低声说了这个名字，嘴里像是含着一块甜滋滋的棉花糖。

可能是被他听见了，因为他咧嘴笑着说："对，是我，弗朗西斯·勒布朗（Francis LeBlanc）。大写的 B，如果要准确拼写的话。"他的名牌上标明他是一名志愿者。他递给她一张登记表。

她低头盯着他，感到一阵错愕，心里迸发出不可名状的感觉。也许是似曾相识，但她很肯定他们素未谋面。

[①] 《虎豹小霸王》是一部美国剧情电影。影片主要讲述布奇·卡西迪、圣丹斯小子组成的"虎豹小霸王"是美国西部一个小镇的劫匪头目，两人在多次抢劫邮车之后被警方通缉，因而走上逃亡之路的故事。——译者注

"我不介意拼写得严谨些。"她说着,在表格上认真写下她的名字。

"你是艾达·B.米勒,"他说着,歪头看着她的名字,誊抄到一个名牌上,"来自珀迪塔街福音布道所厨房。"

她放下一个烘焙纸包装盒。"我给志愿者们带了些曲奇。"

他的蓝色眼眸一下亮了。"介意我偷吃一块吗?"

"当然不介意。"她解开绳子,打开盒子。"我自己做的,你喜欢黑白曲奇吗?"

"噢天。"他尝了一块,露出幸福的微笑。"谢谢。这是我吃过的最好吃的曲奇,我说真的。"他递给她一个名牌,"米勒小姐,你今天过得怎么样?"

"挺好。"她说,言语中带着羞怯。她在男孩子面前总是很害羞,尤其在白人男孩面前。尽管她已经从学校毕业了,但依然如此。她只认真谈过一个男朋友——道格拉斯·休格。他比她大两岁,一毕业就跟她提分手了。

她挺起肩膀,抬起下巴,决心让自己看起来不那么忸怩。"我是来给今天的联合行动帮忙的。"

"争取种族平等和反对战争,"他说,"你来对地方了。"

艾达渴望找准自己的位置。她刚从学校毕业,一直满心期待着发生一些神奇的转变。迄今为止,什么都没有发生。她在一家小型商业烘焙店找到了一份自己喜欢的工作。星期天,她去教堂,在唱诗班里唱歌,唱完后还会供应饼干和戚风蛋糕。她每周有三天会到珀迪塔街当志愿者。但她仍是那个刚高中毕业的女孩,读过很多书,烤得出镇上最美味的曲奇,听着让父母翻白眼的歌。

她过着最平淡无奇的生活。她从来就不算是多优秀的学生,但只要能让她在校报的社论版发表自己的观点,就能写出文笔不错的文章。她爸爸是福音教会的牧师，妈妈是妇女论坛的组织人。布道所里的孩子们说他们最喜欢艾达。她的老板说她是他聘请过的最好的面包师。她也喜欢和朋友们出去玩。

尽管如此，她仍在等待生活的惊喜，期待过上不平凡的人生。

"那么，艾达·B.米勒，"弗朗西斯说，"你的名字是随艾达·B.韦尔斯[①]起的吗？"

这震撼到她了，没有多少人能想到这层联系。但她注意到他穿着一件加州大学伯克利分校的T恤。一个伯克利的机灵鬼。

"她是我妈妈崇拜的一位英雄。"她说道。

"你今天怎么参加游行呢？"他问道。

"我坐富尔顿街电车线来的。"

他咧嘴一笑。那个笑容她可以看上一整天。"我是说，你是哪个团体的？"

"噢！"她感觉脸颊通红。"黑人退伍军人和平协会。"她说道，"我叔叔获得了参战奖章和紫心勋章[②]。为了支持反战，昨晚他去了牛宫（Cow Palace），将奖章撂了起来，一把火烧掉了。"

弗朗西斯·勒布朗又低头看了看她的名字。"你叔叔是尤金·米勒吗？"

她直起身子，为他知道这件事而感到骄傲。"没错。"

尤金叔叔是斯托克利·卡迈克尔的朋友。因为与白人被召集入伍的数量相比，绝大多数黑人都被征召入伍了，斯托克利为此表达抗议。那些仍在国内为争取平等而奋斗的男性，却因为一个大多数

[①] 艾达·B.韦尔斯（Ida B. Wells），美国非洲裔记者，揭露了对黑人处以私刑的残酷现象，领导了反私刑运动。——编者注

[②] 紫心勋章（Purple Heart）是美国军方的荣誉奖章，自1932年2月22日起开始颁发，一般颁发给对战事有贡献或于参战时负伤的人员。——译者注

人都不理解的理由被送往海外,这似乎有悖常理。当斯托克利站在希腊剧院的舞台上大喊"去他的征兵"时,尤金叔叔就在他身边。

艾达认识很多应征入伍的男孩。她的前男友道格拉斯在基础训练中有一只耳朵失去了听力,于是获得了光荣退伍的资格。人们说他很幸运,但如果自由的代价是永久残疾,他还能称得上幸运吗?

艾达继续和弗朗西斯交谈着,她忘记了害羞。他说,他在当地码头有份工作,教孩子们驾驶帆船。她告诉他,她去过伯克利,被他大为惊奇的表情逗笑了。五年前,她的父亲带着全家人来到伯克利校园,在斯普劳尔广场的台阶上听马丁·路德·金博士的演讲。她身材小巧,身手敏捷,爬上了一棵桉树,这样就能更清晰地看到这位伟大的领导者。

"我真希望也能亲眼看到。"弗朗西斯说,"那时我还是缅因州的一名学生,整天在船上瞎鼓捣。"

对艾达而言,缅因州听来像是世界的尽头。

他们一起走到集会区。那天她感觉有点异样,这种感觉深入骨髓。当弗朗西斯·勒布朗看向她时,就像温暖的阳光轻抚在皮肤上。他们在游行队伍中肩并肩走着,人潮涌动中,他俩牵起彼此的手,久久没有松开,一直走到金门公园。

他们坐在山坡的毯子上,面朝舞台。有人上台发表演讲和演奏音乐,人们拥抱、欢呼、吸食大麻,但艾达根本没注意到这些喧闹,因为她沉醉于了解弗朗西斯。他们无话不谈,聊个不停。她跟他聊烘焙,聊家庭,聊她有多爱这座城市。她谈到了教会的孩子们,说她希望他们能生活在一个更美好的世界。他说他正在学医。她觉得他是她见过的最聪明的人,并如实告诉了他。

"你知道你是什么吗?"他问道,凝视着她的双眸,脸上露出甜蜜的傻笑。"你是我见过的最漂亮的人,这不仅仅是因为你的外貌,更是因为你看待世界的方式。"

"你知道你是什么吗？圣丹斯小子。"

"那部电影里的吗？"他把头往后一仰，哈哈大笑起来。"我可不想落得像他那样的结局。"

"想都别想。"

尽管他们只认识了几个小时，但她感觉好像已经认识他一辈子。从来没有人像他那样看待她。他理解她的梦想，理解她对生活应该如何展开的期待。他注视着她的眼睛，认真聆听，好像她是世界上最重要的人。

那天结束时，"斯莱和斯通一家"乐队上台演出，响亮嘈杂的布鲁斯音乐声奏起，此时弗朗西斯转向艾达，用手捧起她的脸颊，吻了她。那是一个绵长的吻，温柔而深入，她体内的每一处感知都被唤醒，她收获了一种全然不同的体验。

他们在外面待到天黑，他坚持要送她回家，尽管她家与他要走的方向相隔数英里[①]。他开着一辆橘色的卡曼·吉亚敞篷车，直接把她送到前门。她紧紧抱着他，不想说再见。

他们交换了电话号码，他与她吻别，道了晚安。她不想就此结束。

前门的顶灯亮了，他们像一对正在觅食的浣熊，吓得立马松开对方。艾达的父亲穿着睡袍和拖鞋站在门口，老花镜从鼻子上滑落下来。

"爸爸，这是弗朗西斯。今天游行认识的。"

"您好，米勒先生。"弗朗西斯伸出手，他们握了握手。

爸爸神情严肃，脸僵硬得像一堆雕刻过的木头。这不是什么好

[①] 1 英里约等于 1.609 千米。——编者注

兆头。"谢谢你送她回家。"

"是的，先生，如果您允许的话，我想——"

"晚安。"她父亲说，"艾达，很晚了。你该进屋了。"

· · ·

弗朗西斯在艾达父亲这儿遭到的冷遇为接下来的几个月奠定了基调。然而，这个插曲并没有夺走她与这位有趣的陌生人意外邂逅的浪漫。早上醒来时，她会想起他；晚上入睡时，她还是会想起他。他们一起参加集会和静坐示威，一起听演唱会。弗朗西斯承认他对这座城市知之甚少，于是他们开始探索起城市各处。他们去了要塞公园和市场街上的威斯菲尔德购物中心及富豪影院附近，这些地方的商业剧院令她望而却步，在窥视秀摊位上她只敢偷偷瞥一眼，商店橱窗展示的商品勾起了她对人们的好奇。她还带他游览了《肮脏的哈里》①的一些取景地。

弗朗西斯也想带艾达看看他的世界。他带她去联合广场听音乐，他们听过史蒂夫·米勒乐队、桑塔纳乐队和杜比兄弟乐队，这些都与她父母和他们的朋友在菲尔莫尔街区听的爵士乐迥然不同。

他把她带到了加州大学，全美国最久负盛名的抗议和骚乱之地。校园里几乎每天都有专题讨论会。自从多年前听过马丁·路德·金博士的演讲后，她就再也没有踏足过大学校园。对她来说，这就像到了异域，那里每个人的衣着打扮和弗朗西斯很相似，他们穿着五颜六色的衣服和阔腿裤，服装上点缀着珠子或流苏的装饰，留着长直发，手臂环抱着严肃读物。每一场对话都言辞恳切，似乎每个人

---

① 《肮脏的哈里》（*Dirty Harry*）是一部1971年美国动作犯罪惊悚片。——译者注

都需要发表极其重要的言论。他们谈论战争和社会正义，就好像他们在竞选公职一样。

她向弗朗西斯坦承，她在学生群体中感到格格不入、局促不安，弗朗西斯一脸惊愕地注视着她。"艾达，你看起来像一个可以统治世界的女人，你可以与任何人并肩而立。"

"当然，"她说，"只要我能申请入学，成为在校生。"

"你明知道你可以的。"

她哈哈大笑，摇了摇头。上大学这个想法就像月亮一样遥不可及。

弗朗西斯承认上大学花销不菲。他自己也不得不休学一个学期，这样他就可以多工作几个小时，为最后一年的学费攒钱。攒够后，他就能继续上医学院。

他们谈天说地，有说不完的话。生与死，战争与和平，当然，还有黑人与白人。在他们生活的世界里，这是无法否认或回避的话题。她打心底里清楚，这个世界还没有准备好接纳他们这样的爱情，但她愿意用更多的精力去做激烈而坚定的反抗，来呵护这份爱。

他在镇西侧的退伍军人医院做志愿者工作，她也跟着一起去了。弗朗西斯与病人坐到一起，主动和他们聊天，充分展现出关爱他人的一面。弗朗西斯告诉艾达，他们中的大多数人只是渴望被倾听。他们都能说出些有价值的内容。

有过一次气氛紧张的场面。有个红头发的越战老兵，拳头硕大，脖子上有纹身。他伸出手，一把抓住弗朗西斯的衬衫前襟，说道："我给你个警告。"

艾达望向病房外的走廊，想寻求帮助，但弗朗西斯摇了摇头，回应病人说："怎么了？你在想什么？"

那家伙紧紧抓住他的衬衫。"听着，如果你的编号被抽中了，你就反抗,听到了吗?"

"你是说征兵。"

"当然是这事。你一定要反抗,答应我,别去越南。那些人从来没对你做过什么坏事,我们不该在那折腾。你去了只会徒增麻烦和痛苦。"

"我听进去了,大哥。"弗朗西斯说。

那家伙把一张名片塞到弗朗西斯手里。"拿着这个。如果你被征召入伍,这能联系一些可以帮你的人。"名片上写着什么开往加拿大的和平列车。

"你是学生,你不会被选征的。"艾达后来指出。

"尼克松计划对越南的主要港口布雷,这意味着增兵。有时候学生也得去。"

"你不能去,"她说,心里泛起恐惧的寒意。"你得和我在一起。"

"这是最好不过的。"

她带他去了珀迪塔街的布道所,他全身心地投入志愿者工作中,在慈善厨房帮忙,还照顾起孩子们。只要他俩在一起,似乎做什么事情都无关紧要。

在一个微风习习、阳光明媚的下午,弗朗西斯他从朋友那里借来一艘帆船,带她出海。他从小就生活在缅因州的一个海滨小镇上,自小和帆船运动结下不解之缘。他是加州大学帆船队的队员,想与她分享对这项运动的热爱。

她虽然在海湾长大,但从未坐过帆船。他给她穿上一件散发着霉味的笨重救生衣,说她看起来像个航行老手。也许他说对了,因为她很享受在船上的每一刻,哪怕在船体倾侧、船边几乎掠过水面这样可怕的瞬间,她也从容自若。几节课上完后,他说她能像专业人士一样驾驶单桅帆船了。

驾驶帆船是一门真正的艺术。当艾达能够独立在海湾里航行时，弗朗西斯递给她一个扁平的盒子。"我给你准备了一份礼物，纪念你的第一次独自航行。"

盒子上标着威姆斯&普拉斯（*WEEMS & PLATH*）[①]，里面装着一支钢笔和一本皮革装订的空白笔记本。本子封面上凸印着"航海日志"四个字。

"你需要一本自己的航海日志。"他说。

"航海日志。"

"来记录你去过哪些地方。"

在遇到弗朗西斯之前，她哪儿也没去过。"你是指出海去过的地方。"

"没错。你可以记录下你在海上的航行时长。这样一来，你想租船时，这就是你的经验记录。一旦你取得证书，它就是你取得成绩的记录。"

"租船。"艾达嘟囔着，指着停泊在码头上那些色彩各异的船队，"谁会租一艘船给我呢？"但她不想显得不懂感恩，所以她把本子抱在胸前，"等到那时候，我会准备好的。"

一天，他们俩带着一群学龄儿童从教会日托中心去码头。孩子们出身于资源缺乏的低收入社区，一路上叽叽喳喳，准备迎接冒险。孩子们到达码头时，全都高声欢呼起来。

"终于啊，"一个男孩说道，"终于不用老去旧公园和博物馆了。"

他们从面包车上蹦下来，按捺不住激动的心情，都想到码头一探究竟。码头上有棕色的鹈鹕和海狮，海葵和藤壶攀附在木板和桩子上，浅滩上成群结队的鲦鱼闪烁着银光。

[①] 威姆斯&普拉斯（WEEMS & PLATH）创立于1928年，是一家经营航海导航、照明、计时、安全、记录等相关产品的公司。——译者注

"你们一定会喜欢在水上的感觉。"弗朗西斯说，领着大家来到船棚。他和艾达帮孩子们穿上救生衣，还给他们做了基本的安全教育。他向大家展示了如何装配可载两人的激光级帆船。他计划把孩子们逐个带上帆船出海体验，而艾达则留守码头照看其他孩子。他们蹦蹦跳跳，趴在地上把渔网浸入水中，一抓到螃蟹或小鱼时就兴奋得大喊大叫。

起初，艾达没有注意到码头周围的其他人。他们还是平常穿着码头工人（Dockers）[①]、休闲鞋和开领短袖衫的那群人。然后她意识到，那群人在注视着孩子们，他们挡着阳光，眯起眼睛，三五成群地聚在一起。她感到脖子后面一阵刺痛，这是一种警告，但她试着不去理会。弗朗西斯和第一个学生起航了，那是一个叫利昂的男孩，风将船帆吹得鼓胀时，他高兴得尖叫起来。其他孩子在码头上看着，其中几个吓得睁大了眼睛。

过了一会儿，港务长大步朝她走来，还有一个类似警察的人陪同着。他的衬衫上绣着一枚徽章，上面写着"海军陆战队军官"。

又来了，艾达心里默念着，挥手示意弗朗西斯返回码头。他们很快就回到岸边，系上缆绳。利昂从船里爬出来时摇摇晃晃，逗得孩子们发笑，他们异常激动，围在他身边。"太酷了。"他说。

"轮到我了吗？"有孩子问道。

"不，该到我了。"另一个孩子说，两人吵了起来。

"你有使用公园设备的授权吗？"港务长问弗朗西斯。

艾达完全理解这个问题隐含的意思。

"我签字登记过才用船的，和其他人一样，"弗朗西斯说，"有什么问题吗？"

[①] 来自美国的简约休闲服装品牌，旨在为消费者提供牛仔裤和正装裤之间休闲服饰的选择。——译者注

"船只是公园部门的财产。"

"我签字登记了,每次来都是这样做的。现在你是说我不能使用这些船?"弗朗西斯没有提高他的音量,但她听出了言语中的针锋相对。

"我是说,未经批准你不能教帆船课。"

"那群人又在干嘛?"弗朗西斯指了指水面上的一群白人,他们正在属于公园的船上嬉戏打闹。"他们经过批准了吗?"

港务长抿紧嘴唇。"问题是,你不能随便带其他人来这儿使用我们的船。你需要申请许可。"

"过去三年我一直来这里,"弗朗西斯说,"我带过很多人来——孩子们、学生们、成年人。我在这当帆船教练。从来没有人说过我需要申请许可。"

那家伙的脖颈和耳根涨得通红。艾达认得这个预兆。

她走上前去。"先生,如果您能出具那张许可申请表,我们马上就给您填好。"

港务长瞥了海军陆战队军官一眼,然后又看了看那群穿着五彩斑斓的开领短袖衫的围观群众,最后转向艾达。"我得和中心管理部门核实一下。"

"那好吧,"弗朗西斯说,"你先去核实,我们留在这里。"

"先生,在问题解决之前,你需要和你的客人一起离开这片场地。"海军陆战队军官告知他。

她看到弗朗西斯攥紧了拳头。这是她一生中有时会经历的愤怒。对他来说,这可能是第一次。

"我们走吧。"艾达说着,把手搭在他的胳膊上,"等我们搞清楚这个公园的规章制度,我们再回来。"她带着怒火瞪了瞪那两个男人,然后转过身,刻意与那群旁观的白人对视。

她和弗朗西斯沉默不语地帮孩子们脱下救生衣，放回船棚里。大家异口同声地抱怨着没有轮到自己。"我们会回来的，我保证，"弗朗西斯说，"人人都有机会上船。走吧，我们去找冰激凌车。"

"冰激凌！"还好，孩子们的注意力很容易就被转移了。

"我不敢相信，我们就任由那些人针对我们。"弗朗西斯在他们开车离开时说。

她意识到在这种情况下没有"我们"一说。一个白人使用帆船是不会引起关注的，而一群黑人孩子则会被视为祸害。

"你要学会选择战斗的对象和场合，"艾达说，"你得清楚自己愿意死在哪座山上。当我像这些孩子这么大时，我和朋友们去罗斯福游泳池游泳。那里的白人非常恐慌。他们不想和我们在同一个泳池里游泳，甚至不想和我们用同样的毛巾。为此吵架是徒劳无益的。最终，规则得到了修正，但不是通过打斗实现的，是我们通过他们建立的体系实现的。"她长叹了一口气。

"一定很累人吧，"他平静地说道，"我很抱歉。听我说，我会想办法，让你感觉这回没那么累的。"

她不明白他的意思，直到一个星期后，他们再次去到活动中心，他让所有孩子都挤进面包车里。

"你不能再带他们出海了。"当他转向通往码头的桥时，她提出反对。

车里的孩子们一阵欢呼。

"没事的，"弗朗西斯说，"你待会儿就知道了。"他频繁地看表。他们停靠在码头上，然后艾达就明白了。迎接他们的是《观察家报》的记者和摄影师。一周后，他们登上了杂志的周日刊。

她父亲对此一脸不悦。"我们不需要一个白人男孩来代表我们，干涉我们的事。"

"也许我们都需要彼此。"

"你最好远离帆船。只有要去某个地方时才需要坐船。"

她抱着双臂,扬起下巴。"我喜欢驾帆船,我很擅长。这与种族无关。"

他猛地拍了下摊在桌上的杂志。"这完全是种族的关系。你能去那儿的唯一原因,是那个白人允许你去的。"

她退怯了。"这不是真的。我——"她一时语塞,知道自己会因为受伤害而哑口无声。她知道父亲是对的,也知道她永远无法说服父亲支持她对弗朗西斯的爱。

她母亲的措辞比较温和。"宝贝女儿,很多事情就是这样。我很抱歉,这世界还没有发展到能接纳你们的时候。"她听出了他们话里话外的怀疑,就像受损唱片上播放着的歌词——除了心痛,你一无所有。

"你们不理解,"她噙着泪花对他们说,"这种感觉很特别,我从未有过。我们注定要在一起,我很肯定。"

"你觉得他的家人能接受你吗?"她母亲问道。

"我爱的是弗朗西斯,不是他的家人。"

"这无法割裂。爱上一个人,你就成了他世界的一部分。"

"他也是我世界的一部分,"艾达说道,愤恨的感觉刺痛着她,"我不知道他的家人是否会接受我,但现在看来,我的家人已经做好拒绝他的决定了。"

弗朗西斯邀请艾达出海,不带孩子们。她在帮忙装配帆船时有种叛逆的感觉。他充满自信,而她沉醉在航行于水面上那种流连忘返的愉悦中。天气温暖惬意,微风拂面,阳光泼洒在波光粼粼的水面上,像往海面撒下了光芒耀眼的金币,世界上似乎没有什么是不可能的。

出海航行让她忘却了烦恼，因为她全然沉浸在当下，不再思虑别处，她的思绪飘散到下一阵凉风的方向。她已经像爱他一样爱上了航海，爱上这种无拘无束的快乐和放纵。

吹拂着咸咸的海风，他们结束了航行。弗朗西斯把艾达带到一处私人船屋，他朋友的父亲在那里停泊了一艘船，名为"安丹特号"。不是太阳鱼牌[①]或激光级帆船，而是真正的舱式游艇——一台"卡特琳娜"[②]。船舱极致奢华，身处其中，感觉与世界完全隔绝。而且，现在这艘游艇只属于他们。

他伸出手，掌心朝上，引领她上船。她环视四周，看到一间光线暗淡、温暖舒适的房间——用航海术语说，那是交谊厅——然后他们走到船头的特等客舱中。他让她躺在一张有方角的床上，她展开手迎接他的拥抱。他答应会像珍惜全世界最贵重的宝物一样呵护她，因为她就是无价之宝。这不是她第一次和男孩在一起，她和她的高中男友有过几次磕磕绊绊的亲密行为。她很清楚，如果没有爱，做爱也就无从谈起。这是艾达第一次体验到做爱的真正感觉。弗朗西斯让她感觉自己倍受珍爱且是独一无二的，现在她有勇气相信，他们就是天生一对，永不分离。

事后，两人沉默良久。然后她转身面向他，将脸颊枕在他掌心，微微一笑。

"我看见星星了，"他轻语道，"我发誓我看见了。"

"弗朗西斯，听听你说的话。"她停顿了一下，依偎着他。"你去教堂吗？"她问道。

"不去。我是说，我还是孩子的时候，我们镇上的大多数人都去第一公理会教堂。真的是无聊透顶。要做一堆毫无意义的祷告，不

---

① 太阳鱼（Sunfish）：知名帆船品牌之一。——译者注
② 卡特琳娜（Catalina）：美国游艇品牌。——译者注

然就是唱几首无趣的赞美诗。他们希望我们成为虔诚的基督徒，但是在45分钟的布道里，他们只告诉我们，如果我们不遵守每一条该死的规则，我们就会落入地狱，受烈焰焚烧。这种布道只会适得其反。这就是我对'不，我不去教堂'所作的冗长枯燥的解释。你为什么这么问？你去教堂吗？"

"无趣？"她微笑着问，"无聊透顶？亲爱的，你去错教堂了。"

"有对的教堂可去吗？"

. . .

艾达在教堂外等待弗朗西斯时，她的胃就像单桅帆船上的帆，只需一阵风便把她吹得弓腰弯背，紧张地颤抖着。他已经向她展示了他的世界，她也想让他体验一下她的世界。带他去做周日礼拜是一个冒险的举动，但她不希望他们的爱一直都是不为人知的秘密或是令人担忧的事，后者是她父母总挂在嘴边的。

教堂是属于每个人的，她提醒自己。

如果是加州大学伯克利分校的白人男生，且他们说自己不喜欢去教堂，那教堂还欢迎他们吗？

教堂是属于每个人的。

尽管如此，当他将卡曼·吉亚轿车停在教堂对面的马路上，从低椅座里探出他瘦长的身躯时，她还是有点惊恐不安。不可否认，弗朗西斯与其他信众形成了鲜明对比。他穿着米色休闲裤和衬衫，搭配宽领带和便士乐福鞋。但他仍露出友好的笑容，眨着晶蓝的双眼，他向众人自我介绍，并热情地与对方握手。

虽然她爸爸的教堂很小，但做礼拜的时候，教堂里会传出响亮的声音。她喜欢看到弗朗西斯脸上流露出惊喜和愉快的表情。他摆手拍掌，笨拙得像个落地钟的钟摆，但这似乎并没有给他自己和旁人造成困扰。

礼拜结束后，他看着接待区里悉数摆开的美食，说道："这就是天堂，对吧？我肯定升入天堂了。"

他似乎没有注意到大家好奇的目光。他非常享受这些家常美食，女士们因此极其兴奋。

"艾达，我做梦都忘不掉你做的香酥饼干，我发誓。"他说。

"等我开了自己的烘焙店，它就是菜单里的常驻产品。"

"我喜欢听你说自己的规划，"他说，"我喜欢你为自己铺设好未来的路。"

听他这么说，她很欣慰。大多数和她一起上学的同学都已经结婚了，其中很多人都有了孩子。似乎她一个转身，就总有好管闲事的人问她什么时候安定下来，什么时候结婚。她当过很多次伴娘，她的衣柜里已经塞满了那些她可能再也不会穿的糟糕礼服。

很多事情就是这样。艾达想寻求一些不同寻常的东西，但很多人不理解。

• • •

弗朗西斯休学后，还一直与他学校的朋友保持联系。他邀请艾达参加在人民公园举行的一场集会。大学管理部门曾计划在那里建造宿舍，后来学生们发起抗议，迫使他们将其改建为球场和公众聚集场所。

迄今为止，艾达意识到加州大学是抗议活动的温床，大多数活动积极分子甚至都不是那里的学生。集会逐渐失控，警方带着警犬和催泪弹出现在现场，还有国民警卫队来增援。艾达惊恐地抓紧弗朗西斯。

"这种情况经常发生,"他说,"州长总是指派警卫盯着我们。"

"我们怎么离开这里?"

"这边走,"弗朗西斯说,"我看到了一个突破口。"他牵着她去往一个停车场。另外几个人也看见了这个缺口,猛冲过来,她的手松开了。

有什么东西重重地砸落在她的肩膀上,她大叫一声。一个催泪弹滚到脚下,喷出团团烟雾。她本能地把催泪弹捡起来,用尽全力扔掷出去。

"干得漂亮,"有人喊道,"你把它砸回到那些猪猡身上了。"

她咳嗽着,用前臂捂住了刺痛的眼睛。弗朗西斯找到了她,他们从人群中挣脱出来,冲到设有路障的街道上。

"就是她。"一个警察喊道。他与另一名警察从侧面围住艾达,将她和弗朗西斯拉开。

"你被捕了,小姐。"警察咆哮道。

"什么?不!"她脱口而出,"离我远点。"

他们没有放开她。不管弗朗西斯怎么努力,他们也不让弗朗西斯接近她。他们逮捕了她,并把她带到分局的羁押室。整个过程里她极度惊恐,害怕得发抖,竭力掩饰恐惧的泪水。周围的女人大唱大叫,跺着脚,而她只想把自己蜷缩成一团。每一分钟似乎都变得越发漫长,直到最后,她获准打电话给她父亲。

父亲来接她时,面色阴沉,怒容满面。他想方设法让她免受指控,恢复自由,因为逮捕她的警官还没填写逮捕报告。

在回家的路上,她告诉他事情的来龙去脉。"我们什么也没做,"她坚称,"他们扔起了催泪弹。其中一个打中我了,所以我把它扔了回去。"

"如果你只管好自己的事，什么都砸不到你。"

"如果没有人对不公正采取行动，什么都不会改变。还记得你和妈妈带我去听马丁·路德·金博士的演讲吗？还记得他说的话吗？'若我们拒绝为正义挺身而出，我们便走向灭亡。'"

"那你就为正义挺身而出，"他说，"别跟着一群嗑药的白人，假装自己是他们的同类。"

"我不是这样的人，爸爸。"艾达坐在她叔叔的车里，凝视着窗外。羞耻从她内心深处酝酿着，蔓延着，因为可能……可能父亲是对的。

...

"我不能再和你见面了。"艾达对着电话低声说道。她把门厅电话的听筒线拉至最长，然后蹲在门前的台阶上，紧紧抱着自己取暖。

"噢，宝贝，"弗朗西斯说，"我理解他想保护你。我从来都不想让你惹上麻烦。"

"这不公平，"她说，内心的渴望异常强烈，她感觉胸口闷痛，"我需要你，弗朗西斯。没有你，我感觉快要溺亡了。我们就不能一起离开吗，只有我们？"

"离开。"他声音沙哑，带着一种她以前没听过到的情绪，"艾达，有件事……"

"艾达·B.米勒，"她妈妈大喊道，"你去哪儿了？"电话线就像被拽住的鱼线一样绷紧了。

"听着，"他说，"到安丹特号来见我。我有件事要告诉你。"

他语气中的紧张使她焦虑不安。"三点半，等我从烘焙店下班出来。"

"艾达。"她妈妈又猛拉了一下电话线。

艾达把话筒砰地一声放回到座机上,走进屋里,她冷得瑟瑟发抖,埋着头,隐藏起眼泪。

烘焙店的时间漫长而煎熬,哪怕她做的是自己最喜欢的酸种哥拉奇。经理让她花时间开发食谱,结果这款甜点成了顾客的最爱。随后,后门送来了一大批烤香甜馅饼用的南瓜。送货员不是别人,正是道格拉斯·休格。他一直对她挤眉弄眼,让她回想起他们的高中时代。他体格强壮,笑起来像一个亮灯的广告牌。放在其他时候,她可能会经受不住诱惑,回应那些挑逗的眼神,但她的心永远与弗朗西斯在一起。她非常笃定。

艾达轮班结束后,换乘了两趟公交到达码头,在大门外等着,因为进入码头需要密码。你一定要在,弗朗西斯。我需要你。

他不在那里。她在水边来回踱步,戴着卫衣兜帽,来抵御潮湿浓重的雾气。弗朗西斯不会来了。也许他会同意她父母的看法,他们不应该在一起。但这种感觉怎么可能是错的呢?这是她经历过的最纯粹、最真挚的感情,失去了他,她真的一秒都活不下去。

时间一点点地流逝,似乎没有尽头。夜幕提前降临,她泪眼婆娑,沮丧失望,拖着沉重的脚步走回公交车站。候车亭上方的月亮藏在朦雾中,烘托出沉闷压抑的氛围。冗长的几分钟又过去了,她仍在等车。终于,公交穿过暮色,迟缓地驶进站台,她伸进口袋掏出一枚公交专用辅币。她刚踏上车门的第一级台阶,便听到有人喊她的名字,她转过身,看见弗朗西斯向她跑来。

如同一对强力磁铁,他们碰撞相吸,紧紧拥抱在一起。然后他拉着她的手,一起跑回码头,留下一串如释重负的笑声,如同在身后飘舞着一面隐形的长旗。他们回到安丹特号上,跌跌撞撞地爬上了船。自他们第一次做爱以来,他们一有机会就会回到船上,那是他们私密的、浪漫的避难所。他打开暖气,他们就扑向客舱的床上。

那种强烈的感觉让她喘不过气来,就在愉悦的边缘,她感觉到了别的东西。恐惧?绝望?

结束后,她从云端重回现实,他将她紧紧拥入怀中。

"有件事我必须和你说。"

这句话,无论用什么语气说出来,都不是好兆头。她从他胸前抬起头来,看着他的脸,端详着他脸部的轮廓和阴影。

令她震惊的是,他在哭泣。她之前从未见过他落泪。

"弗朗西斯?"

"发生了一些事。"

"天啊,什么事?告诉我。"

"艾达,我的编号被抽中了。"

她屏住了呼吸。她的脑袋还在消化他说的话,感觉像挨了一拳,麻木感如同快速见效的毒药一样侵袭全身。

我的编号被抽中了。

所有人都明白这意味着什么,所有人。他兵役应征卡上的编号被抽中了。意思是,在抽签中,如果一个人的出生日期被抽中,那他就必须到征兵委员会报道。哪怕他当众烧毁了应征卡,也不能逃避兵役。

"不,"她轻声说道,"你不能,这不可能。你不是学生身份吗?"

"我休学了一学期。"他提醒道。

"这不公平,"她说,她曾去过弗朗西斯做志愿者的那家退伍军人医院,关于退伍军人的回忆充斥着她的脑海。她回想起那些病人,身体残缺,遭受心理创伤,再想到他必须要去,她惊恐万分。"你将来是要当医生的。他们不能派你去越南。"

"噢宝贝,我也希望你说的是真的。"

当时美国正在北越的主要港口里埋雷,这势必会火上浇油,战况肯定会愈演愈烈。还会有更多的人在这场永远不会结束的战争中饱受煎熬,甚至付出生命。

现在弗朗西斯要被卷入这场战争中。想到这儿,她惶惶不安。

"别去,"艾达说,"弗朗西斯,我求求你。"

"我试过以'出于良心拒服兵役'①的理由申请豁免,但是被拒了。"

"我会请我爸爸写封信。他写过很多次了。他——"她截住话头,因为他脸上闪过了一丝表情,"哦天。你问过他了,是吗?"

"他尝试过了,宝贝。不具备说服力。"

她愤懑不平。"你不能去,你不能。拜托,弗朗西斯。我求你了。"

他坐直了身子,抓住她的肩膀。"我必须离开,宝贝。"

离开。她从他的语气里听出了什么。他要躲起来吗?去墨西哥还是加拿大?"对,"她说,"对,你必须离开。尽你所能远离这场战争。"然后她抱住他。"带我走吧,"她说,"我们一起离开吧。"

"亲爱的,这不行。我不会让你离开你的家人,你的朋友,你的教会。我不能向你承诺一个未来。我什么承诺都不能给你。"

"那我等你。战争结束后,我们就又能在一起了。"

他把嘴唇抵在她的额头上。"我全心全意爱你,我会永远爱你。我永远不会忘记你,艾达·B. 米勒。但是,我们结束了。事情就是这样的。我一旦动身出发,就一去不回了。"

在那之后的几天,艾达像病重的伤员一样四处游荡,没有食欲,也不想工作,不去约朋友,甚至连祈祷也不做了。她妈妈告诉她,

---

① 出于良心拒服兵役者是指由于思想自由、个人良心或者宗教信仰等的道义理由,要求拒绝履行军事服务权利的个人。——译者注

这是最好的结局，终有一天她会想明白的。她和弗朗西斯终究不是一类人。他们的生活和家庭背景大不相同，如果两人在一起了，只会招致无尽的麻烦。

悲伤和失落让人精疲力竭。她像个机器人一样机械地重复着每天的生活。活动中心的孩子们把她团团围住，她努力装出一副高兴的样子。一股反常的暖流吹入湾区，天气如春季般和煦，孩子们求她带他们驾船出海。但是她做不到，她没有证书，她对这项运动太不熟悉了。她是彻头彻尾的黑人。她的航海日志一笔未动。

一线希望在意料之外的地方出现了。道格拉斯·休格加入了布道所的志愿者团队，担任面包车司机。他和孩子们相处得很融洽，他有一种让孩子们着迷的创造天赋，他懂音乐，会变魔术和现编游戏。他和艾达领着孩子们外出活动，到唐人街买风筝。孩子们在颇具特色的商店里浏览着异国商品时，一个个都瞪圆了眼睛，这让心情低落的她振奋起来。他们去了海滩，正赶上退潮，经过海风吹袭、浪涛冲刷后，绵长平坦的沙滩不再细软。最后，所有的风筝都生龙活虎地飘在头顶上，花花绿绿的彩纸舒展在蔚蓝色的天空下。

之后，他们任由孩子们在浅滩撒欢奔跑，孩子们尖声叫着，看着冰凉的、泡沫般的海水绕着他们打转。然后他们回到布道所厨房，准备社区晚餐。道格拉斯提议开面包车送她回家。那时暮色深沉，她欣然接受了。

和道格拉斯在一起，她终于找回了自我，虽然心痛欲绝，但她已决心往前走。他在俯瞰金门大桥的风筝山顶停了下来，他俩下了车，坐在长椅上，目送着太阳落山。他展开臂膀搂住她，而她转过头来看着他，她内心的孤独往外蔓延开来。他吻了她，那种孤独感减弱了一点。

五

旧金山，2017 年

"你确定这套衣服合适吗？"玛戈问阿妮娅。今晚是开业之夜，他们在餐厅里齐聚一堂，听玛戈最后一次给大家加油鼓劲。

阿妮娅穿着一身低调的黑色，她匆匆打量了玛戈一遍，然后点了点头。玛戈选择了一条黑色牛仔裙、一双黑色牛仔靴和一件白色丝绸衬衫。"这是你的经典形象——靴子配短裙。不过，你是唯一能驾驭这种穿搭的人。"

"谢谢。"她用手顺着抚平裙子。她胃里翻腾得难受。就是今天了。

"发型和妆容也做得不错。"阿妮娅补充道。

"我去了趟美发沙龙，是不是太过了？"

"为了今晚？那肯定不过分。今天对你来说是特殊的日子。结束后有什么计划吗？"

"除了情绪崩溃之外？没什么打算。"

"一定要为自己做一些特别的事情。"

"我尽量。"玛戈顿了下，继续说道，"谢谢你这么照顾我。"她和她的总经理不是亲密的朋友，但她们在过去的几个月里一直密切配合，对彼此很了解。阿妮娅曾在海军服役，当后勤专员。她是单亲妈妈，有三个孩子，筹办过好几家餐馆的开业项目。面对大风大浪她也能处变不惊。

所有员工都聚集在一起，等着听最后的安排，从前台到后厨，所有员工都是她和阿妮娅亲自挑选和培训上岗的。她们预算紧凑，没有资金来聘请经验丰富的专业人士，所以转而招募品格良好的员工。团队里多数是年轻人，有些和玛戈当初在库比·沃森的店里打工时差不多年纪。他们的体型、身材和肤色各不相同，玛戈在他们身上寄予了所有的希望。

"终于，我们迎来了今天。"她背靠吧台站着，扫视着整家餐厅。"你们在培训和实践中表现得非常出色，昨晚的预演很棒。我希望你们的朋友和家人享受了一顿不错的晚餐。"

在最后一次运营预演中，她欢迎每个人都邀请一位客人光临。综合考量流程中的每一个环节，整场服务顺利收官。她喜欢看着人们品尝她辛辛苦苦准备的菜肴——坎迪的烤炉出品的美味腌肉、手工调制的酱汁、种类繁多的配菜，还有令人垂涎的甜点。

她相信她们寻找到了完美的调酒师。卡索，一名美籍索马里裔女性，能对数百种鸡尾酒的配方过目不忘，还能像物流专家一样管理库存。

他们为开业举杯，喝的是卡索调制的无酒精版果醋——一种由水果和香草混合而成的起泡饮料。"我擅长做饭，不擅长演讲，所以我就长话短说，"玛戈说，"我自十几岁起就梦想着今晚，如今这个梦想即将实现，千言万语都道不尽我的感谢。大家能在这里支持我，我真的感激不尽。如果我再多说几句，可能就会呼吸急促，甚至痛哭流涕，这可不是什么好事，所以，让我们各就各位，开门迎客吧。"

大家举杯相碰,然后各司其职。

店门外竖立着告示板,上面手写着新店盛大开业的消息。人行道上已聚集了一小撮人:为满足好奇心而造访的邻居,他们最近几周一直关注着筹备工作的动态;从网站上拿到优惠券的人;可能是被招牌旁那些黑白气球束吸引过来的路人。

玛戈感觉自己正处于情绪崩溃的边缘,要么抱头痛哭,要么歇斯底里地大笑。她所期待的一切即将实现,但她需要一点时间。

大家四下忙碌,放置好玻璃杯、摆正桌椅,而她走到屋后的巷子里,这是唯一一处似乎没有被忙碌的人群占据的地方。她背靠在大楼的墙上,闭上眼睛,试着调整呼吸。她感觉反胃恶心,胸口疼痛。呼吸……

"嘿。"杰罗姆的声音吓了她一跳,她猛地睁开眼睛。

他向后退了一步,举起一只手。"你不会又要打我吧?"

她低头看着地面。"也许,可能会。"

他轻叩了下眼镜。"顺便说一句,谢谢你。"

"我欠你的。"她给了他一张礼品卡,用来支付他新镜片的费用。

"你不需要这么做,但是谢谢。还有,你忘了我说过,别自己一个人到巷子里。"

她点点头,双手交叉,护着腰部。

"嗯,我只是需要点时间。"

"开业之夜的紧张?"

"惊恐全面发作。"

"真倒霉。我该怎么帮你?"

他疑问中的善意让玛戈几乎情绪失控。她抬头看着杰罗姆的脸——柔和的眼神,温柔的表情,柔软的嘴唇。

"我能挺过来的,"她说,"我之前应对过焦虑,我能挺过来的。"

"我要坦白一件事。我第一次见到你的时候，觉得你成功的可能性微乎其微。我以为你是用花言巧语忽悠了投资方，来玩一把开餐厅的游戏。我满心期待着看好戏，看你发现自己泥足深陷，很快就知难而退。"

"好吧，谢谢。"

"我想说的是，你改变了我的看法。当然，我的看法不是你关注的重点，但我目睹了你一点点让这个地方重新变得完整、恢复活力，你真的很优秀。有一种天生的能力。"

她哆哆嗦嗦地露出一丝微笑。"好吧。"

"我有6英尺高，重200磅[①]。你把我摔在地上，好像我不过是一口袋零钱一样。"

"我不是故意——"

"我知道，只是想提醒你，你所拥有的力量。今晚是属于你的一晚。掌控它吧，主厨。"

她把自己推离墙根。"谢谢，教练。"

"等一下。"他拉了拉她的胳膊。

她差点——差点——又条件反射了。即使过了这么久，突如其来的触碰还是会让她吓一跳。她希望他没有注意到。"什么？"

"你裙子上有灰。"他用手轻轻拂过她裙子后摆，"我可不是想占你便宜。"

"这是我很长一段时间以来距离约会最近的一次。"

"我会记住的。"

他的语气让她心里泛起了一丝涟漪。一种好奇的感觉，她希望有时间去探索下。"现在，我得失陪了，还有一家餐馆等着我去开

---

① 1磅约等于0.4536千克。——编者注

张。"玛戈抬起下巴,挺直肩膀,回到屋里。她穿过厨房,后厨的所有人已经各就各位。她继续走进崭新的餐厅,餐厅突然看起来空旷开阔,似乎不会出现座无虚席的那一刻。

库比过去常说,一家餐厅距离最好或最糟糕的夜晚往往只差一项服务。如果很不幸,某个夜晚很糟糕,那你就改善不足之处,在下一个夜晚尝试做得更好。

阿妮娅站在接待台,她俩眼神交汇,彼此都有些紧张。然后她走到门口,将牌子翻到"营业中"的一面,然后猛地推开大门。

"欢迎光临'盐'。"她说着退到一侧,一些人缓步进入餐厅,扫视了全场,不确定要不要进来。没人想成为餐厅里唯一的顾客,在工作人员过于殷勤的关注中坐立不安。不过时间尚早,玛戈并不担心。后来又来了几对夫妇,玛戈一下就精神起来了。

女迎宾按照最新款软件制订的计划安排客人就座。歌单里收录的是柔和的音乐,若隐若现的曲调从隐藏的扬声器中飘出。卡索忙着为顾客斟上免费赠送的鸡尾酒———一款添加了墨西哥辣椒和烟熏盐风味的玛格丽塔,提供标准版和无酒精版。

零星的三两个客人慢慢增加,来宾络绎不绝,形势乐观。有些客人是朋友、邻居和同事。玛戈的心理治疗师和她的伴侣一同到场了,可能是想看看到底是什么让玛戈在每周的面谈中如此烦恼。纳塔莉,街对面的书店老板娘,和她的丈夫皮奇一起来了,皮奇是给餐厅安装标志性吧台的承包商。

纳塔莉说:"这可能是孩子出生前我们最后一晚外出吃饭了。多了一个小孩,我们肯定会忙得不可开交,所以我们很期待两人在外独处一晚。我给你带了开业礼物,祝一切顺利。"她递给玛戈一本书。"我最喜欢的作家写的。"

"《光的活动》,"玛戈说,"我很快就会沉浸其中的。"她将书放进接待台的台面下。自她小时候发现了公共图书馆，阅读就成了她的避难所。街区里有一家熙来攘往的书店，真是幸运。

又来了几位客人，他们都为"盐"注入过生机——有烤炉木材的供应商，以及菜单的平面设计师。她满心欢喜地欢迎他们。她很希望顾客们能接踵而至。随后，门口恢复了漫长而痛苦的平静，玛戈的惊恐又有发作的趋势。玛戈让自己保持忙碌来平复情绪，在每道菜离开厨房之前她都检查一下，还在餐厅里来回走动。为了不打扰到食客，她小心谨慎地观察着，看他们的需求是否得到响应，另外，还让自己在探听客人的评论时尽量不要表现得过于明显。

不少客人对食物、饮料和装潢都赞不绝口。有人很喜欢菜品的份量，也称赞了新鲜出炉的面包、面包卷以及黄油味十足的厚切得州吐司，这些都是由"糖"烘焙店供应的。一些顾客留意到，餐厅着重选用本地食材。有的人还提及，作为一家烧烤店，装饰风格别出心裁。

有那么一瞬间——当她站在通往厨房的之字形过道附近，往外望向整片就餐区时——玛戈想将眼前的这一幕永远定格下来。那一刻，一切都很完美。她的餐厅和她想象的一模一样，甚至更为美好。想象成为真实。

她看着人们开怀畅享晚餐，举杯相碰。客人们谈笑风生，放松自如，显然非常享受此刻。有的客人品尝菜品后，满足得闭上双眼。

她心想，妈妈，我梦想成真了。我终于做到了。

一股自豪感油然而生，甚至喉咙有种意想不到的感觉，差点哽咽起来。但她没有时间为自己感到遗憾，因为只一眨眼的工夫，完美的时刻倏忽而逝。紧接着，灾难上演了。

一位客人退回了她的菜，因为公爵夫人土豆做得太软糯黏稠了。一个勤杂工和服务员在厨房过道里撞了个满怀，碰撞声听起来就像爆发了第三次世界大战。

在这波渐强的吵杂声中,格洛丽亚·卡拉韦拉斯和一群朋友光临了。人们本不应该认出一位著名的美食评论家,她的评论足以成就或摧毁一家餐厅。但她的身份是公开的秘密。过去,美食评论家都是匿名到场用餐,但如今要保持匿名已经不可能了。她穿着深色丝绸束腰外衣,戴着设计师品牌的墨镜,发型精心打理过,指甲修长而有光泽。她能纯熟犀利地驾驭语言,就像厨师运用他最爱的刀具一样,直指餐厅的本质,在数字世界里刻下言之凿凿的专家审判。

普里韦集团的公关人员曾告诉玛戈,格洛丽亚的品鉴力高超而精细,在美食新闻领域拥有最为广泛的影响力和关注量。但没人给她预警过,格洛丽亚可能会在开业之夜出现。

"搞什么鬼?"玛戈低声对阿妮娅说,"她就不能给我一段适应期吗?"

"放轻松。她可能会的。评论家喜欢给餐馆几周时间。但他们总会担心竞争对手捷足先登,所以他们会早早来试菜,这样就能对这家新店抢先发表评价。你可以这样想——也许今晚她会被你的菜品所征服,那评论自然就成了一封情书。"

他们解决完厨房过道里的意外,各环节继续运转。但好景不长,洗手间里传来一声尖叫。人们伸长脖子,转头望向声源的方向。洗手间的门锁坏了,有个男人开门进去,正好撞上一个女人。实际上隔间里有两个女人,但除此之外,玛戈希望永远不要知道细节。

"我听到什么了?"她问阿妮娅,尽力调整自己的呼吸,"是我那封情书的声音吗?"

幸运的是,她的承包商皮奇·加拉格尔还在餐厅里,帮她救了场。他很快修好了锁。玛戈还没来得及感谢他,便发现用来做得州吐司的酸面团用完了。这可是她招牌的厚切吐司,表面抹了厚厚一层来自雷耶斯角的美味香草黄油,这是菜单上大多数菜品的必备佐餐面包。

啤酒桶的出酒阀口堵住了。一大群食客为他们的账单大声争吵。一个服务员惹恼了一个二厨,她还没有意识到触怒二厨是多么糟糕的事。二厨粗暴的回应让服务员的眼泪瞬间夺眶而出。

那天晚上剩下的时间简直是一场刺激的冒险,感觉就像慢镜头拍摄下的火车失事瞬间。晚餐服务结束后,整个地方像交火过的战场。一个洗碗工已经辞职了。玛戈留到最后,独自收拾完最后一个玻璃餐具收纳盒。她把它放在厨房推车里,自己从后门出去。清冷的灯光渲染出惨淡阴冷的氛围,就像一幅没有人物的爱德华·霍珀[①]的画作。

她撩起衣领抵御刺骨的雾气,往她的车走去。

一张违章停车罚单被贴在挡风玻璃上。她怒不可遏地骂了一声,把罚单一把撕下,塞进了口袋。

"你这样说话会被驱逐出教堂的。"

她转过身来。"杰罗姆。"

· · ·

这家酒吧名叫"低俗"(Pulp),一直开到凌晨两点。根据杰罗姆的说法,这家酒吧的廉价低级,可以称得上"酷",但又不至于臭名昭著,不需要担心会惹麻烦。酒吧位于里昂街石梯附近的一幢老建筑里,女主人与杰罗姆打招呼时直呼其名。

"你是常客?"

[①] 爱德华·霍珀(Edward Hopper),美国现实主义画派的代表画家之一。霍珀是美国画坛中一位以描绘寂寥的美国当代生活风景而闻名的艺术大师。——译者注

75

他微微耸了耸肩,然后说:"我们就坐那儿吧。"

那边是一个弧形卡座,长毛绒座椅上饰有金色流苏和天鹅绒。当他把手放在她的后腰引导她时,轻微的触碰并没有吓到玛戈。让人诧异的正是她没有受惊。

她坐进卡座,研究起菜单。

"精酿金酒是这家的特色,"他说,"所有酒都不错。"

她的目光落在"临别一语"(Last Word)——金酒,查特绿香甜酒,青柠汁,樱桃利口酒。"三份酒,"她说,"我绝对需要这个。"

他点了一杯"翻云覆雨"(Hanky Panky),是用金酒和菲奈特·布兰卡酒调制的。服务员上了一碗零食,杰罗姆双臂交叉,搭在桌上。"那么,你想聊聊吗?还是你想回避这个话题?"

"多谢你的好意。"

"我是挺好的。"

"你妈妈也是这么和我说的。"

"是吗?"

酒很快就端上来了,玛戈喝了一口,让酸涩和草药的滋味从舌头上滑过。"我希望我是那种可以耸耸肩就能忘掉一天的不快,然后重新出发的人。"

"但你不是。"

"不是。"

"欢迎来到人类世界。"

也许是因为疲惫、受挫。也许是刚喝了一口金酒。但不管是什么原因,她觉得自己像磁铁一样被他吸引了。是的,他样貌俊俏,但不止于此。他说话的音色,他嘴唇的形状,他握持着鸡尾酒杯杯柄的手。她突然意识到,就在她事业最繁忙、最重要的阶段,她对这个男人产生了爱慕之情。

在现阶段，这是愚蠢至极的。她的餐厅刚刚开业，需要倾注全部精力。她需要的是朋友，不是男朋友。"我们刚开门营业时，一切看起来都很好。预演进行得很顺利，餐厅的氛围很快乐，一切都有序运转着，非常棒。后来就变样了。"

她把后来发生的一连串灾难告诉了他，一件接一件，有的甚至是同时发生的。当她讲到那两个尖叫的女人时，她看到他强忍着不笑出声。

"嘿！"

"不好意思。万事开头难嘛。"

"我搞砸了吗？我雇佣的大多是新手。"

"的确让挑战难度升了一级。"

"我只付得起新手的工资。"

"那就确保你找到了优秀的人才，并投资于他们的发展，"他建议道，"或者像艾达那样雇佣家人。"

"我没有家人，我只有一只猫。"她一脸愁容地盯着酒杯。

"听着，我很抱歉你今晚过得磕磕绊绊的。这只是刚开业的第一晚，或大或小的意外总会发生的，你自己也清楚。你干这行多久了？"

"从我拿得动黄油刀的年纪就入行了。"

"这么说，你很清楚总有不顺心的时候，但也会时来运转，出现转机。"

"也对。我真的、真的很希望今晚是完美的。"

"当然了。谁不想呢？我在烘焙店工作的第一周，爬上梯子去拿一袋50磅重的面粉，结果在离地12英尺高时，那袋该死的面粉掉了下来，落在一张移动切菜桌上炸开了，就像核爆炸后的蘑菇云。所有的警报都响了，我们不得不疏散楼里的人。我看起来像个罪大恶极的雪人。"

"噢我的天,杰罗姆。"玛戈差点被那杯"临别一语"呛到了。

"你笑了。"

"真是个难以置信的故事。"

"后来我们还得给卫生部和劳工部写报告。但重点是,我挺过来了。你也会的。"他把手中的马提尼酒一饮而尽。

"计划是这么计划的。"她抿了一口酒,"我一直在想那碟被退回厨房的牛腹肉。那可能是最困扰我的一点。"

"我有个想法,告诉我今晚发生了什么好事。"

"你听着像我的心理治疗师。"

"我就当你是在夸我吧。"

"这可不是夸。她总让我心里不痛快,总问尖锐的问题。不过今晚没有。她和她的伴侣来吃晚饭,吃得很满意。"

"看吧,总有些好事发生的。继续说。"

玛戈回忆起全天的情况。是的,有过一些时刻。她想了想,还真不少。"为什么我们只记得不顺心的事,却忘了快乐的事?"

"人性使然。只要有可能,我就会尽量保持乐观。你妈妈在得州老家吗?我打赌她会为你感到骄傲的。"

玛戈的眼神飘向远方。"她在我16岁那年去世了。我每天都在想她。"

"我真的很抱歉。肯定很难受吧。"

"嗯,是挺难的。我是说,我的餐厅今晚开门营业,这是我生命中的高光时刻,但我身边没有亲人,你理解吗?"

"那太不容易了,玛戈。你和你爸不太亲吗?有兄弟姐妹吗?"

她摇了摇头。"从来只有我和我妈妈。我刚搬到旧金山时,举目无亲。工作耗尽了我的精力,我忘记了要去生活。"

"我以后提醒你一下?"

"我有一个应用专门提醒我。"

"这么心地善良的人近在眼前,而你却只想要一个应用?"杰罗姆夸张地指了指自己。

"我的意思是,我不想成为一个累赘。"

"那不如成为我的朋友?"

她隔着桌子端详着他。酒吧里飘着柔和的爵士乐,调酒师在给最后一个点单调配饮品,玻璃器皿叮当作响。"好吧。"她说,"好的。"

"好的。"

"我想一切顺利,"她坦承道,"我想一切都是完美的。我知道不该有这么高的期望,但我控制不住自己。"

"有高期望值没有错。艾达·B说,这就是她和我一直单身的原因。"

"你的期望高得不可能实现吗?"她问道,话题的转移挑起了她的好奇心,"高到永远不可企及?"

"高到我自己都不会想着去找了,你明白吗?"

她笑着说:"你倒是很有自知之明。作为男性而言。"

"我也有一位心理治疗师。有过一位。有段时间没去面谈了。"

"你为什么不想再找了?"她问起来。

"离婚对我打击很大。我不想失败,也不想受伤。"

"所以如果你保持单身,你就没有机会受伤。"

他盯着她,然后移开了目光。"你呢?结过婚吗?主动选择单身的?"

"至今未婚,"她说,"甚至离结婚差远了。"她希望他不要深挖。经验告诉她,要谨慎考虑她所分享的事情。

她的手机震动了一下,表示有信息通知。玛戈瞥了一眼屏幕。"哦天。"

"我猜猜看。你做了设置,每次有人提到'盐',手机就会提醒你。"

"我不会把头藏在沙子里的。"她打开应用,几十条相关信息映入眼帘。

杰罗姆用自己的手盖住她的手,遮挡住屏幕。"答应我一件事。"
他的手温暖轻柔。"答应什么?"
"如果你看见一条糟糕的评论,答应我,你不会一直纠结。"
"答应你。我是个成年人了,我应付得来。"
"如果需要情感支持,我在呢。以防万一的话。"
她忍不住笑了。"你早上不用去上班吗?"
"陪伴朋友我还是有时间的。"

她把手机从他手上拉出来。"13条评论,"她说,"我不确定我喜不喜欢这个数字。格洛丽亚·卡拉韦拉斯今晚出现了——你知道的,就是那个人气很高的美食博主?"玛戈怯退了一下,晚餐服务上的每一个失误历历在目。她深吸了一口气。"满分五颗星,第一个评分是四星。'环境优美,食物美味,服务很慢'。"她浏览了其他评论。他从座椅上往她那边挪了挪,挨着她肩头看。他闻起来很香——马提尼酒和剃须皂的混合香气。

她的目光落在屏幕上的一星评分上,这评分扎眼得像脸中央的青春痘。"该死。"她说着,照着屏幕念出来,"'华夫饼不应该出现在烧烤餐厅里。'噢,还有这条。'辣酱太辣了'。"她看到其他精选评论时,心沉了下去。"'从装潢上看,我以为菜品会很可口,但只是和移动餐车上吃的烧烤一个味道。''服务员说话嘟嘟囔囔的。'"玛戈一饮而尽,怔怔地盯着空酒杯。

"宝贝,你不能因为一两句抱怨就寻死觅活啊,"杰罗姆说,"这样下去,你很快会崩溃的。如果你看到某个问题反复出现,或许值得关注一下。"

"你叫我宝贝。"

"不太合适吗?"

玛戈耸了耸肩。

"是暗含性意味的对话吗?对这种事我尽量谨慎点。"

她不是宝贝,不是亲爱的。他还不知道,但她真的不是。

她提醒自己把注意力集中在评论上。真正的得州烤肉,终于来了。吃起来和餐车卖的一样好,但价格更贵。你梦想中的烧烤终于来到你身边了。玫瑰丛中也会突出几根刺——价格虚高,饮料兑水。太咸了。太淡了。上错菜了。太吵了。太安静了。

她最喜欢的是一条热情洋溢的五星留言。下一个打卡地。鲜嫩多汁的牛腹肉,表层像杏仁糖一样完美,能让你冒着堵在晚高峰的危险,只为品尝这一口滋味。酱汁柔滑如丝,香料的融合增加了丰富的层次感。连配菜也焕发出独特的生机,而不是扮演临时拼凑的配角。玛戈·索尔顿是一位女巫,她掌控木柴、烟熏和火烤的技艺炉火纯青。

"哇,"玛戈说,"这简直就是一封情书。谢了,'糖人74'。"她的焦点落在发表评论的名字上。"糖人,是你吧?"

杰罗姆默不作声,但眼里跃动着光芒。

"好吧,谢谢,"她说,"你真是很好。"

"我说过,我人很好,但我不撒谎。你的食物真的很棒。我希望你一切顺心如愿。"

她可以整晚陶醉于注视他的双眼。但她提醒自己要清醒。"承你贵言。现在我得让你回家了,真的。"

他示意付账,然后拿出钱包和手机。两个物件都是粉红色的,闪闪发亮。

"你喜欢粉色？"她问道。

"没有特别的偏好，"他说，"只是在某些情况下，用不带有威胁性的颜色会更好。"

她不知道该说些什么。他是她认识过的最友善的人之一，但有些人对他的第一印象并非如此。她对他的第一印象肯定不是善良。一个黑人必须考虑的各种小细节，白人从来不会因此而困扰。"不认识你的人可能会认为你是个威胁。"

"有时会。"他说。

"草率下判断太恶心了。人们一听到我的口音，就在心目中给我自动降智 20 分，真是见鬼。"

他付了账，他俩一起走出酒吧。凌晨两点的城市就像一个陌生的星球，出奇得安静，影影绰绰的光从圆形街灯漫射开来，路上车辆寥寥无几，相隔甚远。

玛戈打开车锁，杰罗姆为她开了门。

"你可以在市政网站上申请停车许可证，"他说，"商家店主可以有额外的停车时长。"

"幸好你告诉我。"

"回家注意安全。"

"一直注意着呢。"

有那么一瞬间。如果她没有解读错的话，有那么一个迟疑的瞬间，他们都在想同一件事。我们应该触碰对方吗？还是说，接个吻？她尽量不去注视他的嘴唇。但是，那两片嘴唇看起来多么柔软啊。

然后他后退了一步，她把这当作是她该快速上车的暗示。

"再见，玛戈，"他说，"好好休息。"

她仍处于紧张亢奋的状态，无法入眠。在她脑海里，这家餐厅有上百处需要改善的地方。但除此以外，她想留恋一下杰罗姆。

六

"盐"并没有一炮打响,但也不算惨败。根据管理团队的说法,从餐厅的预订、登刊封面、网站点击、媒体点击、数字广告跟踪、社交媒体互动和顾客满意度等方面看,餐厅都达到了预期的指标。最重要的是,"盐"在运营的第一年就实现了营收目标。她能承诺给予阿米加基金会和计划生育帮扶协会支持。还有人说玛戈会赢得迪维纳奖,这可是业内最举足轻重的奖项之一。

玛戈把这些事情都交给公关公司处理了。她低调务实,专注于食物和服务的质量。但令人惊讶的是,她的身份认同在很大程度上与这家餐厅紧密相关。有时她甚至觉得难分彼此。她的个人感受会随着餐厅的情况大起大落,这不利于她的心理健康,却难以避免。

有些晚上,她精疲力竭地回到家,瘫倒在床上,躺在她的猫旁边,昏天黑地睡上几个小时。也有些晚上,她因为担心员工问题、供应问题、记账问题、监管问题而神经紧张,彻夜难眠。然而最近,"盐"的经营状况逐步改善,她开始松弛下来,有时能像正常人一样入睡了。

她谨记阿妮娅的建议,腾出时间做些与餐厅无关的事情。她会驱车前往雷耶斯角的海滩,在葡萄酒之乡漫步。她加入了一个读书小组,把选择的书籍真正读透,在她生命里的很多时候,书籍都是她的避难所。她在珀迪塔街的记忆衰退人群护理中心当志愿者,给中心的病人大声朗读。街对面的书店为奥杜邦协会[1]举办了一场观鸟筹款活动,她参与其中,去了托马莱斯湾徒步旅行,观察筑巢的滨鸟。

她熬过了严冬,迎接春季满怀希望的拥抱。这些日子以来,杰罗姆·休格成了她的朋友。尽管他俩的工作时间完全错开,也不妨碍俩人加深友情。他早起工作,和儿子们度过周末。玛戈则是接近傍晚时分才开始忙碌,通常要到午夜之后才能结束。然而,似乎有什么东西让彼此吸引。她会想他,想得异常多,想他的善良和幽默,还有他倾听她说话的样子。当他邀请她一起到海湾驾船出海时,她感觉体内迸发强烈的渴望,她意识到,自己一直在等待此刻。

"我对驾船出海一窍不通。"她坦诚地说。

"我略知一二。"他说,"我觉得你会喜欢的。"

和一个与她共用厨房的男人交往似乎很不慎重。然后玛戈想起他的善良和幽默,想起他那张俊俏的脸,于是情难自禁。

"是的是的,我很想去。"她想象着停泊在海湾上的船只,风帆优雅地展开翅膀,在翠绿的水面上往来穿梭。她和他约在社区的小码头上,他和艾达在那里存放了一艘帆船。他说他们保有这艘船很多年了。

"你就穿这个吗?"他盯着她身上的宽领T恤、紧身短裤和人字拖鞋。

她为该穿什么而苦恼过,既想穿成运动风,又想不失性感。"穿错了?"

"你得多穿几层。对不起,我该提前告诉你的。"他从船上抓起

---

[1] 奥杜邦协会(Audubon Society)是以鸟类学家奥杜邦的名字命名的全美鸟类保护的民间组织,于1905年成立。——译者注

一个帆布袋，拿出一件难看的风衣和裤子。"你待会儿肯定会穿上的。即使天气炎热，水面上还是会凉飕飕的。"他还递给她一件救生衣。

看来性感风到此为止了。到了下水的时候，她完全忘记了形象。起航后，她很感谢自己多套了几层。海浪在风中起伏，而风刮起来像刀割一样。杰罗姆给她介绍了一些基础知识和操作，这和她以前做过的任何事情都不一样——略显笨拙，但有挑战性，还有点危险。

他满怀热情的样子很惹人喜爱，他给她展示了风是如何推动帆船的。他教她如何随风扬帆，从而产生翼型，推动船体向她想要的方向移动。她学会了如何使用舵柄使单桅帆船与风向保持垂直，让主帆充分鼓起。他在演示时，坐在她旁边，用自己的手握住她的手，帮助她操纵舵柄。他触碰她时，她没有出现身体绷紧的反应。当她成功调整好帆的形状后，一股成就感油然而生。风快速吹过帆布弯曲的弧形，使帆船获得了向前的动力，这令人兴奋不已。

玛戈第一次逆风行船时则显得更为兴奋。一阵凉爽的风鼓满船帆，船帆发出一阵嘘嘘的声音。杰罗姆指向一艘驶过的大船，大船行进时留下湍流。"不要害怕，"他给她建议道，"这才是有趣的部分。"他的嘴巴与她的耳朵只有咫尺的距离，让她泛起另一阵兴奋感。一种她乐意接受的兴奋。她一直以为她会对这种亲密的身体接触无感，但可能并非如此。

他们切过大船的尾流。当他们的船向一边倾斜时，她屏住了呼吸。他向她保证，只要她保持头脑清醒，使用舵柄迎风转动，船就不会倾覆。尽管如此，这种摇摆不定还是让她无法呼吸。

"啊呀。"她喊道。

"船的龙骨可以防止倾翻。"他说。又一阵狂风袭来，玛戈尖叫起来，紧紧抓住一个系缆角。

"如果你想吐，就到下风口去。"杰罗姆调皮地咧嘴一笑。

"如果我掉进水里怎么办？"

"如果你掉水里了，不要惊慌。救生衣一湿水就会膨胀。待在原地别动。可能看起来我会驾船离开，但我需要航行一段距离，才能调头回来。你要相信我总会回来找你的。"

她看着他。他下颌的轮廓最近经常出现于她的白日梦中。"我相信。"

她学会了接收风向、水流和船体本身发出的信号，伺机而动。不久，她就能独自应付阵风和湍急的尾流。当她听到帆的前缘在抖动时，她会随之矫正船帆。她会观察水的运动，知道海水强劲有力的形状预示着风即将变向。

有那么一刻，她全凭一己之力，将所有情况都妥善处理好，无须借助杰罗姆的帮助。帆布安静下来了，她的耳边只听见船体乘风破浪、微风习习的声音。她感受到自己与海浪产生了某种原始的联结。一只海狮跃出水面，像一个轻松愉悦的标点符号，玛戈开怀大笑起来。

"我喜欢听见你笑。"杰罗姆说道。

"多带我出海吧，这样你就能听到更多的笑声了。"她回答道。飞溅的水雾可能已经毁了她的发型和妆容，但她笑得合不拢嘴。

他们完成航行后，杰罗姆搀扶着她登上码头。她有点站不稳，他便接住她，用双臂抱起她，然后放到地面上。

她大为震撼，茫然地看着他。他从口袋里掏出吸入器，吸了两口，耸耸肩把它收了起来。"你让我无法呼吸。"

她的脸颊和耳朵涨红了。"这情话太土了。"

"是你的错，"他说，"我们去吃点东西吧。"

...

后来只要天气和时间允许,玛戈每次都和杰罗姆一起去航海。她学会了操纵船帆、拉帆绳和掌控船舵,聆听风的方向,观察浪的走势。每一天都不一样,每一天都是全新的一天。

她了解到艾达从年轻时起就对这项运动充满热情。她教会了杰罗姆,让他也爱上了这项运动。他还是个孩子时,这就成了专属他俩的爱好。他告诉玛戈,他在高中和大学时都参加过帆船队,而现在,他也把这项运动教给孩子们。

"你在学校里玩运动吗?"他问起她。

她哼了一声。"没有,除非你把四处奔跑、躲避恶霸也算在内。"她说,"我不像你那样上过很高级的学校。"

"噢,所以在你眼里我很高级喽。"

他所拥有的优势让她大感意外,尽管他对此并不自知。有时她很想告诉他更多细节,但她忍住了这种冲动。她太享受现在这一切了,不敢冒险。

在玛戈第一次成功独自航行后,他们坐在船尾甲板上,杰罗姆开了一瓶普罗塞克葡萄酒庆祝。"敬走出厨房。"她说。

"这感觉最棒了,"他说,"恋爱的同时做着我喜欢做的事。"

她差点被普罗塞克酒呛到。"嘿。"

"怎么了,这话你不喜欢听吗?"

事实是,她确实喜欢听,尽管这浪漫得不可思议,出乎她意料之外。他和她之前认识的所有人都不一样。她对他的感觉就像扬帆出海一样——活力满满,轻松自如,流畅敏捷。如着魔般奇妙。

他一定是感觉到她在盯着他看,因为他笑了笑,同时皱了皱眉,有点像做鬼脸。"我想知道你在想什么。"

"在你出现之前,我没想到自己原来如此孤独,你的到来,让我知道什么是被理解、被陪伴。"这句坦诚的心声就这么脱口而出。她隐瞒了很多事情,但她不是骗子。

他放下酒杯,转向坐在甲板上的她,用手捧起她的脸颊。"我不知道我该高兴还是难过。"

"高兴吧。我从不想让你难过。"

"我现在的感觉,你永远都不会感受到。"

"永远可是很长的时间。"

他轻声笑着说:"你听着很像我妈。"

"我就当是在夸我吧。"

两人坐着,沉默良久。然后他问道:"我想找到弗朗西斯·勒布朗,藏在厨房里那份旧报纸上的男人。你觉得怎么样?"

"我感觉机会渺茫。就算你找到了他,又有什么用呢?"

"我妈单身很长时间了。可能她还牵挂着他,留恋着和他一起的时光。"

"听起来很疯狂。他们早已不是当初那对坠入爱河的情侣了。他可能有自己的家庭和生活,或者他可能已经死了。他可能在越南战死了,又或者在历经创伤后回国,深陷绝望之中。"

"欣赏你的乐观。"杰罗姆说。

"我只是觉得她注定会失望的,甚至心碎。我敢打赌年轻时他伤透了她的心。"

"这样的话,可能她已经释然了。"

"过了这么长时间之后?你想让他们旧情复炽吗?"

"也许她该这么做。"

"也许会撕开一道旧伤疤,你有想过吗?"

杰罗姆伸展开他的长腿，把胳膊搭在她身后的船舷上。"这就是为什么我还没告诉她我找到那个人了。"他说。

她差点又呛住了。"你在开玩笑吧。"

"对天发誓，我没撒谎。其实没那么难。他改了名字，叫弗兰克·怀特，是退伍军人医院的医生。"

"就在这个市里？"

"对。"

"而你还没告诉她。"

"还没。我根本不确定她想不想知道这个消息。"

"你不问的话，就永远都确定不了。"她犹豫了一下，"你和那个人聊过吗？"

"没有。"

"可能他婚姻美满幸福。也可能过着痛苦的婚后生活。他可能是个混蛋。你真的想扰乱她的思绪，挖掘出陈年记忆吗？哪怕这个人是本该留在过去的人？"

"想知道的话，我倒是想出一招，"他说，"我们去找他吧。"

"认真的吗？"

"当然。如果他是个烂人，我就不去烦艾达了。但是，如果他看起来像是她会想再见的人，那我就将决定权交给她。"

· · ·

"呼叫怀特医生，请到东 4 号检查站报到。"

弗兰克·怀特没有响应呼叫，他正给病人做腹部触诊，然后用听诊器探听。他听见了正常的肠鸣音，触诊时也没发现腹部有异样，因此感到宽慰。

89

"是在呼叫你吗?"约翰逊先生问道,"弗兰克·怀特医生?"

"是我。检查快结束了。积极康复,这样我们就能考虑让你出院。"

"听起来不错,"曾担任陆军上士的约翰逊说,"我想早日出院。"

"我打赌你的孙辈也是这么想的。"弗兰克注意到一张约翰逊与三个笑嘻嘻的孩子站在沙堡旁的合影,他总是尝试与病人们建立起私人的联系。大多数内科医生不再查房,而是把这些琐事留给了住院医生,但弗兰克仍然跟进他负责的需要初级保健的病人的情况,就像母鸡守着一窝鸡蛋似的。他早在几年前就获得了退休资格,但他乐意继续留岗。工作是他消磨时间的方式。

当他走往检查点时,他挺直肩膀,用他多年来的老方法,说服自己放手。吸气,呼气,抬头看。

这个早晨挺难熬的。他不得不宣布一个病人的死讯——一位参加过第一次海湾战争的少尉,他带着一身伤痛回到美国。与病魔战斗了大半辈子后,他终于屈服于痛苦和疲惫。全家人被召集到病榻前。按照哀悼传统,遗体由国旗覆盖,在葬礼号声中轮床被推着缓缓离开。医护人员聚集在走廊上,一些门诊病人也在门口向他致敬,平民们将手放在心口,工作人员里的老兵行了军礼。

尽管弗兰克早已经历了很多次这样的循环,但他始终没有习惯。不过,他也许处理得更熟练了。他一生的工作就是守护那些曾捍卫过这个国家的男男女女,在这么长时间之后,他希望自己做出了一些贡献。

他发现有两个人在东面大厅的检查站等着。其中一人是金发女性,大长腿上套着牛仔靴,另一个人是黑人男性,穿着码头工人(Dockers)牌长裤和帆船鞋。可能是家属?但他们也不像是他病人的家人。

"我是怀特医生,"他说,"有什么可以帮到你们?"

"弗兰克·怀特医生吗?"男子伸出手,两人握了握。"我是杰罗姆·休格,这是玛戈·索尔顿。我们只需要占用你几分钟时间。"

弗兰克瞥了一眼大厅的钟。"当然。"他说。他示意他们移步到一个散落着小册子和杂志的座位区。

"我们不想浪费你的时间,所以我就开门见山了。我妈妈叫艾达·B. 米勒。我想你很久以前就认识她了。"

七

1977年2月

弗兰克知道逃兵役会被视为自私懦弱，毫无爱国精神。可能他真的是这样的人。但也许他抵抗的原因，是那些死亡都是残酷而无意义的——数十万越南人、柬埔寨人、老挝人，以及成千上万的美国人因此丧命。这场战争的源头——北部湾事件——是一个弥天大谎，且战争远没有结束的迹象。

征兵通知要求弗朗西斯·勒布朗前往入伍中心。当时，没有人知道这一次抽签是最后一次，在那以后，战争走向混乱的终结。由"学生支持民主社会"组织（SDS）出版的地下报纸详细说明了逃避征兵的方法。退伍军人医院的一位病人给了他一张写有电话号码的名片——"和平列车"。

他不断地质疑自己。他是个懦夫吗？他辜负了他的国家吗？他应该像其他人一样去服兵役吗？他不害怕战斗，也不害怕服兵役。不，他害怕的是成为战争机器的一员，为了一个早不存在的理由，就将凝固汽油弹像雨点一样洒向无辜平民，摧毁一切，这样的战争完全没必要爆发。"出于良心拒服兵役"的申请被驳回了。患哮喘的诊断证明被判断为查无实据。他后悔因为筹措不到学费而申请休学。

是他让自己一步步陷入泥潭。

和艾达在一起的最后一天,他知道自己要和她永别了。他看得出,她早有预感。对或错,他必须做出选择。无论哪种选择都意味着他们关系的终结。做抉择后,他得适应新的生活方式,重新构筑自己的人生。

生活在加拿大是一种奇怪的流亡。诚然,这是一段新旅程的开始。他改名为弗兰克·怀特。有流亡国外的侨民创办了抵制征兵组织,并构建了地下邮件系统,他用新名字给他妈妈寄了一张便条。他妈妈可能被监视了,所以他还是得谨慎行事。他定居在温哥华,并在一家医院找到了一份工作,这份普通的工作延续了他治病救人的热情。他上了医学院,最终以优异成绩毕业,还买了一辆破旧的、橙白相间的大众面包车。尽管他很想联系艾达,尽管他因为她而心痛不已,但他强迫自己抵挡住诱惑。她理应享有自由,过上没有他的生活,别回首顾盼他们共度的时光,也不必心存遗憾。

唯一的选择就是放下感情,继续往前走,他希望她也这样做。随着时间的推移,他开始和医院里的同事约会,也与医学院的同学交往过。他交往的对象中,有一些说她们坠入爱河了。其中一位是眼神温柔的儿科住院医生,她想和他一起在纳尔逊定居,那里地价便宜,形成了流亡海外者聚集的飞地,居民组成了松散的公社,靠务农为生。农村地区需要医生,他们可以在那过日子。她是个妩媚动人的女人,他心动了。但他意识到他的心并不在她身上。也许,他命中注定要用余生去寻找他和艾达曾经碰撞出的那种爱意。

医生这项职业似乎是命运安排的。他相信这是承蒙某种恩宠。他的职业生涯将是一生的苦修,为他所做的决定做补赎。他发誓要为退伍军人服务,照顾那些在他拒绝参与的战争中被击垮摧毁的人。加拿大也有负伤的病患,这些曾遭受身心双重折磨的人教会了他很多。他相信，没有人的生命是不可挽救的，但是他们不可能完全痊愈，恢复战前的生活。

卡特总统特赦逃避兵役者的消息传出时，他正照顾着这样身心残缺的病人。病人是一位名为艾伯特·贝恩斯的军人，他所在的部队曾在越南做维和工作，提供支援。某个农历新年期间，双方在名为顺化的城镇里交火，他受困其中，被飞溅的弹片击中，从此留下了长期后遗症。

贝恩斯盯着病房里模糊的电视屏幕，说："所以这意味着，想回美国的人可以回去了。"

弗兰克听着公告，他身体里的每一个细胞似乎都重获新生。"从未想过有生之年能等到这一天。"他喃喃自语道。特赦啊。

起初，他不知道该怎么办。他在这里习惯了新的生活方式，有一份忙碌而充实的事业。然而在内心深处，他还是想回到美国。不是回缅因州，而是回旧金山湾区，那里是他人生的真正起点。

他收拾好自己的大众面包车，前往旧金山。到达的第一天，他开车经过了他记忆中的地方——他和艾达出海并在船舱里做爱的码头、他们游行的校园、演唱会会场、他们在布道所做志愿活动的街道。

世界变得面目全非，他几乎辨认不出来。珀迪塔街福音布道所已经关闭了。现在这幢建筑里开了一家名为"糖"的面包店，隔壁是一家墨西哥餐馆。街对面的打字机店挂了一个牌子，为珍本书籍做广告。路人全是陌生的面孔。

等弗兰克办齐手续、满足所有证件要求后，他就与位于克莱门特街的退伍军人医疗中心签了工作合同。他知道这么做很冒险，但与那些服过役的人相比，这根本不算什么。

当他的生活翻开新篇章后，他迫切渴望知道艾达的情况。时过境迁，他俩早已走上各自的岔路，但他每天都在想念她，他心里尚存一片不受规劝的地方，仍未放弃希望。

他纠结于是否要闯入她为自己创造的世界。那个世界是什么样的？也许，只是也许，她不会认为这是一种打扰。也许她脸上会闪过灿烂的微笑，欢迎他回家。

一个星期天的早晨，他开车去了她的教堂。他仍然记得当年她父亲凌厉的目光和他身为局外人的局促感。他把车停在马路对面，摇下车窗，等待上午的礼拜开始。随着音乐旋律从楼里飘出，他回想起教会里那些有趣嬉闹的信众，他的疏离感随之湮没在这些欢声笑语和赞美声中。

他经常想，如果他的编号没被抽中，会发生什么。也许她的家人对他的态度会缓和一些、包容一些。也许他们会相信他真心爱他们的女儿，只想给她带来幸福。

也许，现在还有可能。

他打开收音机，听着大卫·鲍伊唱的《黄金岁月》(*Golden Years*)。过了一会儿，教堂的门打开了，做礼拜的人如同顺流而下的树叶一样涌出，男人们穿着洁净挺括的衬衫，女人们穿着糖果色的连衣裙，戴着缎带帽子，小孩子跑跑跳跳的。

然后弗兰克发现了艾达，认出了她轻快的步伐和下巴骄傲的上扬角度。她穿着一条整洁的、海军蓝和白色相间的裙子，头戴缎带颜色相配的帽子，哪怕隔着很远的距离，他也能看出她在微笑。

他的心怦怦直跳，手掌开始冒汗。他应该接近她吗？他该说什么？

她走下教堂的台阶，微微转过身，伸出一只戴着手套的手。

一个穿着海军蓝和白色水手服的小男孩跳下台阶，握住她的手。过了一会儿，一个男人加入了他们，握住孩子的另一只手。

这一家三口并肩走着，小男孩牵着父母的手，在他俩之间荡来荡去，场面温馨和谐。弗兰克的胸口像挨了一拳，隐隐作痛。他过了好一会儿才喘过气来。

当然了，他心想。她当然已经结婚了，还有个孩子。她没有理由为了他而放弃自己的生活，去等一个可能永远不会到来的未来。他曾劝她往前走，因为他相信自己永远不会回到她身边。没有人能预知战争会否结束，或者故土是否还欢迎流亡者回家。

经过最后那次心碎的谈话后，艾达完全按照他的说法去做了。她迈步前行，继续她的生活。也许她选择了遗忘，或者把他当成一件纪念品收藏起来。

他们从此陌路，不再是从前那个人。她是妻子，也是母亲。他是医生，仍处于自我质疑中。我做对了吗？我是懦夫吗？这是赎罪吗？

这时，收音机里传来艾尔顿·约翰的歌曲，他知道自己必须走向另一条路了。

他把车驶离路缘。他急于逃离萦绕在心头的过去——也许是故意的——他猛踩油门，落荒而逃，轮胎在教堂前的路面上发出尖锐的摩擦声。从后视镜里，他看到她停下脚步，把孩子抱在怀里，怒视着他加速离开的面包车。

· · ·

每天，弗兰克都照料着那些为国效力的男男女女。他帮助他们，有时治愈他们，其中也有过幸福的时刻。他买下一幢破旧失修的房子，房子位于里士满，是码头式风格，他重新做了修葺。尽管他尽力了，他还是无法避免艾达出现在脑海中。当他在一个明媚的春日下午出海航行时，他畅想起他们本可能共度的人生，心中充满了不舍和怀恋。他扬起帆，放松下来，温和的海浪与和煦的天气催人昏昏欲睡。他曾建议焦虑不安的病人做些关键练习，现在轮到他做起这些练习了。

他想象着放手释怀。他像一朵被微风吹动的云，让自己从过去中解脱出来。放手，呼吸。这不是什么神奇的魔法，但是重复多次后，他的心被抚平了。

他是在超验冥想课上认识唐娜的。结果，他俩都很难集中注意力。他们很快发现了其他相同的兴趣爱好：读历史小说、听齐柏林飞艇乐队的音乐、骑行、做志愿者工作。她漂亮善良，并赶在他认真考虑之前，说出了我爱你。

他也答道："我爱你。"然而话说出口，他就发现这是一种无比真实和强大的情感。这种情感不同于他和艾达经历过的那种躁动不安、永不满足的爱，那种强烈的骚动像野火一样吞噬了他。弗兰克与唐娜之间是一种平静稳定的情感，一段他相信能细水长流的关系。

他们一起装修房子，她还在附近的高中找到一份英语教师的工作。生活构筑于稳定和可预见的未来上，他们收获了一份平和的满足。他们养育了一儿一女。宠物接二连三地来到这个家，得到过宠爱，带来过欢笑，丢失过，收到过哀悼。每年夏天，他们都会在缅因州度过三周时间，看望他的母亲和妹妹。他的儿子格雷迪成了教师，女儿詹娜在一家非营利机构工作。

他们一家经历过悲欢离合，过着幸福殷实的生活。

他们享受过假期和节庆，有悲伤也有欣喜，有成功也有挫折。孙辈的降临让他重拾真正意义的幸福。

弗兰克把最微小的秘密都藏在他的心底。他从不落下每一期《微小改变》周日刊，这是一份历史悠久的街区报纸。每周都有一篇艾达·B. 休格执笔的文章。他不确定这是她的笔名还是婚后的姓名。她会观察和评论近至社区、远至世界的大小事，思维睿智，见解深刻。文章结尾总会附上一个看着就很美味的食谱，还会备注颇有见地的提示并讲述背后的故事。每每读起她写的文字，他就能想象到她的声音、她的微笑，以及她那热情高涨的情绪。但这种怀想一闪而过。他自己的家庭和工作充实快乐，他已经很满足了。

唐娜离世得太早，被癌症夺走了性命，连医生也束手无策。弗兰克陷入沉痛的悲伤中，但他的儿子和女儿始终支持着他。他们一家三口在黑暗的日子里彼此抚慰，平复失去至亲的伤痛。他从孙辈们那儿重拾快乐和满足，一如当初他给布道所孩子当帆船教练一样，他也教起了孙辈。

他从未后悔自己选择的生活，一刻也没有。

他的朋友们认为他是个年轻、精力充沛的鳏夫，他应该认识新的对象，说得就像某个神秘莫测的人会让他的生活重新充实起来一样。他这些好心的朋友和爱操心的女儿并不知道，他早就打消了这个念头。也许这个可能性根本不存在。年少时，他曾疯狂地爱上艾达，这种为爱情所淹没的情感至今仍记忆犹新，也许这只是一种幻觉，就像他那次尝试致幻剂时看到的那种模糊失焦的幻象。

但当弗兰克意识到他可能会与艾达重逢时，想到他能握住她的双手，整个世界都豁然开朗起来。

八

"你现在走吧。"艾达对杰罗姆说,她绷着脸瞪了他一下。她本就很紧张了,而他反而让她更焦虑不安。"看在老天的份上,我不需要监护人。"

"我就在这等你。"他说。

艾达看向别处。她克制住自己,没有再次在副驾驶位的化妆镜前检查仪容。然后她下了车。"你什么都别做,"她对杰罗姆说,"我们说好了你五点来接我。然后我俩去吃周五晚饭,到时再好好聊聊。今天是'第一个星期五'[①],也许我们去公园里听听音乐。"

"有事打电话,听见没?有什么事都能打,随时随地。我认真的,妈妈。"

"别瞎操心了,"她说,"什么事都不会有的。快走吧。"她背起双肩包,走过港务长的办公室,沿着码头边一排排的泊位,越走越远。她一直在为该穿什么而苦恼,虽然她意识到这很愚蠢。她有几十年的帆船航行经验,非常清楚该穿什么——七分阔腿裤,伊尔瑟·杰克布森(Ilse Jacobsens)牌防滑鞋,轻薄的衬衫和风衣,戴帽子和太阳镜。这可能还是她几十年前最后一次和弗朗西斯一起出海

---

① 按照惯例,美国一些城市和城镇会在每个月的"第一个星期五"(First Friday)举办活动。——编者注

时的那身装扮。

尽管如此，她还是花了一个小时来准备，大部分时间她都在盯着镜子里的自己，试图与曾经的那个女孩产生联结。那年她 18 岁，还是个孩子。她对他炽热的爱在心中熊熊燃烧。他离开后，她把对他的感情收藏起来，就如同夹在旧书页之间的花，虽然远离视野，藏形匿影，却未曾被遗忘。

杰罗姆促成了这次见面，他是上帝创造的最忠诚的儿子。但他并不知道他打开了一扇通往过去的隐蔽之门，那儿埋藏着她最深的秘密。她知道会发生不太愉快的对话，她从未对儿子提起过弗朗西斯。没什么可说的，这个人销声匿迹了。随后，道格拉斯·休格重归她的生活中，他想娶她。他俩当时都太年轻了，不了解自己的内心，但艾达太孤独了，道格拉斯填补了她内心的空白，而她又迫切渴望开始一段新生活。

他们结婚七个月后，杰罗姆诞生了，没有一个人，甚至连道格拉斯也没质疑。只有艾达的医生私下里提醒过，孩子是足月的健康婴儿。他的肤色不深，但艾达和道格拉斯也是浅黑色皮肤，在美国，他们的血统与任何黑人一样会招致麻烦。只有一个人可以被称为杰罗姆的爸爸，那就是道格拉斯·休格。这是她儿子所知道的唯一真相。

艾达不熟悉城市南部牡蛎湾的码头。弗朗西斯，应该说是弗兰克在这里停泊了一艘船。她扫了一眼船坞字母和船台号码，放慢脚步，心跳加速。当杰罗姆告诉她，他联系上那份旧报纸文章里照片上的男人时，她激动得手足无措、心花怒放，最后惶恐不安。

弗朗西斯·勒布朗是她的第一个真爱，她记得那种感觉，就像她把这份感情塞进背包里，她走到哪儿，它就跟随到哪儿。这既是一种祝福，也是一种负担。祝福，是因为这份爱即使短暂，也曾让她明白，天堂是可以触及的；负担，是因为这时常提醒着她，她已经失去了这份感情。

他现在叫弗兰克·怀特。他是一位医生，既是父亲也是祖父。一个鳏夫。他告诉杰罗姆，他很期待艾达的电话。

她盯着他的电话号码，就像一个少女在萨迪·霍金斯日[①]邀约男生。她给自己倒了一杯菲奈特·布兰卡酒，然后拨通了电话。

"我想听发生过的所有事情。"他说。

"已经过去太久了，我俩永远都说不完的。"

从他俩道别的那天起，已经过去整整一辈子，他们各自屈从于不可违抗的命运。结婚，工作，生子，成为祖父母。在经历人世沧桑以后，他们成了截然不同的人吗？还是说，他们的某些本质始终未变？

他有一艘船，他说。我们驾船出海吧，他说。

弗兰克站在 C 码头，11 号船台，他身旁是一艘造型优美、线条流畅的帆船，比他们用过的公园里的帆船要好得多。他看着她逐渐走近，艾达感觉出他的站姿透露出局促感。她感觉自己也紧张不安起来。这个男人曾经是她的整个世界，是她年轻心灵中缺失的一块拼图，这个圣丹斯小子。如今，他沦为了陌生人。

他看上去没什么变化，但当然，衰老了些。瘦长的身材，自在舒服的体态。

当他看着她时，他看到了什么？她更温柔了，头发更蓬松自然，不再扎着整齐油亮的辫子，脸庞爬上了皱纹，这都是她过往生活的轨迹。尽管她接近他时步履缓慢，心还是怦怦直跳。

"好啊，"她说，"好啊，真没想到，是吧？"

---

① 萨迪·霍金斯日（Sadie Hawkins Day），11 月 13 日，源自一部美国卡通片中虚构的庆典，节庆习俗是女生邀请男生跳舞或约会。——译者注

他的眼睛笑了，随后嘴巴弯成一条弧线。那是一张布满沟壑和和阴影的老年人的脸，然而她所认识的那个年轻人却像破云而出的阳光一样耀眼。

"我从未想过我会等到这一天。艾达，你看起来气色很棒。"

"弗朗西斯，还有人叫你弗朗西斯吗？"

"只有你这么叫。"他微微鞠了一躬，带着点骑士风度，他伸出手，掌心朝上——她记得，这个姿势和过去如出一辙。当他扶她上船时，她想起他手部的触感。她从未忘记一切。

他打开她带来的那盒曲奇，脸上泛起笑容。"黑白曲奇，"他说，"仍然是我的最爱。"

"我猜也是。"

他的船精致漂亮，让人联想起多年前他们藏在卡特琳娜帆船上偷偷做爱。起航后，他们协同操纵，沿着主流的航游路线逆时针航行着。城市渐渐隐入身后，海水嘶嘶地流过船体，他们起初的紧张和犹疑消退了。艾达感到自己的内心有什么东西舒展开来，弗兰克也有同感。他们开始交谈，她惊诧的是两人竟然聊得很轻松。

他们说着话，分享着故事，不带半点停顿，一个想法引发出下一个想法，节奏熟悉流畅得出奇。航行的节奏也很熟悉。他们向北走，沿着左舷航道穿过海湾。她走到背风面，遮住眼睛，遥望着加州大学的钟楼。钟楼依然雄伟壮观，与他们年轻时并无异样。他们转过身来彼此对视，然后他握住了她的手。

"这很美好，甚至比我想象中的还好。"他说道。

"你想象过？"她问道。

"想过很多次，"他犹豫了一下，继续说道，"我确实去见过你，但你没看到我。"

她皱起眉头，"我没听懂，你见过我？"

"就在特赦之后。在此之前,我以为我会在流亡中度过一生,但当卡特总统宣布特赦后,我回到了湾区。我故地重游,把我们去过的地方都去了一遍,我在想是不是该找回你。我明白这不应该,但我想知道你后来过得怎么样。所以在一个星期天,我去了你的教堂,当时礼拜刚结束。我待在车里,听着收音机,紧张得满头大汗,鼓起勇气接近你。然后……我看见你了。礼拜结束后,你走出教堂。当时你穿着海军蓝和白色相间的裙子,头戴缀有缎带的帽子,看起来很漂亮。"

她记得那条裙子,女人们通常都会记得她们的最爱。裙子是在马格宁(I. Magnin)百货大楼买的,崭新洁净,和她给杰罗姆买的小水手服搭配成亲子装。

一抹浅浅的忧伤让弗兰克的笑容柔和起来。"你和你的丈夫带着一个小男孩走出教堂,一家三口手牵着手。就在那时,我知道我必须离开,让你留在家人身边。我必须让你过上自己的生活。"

"噢,弗朗西斯,我不知道……"

"哪怕你知道了,会改变什么吗?"

她陷入了一阵痛苦的沉默中。他见过她,他见过杰罗姆。

然后他问道:"你呢?你想过找我吗?"

"哦,弗朗西斯,我不知道。我想念过你,我忘不了你。但再次找回你……我从没想过。"

"我理解。"

他不理解。有很多事情他不知道,一些会改变一切的事情。他们谈论了他们的生活——他那过早结束的幸福婚姻。她那结束得正当时的婚姻。他看见了可能,而她看见了困难。

"艾达,我想和你再见面。"他对她说。

她的头脑还没来得及思考,她的心先吐露了想法:"我也想。"

天哪,她心想,现在到底在发生什么?

返回码头的途中,她脸上一直挂着微笑。在她等杰罗姆来接她的时候,他们又聊了一会儿。

"你能打电话给我,我非常高兴。"他说,"那天你儿子和他女朋友来医院找我时,我都以为我幻听了。"

她斜着眼瞟了他一眼。"女朋友?"

"噢,那玛戈是他妻子吗?"

艾达还不知道玛戈是杰罗姆的什么人。"女朋友。"她说,在心里记住了,后续得了解下情况。杰罗姆的女朋友,真想不到。

"好吧,不管怎样,我很感激他努力找到我。"

"我也是,弗朗西斯。弗兰克。"她尝试喊出这个名字。这需要一些时间来适应。

当她看到杰罗姆的车停在港务长办公室前时,她转身向弗兰克道别,感觉踮起脚尖、给他一个拥抱是世界上最自然的事情。

也许这真的在发生了,她心想,陶醉于一个男人搂着她的陌生感觉。如果是这样的话,有些事情她必须要解决——不仅仅是和他之间的事。

・・・

"我喜欢这儿,妈妈。"他们带了冷藏箱来到公园,杰罗姆给艾达递了一罐加了碎冰的甜茶。"我很开心你想起来了。"

艾达双手握着冰凉的罐子,在夜色中凝视着她的儿子。在她的记忆里,他俩总是会参加夏季"第一个星期五"音乐会。他还是孩子时,道格拉斯经常出差,所以家里常常只剩他们两人。

"很棒,是不是?"她表示同意,"我们应该常来。"他们带了平时用来野餐的麦基诺方格厚呢旧毯子,艾达坐在毯子上,身心放松,遥望着东湾。那是个宜人舒适的夜晚,尽管从圆形露天剧场里走出涌动的人潮,传来音乐旋律,这边还是给人以私密安全的感觉。多年来,她和她儿子在这儿拥有过许多快乐的时光,他俩谈论过他的学习、他的未来、她的离婚、他的结婚、他的孩子和他的离婚。生命的循环。

但是,他们从未讨论过今晚的话题。

她无法想象该如何开始她这生中最艰难的一次谈话,所以她干脆开门见山了。"你能找到弗朗西斯实在是太好了,"她说,"弗兰克,弗兰克·怀特。太意想不到了。我以为他会永远被遗忘在过去。"

他笑着说:"没什么能被遗忘的,现在我们有互联网。"

"那时我18岁,高中刚毕业,我疯狂地爱上了他。"

杰罗姆点点头。"我们不都在那个年纪疯狂爱上过某个人吗?我永远忘不了琳达·卢伯奇克。记得她吗?"

不,她不记得。艾达深吸一口气,继续这段谈话。"嗯,我只是单纯觉得弗朗西斯像故事中的英雄一样浪漫。我们谈过一场恋爱,我想你也猜到了。不仅仅是一段恋爱,这段恋情改变了我的人生。但我父母不认可他。他是一名来自缅因州的大学生,一个白人男孩。他们认为他只会带来麻烦。"

"对,我能猜到米勒外公肯定会有意见。"

艾达点点头。"那是一个不同的时代。我那会儿年少轻狂,还满怀梦想。他是加州大学的医学预科生,长得像年轻时的罗伯特·雷德福。我以为我们会永远在一起,长相厮守。但他被征召入伍了,那是一段可怕的时期。他去了加拿大。"

"那么,他是个逃避兵役者。"

"我鼓励他去加拿大的。战争毁了太多人,而且我知道这意味着

105

我将失去他，因为他将一去不复返。但我不想让他到战场上去。"

"那他学生身份的豁免权呢？不是有这么个规定吗？尤其是对于有钱的白人男孩。"

"他没有钱。他因为缺钱而休学了一学期。"

杰罗姆往后一靠，双臂交叉。"爸爸也被征召入伍了，而他响应了号召。"

"的确，所以我为他感到骄傲。在基础训练中发生的那场事故很可怕，但听力损伤使他免于服役。但是可能的话，我也会对他说我跟弗朗西斯说过的话。我的叔叔尤金也是这样，他是一名光荣的退伍老兵，但他也告诉男孩们不要去。战争是不对的。"

她看着一对棕色鹈鹕在海湾上空翱翔。

"弗朗西斯永远离开后，道格拉斯和我在一起了。我在烘焙店工作，道格拉斯开送货卡车。他殷勤得体地追求我，我也确实爱他。当他说他想娶我时，我感觉很合适。嫁给他是正确的。他是个好人，我父母非常器重他。我那时还年轻，也有同样的感觉。你出现的时候，一切都很完美。我相信我们一家三口是一个美好幸福的家庭，我祈祷你每天都能感受到这一点。"

"当然，妈妈。我实话实说，你们分开时我很失望，但我已经走出来很长时间了。"

她深吸一口气，鼓起勇气。"我和你爸爸结婚的时候，我已经怀上你了。那个年代和现在不同，未婚先孕对家庭来说是极大的耻辱。"

"我知道，妈妈。从我看得懂日历起，我就知道了。"

"我想说的是，你的爸爸就是你的爸爸——道格拉斯·休格，那个把你抚育成人的人。他和你庆祝过人生路上的每一个重要节点，你摔倒时，给你拂掉灰尘的是他，他全心全意地爱着你。"

"这个我也知道。"他皱了皱眉头,显然想搞清楚她想说什么。

她深呼吸,攒足最后一点勇气。"儿子,我要告诉你的是,他不是你的生父。"

"我的——什么?"他直愣愣地呆住了。

"你的生父是弗朗西斯。这就是我想说的。"

"哇喔。"杰罗姆低头盯着自己的手,把它们翻过来。他那双深蜜糖色的眼睛眯了起来。"你在说什么啊。"

"宝贝——"

"你听到你自己说的话了吗?你到底在跟我说什么啊?我爸爸就是爸爸。"

"没错。"艾达说,强迫自己与儿子对视。

"百分之百。他就是你爸爸,在你生命中的每一天,他都尽到了父亲的责任,直到他去世。这对你来说永远不会改变。"

"你现在是在说,你怀的是别人的孩子。一个逃避兵役的人。"

"是的。"

"爸爸知道吗?这是你们分开的原因吗?"

"我……"艾达犹豫了。她和道格拉斯都为杰罗姆的降生激动不已。他们试过再要孩子,但努力尝试后没有结果。道格拉斯和他的第二任妻子也没生过孩子。"我们没有讨论过这个问题。亲爱的,他是我的丈夫,你是我的孩子,我们是一家人。"

"噢,妈妈。一个白人?认真的吗?你可真让我大吃一惊。"他低头看着自己,盯着自己的手背。

最初答应和道格拉斯交往时,她没有意识到自己怀孕了。然后她就把这事抛诸脑后,似乎期待着这事会奇迹般地自行解决了。后来,他说他想娶她,她就劝慰自己,这是命中注定的。

"还有谁知道这事?"

"为你接生的医生和你的儿科医生都告诉我,你是一个健康的足月婴儿。没有其他人质疑过任何事情,没有人问起或透露过。那时候,大家觉得数怀孕的月份是不合适的。很多女孩都惹上了麻烦——对,她们就是这么叫的,麻烦。我当时还年轻,非常害怕,但我已经努力做到最好了,我永远感激道格拉斯,因为他对你尽心尽力,是个好父亲。"

"他从不知道?"

"他从来都没有提起过。他全心全意地爱着你,杰罗姆。他对你的感情是显而易见的,而且从未改变过。他一直是个好父亲。"

杰罗姆把膝盖抱在胸前,转过脸去。他容貌俊美,身强力壮,自带一种不造作的傲气。有时候,人们说他长得像他爸爸。这大概是因为他们俩曾经患难与共,形影不离。

"你告诉弗兰克了吗?"

"没有。我不会的,除非你同意。我从没想过我们会有这样的谈话。"她说着,试图弄清楚他脑子里在想什么,"我想现在你一定很后悔帮我找到了他吧。"

他长长地呼出一口气。"这……给我一点时间。"

艾达端详着他,在那张方下巴的英俊面孔上寻找着弗朗西斯的影子。她一直在想弗朗西斯在他们重聚时告诉她的话——他看到她从教堂里出来,牵着杰罗姆的小手。父与子不期而遇。不过她没有告诉杰罗姆。也许,下一次吧。

"所以,"杰罗姆说道,"他……你很开心再见到他。"

很难形容见到他时那种难以抗拒的感觉。她年轻时的所有感觉被重新点燃了,仿佛她还是那个充满幻想的少女。"我觉得我们可能会开始约会。"她告诉他。

"你觉得。"

"我们才刚见一面。也许我俩最后会无疾而终。但也许会走到……某处。"

"某处。"他摇摇头,望向别处。

"是的。"艾达感到很纠结。她渴望和弗朗西斯一起追寻幸福,但她讨厌这样做可能会伤害她和儿子之间的关系。"我不知道那种感觉是否还在。我还不确定。我独身太久了。但我认为……我希望我找到了这些年来我一直缺失的东西。"

"嗯。"杰罗姆说,当他转过身面对她时,他的眼睛闪烁着泪光,"好吧,就是现在。妈,是时候回去了。"

. . .

那一晚,艾达决定和弗兰克聊聊杰罗姆的事,她为他准备了晚餐。鸡肉松饼、奶油蔬菜、不需要任何烹制只需一小撮盐调味的厚切西红柿片,以及一壶冰茶。为一个饥饿的男人提供食物,并看到他脸上写着感激之情,最令人欣慰的事莫过于此。吃过晚饭后,他靠在椅背上说:"谢谢。如果我的余生就此终结,那我会幸福满足地死去。"

"打住。"她给他们分别倒了一杯菲奈特·布兰卡酒兑姜汁汽水。健胃消食的餐后酒。然后她给他看了裱在相框里的三张照片——杰罗姆的大学毕业照、他和他儿子的合影、还有一张他捧着赛艇比赛奖杯的照片。"他是我最骄傲的成就。"

"我很感激他来找我。他长得很帅,看起来很像你,艾达。"

"看来他想在告诉我之前先把你调查一番。"

"他想保护你。"

"是的。但有些事情他没有意识到。"她说着,在椅子上挪了挪身子。"如果他……"她挺起肩膀,清了清嗓子,"他是在你离开九个月后出生的。"

他的白色皮肤变得越来越苍白,脸上的血色显而易见地褪去。

"我昨天和他说了。"艾达继续补充道。

"昨天之前,他都不知道?"弗兰克的声音颤抖了。

"这种事情很容易避而不谈。也许我该早点说的,但说实话,我们一直过着家人般的生活。我的丈夫是他认知里唯一的爸爸。其他事情可能会让人困惑,但我从没有关注过。我只关注我的儿子。但是……既然你出现了,我就得告诉他了。我现在也告诉你了。"

弗兰克怔怔地盯着那些照片,挪不开眼。她给他看了相册里的其他照片,褪色的相片上全是幸福的时刻。

"我的天,"他说,"如果我早知道……"

"如果你早知道,然后呢?"她对那些假设不予理睬。"我们做了该做的。我们过好了自己的生活,我们的家人也是如此。但我们这儿,"她环顾厨房,"会带来改变。他,和你,都理应知道真相。"

他点了点头,仿佛这轻微的动作产生了痛感。"我和你讲起过那天,我回到美国,在你的教堂外等候着……"

"弗朗西斯……弗兰克……"

"现在回想起来,我能从全然不同的视角看待那一天了。"他揉了揉眼,"那是我第一次见到我的儿子,我的亲生骨肉。一想到那天他就近在咫尺,我心碎不已。那个小男孩——那个男人——对我来说是个陌生人,只因为我一直和他保持距离。我从未见证过他长大。从没亲手将他抚养成人。"

"我那时结婚了,我们不能改变已经发生的事。"

"我知道。"他双手掩着她的手,"我意识到这点了。艾达,给我讲讲他的事,关于我儿子的事。"

"你遇到的那个人,那个到医院找你的人,正如你所想的优秀和善良。我儿子最大的优点就是他拥有一颗包容柔软的心。当我告诉他,几乎可以肯定你就是他的亲生父亲时,他很震惊,但同时也很为我高兴。我已经独身很久了。他一直希望我能遇到某个人,能重新找到真爱。他知道这可能是我的机会。"

"艾达,我相信是的,这是我俩的机会。"

九

"你在干什么,爸爸?"欧内斯特在屋后的门廊上坐下来,挨着杰罗姆。他拿起一个扁平的金属罐子,问道:"这是什么东西?"

"鞋油,"杰罗姆说道,"我在擦鞋。"

"那是你去教堂穿的鞋子,"欧内斯特指出,"我之前从来没见你擦过。"

杰罗姆用硬毛刷把皮革擦亮。"我像你这么大的时候,经常擦鞋挣小费。"

"嗯?"

他大笑着说:"我是个行动派。我曾在教堂礼拜日帮米勒外公擦鞋,然后他会给我一美元。这在我小时候可是一笔巨款。"

"低于五美元的我都不会干。"欧内斯特说。

"哈,你个小机灵鬼。"杰罗姆教他怎么涂抹分量正好的鞋油,怎么用鞋油和刷子把鞋子擦得油光锃亮。

"这很酷。可你还没说你为什么在星期一穿礼拜日该穿的鞋呢?"

他没有抬头。"我今晚有事。"

"所以我们今晚才要去妈妈家?"

"你们要去妈妈家是因为这是我们惯常的计划。"

"洛博说计划是可以变动的。"

杰罗姆咬紧牙关,这是常见的反应。又是洛博。他的前妻一年前再婚了。洛博是他们的新爸爸。

他逼着自己放松牙关。他和弗洛伦丝离婚后会放下过去,继续前行,这是可以预料到的,甚至是两人所期待的。对于这段行尸走肉般的婚姻来说,这是最后的致命一击。他们分开后,他知道他那比他年轻十岁的漂亮妻子肯定会找到另一半。她也的确找到了——一个在科技行业工作的、喜欢豪车的男人。他的孩子们有一半时间都会和他不认识的人度过,他已经能坦然接受这个事实。他和弗洛伦丝都希望离婚不会把他们的孩子变成情绪化的马路杀手。据他观察,孩子们似乎在适应这种变化,在两个家庭之间游刃有余。他的家庭和弗洛伦丝的家庭就像两个迥然不同的岛屿,居住着完全不同、永远没有交集的部落。

他不知道他的前妻会怎么看玛戈。如果事情一直朝着他希望的方向发展,他可能会把她介绍给他们。

"今晚没有变动,哥儿们。"他对欧内斯特说,"你和阿舍要在半小时内准备好出发。别忘了你在图书馆借的书,你妈妈说它们早该还了。"

"我还在读《乔希的球场》[①]。"欧内斯特拿着一根木棍,捣鼓着台阶旁的泥土。"我读得慢,我也没办法。"

"嘿。诗歌就应该慢慢品读,对吧?慢慢来没什么错,哥儿们。"

"对啊,你和阿舍说去吧。"

"他只是在做一个哥哥该做的事。故意惹怒你。塑造性格。"

"'塑造性格'到底是什么意思?"

杰罗姆举起一只鞋,确保它擦得锃亮。"有很多层意思,比如拥

[①] 《乔希的球场》是美国著名儿童文学作家夸迈·亚历山大写作的诗体小说,以跳跃的诗句吟诵着少年的成长与梦想。——译者注

有自信、坚持自我。你花时间阅读并不意味着你有问题。"他知道有个像阿舍这样的哥哥会过得很难。那孩子在学校里是个神童，从入读幼儿园开始就是优等生。而欧内斯特在理解字母和单词方面有困难，他被诊断为阅读障碍，也是情理之中。

杰罗姆努力回想起自己的这个年纪。他会和妈妈一起驾帆船出海。他和他爸爸会一起研究汽车，有时还去钱伯林炮台捣鼓枪械装置。道格拉斯·休格有没有盯着杰罗姆细想过？他是个聪明人，也会数数。杰罗姆只能得出结论：有无血缘关系对他的父亲来说并不重要。

谢谢您的这份馈赠。

"你还没说完鞋子的事呢。"欧内斯特提醒他。这个男孩看书很费劲，但是看人却很擅长。杰罗姆一有心事，他总是能第一个看出来。"你要穿着这双闪亮亮的鞋子去哪儿呀？"

杰罗姆笑了，说道："你怎么那么多问题。"

"你怎么老不回答。"

"我遇到了一个女孩，"他说，"我喜欢上她了。"

"什么样的女孩？"

"不是女孩，是女性。"他纠正道。"我邀请她和我一起去新世纪舞厅。"这个主意他已经琢磨好些天了，试图说服自己放弃这个念头。她对他来说，太年轻了，也太白了。他不擅长经营亲密关系。但他的思绪总是周而复始地回到那个晚上，重演着他们从金酒酒吧出来后，他送她到车上的场景，更忘不了他们在海湾扬帆航海的美好回忆。

于是，杰罗姆约玛戈出来，她答应了。这段感情与他离婚后尝试建立的其他关系不太一样。是她不一样。她聪明、自信，但是害羞。她总是小心翼翼，有所保留，让他迫切想找到能穿墙而过的路径。

他把工具收纳到擦鞋工具箱里。欧内斯特盯着他。"你想带她去跳舞?去那个你带艾达奶奶去跳舞的地方吗?"

"对,我想给她留个深刻的印象。这双闪亮亮的鞋子能让她看到我打扮一番后会有多帅气。"

"这样她就会更喜欢你。"

"这样就能表示出我在意她的想法。"

"她漂亮吗?"

那肯定是很漂亮。眼神柔和的大眼睛,饱满的粉唇。长腿,紧身裙,还有那双该死的牛仔靴。她航海时穿的瑜伽裤和半截上衣。金色长发,至少他觉得是长发,她总是将头发扎成凌乱的发髻。他以前和白人女孩约会过一两次。但还没谈过这么白的得克萨斯州女孩。年纪也没这么小,她可能至少比他小 15 岁。身材这么小巧的女孩竟然能将一个成年男子猛摔在地。

"对,"他说,"她很漂亮。"

他们走进屋里。阿舍站在厨房里,大口灌着罐子里的橙汁。

"用杯子喝,这句话你哪部分听不懂?"杰罗姆问道。

"我要把它全喝了。"阿舍耸耸肩说道。

"爸爸为了约会在正经打扮呢,"欧内斯特一进来就通风报信,"可能是认真的。"

阿舍一口气喝完了果汁,打了个嗝。"所以?"

"我们先别把话说得太满。"杰罗姆推了推阿舍,让他把瓶子放进回收垃圾桶里。前门传来汽车的喇叭声,他松了口气,说道:"接你们来了,拿齐东西。"

一阵忙乱中,兄弟俩收拾好书包、书籍、与欧内斯特如影随形的猎豹玩偶、欧内斯特为了避免在去妈妈家的路上饿倒而带上的弗利多（Fritos）牌玉米片。

杰罗姆在门口和他们吻别，还没离开就已经开始想念他们了——想念他们的吵闹声、能量满满的捣乱声、笑声甚至是争吵声。当他和弗洛伦丝第一次分居，开始实施新的抚养孩子的安排时，每周的这一刻都是他害怕的痛苦时刻——和孩子们告别，然后回到空荡荡的房子里。一旦杰罗姆听到车道上砰的一声关门声，他就面临着一种全然陌生的生活。他会站在客厅里，慢慢绕着这个空间走一圈，这曾经是一家子共同生活的地方，曾经朝气蓬勃，充满生气。

尽管时间推移，难受的感觉没有减轻半分。但他找到了解决办法。他去见心理治疗师。他终日忙碌于烘焙店的商业和营销计划，以此分散自己的注意力。他也花时间去健身，恢复他还在大学帆船队和赛艇队时的体形。他重塑出健硕的身材，对此他感觉舒心多了。因为不知为何，在繁忙的家庭生活旋涡中，他穿起了老爸牛仔裤，看起来就像……一个老爸。腹部松松软软，就像艾达·B店里最畅销的哥拉奇点心。

划船和跑步治愈了他，他感觉过去的自己似乎回来了。

另一个能让他分心的是女孩。烘焙店的总经理露易丝给他看过所有的约会软件。他紧张的手指划过太多张面带微笑、热切真诚的女性照片，她们忸怩不安的自拍只能占据他瞬间的注意力。这是一种淡薄无情的奇怪做法，他知道，每一篇简介的背后都是一个具体的人，她们的故事复杂痛苦而又不失希望，正如他自己怀着忐忑不安的心情发布的一样。

他遇到过一些很好的女性。有过几次错误的开端，然后出于某种原因，他意识到关系不可能更进一步。每次受到打击时，他会安慰自己，在长达十年的婚姻中，他并非一无所获。他知道关系无法继续发展是什么感觉。他学会了关注自己内心那些让人畏惧的声音——承认吧，无论他怎么努力，这些感情也不会有圆满的结局。

他的一个女朋友曾说过她是真心爱他的，她教会了他，诚实和及时纠偏是一种善良。一错再错对双方都不公平。

杰罗姆脱下衣服，冲了个澡，暂时屏蔽掉这些愁绪。别再沉溺于过去了。他可能该探索新的人与事了。探索一些与以往不同的、意想不到的事。与那个带着得州鼻音和蓝色大眼睛的女性发生的事。一些感觉不会出错的事。

· · ·

杰罗姆看得出来，"盐"正逐渐发展出一批追随者，不仅仅是附近的邻居熟客，还有游客、路人，以及来自城市其他地区、听闻过这家餐厅的人。有几个星期，玛戈似乎有点招架不住，但她总能设法振作起来。他知道肯定会出问题——毕竟，这是一家餐厅——但玛戈越来越自信了。她听取顾客和员工的建议，也和供应商建立了良好的关系，这其中就包括"糖"，她的烘焙食品提供商。看着订单量每周都在攀升，他很开心。

终于，她宣布自己以后每周休息一晚，他便邀请她到新世界舞厅。只是为了跳舞，他向她解释道。交谊舞。起初，她以为他在开玩笑，但他说服她试一试。

他到她的住所接她，那是一套建于一栋老房子车库上面的公寓，配有安全门和紧急事件报警电话。她让他到的时候给她发个短信，他照做了。

看着她沿着一条两边都种有鲜花的小路往外走，他忘记了呼吸。不像他们第一次不幸的会面，这次他不需要他的万托林了。他一直知道——见鬼，每个人都知道——从客观标准上看，她是漂亮的女人。今夜，她穿着剪裁得当的裙子，裙摆呈喇叭形，脚踩高跟凉鞋，卷发蓬松，妆容精致，像是从梦中走出来一般。

她按了一下大门的按钮，走了出去。"嗨。"她说。

"哇喔，"他说，"你看起来太美了。"

"谢谢。那你看起来呢？"

她上下打量他的眼神让他很满足。他为她扶着车门。一对人行道上经过的夫妇瞥了他们一眼，就是那种异样的眼神。庆幸的是，这种情况不那么常发生了，但在这个城市里，仍有人会对跨种族的恋爱另眼相看。

他习以为常，不予理会，这是他一贯的做法。玛戈似乎没有注意到，因为白人很少会有这种意识。他为她扶着车门。"上过舞蹈课吗？"

她笑了。"我？和一群喝得酩酊大醉的牛仔排成一队跳'喝假酒喝瞎眼的乔'①算吗？"

"有点区别。"

"你为什么对在舞厅跳交谊舞感兴趣？"

"我知道这听着是个很奇怪的选择，但我有我的理由。不久前，我在孩子学校的一次筹款活动中赢得了这一系列课程。我说服艾达·B和我一起去上课。我想也许这能让她结交些新朋友。甚至可以找个男朋友，或者至少找个人来排解寂寞，对吧？"

她眼神闪动着。"我明白。"

"是啊，但后来那些课程没起到什么作用。我发现她不太喜欢跳舞。出乎意料的是，我喜欢上了。把自己正经打扮一番，学习舞步

---

① "喝假酒喝瞎眼的乔"（Cotton Eye Joe）意为因喝了含甲醇的假酒而失明。美国歌手于1994年发布 Cotton Eye Joe 一曲，以此歌曲为伴舞音乐的乡村舞蹈因此兴起。——译者注

动作，这让我在离婚后重新找回生活的感觉。"

"所以艾达放弃了，而你坚持下来了。"

"是的。我得承认这点，我也觉得这是个认识女孩的好机会。"

"噢，是吗？"

"事实证明，这里没有适合约会的人。我通常是队里最年轻的，除非有情侣晚上来练习婚礼舞蹈。但跳舞还是很酷的，有种与往常不同的感觉。孩子们不在我身边时，这是让我出门的理由。"

"好吧，我开始期待了。"

"你呢？"他问道，"你平时有什么消遣活动？"

"我读书，"她说，"大概就是，整天都在读的那种。我看到了珀迪塔街的那家书店，甚至比我找到'盐'的店址还要兴奋。"

"你喜欢什么类型的书？"

"能让我暂时逃避生活的那种。"

杰罗姆瞥了她一眼。"你为什么想逃避生活？"

她把皮包放在大腿上，紧张地用手指拉着带子。"我有过一段过去。"

"每个人都有一段过去。想和我说说吗？"玛戈犹疑了，说道："也许吧，我可能会。"

"别有压力，我的意思是，不想说也可以。只是，我是个忠实的聆听者。"她望向窗外，说道："你的确是，真的很棒。"

• • •

玛戈即将要第一次见到杰罗姆的儿子们。她和杰罗姆不想操之过急，就像他们在舞厅里练习的优雅舞蹈一样——彼此靠拢，分开，再次靠近，转身背对对方，再转回来面向彼此。他们会试探着向对方迈上几步，然后佯装走开，只为了最后与彼此紧紧相依。由于她过往的经历，她对男人失去了信任，杰罗姆似乎察觉到了这点。他并没有步步紧逼，而是给予她耐心和空间。他吸引着她逐步靠近，给她营造出足够安全的氛围，一点点地赢得信任。

他邀请她和他的儿子们一起去航海。他借了朋友的船，一艘装配了野餐甲板和小厨房的单桅帆船。她不得不承认，这是关键的一步。阿妮娅说，一个男人不会将女友介绍给自己的孩子认识，除非他希望让关系更进一步。

问题是，她想要更进一步吗？

答案是想，毫不含糊的"想"。

这并不简单。她知道这一点。她的过去还有些纠缠不清的问题。通向往事的这堵门，她对所有人紧闭不开，除了她的心理治疗师。但如果她真的想循着她对杰罗姆的感觉走，她就必须得对他敞开。问题是，他也有他的过去。他有两个孩子，他前妻可能并不愿意看见像玛吉·萨利纳斯这样的人进入她儿子的生活中。

玛戈决定这一天要玩得开心，不去想太多。欧内斯特和阿舍可爱得让人难以抵抗，他们笑容灿烂，眼神有光，活力满满。

"我认识的孩子不多，"她对他们说，"我只了解他们在餐厅里的饮食偏好，除此以外知之甚少。但你们也是人，对吧？而我善于与人打交道。你们可以让我知道我的表现如何。"

"呃，"杰罗姆说，"这俩男孩可是很会提意见的。"

"我可是浏览了点评网站不下千次的人，我能应付意见。"玛戈准备了野餐午餐。"我带了些吃的。"她说着，将冷藏箱放到船尾甲板上。

"烧烤吗？"阿舍问道。

"噢，听说你们喜欢我做的烧烤，"她说，"但是今天不吃烧烤。

今天的菜单是新鲜出炉的鲁宾小汉堡。我想你们会喜欢的。虽然你爸爸更擅长做甜点,但我还是带来了我家乡得州的特色——巧克力薄片蛋糕。"

就这样,她顺利成了他们的一份子。"爸爸,我们现在能吃吗?"欧内斯特问道。

"我们要在天使岛停泊,然后在那吃午饭。"

"能先给他们吃点零食垫垫肚子吗?"玛戈问道。

"好主意,"杰罗姆说,"这样他们一路上就不至于饿得嗷嗷叫了。"

"蜂蜜柠檬汁和辣椒芝士味玉米片,"她说,"应该足够他们垫肚子了。"

他们向北航行至天使岛州立公园时,欧内斯特问了一堆问题——她多大了,开什么车,养狗吗,会游泳吗——一连串的问题让她觉得自己好像在参加游戏节目。阿舍比欧内斯特大一岁,顽皮机灵,眼光敏锐,他注意到她手臂上因为童年时冒失而留下的伤疤,还夸奖她得力能干。在州立公园,他们徒步走到一片长满柔软青草和金色罂粟花的草地。杰罗姆铺开一条毯子,他们懒洋洋地躺在阳光下吃午餐。如她所料,小汉堡和薄片蛋糕大受好评。小汉堡曾经是餐车的招牌美食——自制的熏牛肉薄片、蒜味德国泡菜、瑞士奶酪和俄式调味酱,面包卷上抹了厚厚一层香草黄油,撒上硬脆的杂粮籽仁和粗盐。

"谢谢你的午餐。"不需要杰罗姆提醒,欧内斯特便主动说道。

"太可惜了,你只带了12个小汉堡,"阿舍说,"你真的是一位很棒的厨师。"

"她不仅厨艺很棒,"杰罗姆说,"你们肯定不知道她是自卫术强手。"

男孩们双双转向她。

"你的意思是像《眼镜蛇》[①]那样吗?"欧内斯特问道。

"不,是真正的武术。"他们爸爸说道。

"别吹捧我了。"玛戈提醒道。

"你可以给他们展示一下。"

"我可以,但我更想再来一杯柠檬汁。"

"给我们看看嘛。"欧内斯特说。

玛戈站了起来。"好吧。自卫的第一条规则是避免打架。"他们沮丧的表情引她发笑。"但假设说你不得不打架了,你必须利用对手的力量来制服他。另外,首先要学习的一个动作是学会摔倒。因为在打斗中,你得做好摔倒而不摔折身体部位的准备。你需要用前臂撑地,再顺势扑向地面上。记住,是扑下,而不是砸向地面。"她仰面倒下,展示着安全的倒地姿势,孩子们聚精会神地盯着她看。然后她让他们练习,先是跪姿,再练习从站立的姿势倒下。他们还想练习更多的动作,所以她教了他们几个基本招式。这些动作看起来不像电视上的武功那么花哨,但他们很喜欢。当杰罗姆说是时候返航时,他们发出了不情愿的哀号声。

"也许下次我们能练习更多动作。我训练的健身房也有儿童班。"

"我们想让你教我们。"欧内斯特说。

"对啊,我们已经报了太多活动了。"阿舍补充道。

杰罗姆对她做了个"别管他们"的表情。"好吧,都怪我给你们报名了这么多活动。"

玛戈说:"我妈妈从来没有给我报名参加过任何活动。"除了学校里的免费午餐,她心想。"我甚至不知道有活动这东西。我是成年

[①]《眼镜蛇》(Cobrakai):2018 年网飞(Netflix)出品的一部电视剧。——译者注

后才学的合气道。"她很快补充说道,"但是我妈妈教给了我其他东西。我学会了在厨房和烤炉旁干活,我能制作出人类和动物都喜欢的三明治。那些午餐吃的小汉堡,用的就是我妈妈的食谱。"

他们回到码头,停泊好帆船,在水上度过了一天,他们感到疲惫而满足。"我给你们准备了点东西,"他们回到车上时,她对男孩们说,"这些是我打算拿到餐厅里卖的,第一批货刚刚送到。"她拿出三件叠好的亲子装连帽衫,衣服上绣着"盐"的名字,还有以盐的分子式为特色的徽标。她拿出最小的一件,举起来给欧内斯特看。"你觉得怎么样?想试穿一下吗?"

她意想不到的是,欧尼斯特和阿舍面面相觑。

"我觉得这号正合身,"她说,"你想换个颜色,还是——?"

"我们不穿连帽衫。"欧内斯特脱口而出。

"噢!"她没预想到这点,"呃,我不知道你不喜欢。"她一脸困惑地看了一眼杰罗姆。

"黑人穿上连帽衫的话,得考虑旁人怎么看待他。"

玛戈的心一沉。"我太愚蠢了,"她说,"我考虑不周。这就是问题,完全是我的问题。大伙,我真的很抱歉。"她突然想起了什么,让她不寒而栗,"我给每个在后厨工作的人都发了一件。该死,该死。我要给他们挨个打电话。"

阿舍举起他的连帽衫。"不如我们穿着睡觉吧?在家的时候也可以穿?"

"嗯,在家穿吧。"杰罗姆说道,他拍了拍玛戈的肩膀,"我们回去吧。"

她感觉很难受,这也只能怪自己。虽然她很熟悉"白人特权"这个词,但她天真地以为自己并不适用这个标签。她绝对不会用"享有特权"来描述自己。她出身贫寒,母亲十几岁就怀上了她,自

123

己高中没读完就辍学了。杰罗姆则在一个有爱的家庭里成长,这个家庭给予他坚实的基础、优秀的教育背景和稳定的事业。

然而,尽管有这些优势,他和他的儿子却仍需忍受这种她几乎无法想象的事情。

"我还需要知道哪些事情?"玛戈问道。"去商店时,我们得把手从口袋里拿出来。"

"在外面时不能跑来跑去。"阿舍补充道。

"跑去哪儿?"她问。

"哪儿都不行。"男孩们齐声回答。他们喋喋不休地讲着白人孩子不需要顾虑的规则。

玛戈开始理解,这才是他们成长的世界。而杰罗姆的成长环境比现在还要极端和恶劣。他终其一生都需要比其他人更努力,才能证明自己的成功当之无愧。

他们把孩子们送到他们妈妈家,孩子们拿着东西跌跌撞撞地下了车,沿着车道跑到后门。她看着杰罗姆,他目视前方,面无表情,下巴明显绷紧。

"肯定很难受吧。"她说道。

"现在习惯了。我倒是好奇,他们会对她和洛博说起什么故事。"

"洛博?她丈夫的名字是洛博?"[①]

他把车驶出车道。"可不是我瞎编的。他人还行,非裔拉丁裔混血,在科技行业工作。对我而言,离婚最难的一点是知道我的孩子会过着另一种生活,和我给予他们的生活泾渭分明。目前看来,孩子们似乎和他相处得不错。他们今早告诉我,妈妈怀孕了。"

玛戈感到一阵焦灼。即使是现在,她一想到怀孕还是有一种奇

[①] 玛戈之所以会感到惊讶,是因为美国 DC 漫画旗下有一位同名的反英雄,也叫洛博(Lobo)。——译者注

怪的反应，想了解备孕和期待孩子诞生的快乐是怎样的感受。"噢，你对此有什么感觉？"

杰罗姆耸了耸肩。"我又不能发表意见。男孩们能有个弟弟或妹妹，这挺好的。弗洛伦丝应该亲口告诉我的，但我俩沟通起来不太顺畅。大部分信息我都是从孩子那得知的。"

"我很好奇，他们会在家里怎么说起我。"

"他们大概会说你是眼镜蛇。"

孩子们的妈妈可能对她心存顾虑，这个答案大概不会博得她的好感，玛戈一想到这就感到烦躁。"好吧，他们看起来都是很棒的孩子，你所做的任何事都会影响到他们。"

"但愿如此吧。反正计划是这样的。还有件事我不能瞎编，你知道吗？艾达和弗兰克。"

"艾达和弗兰克在一起了？"这段值得期待的关系让她欣喜。她一开始持怀疑态度，不相信一段沉寂已久的恋情会复苏，但杰罗姆一直对他妈妈抱有期望。弗兰克看着非常友善，他没有配偶，是一位照顾退伍军人的医生。想象到他们最终可能会在一起，真是令人愉快。艾达曾告诉她，生活是充满惊喜的。

玛戈想到自己在这次重逢中贡献了一点力量，由此感到一丝满足。如果她没有加班到很晚，如果她没有弄掉那张装裱好的证书，发现那篇暗藏其中的旧报道，艾达和弗兰克可能永远不会再见。这是一次奇妙的幻想，一场旧爱重逢。

"看来是这样，"他说，"他们一直形影不离。他有一艘巨大漂亮的帆船。原来是他让艾达爱上驾帆船出海的，我之前都不知道。"他停顿了下，看了看她，然后视线回归路上。"还有很多事情我从不知道。"

"她现在很幸福喽？"

"我从没见过她现在的样子。我上高中后她就单身了,直到现在我才看到她和别的男人认真地谈恋爱。她总是乐观开朗,但这一次……她整个人似乎焕发生机了。不知道这份感情能不能长久,但我很乐意看见她这个样子。"

"真的很棒。是你让一切发生了,我很为你骄傲。"她看见杰罗姆的下巴再次紧绷,"怎么了?"

"是挺好的,但也有点复杂。"

"怎么个复杂法?"

他攥紧了方向盘。"她怀过他的孩子。明白我为什么说复杂了吧?"

"什么?我的天,杰罗姆,你说什么?她怀过弗兰克·怀特的孩子?"

"对。"

"那么,那宝宝……那孩子,她把孩子送去领养了吗?"这是她心里的第一个想法。

他哼了一下,轻笑一声。"不,她决定留下我。"

玛戈觉得她的大脑要炸了。那个年老的白人医生?和艾达?"你?……那人是你父亲?"

"从生物学角度来说,是的。弗兰克动身去加拿大时,他们俩都不知道她怀孕了。她当时还年轻,很害怕,然后我爸,道格拉斯·休格,这个好男人出现了。他是我父亲,一直都是,所有人都知道。但现在,弗兰克出现了,艾达·B不想隐瞒任何秘密。"

"哇。你……你现在感觉如何?你后悔把他找回来吗?"

"我说过了,他让我妈妈幸福。这是最重要的。这就是为什么我不后悔费劲找到他。"

"你还好吗?你难过吗?"

杰罗姆的下巴看起来越发僵硬，他目不转睛地看着路。"想到弗兰克从来不认识我，我也不认识他，真奇怪。我想说的是，我父亲这一辈子都是世界上最好的父亲。造一个孩子什么都不需要付出，成为父亲则需要付出一切。"

这是令人痛苦的事实，没有人比玛戈更清楚这一点。"知道你的生父是弗兰克而不是你爸爸，感觉有什么不同吗？"

"没有。我应该感觉到不同吗？"他耸耸肩，"我这一辈子都携带着这个人的DNA，直到现在我才知道。这会有一点影响，还是很大影响？我不知道。这倒或许解释了为什么我会患哮喘，为什么我需要戴眼镜。"

"弗兰克也有哮喘？"

"对。"

"天哪，杰罗姆，需要消化的信息可太多了。"

"我见过他的孩子——詹娜和格雷迪。格雷迪是一名教师，已婚，养育了几个孩子。而詹娜是一家非营利组织的律师。他们说他们为父亲感到高兴。我觉得我并没有感觉到什么联结，但他们看起来都是好人。我从未见过我妈像现在这样快乐，是他让她焕发生机。"

玛戈理解着这些消息，想到这些人都被那件久远的往事所影响。不只是艾达和弗兰克，还有杰罗姆和弗兰克的孩子，詹娜和格雷迪，也会涉及艾达和弗兰克的孙辈。所有这些戏剧性的事情，仅仅是因为她偶然看到了那份保存完好的旧周日刊。"所以你真的认为他们相爱了。"

"我妈妈称之为九月浪漫。看到他们在一起的模样……就像那些老照片里定格的瞬间。"他看了她一眼，"他看向她的眼神……就像我在看向你。"

他的话语就像一首曲子。即便如此,她还是费了很大的力气才能卸下一贯的高度防备。过往教会了她要慎之又慎,所以当她接近他时,有时仍会感觉受到威胁。

"弗兰克的事,是不是很难接受?"她问起。

"等我从最初的震惊缓过神来,就不难受了。我爸就是我爸。弗兰克是我妈的男朋友。我得承认,艾达·B跟我说明来龙去脉时,我惊诧不已,但是,接受起来不难。我妈……她做过的事已经过去了。我无法评价其他人在过去所做的一切。评价取决于她自身,也只有她能下这个判断。"

"杰罗姆,你总是给予别人无比的包容。你真的很善良。"

"每个人都有一段过去,重要的是你现在是谁。"

玛戈想到,那些未说出口的话让艾达和弗兰克天各一方,分离数十年。然后她在座位上微微侧过身,端详着杰罗姆。他和弗兰克有一丝丝相像吗?对她来说,他就像一场梦。他不像她所认识的任何人,她以为像他这样的人只存在于她的想象中。

"你能找个地方把车停下吗?"

"可以,你要上卫生间吗,还是……"

"找一处能说话的地方,我有些事情想和你说。"他前臂的肌肉紧张起来,"听起来很严肃。"

"我对你的感情很认真,杰罗姆,我想聊点……事情。"

"听着,如果是关于送给男孩们的帽衫——"

"好吧,那确实是一件事。该死。但……杰罗姆,还有……还有别的事。"

"好吧,现在你把我搞得紧张了。"

玛戈什么也没说。没有试图安抚他或弱化她不得不说的事情的影响。虽然这些事可能会把他吓跑,但他需要知道真相。他得知道她到底是谁,即使这意味着失去他,就像以前有人嫌弃她的过去纠葛太多,然后仓皇而逃。几年前,有个男生留着漂亮的发型,笑容很温暖,喜欢听现场音乐会,爱吃她做的菜,也喜欢长途远足。他们的关系变得亲密后,她才敢和他说起往事。他说他能理解,也能共情——但之后,他们之间的一切都发生了变化,他们从此一拍两散,就像两人分别站在断层的两端,彼此隔着断裂的鸿沟。

杰罗姆沿着海崖大道来到中国海滩[①],被海水侵蚀的悬崖耸立在岩石海湾和沙质入口之上。他们走上一条曲折的小路,经过一个不祥的标志——"坠崖点",这里还附有一行可怕的警告:"此处曾有人坠亡。"

他们徒步来到一个俯瞰海滩的观景台,远处的金门大桥和马林岬角尽收眼底。杰罗姆盘腿坐在干草地上,把她拉到自己身边。"这是我最喜欢的地方之一,"他说,"我爸以前常带我来这里。我会在金门公园的游乐场上玩得大汗淋漓,之后和爸爸来这里游泳,最后去买汉堡和奶昔。你来过这里吗?"

她摇了摇头,羡慕他对父亲拥有的美好回忆。"感觉城市远在天边。"

"这是个聊天的好去处。那么,你想说什么?"

她把膝盖抱到胸前,但他摇了摇头,把她拉到自己身边,用长手臂环抱着她。他对她那么温柔,她都想哭了。"有很多话想说。"玛戈说道。

"我现在有的是时间。"

"我有过一些往事,"她说道,感到难以置信的紧张和脆弱。"我不想提及的往事。但我对你是认真的,我刚刚又认识了你可爱的孩

---

① 中国海滩(China Beach):位于旧金山海崖区的一处海滩。——译者注

子们,对我来说,这段感情变得愈发真实。就像我俩真的想和彼此好好走下去。"

"那我肯定是做对了什么事。"

"啊,杰罗姆。"他总是会说甜言蜜语。"我想让你了解我是什么人。"

"我很能说,"他说,"但我也能当一名忠实的聆听者。"

"的确,你真的很好。我想你应该知道我从得州搬过来之前发生了什么。因为,那些事可能会改变你对我的心意。"如果他真的变心了,他也不是第一个人。玛戈说这话时,眼神坚定地看着他,心知这可能是他们最后一次谈话了。微风吹拂着她的头发,他凑近她,轻轻地撩开她脸上的发丝。

"宝贝,世界上没有什么事情能改变我对你的心意。"

"我……如果我要陪着你的孩子,那你需要知道这个。"

他看了她一眼,眼神锐利,她畏缩了。然后她深吸一口气,吸入海洋和悬崖上扭曲柏树的气息。"我将自己练成合气道强手,是有原因的。"

"我还以为你只是单纯身手不凡。"

她又深吸一口气,听着海浪拍岸、撞击岩石的声响。她把野兽关在门后太久了,因为她知道一旦把它放出来,一切便面目全非。

说出来吧,她催促着自己。从这个陡峭悬崖往下凝视着未经开发的海湾,令人目眩头晕。告诉他吧。如果他真的像你想的那样,他不会被吓跑的。如果他像其他人一样逃之夭夭,那她就该重新认识到,自己不会被好男人爱上。

永远不会。

第三部分

有三样东西不能被长久隐藏：太阳，月亮和真相。

——佛陀（Buddha）

✚

班纳溪，得克萨斯州，2007 年

糖和盐的适当平衡是制作完美烧烤酱汁的关键。当然，谈及烧烤酱汁，每个人都对酸、香料、水果和调味品的组合都有自己的独特看法，那是一种每一口都让人心满意足、难以言说的鲜味。

但玛吉·萨利纳斯对此了然于心，这一切都始于糖和盐。

所以当库比·沃森给她机会，让她为他的餐厅顾客制作她的独家酱汁时，她将其命名为"糖 + 盐"。她在县图书馆打印出一套套的标签，因为她买不起高档的纸张。她想，总有一天，她会雇人设计出一个专业的标签，让她的酱汁看着和上等酒一样别具一格。

她在餐厅当服务员，当晚轮班快结束时，她来到厨房的储物柜前，后退一步，一览这一排梅森玻璃罐。罐子里灌满深红色的酱汁，混有她在自己的小厨房里烘烤和研磨的香料。

"这酱料就跟大热天时的西瓜一样畅销。"库比走进库房说道。他常年在熊熊燃烧的露天烧烤炉旁工作，衬衫和围裙上散发着牧豆树的香气。"我希望你备好足够多的酱汁。"

她投去一个疲倦的微笑，把带徽标的围裙扔进厨房的洗衣篮。"我准备好了，别担心，"她说，"我今晚回家后就开始做新的一批。

把它们放在慢炖锅里熬到天亮。"

"估计我们今天卖了十几品脱[①]的酱汁。"他递给她一个带拉链的钱袋，里面装有厚厚一沓钞票，"你的分成。"

"谢谢，库比，你最好了。"他的确是最好的人，她每天都心怀感激，感谢他和他的妻子奎因。他们在她穷途末路时，给了她一线生机。

在员工更衣室里，玛吉换上她的便装——牛仔裙和牛仔靴——和南达打了招呼，她和清洁工团队刚到。她松开发髻，散下头发，对着镜子看了看自己。一头黄发需要修剪了，但是她没钱去理发店。脸上长着雀斑，因为她在农贸市集的摊位上暴晒了太久。镜子旁是一篇装裱好的《得克萨斯月刊》的文章，这本杂志在得州具有很高声望。文章作者名为巴克利·德威特，他写的这篇评论特别提到了她的烧烤酱。巴克利在农贸市集发掘了她的酱汁，之后便时常光顾。她看得出他对她有好感，也许只有一点点。他和她谈话时，耳根通红，说话结结巴巴。但他确实是一位很出色的作家，尤其擅长描写烧烤。一篇《得克萨斯月刊》的好评文章可能会掀起一股热潮。

巴克利向她坦承，他真正想写的，是呼吁公平正义、惩恶惩奸之类的文章。他甚至在网上开了一个名为"孤星正义"的博客。博客内容与杂志不相关，他用笔名发表博文，因为他所说的事情可能会引发众怒。

在后门外，库比正享受着他每晚的预留节目——一支黑柔雪茄，配一杯轩尼诗。他抬头仰望着星空，说道："我这个地方有公用事业地役权，我告诉过你吗？"

她对"地役权"几乎一无所知。"这有问题吗？"

[①] 美制 1 品脱约等于 0.4732 升。——编者注

"这意味着,如果县政府想在我这盖一座摩天大楼,我也无话可说。"

"库比,没人会在班纳溪建摩天大楼。"

"好吧,"他仰靠在椅子上,"希望你是对的。"

"我当然是对的,再见。"她说。

"注意安全。"

在餐厅前面,几个女孩正准备出去约会,她们和男生们跳上皮卡,打算一起去格林舞厅或者去蓝洞游泳。有时玛吉和她的同事会大老远跑到城里,去看奥斯汀休息室蜥蜴乐队(Austin Lounge Lizards)的晚场演出。

"吉米去哪儿了?"金妮·库姆斯朝玛吉招招手,"你想去游一会儿泳吗?"

玛吉微微侧过身去,低下头。"吉米和我没有处得很好。"她喃喃地说。

"你开什么玩笑,"金妮说道,吸了一口维珍妮牌女士香烟,"拉倒吧,你都没给人机会。香蕉都比你男朋友的保质期长。"

玛吉咧嘴一笑,把吉米·亨特想象成一根熟透了的香蕉。"我想我只是想玩玩吧。"

"该死,发生什么事了?你们在一起太般配了。还有……拜托,那可是吉米·亨特。"她提及他的名字时,带着一种对征战英雄的敬畏感。

在这一带,他的确是英雄。亨特家族以石油大亨、出众外貌和强大影响力而闻名,在这样一个邻里之间天天打照面的小镇,人们能很强烈地感受到这种势力。因为班纳溪与位于奥斯汀的圆顶州议会大厦咫尺之遥,所以亨特家族的势力一直渗透到州议会。

她有一次和几个女孩去舞厅,第一次见到了吉米。他身材匀称,一头鬈曲的黑发,下巴棱角分明,眼睛炯炯有神,这些都让她入迷。他是得州农工大学橄榄球队的明星球员,几乎打满了每场比赛。大家都说,他是联赛中最有天赋的踢球员。

她彻底沦陷了,因为他轻松诙谐,在廉价小酒吧里表现得泰然自若,还因为他那双让人迷醉的蓝色眼眸。之后,他驾着他那辆新款皮卡送她回家,收音机里播放着威伦·杰宁斯的歌,驾驶室后的架子上摆着一把长枪,他的大腿间夹着一瓶打开的夏纳啤酒。对亨特家族的人来说,边开车边喝啤酒从来都不是问题,他用浑厚的男中音笑着解释。他的姐姐是副警长,他最喜欢的表哥是警察局长。他的哥哥布里斯科想竞选地方检察官。一个幸福的大家庭。

玛吉不理解这种感受。一个家庭,一个幸福的大家庭。

约会结束后,她邀请他进屋,他们聊起了橄榄球——即将到来的赛季将是他在大学的最后一个赛季,全美橄榄球联盟正要向他抛出橄榄枝——后来他们亲热了一会儿。他告诉她,她太漂亮了,让他忘记了自己是有教养的人。

他很有趣,而她很孤独,所以她邀请他在她下一次夜班休息时来做客,并答应他做一顿家常菜。她为他准备了鸡肉和酒,像狂热的女粉丝一样对他大加吹捧,因为她是一个地地道道的得克萨斯女孩,她喜欢得州农工大学球队。谈及起自身、家庭和家人取得的成功时,他是认真而富有魅力的。她告诉他,她母亲去世了,但他似乎对此不太关心。人们往往对别人的悲伤避而远之。也许这就是她喜欢星期天和奎因、卡比一起去教堂的原因。教堂里的信众并不羞于悲伤。

她默许吉米和她做爱,因为他有着柔软的嘴唇和好闻的体味,而她当时有几分醉意,且孤独难耐。她从床头柜的抽屉里拿出一个避孕套递给他——别指望男人会记得,她妈妈总是说——他欣然一笑。但第二天早上，她在地板上发现了那包避孕套。包装撕开了，但是避孕套还在里面。

当她质问他时，他又露出那种富有魅力的微笑——我不喜欢隔靴搔痒。

那下次记着——如果你还想有下次的话——你必须得戴上，她边说着，边给他做煎培根和鸡蛋当早饭。

她打开避孕药药盒，打算吃两倍剂量，来打消前一晚冲动行事的后果，但药盒空了。她的处方过期了。她把所有的钱都花在房租和酱汁原料上，还没去诊所续开处方。这种情况已经好几个月了。

他邀请她去靶场练习射击，她很感兴趣，因为她以前从来没有打过枪。

"我可能会去，"她说，"说不准。"

当他驶离她屋前的车道时，轮胎将砾石溅到门廊上，把她的猫吓了一跳。她把凯文抱在怀里安慰它。透过扬尘，她看见卡车的保险杠上粘着南方邦联旗贴纸，还有卡帕·阿尔法兄弟会的标志。

玛吉松开胳膊，让猫离开，然后转过身去。她捡起吉米扔在浴室地板上的毛巾，洗了早餐的盘子，打扫干净他昨晚踩下的脚印。

她想到了没有用的避孕套，想到他从来没有过问关于她的任何事情。如果他能问起，他就会明白她为什么身无分文，她打算如何从陷入的困境中爬出来。他就会理解，她的所思所想以及未来的梦想。

她想到当他把她抱在怀里做爱时，前所未有的孤独席卷了她。

那天晚些时候，她打电话给他，推辞掉射击场的约会。然后她深吸了一口气，告诉他，她不想再见面了。

"好吧，那真是太可惜了，宝贝，"他说，"这也是个错误。你会错过所有乐趣，太遗憾了。我知道该怎么好好对待女性。"

"我明白,"她说,尽管她几乎没有看到佐证这种说法的证据,"你可能是对的,但我现在精神状态不好。我希望我情绪能高涨起来,但发现我做不到。"她知道自己在试着减缓对他的打击。她的解释是为了避免触及他的痛处,似乎她有义务不伤害他的感情。不是你的问题,是我。

她应该说的是——如果她有勇气说出来的话——他在安全套的事情上表现得像个混蛋,对她没有半点尊重。她应该告诉他,这种欺骗在任何关系中都是致命的错误,哪怕只是一次偶然的邂逅。也许,如果她母亲尚在人世,她能给玛吉提出更多关于男人的建议——当你的冲动与常识发生冲突时,你该如何控制住自己。如何找到待你温柔体贴的男人。可能妈妈也帮不上什么忙。在认识伴侣这件事上,妈妈并没有做出最好的选择。

"好吧,真遗憾。"吉米说。

"感谢理解。我真的很抱歉,吉米。"

"好。再见,宝贝。"

现在金妮·库姆斯推了她一把。"你真的确定不再给吉米·亨特一次机会吗?谁说得准呢,说不定你们俩真的能走下去,接着你就衣食无忧了。亨特家族可是家财万贯,你再也不用当服务员了。"

"说真的,我挺喜欢当服务员的。而且吉米……他跟我不是一类人。"她说。

"好吧,我想也不是什么大事。你还那么年轻。"金妮在室外烟灰缸里掐灭了她的香烟,把一块口香糖塞进嘴里。

"感谢理解,"玛吉说道,"也许我需要远离所有男人,至少一段时间内是这样。今晚你们玩得开心。"

吉米整晚都在给她发信息。她上车准备回家时,她臀部的口袋里又响了一声,又一条信息。她花了一点时间拉黑他的号码,然后驶出停车场。

从农场通往市场的路蜿蜒狭窄,她沿着路开出小镇,一直留意着骡鹿和犰狳的出没。部分路面修在浅滩上,班纳溪的流水缓缓淌过路面,她在混凝土护栏之间驶过时,溪水溅湿了车的底盘。她在小溪边的小房子曾经是个钓鱼小屋。

她的房子就像得州吐司一样简单,不了解这个住处对她人生有多大意义的人,可能会觉得这只是短暂停留的一站。这是她母亲去世后她第一个真正意义上的家,虽然只是一个存放物品的地方,但有一个不错的煤气炉,房东也不介意她养猫。

隔壁的普拉特家有几个吵吵闹闹的青少年,但他们并不会太烦人。她打开门时,凯文从高处跳下来,绕着她的脚踝打转。

"来吧,小家伙,"她说,"我们来做点酱汁吧。"

它溜到她跟前,她打开灯。凯文是一只长相平平、曾经容易受惊的小猫,但她把它带回家,哄诱着它,就这样它慢慢进入到她的生活。现在它是她最好的朋友。它观察着她的一举一动——她挂起背包,把那袋现金放进杂物抽屉里。库比会尽量给她付现金,因为她总是几乎身无分文,前一年她出了事故,被一名没有买保险的司机撞倒,腿部发生螺旋形骨折,需要做多轮手术。因为没有买医疗保险,她被列入还款计划——她的工资会被一家医疗账单公司划扣,这会占据她每月工资的很大一部分。

她开了一支矮胖的瓶装夏纳啤酒,播放起音乐。她还不到买啤酒的年龄,但吉米在她的冰箱里留下了六瓶啤酒。

玛吉的整个厨房都是为了制作酱汁而布置的。四个慢炖锅在台面上排列开来,她始终将高压锅和水浴锅留在炉子上。门廊上的花盆里长满了香草,她会自己烘烤和研磨香料。

她喜欢尝试各种酱汁。一切酱汁都是从糖和盐开始的。通常会加入醋、洋葱和番茄,但她会尝试各种各样的搭配。也许来点波本威士忌,石磨芥末,阿多波辣椒酱。也会加点意想不到的食材,如马达加斯加的香草豆、苦巧克力、可口可乐、咖啡、八角茴香、罗望子或佛罗里达的加利蒙地亚橘。她事无巨细地做食谱笔记,记录最受欢迎的口味,将自创的食谱添加到妈妈给她留下的最珍贵的宝藏中——一本贴满了手写食谱的巨大活页夹。

以前切洋葱会让她痛哭流涕,但她现在知道诀窍是把洋葱冷藏,然后用一把非常锋利的刀快速切成丁。她跟着布兰迪·卡莉的歌声哼唱着,拿出一把刀刃极薄的陶瓷刀,忙着削皮、切块,不时啜饮几口啤酒。今晚的这批酱汁将主打新鲜的奥扎克祖母牌苹果风味,苹果是她在农贸集市上挑选的,表面光滑发亮,透着翠绿。她想先把苹果和洋葱裹上一层焦糖,然后再把它们放入锅里。铸铁平底锅上油沫四溅,于是她脱下了漂亮的人造丝衬衫,因为一个小油点就会把衣服毁了。她把连衣围裙直接套在胸罩外,然后继续干活。

在给慢炖锅炖煮做准备时,她设想了一个完美的夜晚——一边泡在浴缸里,一边看书。除了烹饪,玛吉最爱的就是阅读,阅读能将她带到海角天边,体验不同的人生,以全新的视角看待世界。如果不是因为德尔而不得不离开学校,她可能会一直读到大学,但这对于像她这种背景的女孩来说似乎不太可能。她高中的升学指导老师一直鼓励她,说她是上大学的好苗子,说得好像大学学费会奇迹般出现似的。

一束车灯投射出的光照进房间,在屋里的家具上一掠而过。这些家具都是房东留下的,从折扣商店购来的。可能是普拉特家的孩子。然后,在布兰迪·卡莉切换到戴夫·格罗的停顿之间,她听到车门砰地关上,看到有人站在门廊。

纱门被一把拉开,吉米·亨特站在门口,屁股翘到一边,大拇指钩在皮带环上。他脸上带笑,眼神迷离,可能是喝酒或抽大麻了。他的牛仔外套口袋里塞着一盒甜斯维什雪茄。

她跟他说不想再和他约会时,他说的是:"再见,宝贝。"她没有按字面意思理解这句话,看来她应该理解为"再见一面"的意思。

她心里一沉。"我们结束了"这句话他到底哪里听不懂。"嘿,吉米。"她说。

"嘿,我不喜欢我们分手的方式。我想我们应该谈谈。"在朦胧的光线中,他看起来有点神秘,还带有威胁的意味。他上下打量着她,盯着她裸露的大腿,看起来很有把握。

"噢,吉米,"玛吉说着,起了一阵鸡皮疙瘩,"我们不需要谈。就像我说的。你和我,我们……没法走下去。"

他优哉游哉地走到冰箱前,抓起一瓶啤酒。"妞儿,你都没给我机会,我可以对你很好。我发誓,你是我见过的最漂亮的人儿。"

他不是第一个这么跟她说的人。她长得像她的妈妈,而且和她妈妈一样,她很早就知道长得漂亮并不总有好处。有时,姣好的长相会引来不当的注意。"如果你能离开,我会很感激的。"她对他说,"请你马上离开。"

"我啤酒还没喝完呢。"他饥渴地闷了一大口。

她现在面对着他,站在房间的另一头,环顾四周,好像他才是这里的主人。因为恐惧,她的后颈感到一阵刺痛感。"我们就别搞这些了,"她说,"我现在很忙。吉米,我最后一次要求你离开。"

他猛喝了一口啤酒,放下棕色的矮胖瓶,对着她歪嘴一笑,显得很油滑。然后他将目光集中在她那只勉强被围裙遮掩着的胸罩上。"妞儿,你嘴上说着不要,但你这副甜美的身体却很诚实啊。"

玛吉翻了翻白眼。"哦,拜托。我不想和你扯上关系。"收音机上正播放着《你好,德莉拉》。她瞥了一眼手机,手机正插在厨房台面上充电。她当然不必叫警察来抓他。

万一报警呢?那她可能会见到他的一个表亲。

"你肯定想,"他以轻松的口吻说,"我可以对你好,宝贝。我对你有不少好处。我打赌,你肯定不知道这一带的人在你背后说了什么闲言闲语。他们觉得你是个异类。自己埋头熬着什么巫药,去黑人教堂,还自以为很融入。你在那肯定很扎眼。"

玛吉没有回答,和他谈话毫无意义。

空气中弥漫着焦糖洋葱和苹果的香气。她下意识地把铸铁平底锅下的火熄灭了。她怒气冲冲地说:"你看,我很忙。你上哪找个派对玩玩吧。我一些女同事去了蓝洞,或者——"

"我这不是有你陪着嘛。"吉米说,他动作利索地将她拉到自己身边,使劲抵着她,让她感受到他的勃起。他弯下腰用力吻她。

她猛地推开他,靠在厨房的料理台上,震惊而愤怒。"走开,吉米。否则我就——"

他笑着解开外套的扣子。"否则你就怎样?"

她从台面上抓起一把刀。恐惧使她怒火中烧。"我是认真的,"她说,"回家去。"

"真可爱。"他伸手想夺过那把刀。

她翻转刀把,将锋利的刀刃冲着他。陶瓷刀片如外科手术刀一般锋利,但显然,他对此一无所知。刀刃像切黄油一样切进他的皮肉,就在拇指的关节处。

"我的天,对不起,"她说,看着血从伤口里涌出,"我不是故意要伤害你的。"

"该死,"他说,"我知道你笨,但没想到笨到这种程度。"

她抓起一卷纸巾。当她回头时,她看到他从牛仔外套下的侧枪套里拔出了一把枪。

"太蠢了，竟然带了一把刀来参加枪战。"他说。

玛吉倒抽了一口气。刀掉在地上，她听见了刀断裂的声音。这就是陶瓷刀的特点，它们锋利得可以致命，但脆弱。她的脉搏怦怦直跳，在耳边产生回响。她能感觉到内心深处的恐惧。也许枪没上膛。也许是个玩具，它看起来像一个玩具。也许保险是开着的，她不知道保险是什么样子。她对枪一无所知。她只知道她从来都不喜欢枪，枪只会带来悲伤。

"拜托，吉米，"她说，"我不想和你吵架。把那东西收起来。"她递过一卷纸巾，"来，把你的手擦干净，我来帮你。真的，我不是故意要伤害你的。"

"我想你也不是。"他说。圆形的黑色枪眼正对着她的胸口。

"我请求你把那东西收起来。"

"不，"他随口一说，"我不收。你对我不怎么友好。"

噢，他希望她对他友好一点。"你说得对，吉米。"她让步了，竭力不让自己的声音颤抖。是的，顺着他的心意。因为她绝对不是他的对手。"我对你不太好，我很抱歉。这样吧，我们出去吧。现在是周六晚上，我们去蒂尔尼听点音乐怎么样？"

他又笑了笑，把枪放回左臂下的枪套里。"这才像话。"

她松了一口气，双膝颤抖着。"当然，吉米。我……我只是得换身衣服，马上就好。"她绕过他，朝卧室走去。离门口只有几步之遥。让她厌烦的是，在这个她本该感到安全舒适的地方，他的存在让她很难受。

他跟在她身后。"真是太可爱了。"他说着，伸手去抓住她，"我是说你把围裙套在胸罩外面的样子。"

她侧身避开了。"我要上卫生间，你在外面等一下。用水冲洗下伤口，再来一瓶啤酒。"她并不打算和他去任何地方。但她被困在自

143

己的房子里，她必须想办法逃出去。

吉米没有等。相反，他跟着她。"那天晚上我们在这里玩得很开心。"他说着，把她逼向床边，"我们再来点乐子吧。"

"以后吧。蒂尔尼肯定有不错的表演。"

"这屋里就有不错的表演。"他说着，嘴角慢慢上扬。他挡住了通往门口的路。

她想从他胳膊底下钻过去。他利索地将她拦下，动作敏捷得像一个突然关上的陷阱。即使喝醉了，他还是有运动员那种强大的快速反应能力。他的双臂环抱着她，肌肉结实，无法撼动。

"停。"她说，努力保持镇定。"我们出去玩吧，找点乐子，好不好？"

"妞儿，我现在就在找乐子啊。"他把她往后猛地向床上一推。他力气很大，大到她几乎滑稽地弹了起来。一口气突然撞出她的体内。

"该死，吉米，我记得你说过你很有教养。"她厉声说道。

"我是啊。"他说着，将她推倒在床上。他用膝盖抵住她的大腿根部，把她的两只手腕按在头顶上方。"我是很有教养。很有教养的吉米就是我。"

她试图挣脱，但他的手像铁钳一样紧紧抓住她。

他用闲着的那只手扯开围裙，把它猛拽到一边，围裙带子像绞索一样勒住她的脖子。

"喂，"她的声音响亮而尖锐，"够了。"

他解开她胸罩的前扣，低头盯着她的胸部。"看看这儿，"他说，"真不错。"

"真的，停手，"她说着，嗓子里郁结着恐慌，话都是硬挤出来的，"你没必要这么粗暴。"安抚他，她想。她的脑子飞速运转着。

"我们像那天晚上那样吧,温和地、慢慢地来。"

"是的,那很好。"他深深地吻着她,舌头伸得很深。她一动不动,屏住呼吸,等待吻的结束。

然后她轻声说道:"我想去一趟卫生间,可以吗?我再给你拿一瓶啤酒。"

"啤酒可以来一瓶。"他松开了她的手腕。

"我马上就回,"她说,把手掌压在他的肩膀上,"你在这儿等等。"

他从她身上滚下来,躺在床上,懒懒地靠在床头铁架上。

她松了口气,浑身瘫软,将围裙紧紧地搂在裸露的胸前。她走向厨房时,靴子的鞋跟在地板上发出咔嗒声。凯文蹲在门边,摆动着尾巴尖,眼睛来回转动。它在陌生人面前很害羞。

玛吉打开冰箱,拿出最后一瓶夏纳啤酒。她的手机在料理台上。她一把抓过来,翻开盖子,拇指飞速按着键盘。

911,你遇到什么紧急情况?

她正把手放到门把手上,这时吉米一把拽住她脖子后的围裙带子,使劲往后拉,她向后倒在他身上。手机随即被甩飞出去。那瓶啤酒滚落到地上,但没有碎裂。

"谁来救救我,"她声嘶力竭地大喊道,希望邻居们能听到。可能奇迹会出现,911的接线员可能还没挂断电话。

"来吧,宝贝,"他说,"别喊了。"他一把抱起她,把她从地板上抬起来,怒冲冲地走回卧室。她一通乱挠,先是抓他的手,然后向后抓起他的脸和脖子。"哎哟,"他说,"别他妈挠了。"他三步并作两步走到床边,转身将她背朝下摔在床上。

她又尖叫起来,发出一种口齿不清的动物般的叫声。他把脖子上的带子拉紧,让她无法呼吸,无法发声。她要窒息了,她要窒息了。他拉起她的裙子,来回扯着她内裤,最后内裤都被撕破了。

围裙带要把她勒得窒息了。她能听到自己脉搏跳动的节奏。她弓起背，左右扭动着身体。他捆了她一巴掌，她头晕目眩，眼冒金星。星星变成了蝴蝶，扑扇着翅膀飞走了。也许她昏过去了。因为她眨眼的那刻，他的裤裆敞开着，她双腿岔开，他正倾尽全力进入她的身体。

她咬了他的肩膀。他怒吼一声，又打了她，打的是同一侧的脸。她感到有什么东西松动了。是骨头，不，是一颗牙。

她奋力从他的紧握中挣脱出右手，想冲他的眼睛抓去，但他把头埋进枕头里，发出一声低沉的呻吟。他的胳膊肘戳进了她的肋骨。不，不是肘部。那是他的枪，插在手臂下的枪套里。

别带刀来参加枪战。别带……

她用手抓住了枪的某个部分——她不清楚是哪一部分——但他一直在抽插，她无法呼吸。她对枪一无所知，但她知道扣动扳机。她知道溺水是什么感觉，她知道窒息是什么感觉，她想昏过去，她想永远沉睡下去。

她的中指滑过扳机。也许保险是开着的，也许子弹没上膛。也许……

她用中指向后拉，扣动，没有反应。

高潮来临，他长呼一口气。她记得他上次高潮时发出的咕哝声。

他的下半身在她体内疲软下来，但他把带子又转了一圈，她的脖子被勒得更紧了，心跳不断加快，仿佛心脏要从眼眶里蹦出来。她满眼星星，手指扣得更用力，再次用中指扣动了一下，然后……

砰！

十一

玛吉躺在检查台上,她身下那张皱巴巴的垫纸,就像库比餐厅送烤肉时的包装纸。他特别悉心照料这些烤肉,因为这是他的菜品存货,是他用来吸引大批顾客进店光顾的招牌。他像对待信仰一样保障食品的安全,他规定她和所有员工都需要严格执行食品安全和卫生清洁的每一个步骤。

当库比意识到,玛吉是真心实意想学习得州烤肉技艺时,他告诉她第一步是寻找最好的食材——牲畜需要草饲的,在牧场里喂养的,不使用激素。他带她去了迈斯特的有机农场,那里的屠宰场是经过认证的。她本以为自己会退缩,但她并没有,甚至连牲畜尸体被吊起排血时也没有畏缩。那种气味现在包裹着她,像铜或铁的气味那样尖锐浓重。

她现在就是一块肉,一块被搁在白色食品包装纸上的肉。她浑身发冷,可能没有像在库比餐厅的冷藏肉库里那么冷,但确实寒意逼人,她冷得几乎抽搐哆嗦。而且,她身上黏腻潮湿,血像焦油一样糊在她的腹部和裸露的腿上,头发也粘成团状。她想从检查台上下来,快速逃离,逃得越远越好。

她的手被绑在什么东西上,她慌了。强行管制?她为什么被管制了?

147

她的手，她的手腕。吉米·亨特把她的手按在头顶上。

"松开我。"她说。没有声音发出来，但她一直试图说话，试图挣脱。"我需要用我的手。"

一个穿着手术服和白大褂的女人对在场的另一个女人低声说了些什么。女人听了后从棕色帘子旁走过去，跟另一个人说话。

"我们不能松开你。"另一个女人说。她的工作服上绣着海登县强奸危机中心的徽章、布伦达·派克。"我真的很抱歉。这边处理好后，警察需要和你谈谈。"

"警察。"玛吉哑着嗓子说。对，她打过911，对吧？然后吉米卑劣的脾性驱使他就像突袭的野猫一样向她猛扑过来。

她脑海里闪回过恐惧和痛苦。尖叫，尖叫声刺激到他，他掌掴她，然后勒住她，直到她无法发出声音。她试图抓挠他，又被他打了一下，接着又一下。她胡乱挥舞着手，无意中撞在枪套上，然后……

砰的一声。

"我希望你不要乱动。我保证，你在这里很安全。"那个女人的声音很坚定，但并不刻薄。

那个女人。从她白大褂上别着的身份徽章来看，她是安杰拉·加尔扎，注册护士。她戴着鼻环，手腕上有纹身。那双眼睛在玛吉身上扫视着，好像在阅读某种密码。"我来自'性侵伤害护士检查员'（Sexual Assault Nurse Examiners）和'性侵伤害法医检查员'（Sexual Assault Forensic Examiners）团队。我的专职就是做此类检查。"

一团不真实的迷雾笼罩着玛吉的大脑。我是安杰拉，今天我将为你做性侵伤害检查。

"你知道自己在哪儿吗？"

某个诊所。天花板。棕色的帘子。哔哔的杂音和风扇的嗡嗡声。

她摇了摇头。

"你现在在圣迈克尔天主教医院，阿拉梅达市。"

班纳溪离这隔着几个城镇，玛吉不知道她是怎么来到这里的。那些血，汩汩而流，失去知觉。醒来似是一百年后。

报警闪光灯透过窗户照进来。警察和急救医生进入她家，把他弄走。她试图尖叫，但她的声音消失了。有人割断了围裙带，给她盖上了保温毯。在她的口鼻上戴上面罩，指导她呼吸。

紧张的声音来回低语，无线电发出噼啪声。

听我数，一，二，三，然后她就躺到了病人转移板上，被抬到屋外。她脖子上套了颈圈，魔术贴卡着下巴。她被勒得透不过气来，越发恐慌了。她使劲扭动着，尝试呼吸，然后出现一道闪光，后来便一片空白。

"我很抱歉这种事情发生在你身上，"安杰拉说，"我希望你能给我尽可能多的事件信息，向我说明情况能让你重获掌控感。"

这些话语似乎是从天花板上飘落下来的。又有更多的字母缩写：SART[①]。性侵伤害处理小组。他们将组织调查。这些信息加速飞过，像《绿野仙踪》里多萝西那场龙卷风里的物体。亮光闪过，物件飘浮，旋风卷起。

"我们能帮你联系什么人吗？"

"不用，就我一个。"

"朋友呢？"

凯文是她最好的朋友，它是一只猫。

"我得喂猫。"玛吉说道，但发不出声音。

护士手拿一张核查清单。一个助手拿着纸张和袋子走了进来。

---

① SART，英文 Sexual assault response team（性侵伤害处理小组）的缩写。——译者注

滚动托盘、细密的梳子、打印的表格、写字夹板和相机、试管和透明盘子、一卷印刷好的标签、长长短短的棉签、角度怪异的剪刀、止血钳。它们排列整齐,准备捅向她。她们用棉签擦拭她的手,然后将棉签装进袋子里。

"我要尿尿。"玛吉低语道。他勒住她,抹掉她的声音,抹到只剩一缕恐惧。

"试着忍一下,"护士说道,"我知道不容易,但我需要你再多忍一会儿。"

"我得——我得尿了,我——"说得太晚了,她尿裤子了。她以前从未这样做过,除了……除了昨晚。他差点把她勒到窒息,那会儿她失禁了。

她们把她的每一件衣服都分了类——围裙、胸罩、靴子、内裤、裙子。胸罩和内裤都被撕成了碎片。她们拍了照片,统计了所有的伤口、咬痕、胸部的淤青指印、断裂的指甲、勒颈的痕迹,所有表明她遭到多次殴打并被强行按倒的伤口。

身上的血如同一条流淌着黏稠焦油的河流。这么多血,他是把她劈成两半,让她像消防水管一样血流不止吗?

安杰拉用单调的声音描述每一步,口述着每个伤口。她们用卡尺测量了她脸上的挫裂创。头顶有一盏灯,很像牙医诊所里的那种。玛吉只看过一次牙医,当时她的牙齿疼得厉害,还因此发烧了。学校的护士收留了她,因为妈妈病得太重了。

他们说是一个脓肿。把它取出来,拽出来,让它别疼了。她试图乞求。什么方法都行,只要能止痛就行。

他们讨论了一些费用问题,最后学校的护士说,"噢,天哪,那我来付吧。"

又长又深的针管让她尖叫起来。然后,那颗牙掉了出来,一股脓水溅到灯上，疼痛立刻缓解了。他们给开了药，让她回家，还建议她应该定期去看牙医，说得好像她妈妈能负担得起似的。

安杰拉护士给她的脖子拍了张照片。有窒息的迹象。

指甲缝里的碎屑被刮在一个小玻璃皿中，然后装进一个容器里。

问题，很多私人问题。她的过往。她20岁。她没有病史。她在一个名为阿罗约的拖车公园里长大，这是位于奥斯汀西部一个棕色人种聚集的脏乱郊区。她从未见过她的父亲。玛吉出生时，她的爸妈还是孩子。真的，她的父母只是普通人，唯一的缺点就是太年少了。等玛吉长大到会问问题时，她妈妈解释道："他不想和我们有任何瓜葛。"当达拉告诉父母她怀孕了，他们把她赶出了家门。他们的思想很传统，说他们无法承受这种耻辱。

护士和她的助手把头发、衣服、唾液等所有东西都打包好，用作分析。她们发现一颗牙齿磕出了豁口，一颗臼齿脱落了。

棉签擦拭着她的全身，包括那些她从未想过要用棉签擦拭的地方。对口腔、外阴和肛门都做了内部检查。

"你做过盆腔检查吗？"护士问。

她发不出声音，摇了摇头。

安杰拉解释了盆腔检查的每一步，这并没有减缓她的震惊和痛苦。她注意到了黏液，这是怀孕概率高的指征。

外面不知什么地方传来急促的脚步声。

"他在哪儿？"一声女妖般的尖叫响彻走廊，"我儿子在哪儿？我的吉米呢？"

什么？玛吉疯狂地环顾四周。吉米·亨特仍然在逃？在哪里？在哪里？

"奥克塔维娅，请别这样，"另一个人说，"你不能进去。"

奥克塔维娅。她以前在哪儿听过这个名字？奥克塔维娅。

"我要见我的儿子。"女人尖声道。

吉米在这里?哪里?玛吉紧张不安地环顾四周。

"你没事的,"安杰拉说道,"你没事的,你很安全,没人会伤害你的。我们快检查完了。"

外面的声音渐渐消失。最后一切都结束了,那些戳戳杵杵、擦拭、针刺、检测终于停了下来。

"我能回家洗个澡吗?麻烦了。"她忍着痛苦低声问了一句。

"他们允许你使用这里的淋浴间。"

她以前很喜欢在家里洗澡。浴缸并不豪华,是那种老式的爪足浴缸,排水管上有几处锈迹。但是浴缸很深。奎因在她生日时送了一些漂亮的肥皂和毛巾,这是她放松和读书的地方。她当时正在读《偷书贼》(*The Book Thief*),讲的是纳粹德国时期,一个女孩在可怕的境况中幸存下来的故事。

"还有几项检查需要做,"护士说道,"你符合治疗性传播感染的资格。"

玛吉点点头。她没得过性传播感染。她的性行为都是安全的,但吉米·亨特不是。

"你是否怀孕了,能告诉我吗?"

"不。"

"是'不,你没有怀孕',还是'不,你不能告诉我'?"

"不。"

"你最后一次例假的第一天是什么时候?"

"我不记得了。"她的声音听起来轻声细语的,很奇怪。"等等,我想起来了。那是去教堂的礼拜日。"她正准备去见库比和奎因,但是发现自己来例假了,急匆匆地满屋乱跑。那似乎是一百年前的事了。"上上个星期天。"她回答道。

助手又走到帘子的后面，回来时拿着一个粉红色的塑料盆和一个托盘，盘里装着几包药片，还有一些生活用品——一把梳子，一把牙刷。"药房里取来的。"她说。

"你能吞服药片吗？"安杰拉问。

能。

药片不止一片。

"我们在为你治疗包括艾滋病毒在内的任何性传播感染。我们还给你做了验孕测试，可以测出你是否因为两周或更久之前的性交行为而怀孕。你需要吃紧急避孕药——现在吃一片，12小时后吃另一片。"

"好的。"

"你必须完全按照医嘱服药。你能做到吗？"

"好的。"

"这很重要。"

布伦达·派克拿出一本小册子——《不是你的错：被性侵后该怎么做》。该怎么做？玛吉只想蒙头大睡。

"……让你出一份供述。"安杰拉正说着什么。

玛吉太累了，没力气让她再说一遍。

其他声音从走廊里飘了进来。

"她需要洗个澡。"安杰拉对帘子外的人说。

那人含糊不清地回答了。

"噢，拜托，"安杰拉说，"她浑身都是……"一阵低声咕哝。

"……看看有没有女警官……"又是一阵低声咕哝。

玛吉打了个瞌睡，可能过了五秒钟或五个小时。帘子拉开了，一个女人没打招呼突然进来了。她穿着制服，盘着发髻。安杰拉和强奸危机中心的女士皱起了眉头，但还是退到了一边。一个穿着手术服的亚裔女人把病床的轮子解了锁。她被推出带帘子的房间，穿过走廊。走廊顶灯照射着，电脑台和白板嗖嗖掠过。一台巨大的货梯载着她们上了一层、两层，然后她们出了电梯。转过拐角，穿过一扇宽门，门上的标识为"淋浴间"。

更衣室旁边是一间铺着瓷砖的淋浴间，挂着透明的浴帘，还有标着"沐浴露"和"洗发露"的按压瓶。房间里有毛巾和其他日用品，还有一件真空包装的、可以更换的粉红色衣服。

穿制服的女人先解开一边的手铐，再解开另一边。什么？绑着她的是手铐？她为什么要戴手铐？

她扭了扭手腕，用胳膊肘撑着身体坐了起来，感觉全身疼痛。安杰拉在她身上涂抹的凝胶和软膏都很黏。她摸了摸盖在身上的被单和病号服，然后看着警察。

"不好意思。"玛吉低声说道。

"怎么了？"

"我能有点隐私吗？我要洗澡了。"她努力把话说清楚。

"我会一直待在这里。"

她太累了，没力气争辩。她感觉很难受，被人戳来戳去，像县集市上获奖的小母牛似的。检查室里的每个人都可以看遍她的全身，窥探到她最隐秘的地方，把她最本质的部分收集到袋子和管子里。再多一个女人观察她，也没什么大不了。现在一切都无所谓了。

她从病床上走下来，放下被单，脱下柔软褪色的病号服，感到头晕目眩。油毡地板上零星散落着铁锈碎片。她的双脚很脏，脚趾甲和手指甲里都嵌着红锈，腿上还留有一道道棕褐色的长条印痕。

她走进淋浴间，打开淋浴头。水很凉，冷得她一激灵，往后退了一步，等着水热起来。身上的红锈还原成血水，汇成一条条波纹状的细流往下水道流去，形成打转的旋涡，如同恐怖电影里的场景。

这么多血。是从她两腿之间流出来的吗？她是来例假了吗？还是体内出血了？她毫无征兆地吐了，淡黄色的胆汁旋转着流入排水口。

玛吉被卷入一团水雾中，在其中迷失了自我，大脑放空。她仰起脸，迎向蓬头喷洒出的水流，深深地吸了一口气，差点呛到。她的膝盖颤抖着，她盲目地摸索着，直到手摸到墙上的栏杆。她把头发浸湿，抹上洗发水，将每一寸头皮都一遍遍地仔细搓洗。

然后她有条不紊地擦洗自己的每一个部位——脸、耳朵、脖子、胸部、手臂、大腿、胯部——全身各处。她又从头到脚重复清洗了两遍。沐浴露和水刺激着她的伤口，她因疼痛而欣喜。疼痛，是对她的净化。

"差不多就结束吧。"警官一边说，一边用带夹写字板扇着潮湿的水汽。"你在里面待得太久了。"

我要永远待在这里。

然后玛吉想到了家里，她知道在那里发生过什么。她还能回家吗？

"我的猫，"她喃喃地说，"我需要喂猫。"她关上了淋浴头，用毛巾把自己裹起来。毛巾又硬又粗糙，摩擦得皮肤发痛。她拧干头发，一点点用手指梳开。她头的一侧很痛。他使劲拉扯过她的头发，她以为他把头发都拔出来了。

有一些奇怪的纸内衣裤。粉红色的手术服标的是超小号，但依然松松垮垮地挂在她身上。她用细绳束紧腰身，穿上底部有防滑胶点的黄袜子，然后将双脚塞进塑料拖鞋。

她们给她的盆里装有一把牙刷、一小管牙膏、一把梳子和一些乳液。洗脸槽上方的镜子起了雾，她用拳头的一侧擦出一小片干燥的镜面。

玛吉与镜子里的她相互对视着，倒吸了一口气。镜子里的人像是对她过去形象的怪诞模仿。一只眼睛肿得几乎睁不开。脸颊和下巴上布满了淤青。她的喉咙上有一个青紫色的手印。她现在知道脸部挫裂创是什么样子了。她的颈部和肩膀都有咬痕。据她所知，没有人咬过她。反正，不是人咬的。

她低头看了看上衣的 V 领下方，更多的瘀伤和咬痕使她的乳房变了色。你太漂亮了，让我忘记了自己是有教养的人。

停。

她试图抑制住脑海中那些令人厌恶的想法。"我现在得走了。"她说，"我的猫。我还要去轮午餐的班。"对，工作。想一点常态。然后她犹豫了，意识到自己没有办法回家。没有钱包，也没有信用卡和现金，连手机都没有。"嗯，我得打个电话。让谁来载我一程。"现在是什么时间？早上吗？她没有概念。她没见到钟或窗户，无法分辨现在是夜晚还是白昼。

警官迟疑了。"我们得回局里，你需要录一份陈述。"

我需要睡觉。她双腿摇摇晃晃的。

"他们得从你这拿一份陈述。"

"陈述？"她的声音尖细嘶哑。

"说明这次事件的。"

"强奸危机中心的那位女士还在吗？派克女士？她说她会一直陪着我的。"

"我们走吧，"警官说，"我们得到局里一趟。"

玛吉太累了，没有力气反驳。发生过这样的事情后，她最好还是跟着警察。

十二

外面是大白天。玛吉眨巴着眼睛,像一只刚从沙坑里钻出来的土拨鼠。

警察局位于市政厅和法院所在的市政大楼内,过去每周六上午农贸市集都会在这片旧城区举办。她觉得自己很幸运,因为她从来没有进过警察局。进局子就意味着出了什么问题。你丢失了一件珍贵的物品,或者有人撬了你的车,或者对你的财产搞破坏,或者你自己做了违法的事情。

接待处的玻璃后面有一个工作人员,墙上张贴着安全相关的通知。社区公告栏上钉满了名片和公告:保释金快速支付、为酒后驾驶辩护的律师、商会的小册子,以及一份库比烧烤店的菜单。警察们喜欢吃他家的烧烤,甚至觉得连他们妈妈做的家常菜都比不过,午餐时间,餐厅人群中经常能看到警察和职员。

他们把她带到一间空荡荡的小办公室,一个女人向他们打招呼,她是格洛弗警探。她长着一副玛吉妈妈常说的奥斯汀嬉皮士的模样——灰色条染长发,素面无妆,日晒和抽烟导致脸上有皱纹。

"我在这里的职责是帮你整理昨晚事情的经过。"

玛吉一言不发。她觉得头昏昏沉沉,全身疼痛。她太累了。

"你还好吗?"格洛弗女士问道,"我知道这是一段非常艰难的时期，你肯定筋疲力尽了。但你对这次事件的描述真的很重要。"

玛吉回头看了看门口，那有一面带小百叶窗的玻璃。对面的墙上挂着一面镜子，显然是一面双向镜。库比餐厅的收银台后面也安装了一面。

"你在这里很安全。"警探给了她一杯水，"如果你饿了——"

"不饿。"我再也不会吃东西了，"那位女士，布伦达·派克女士，强奸危机中心那位。她说她会陪着我的。"

"我可以让人给她打个电话。"她站起来，打开门，对某个人简单交代了几句。然后她在桌旁坐下，拿出一个写字夹板、几张表格、几支笔和一叠黄色的纸。桌上摆着的一本手册名为《针对性侵幸存者的相关政策和程序》。她在桌上放了一个小物件。"我会将全过程录下来，确保不遗漏信息。"

玛吉盯着安装在房间角落里的两个监控摄像头。"看来你要把方方面面都记录下来。"

"出于保护你的考虑。"

也是为了保护你自己吧，玛吉心想。她在网上看过视频。

"我们从你的名字和地址开始吧。"

基本信息很好回答。玛乔丽·萨利纳斯，昵称玛吉。地址、工作地点、教育程度。四年前开始在库比的餐厅工作，去年搬到班纳溪边的一间带家具的小屋。

"现在能和我介绍一下你自己吗？慢慢来。"

她盯着桌子的表面。绿色桌面已经磨损，就像老师的课桌。玛吉一直很喜欢上学。她喜欢读书。她妈妈忙着做三明治时，她会蜷缩在角落里看书，与自己作伴。在学校里，她上的是数学高阶班。她喜欢学西班牙语，还在商业厨房和帮厨们练习口语。有几位老师鼓励她争取上大学。这似乎和参加奥运会选拔的可能性一样高。在毕业前辍学让她难过，但她别无选择。

妈妈病得很重，他们把所有的钱都花在了她的药物和护理上。噢，妈妈，我太需要你了。"我13岁时，"她的声音很刺耳，"我们搬到德尔家一起住。德尔默·甘特里。"

"那德尔就是你的继父了。"

"不，他们没有结婚。妈妈去世后，我和德尔就失去了联系。"玛吉没有提到德尔看她的眼神。"我们……我们仍然没有联系。"她重复道。

"玛吉？"格洛弗警探说话很平静，表现得很有耐心。"你还有他的电话号码吗？"

"在我手机里。我手机去哪儿了……我需要手机。"

这位女士再次走到门口，几分钟后，手机装在一个塑料拉链袋里送到了。她把它拿出来放在玛吉面前。手机很脏，手机壳上还有些黑色斑点。她把它翻开，小屏幕上显示着凯文的照片。她往下翻到"通讯录"，给警探看了德尔的电话号码。警探做了些笔记。"谢谢。我们现在继续，我需要听你谈谈昨晚的事。"

玛吉收回自己游离的思绪。她告诉警探，和往常一样，她晚上在库比的餐厅工作。他总是十点关门，即使在星期六也是如此。他常说，晚上十点以后就没啥好事了。班纳溪曾经是一个落日镇[①]，黑人在日落后必须遵守宵禁，不然碰到乡巴佬[②]时就得碰运气了。库比说他爸爸仍然很清晰地记得那段时期，听口吻不像是什么找乐子的派对。

---

① 落日镇是过去美国种族隔离的一种形式，非白人被限制必须在傍晚时分离开，否则他们可能会被警察逮捕或者发生不测。——译者注

② 原文为 redneck，意为"乡巴佬"，是对美国受教育不多且政治观点保守的白人乡下人的贬称。——译者注

她解释了女孩们下班后邀请她出去玩的事。

"你下班后经常出去玩吗?喝酒吗?泡吧、跳舞,诸如此类的事?"

"有时会去。"

"每晚都去?"

"不是,每周一两次,可能。"

"那你会在这些场合认识男性吗?"

"当然。"

"你会和他们发生性关系吗?"

"这和昨晚的事有什么关系?"

"我只是想尽可能地了解背景。"

"我知道你想问什么。我今年20岁,高中辍学,我是服务员,我做烧烤酱汁。有时我会和男性出去玩,每隔一段时间我就会和某个人交往。我和其他女孩没什么不同。"

"所以你遇到了吉米·亨特,也和他约会了?"

"对。"

"和他交往了?"

"对。"

"意思是,你和他发生过性关系。"

"发生过。一开始我觉得他不错,但事实证明我错了。"大错特错,"我和他提出分手,然后他就来我家强奸了我。"怒火在她心中燃烧着,从指尖和眼睛里喷涌而出。

"很抱歉让你陷入痛苦。我需要在事发后尽快做好笔录。昨晚之前你和吉米约会过?"

"我刚和你说过了。那晚我和女孩们去了一家廉价小酒吧,认识了他。过了几晚,我给他做了一顿晚餐,他留下来过夜了。第二天,他提出想约我去射击场。"

"射击场？你爱玩打枪？"

"我一点也不懂。只是觉得有点酷，我喜欢有点事干。"她盯着自己的大腿，这件借来的上衣全是褶皱。警探让她一遍又一遍地重复这件事，耗尽了她的精力。"但是我们从未去过。我改变主意了，我觉得我俩不太合适。"

"什么事让你做出这样的决定？"

他懒得帮忙洗碗。他把毛巾丢在浴室地板上。然后……"我让他用安全套，但他没用。"

"对此你很确定。"

"确定。你可以问他，他不会否认的。"

警探看了她一眼。虽然只是一瞬间，但玛吉注意到了。

"那天晚些时候，我告诉他我根本不想去射击场，我再也不想见到他了。"她想起，之后他给她疯狂发信息，她手机快炸了，后来她把他的号码拉黑了。她揉了揉嗓子，她的声音听起来很陌生。她浑身疼痛乏力。"我现在可以走了吗？我得喂我的猫，"她揉着手腕说道，"总不能把人家救回家了，又不给喂食吧。"

一阵停顿。"我们抓紧录完吧。你到家了，后来发生了什么？"

那会儿她正做着烧烤酱汁，梅森罐像士兵一样排列在厨房的柜台上，切菜板、削皮器和陶瓷刀就在手边准备着。这些听起来仿佛是一百年前的事了。她记得自己跟着广播里的歌哼唱——布兰迪·卡莉、戴夫·格罗和纯白T恤乐队。她爱那些艺术家，但她知道她再也不能听他们的歌了。

她描述到看见屋外的车灯，以为是邻居。此时她的声音已是有气无力了。

"你和邻居们关系很好吗？"

"算是友好吧。他们家里有十几岁的孩子。"

警探问了他们的名字,并记了下来。"可是那车灯——不是邻居的。"

"不是邻居的。而是……吉米吓了我一跳。"

"他是蹑手蹑脚地靠近你吗?"

"也不是……我只是没想到他会出现。"

"他是强行进入你的屋子吗?"

"不是。"

"你让他进来的?"

"也不是。我想是门没有锁,我刚到家。"

"你会通常忘记锁门吗?"

"我晚上会锁上。我只是打算工作一段时间而已,做我的酱汁。但他不打招呼就进来了,而我……吓了一跳。"

"你还记得说了什么吗?"

"不记得了,闲聊了几句。他从冰箱里拿了一瓶啤酒。"

"他喝酒了?"

"他已经喝醉了。"

"你为什么这么认为?"

"眼神。他醉眼朦胧的,说话含糊不清。"

"他喝的是什么啤酒?"

"夏纳。矮胖瓶装,不是长颈瓶装。"

"你冰箱里有啤酒,你从哪得到的?"

"吉米拿来的。他之前在我冰箱里留下了六瓶装的。"

"什么之前?"

"在我和他分手之前。"她自己开始迷糊不清了。她给他做晚饭的那天晚上,他带了六瓶装的啤酒。那天晚上他表现得很好,虽然对自己和家庭的情况有点自吹自擂。我哥哥布里斯科是一名律师,他总有一天会当上首席检察官，等着瞧吧。甚至是州长，他就是这么聪明。我会成为家里的橄榄球明星。

"那六瓶酒昨晚都没喝过吗？"

"什么？"她感觉很累。她打了个哈欠，很想睡觉。她还能睡得着吗？"五瓶。还有五瓶。"

"谁喝了另外那一瓶？"

"我做酱汁时打开喝了。"

"所以你也喝酒了。"

"对。"

"你喝了多少？"

"见鬼，我不知道。我在自己家里。我……那时我已经下班了。"天啊，一个男人强奸了她，而这个女人却在担心她未到喝酒的法定年龄？

"你喝了很多吗？"

玛吉皱起了眉头。"几乎没喝多少。不管怎样，是吉米喝醉了，想要上床。他并没有大大方方接受他被甩这件事，但我没想到他会突然出现并攻击我。"

"展开说说，他突然出现并攻击你这部分。"

"他喝醉了。"眼神迷离，话语含糊不清。"我请他离开。我试着对他友好些，但他很生气。"

"你怎么看出来的？"

"他很粗暴。一把抓住我，想强吻我。"

"你穿的是什么？"

玛吉眨了眨眼。"你说什么？"

"穿着外出的衣服吗？下班回家后你换衣服了吗？"

"我穿什么又有什么关系？我在做烧烤酱汁。"

163

"每个细节都很重要。"

"靴子和短裙。我本来穿着一件上衣,但我不想被油脂弄脏,所以我把它脱了,套上了围裙。库比餐厅的挂脖围裙。"她摸了摸自己的脖子,"他用围裙带把我勒得窒息。"

"他一来就勒住你了吗?"

"不是那会儿。他不肯后退,我就拿了把刀。"

"什么样的刀?"

她描述了那把刀,以及他是如何在抢刀时割伤自己的。"我不是故意要伤害他的。然后他说我太愚蠢了,竟然带刀去参加枪战。我以为他在开玩笑,但他给我亮出了他的枪。"

"什么样的枪?"

"我不知道。手枪,你知道吗?枪套绑在他腰侧,枪就在枪套里。我不知道它是否上了膛,是否开了保险,甚至不知道保险长什么样。我只是——我不懂枪。"回忆起这件事,她畏缩了。

"但你对枪感兴趣,你提到过和他一起去靶场。"

"我还提过我取消了那次见面。在厨房里看到枪,我害怕极了。我让他收起来。"

"他收起来了吗?"

"嗯嗯。"

"收回到腰侧的枪套里?"

"是的。尽管如此,他还是不肯离开。我意识到他不会留下我一个人的,所以我假装要跟他走。"她描述了她尝试过的不同策略。提出和他出去,说她要上卫生间,说她还会跟他上床。

"你之前说过你不想的。"

"我想让他离我远点。我努力表现得很配合,直到我能离开。"

"离开你自己的家?"

"我想我会去邻居家。"

"所以你可以在事情升级之前离开现场。"

玛吉涌起一阵恼怒。"相信我,我试过了。不过,他把我逼得走投无路。"

"你能告诉我当时你说过的话、做过的行为吗?"

"我给了他另一瓶啤酒,请他到卧室去。为了争取时间。我提议我们可以像以前那样做爱。"

"你请他到卧室去跟你做爱?"

"他醉得厉害,我想这是分散他注意力的一个方法,好让我趁机离开。我想……我不知道我是怎么想的。我以为他很快会翻篇,我以为他会睡着,这样我就可以求助。我不知道。"把自己的计划大声说出来,她才意识到这些想法太愚蠢了。提议和一个男人上床,这样他就能放过你?认真的吗?

她盘绕着裤子拉绳。"我去冰箱拿啤酒。我的手机就在柜台上,所以我打了911。他看见我打电话,勃然大怒,然后袭击了我。"

"你能说得更具体些吗?"

"拉扯围裙带,拽我的头发,把我拖到卧室。"玛吉开始呼吸急促。她喝了点水,差点又吐了。她张着嘴大口呼吸,盯着自己断了的指甲。"我用尽全力去抓挠他。"她看过足够多的犯罪题材电视剧,知道为什么这很重要。

她描述了他的手游走在她身上,把围裙带绕在她脖子上。掐住她的手腕。她喊叫,遭到他掌掴。他扯开她胸罩的前扣,撕扯她的内裤,压制住她。那种呼吸微弱、濒临窒息的感觉。

她的手碰到了他胸腔旁的硬物——枪套里的枪。

"你们做爱的时候他带着枪?"

"这不是做爱,这是强奸。我一直想把他推开,然后我摸到了

165

它。"她说。

"枪套本来是合上的吗?"

"我不知道。"

"你把枪套打开了?"

"没有。也许没有,我不知道。"

"你把枪从枪套里拿出来了?"

"我不知道。"她把手抬起来,摸了摸脸颊,脸因瘀伤又痛又肿。她记得他勒紧了捆在她脖子上的带子。记得她眼冒金星,感觉到膀胱不再绷紧,而后释放。"我摸到了扳机,用中指摸到的。我摸到了扳机。"

"保险开了吗?"

"我不知道,我对枪一无所知。"

"你不知道保险是怎么作用的?"

"不知道。"

"你知道扳机是怎么作用的吗?"

"我……就是个扳机。你扣它,往后拉。所有人都知道。"

"你说摸到了扳机。你扣动了吗?"

她活动了一下右手,低头看着。指甲裂开了,但淋浴后洗干净了。她张开手掌,又握紧拳头。枪很小,像个玩具。

"对,"玛吉说,"我想我扣动了。"

"扣动了什么?"

"我想我扣动了扳机。"

"枪开火了吗?"

开火。安杰拉说,她在检查完、吃完开的药后能获准离开[①]。

[①] 原文中的"开火"和"获准离开"为同一单词 discharge。——译者注

"武器开火了吗?"

砰。

"开火了。"

"一次?还是多于一次?"

"只有一次,我觉得。"

"你确定吗?"

"不确定。"

"然后发生什么了?"

"我不记得了。"她揉了揉手肘,手肘也因瘀伤而疼痛。"我无法呼吸。他一直挤压着我,往下推着。"他250磅的体重让她感觉闷热憋气,他还发出可怖的咕哝声。后来,一切陷入寂静,他的全部体重足以将她碾碎。

"你的手肘怎么了?"警探问道。

在急诊室,他们给她做了X光检查,发现手肘脱臼了。她痛苦地号叫着,然后一个矮个子医生和他的助手抻了抻她的手臂,她像一只受伤的动物一样疼得大声哀号,后来肘关节复位,疼痛随之消退。

"我摔的。"她说。

"你在哪摔的?"

"在地上,在……卧室的地上。"地面很滑,像覆盖了一层滑溜溜的油膜。

"你自己爬起来的吗?还是有人帮了你?"

她回想起闪烁的灯光,晃动的手电筒光束。有人敲门。剧烈的疼痛让她头晕目眩,差点晕厥过去。后来更多灯光闪烁,脚步声蹬蹬作响。一个气味奇怪的面罩,转移板,磕磕碰碰地滚动,"听我数",急诊室里皱巴巴的垫纸和眩光,棕色帘子,剪刀,棉签。

玛吉浑身颤抖得厉害,她不得不抓住桌子的边缘才能稳住自己。"我真的很累,我得回家了。我今天要在餐厅上间隔班。"这才是常态,像她真实生活中的事情。

格洛弗警探又走到门口,低声说了些什么。几分钟后,一份装在纸质文件夹里的文件递到她面前。"这只是为了表明:据你所知,你的陈述是真实的。"她把一张名片放在桌上,"如果你想起了什么,或者你想做任何修改或更正,可以随时打电话给我。"

她的头衔下写着"刑事调查"。

我不是罪犯,玛吉心想。

"你需要在底部签名并注明日期,我会把它归档的。"

本声明共六页,据本人所知,以上情况属实,且本人知悉,若本声明作为证据提交,在此故意陈述任何明知虚假或据信不实的内容,本人均将受到起诉。

玛吉这一辈子从未感到如此疲惫,她想永远沉睡下去。她写下了自己的名字和日期。打印出来的文件上有时间戳。"时间不对,"她指出,想起了接待处的钟,"现在还不到下午 1 点 45 分。"

警探瞥了一眼。"可能是打印机故障。我稍后会解决这个问题。"

"我现在可以回家了吗?"她需要搭个便车。可能强奸危机中心的那个女士会载她一程。布伦达·派克。她不是应该在这里吗?还有那个装着小册子和药片的粉色塑料盆呢?完全按照医嘱服药。

"坐这儿别动,我马上回来。"

"我受够了坐着别动。"玛吉猛地站起来,椅子被撂倒在地上。"我要上洗手间。"她又想吐了,"洗手间在哪?"

警探敏捷地站起来,像老鹰一样盯着玛吉。门开了,两名警察走了进来——一个梳着紧发髻的女人，一个看上去有点面熟的男人。

"玛乔丽·萨利纳斯，"他说，"你因谋杀詹姆斯·布赖恩特·亨特而被捕，你有权保持沉默，你所说所做的一切都能用作你的呈堂证供。你有权请律师，如果你请不起律师，我们会为你指派一位。"

她不确定自己是否听错了。她的膝盖几乎支撑不住了。"搞什么鬼——不。"玛吉向门边的警探投去惊恐而困惑的目光。

随着一声金属材质的咔哒声响，一双冰冷的手铐铐住了她的手腕。

十三

玛吉躺在铺位上,面对着一堵煤渣砖砌成的墙,墙被漆成了藕粉色,像是橡皮泥的颜色。她按要求穿上了一身灰色连体衣,双手夹在膝盖之间,同时在衣服上蹭掉指纹上的印油。警察将她记录在案时,拿走了她为数不多的所有东西——医院给的桶、借来的病号服、塑料拖鞋。她拍了一张入狱照片,给她做体腔搜查的女人还送了她一句阴阳怪气的恭维话。玛吉虽然怕得要命,但还是咬紧牙关,接受了仔细的检查。他们在她的手腕上绑了一个条形码狱犯腕带,并检查了她的手上是否有残留物。

法官出现在电视显示屏上,她茫然地面对着屏幕,困惑地眨着眼睛。法官告诉她,她将留在普通囚犯的囚区中,等待尚不确定的开庭日期。她后来明白到,"留",是"拘留"的意思。囚区分隔成狭小的隔间,摆着老旧破损的草坪塑料家具,看起来像是被日晒雨淋了很长时间。

你有权保持沉默。

她把她经历的一切都告诉了警探。他们说是证人陈述。格洛弗警探带着疲倦的、嬉皮士式的共情,让她放松了下来,说她需要做一份供述。她是一个富有同情心的倾听者,在她所提问题的引导下,她重新回忆起那个可怕夜晚的细节。

你有权请律师。

她没有律师，谁有律师啊？玛吉认识的人都没有律师。富人才会聘请律师立遗嘱，解决无关紧要的诉讼，帮他们办离婚。去年，有个女人在库比餐厅喝醉了，摔坏了一张吧台椅，她往后仰倒，摔断了两只手腕，后来起诉了库比。尽管他的责任保险已经支付了和解费用，但这次意外几乎把他搞得破产了，因为他得支付不涵盖在保险范围内的费用。她无意中听到奎因对房屋经理蒂莉说，为了筹集资金，他们不得不把房子再抵押一次。玛吉对抵押贷款怎么运作知之甚少，但她查了一下，了解到这是为了自家房子而偿还一笔数额巨大的贷款。差不多要花 30 年才能还清。她无法想象花 30 年来做一件事是什么概念。因被冤枉而一直关押在狱中算吗？

她也无法想象买房子这件事。有时她真希望溪边那间带家具的小屋是属于她的，这样她就可以把它修整一下，也许安装个更好的炉子和厨房操作台面。她会将墙面粉刷成赏心悦目的颜色，重新铺设卧室地板。原来的地板已经血迹斑斑，被彻底糟蹋了，当时血流如注，地面上甚至泛起一层油膜，她在仓促逃离时也因此脚滑，摔倒在血泊中，啪嗒一声，她的手肘就脱臼了。

谋杀詹姆斯·布赖恩特·亨特。

这么说，他死了。但是……谋杀？是他想谋杀她。

牢房里，坐在她对面的还有一个人，一个瘦骨嶙峋、焦躁不安的女人，坐卧不宁的。可能是瘾君子，正被毒瘾侵蚀着。玛吉始终留在自己这边，面向墙壁，蜷缩着身体，试图抵御被关押在监狱里的恐惧。

她睡了五分钟，或是一百年。她醒来后感觉恶心，他们便扫描了她的腕带，将她带到一个公共浴室，浴室的洗脸槽像一个饲料槽，隔间也没有门。

她找不到能说话的人。玛吉找到了一支铅笔，但没有纸。她在囚犯手册上写下那些杂乱如麻的思绪。她有太多疑问，没有人能回答她脑子里突然冒出的所有问题。狱里有平民员工，有被称为"可信赖人员"的狱犯，还有一名看守指挥官，但她不知道如何找到这位指挥官。

监狱的小册子列出了无数条规定。她浏览着这些规定，目光呆滞。里面提及到点名、在日间休息室活动和看电视的规则。每次可以从囚区的手推车里借两本平装书。每一个请求都必须填写许可表格——去医务室、购买杂货、打电话等。她参加了一个祷告小组，不是因为她是特别虔诚的教徒，而是因为小组集会上会提供便条纸，这样她就能写点东西。

饭菜会由餐车运送过来，女犯人们一组四人，依次取托盘。有人扫描了她的腕带，她就站在那儿，想找个空位坐下。食物是一堆碳水化合物、洋葱和肥肉的混合物。她小口啃着一片白面包，吃饭时没有人愿意和她说话。她坚持主动交谈，问问题，换座位，试图引起别人的注意，最后一名警官捅了捅她的后背，说道："小姐，要坐就坐好，别挑三拣四的。"

"我刚来的，我得打个电话。"但打给谁呢？谁的电话号码她都记不住。所有人的电话号码都在她的手机里。他们把布伦达的名片拿走了，同时被剥夺的还有她的尊严，那一点点仅有的自尊也在体腔搜查中消失殆尽。"我得知道怎么离开这里。"玛吉说道。

"传讯之前你都要被关在这里。"

"传讯是什么？"她问道。

"法官宣读控诉你的罪名。你提出申诉，然后确定保释金。"

"什么时候传讯？"

"他们会说的。赶紧吃吧，女孩。"

"但——"

警官走开了。

· · ·

为了不让自己精神崩溃，玛吉每次都从图书推车里借两本书。她如饥似渴地阅读，在一个睡不着的晚上狼吞虎咽地读完了一本皱巴巴的《使女的故事》。她还研究起厚厚的《自学西班牙语》，每天练习，与平民职工和其他囚犯聊天。在学校里，她在西班牙语课上取得过优异的成绩，她希望自己能学到更多东西。她很快就发现自己声名狼藉。吉米·亨特谋杀案是当地轰动一时的大案，这个消息像病毒肆虐一样在普通囚犯中传播开来。她没有结交到任何朋友，但有几个女人愿意和她说话。有一天，她正在图书馆推车里挑选书，这时一个名叫萨迪的狱友走了过来，用冷酷的目光打量着她。玛吉早就听说萨迪是好管闲事的大忙人，她像蜂鸟一样在囚区里嗡嗡转，收集着各处的小道消息。她还非常聪明，上过大学，后来因为一件她绝口不提的事被逮捕入狱。

她知道不少事情，会将有关监狱内部运作的零零碎碎的消息到处散播。

"就是你杀了吉米·亨特。"她说。

玛吉惶恐不安，心怦怦直跳。她左顾右盼，说道："我……没有。不过他们是这么说的。"

"在这个县里射杀亨特家族的人，可不是一个好主意。"

"为什么他们说我杀了他？"玛吉问。

"好吧，"那个女人说，"我们来回顾下。据《凯登县星报》报道，这个男人被发现死在你家，股动脉中了一枪，大腿根部留下一

173

个大创口。看来他是失血过多而死的。"

拨开脑海中蒙上的纱布,玛吉瞥见一些一闪而过的记忆碎片。他当时血流如注,鲜血喷涌而出。吉米号叫着,骂她是个该死的婊子,他整个躯体的重量都压在她身上,她来回扭动,不断挣扎,而他叫喊不停。不知怎的,她从他沉重的身躯下一点点爬了出来,跟跄着站了起来。她脚下一滑,倒在地上,听到砰的一声,她手肘脱臼了,一阵剧痛紧随而至。

她无声地尖叫着,吉米咆哮着朝她冲过来。他跌跌撞撞摔倒了,拖着身子向她爬过来。她设法从房间里逃了出来,大口大口地往受伤的喉咙里吸空气,直到她晕厥过去。

过了一分钟,或者一个小时,她眼前出现了打旋的灯光、警察和急救人员。"我从没想过……我只是想让他停手。"

"他死了,因为你冲他开的枪。"

"他在强奸我。一旦这个问题搞清楚了,我就能离开这里。"

"好吧,事情可不是这么发展的,在这个县里不可能发生的。"萨迪说。

玛吉联想到亨特家的地位,吓得往后一缩。"我该怎么办?"

"你应该在几天内就会被起诉。他们不总是会走这个流程,你之后就明白了。像我们这样的人最后往往去向不明。在这里,事情推进得很慢。"

"那之后会发生什么?"

"应该会有一场预审。就像没有陪审团的小型审判。只有法官在场。他可以撤销指控,也可以指定一个开庭审理的日期。"

"我怎么做才能让他撤销指控?"

"别在你家开枪杀人。"

"我必须这么做。他快把我勒到窒息了。"

"那你的律师会解释这点的。"

"我没有律师。哪怕我知道该找谁,我也没钱请。"

"你有权使用法庭指派的律师,但祝你好运吧,"萨迪说,"他们总有积压的工作,你得等,指不上啥时候轮到你。可能你的长相在出席传讯时有点帮助。"她提议道,"扑闪扑闪你那双婴儿般的蓝色大眼睛,把自己拾掇干净,上庭前能洗个两分钟的热水澡。好好利用每一秒。"

萨迪从图书馆推车里翻了翻,给了她一本残破的《法律与你》。玛吉回到自己的铺位,开始读起来。在得克萨斯州,并没有法律剧中出现的谋杀等级分类,没有非预谋故意杀人罪这样单独的类别。在得克萨斯州,杀人就是杀人——"一种漠视人类生命的堕落行径",一项会面临严厉惩罚的重罪,可判死刑。玛吉感觉身陷囹圄。她既因遭遇不公而沮丧,又对这个悲惨绝望的局面而心生畏惧。当最糟糕的情况是死刑时,恐惧便上升为全新的概念。

· · ·

提审时,一群穿着塑料拖鞋的罪犯拖着步子走进法庭,面容沮丧。他们在长凳上排成一排,等着轮到自己。对他们的指控宣读完毕后,被告必须进入抗辩流程,然后就结束了。你可以承认有罪,不承认有罪,或不提出抗辩。

"案件号14749。得克萨斯州起诉玛乔丽·萨利纳斯。"

就像其他人那样,玛吉走上被告席。她拨开脸上的头发,仰视着法官。他长得很帅,留着别致的发型,瘦长的脸,眼神敏锐,戴着一枚沉重奢华的婚戒。

"你没有律师代表吗?"

"什么？"

"你没有律师吗？"

如果你请不起律师，法院将为你指派一名。

"没有，但我想——"

"你被指控谋杀詹姆斯·布赖恩特·亨特。你有何辩护？"

她愣住了。他死了，因为你射杀了他。

"你有何辩护？"

"无罪，法官大人。"她说，但她喉咙的伤势仍未恢复，声音依然嘶哑。根据她读过的那本书，无罪抗辩意味着她反驳对她的指控。她说的话听着空洞低沉，所以她提高音量，重复了一遍："我无罪，但是——"

"保释金是 25 万美元现金。"

如此巨大的金额让她无法理解。她知道"保释金"这个术语，但不清楚具体流程。她更不知道要从哪里弄到 25 万美元。"花这笔钱就能把我弄出监狱吗？"她问道。

"现金保释金可交付给法庭书记员。"

"但我没有——"

木槌落下。"下一个案件。"

"但是——"

"下一个。"

· · ·

玛吉第一次哭是奎因来看她的时候。她们之间隔着一块宝克力玻璃挡板，但奎因甜美而哀伤的微笑穿越屏障，触及了玛吉的痛处，她内心的某种东西挣脱出来，她痛哭起来。

"哦，孩子。"奎因说。她把手提包放在膝上，手指像弹吉他一样拨弄着。"看看你这副样子。"

玛吉盯着大腿上的手，手腕上铐着手铐。"这个地方没有镜子。在发生了这样的事之后，我想这是一件幸事。"浴室的洗漱槽上面是不锈钢板，走廊的玻璃隔板上焊有金属网，有时她会瞥见自己的倒影，但她从来没有仔细看。她本身已经很惊恐不安了，不想再吓自己了。

"他对你做了什么，宝贝？"

"啊，奎尼[①]。我想你也能猜到了。"

"我能猜到，宝贝。如果你不想说，我不会逼你。"

"我很害怕。我很担心凯文，我的猫。他们说，在见法庭指定的律师之前我必须留在这里。要举行某种形式的听证会，但他们没说是什么时候。"

"听起来不太合理。"

"你能去我家里一趟吗？帮我喂喂猫？"

奎因移开了目光，她往宝克力挡板前靠拢了一下。

"怎么了？"玛吉问。

"任何人都不允许靠近你家，因为需要调查。我看看我能给你家猫做点什么。"

"谢谢，"她对奎因说道，"噢，天啊，我太恨这个地方了。"

"他们提到保释金了吗？"

玛吉把数额告诉了她。"要现金，"她说，"谁也没有这么多钱。这里有个叫萨迪的女人说，数额定得这么高，是因为他们认为我有潜逃风险，说我和社区之间的联系不紧密，而且很明显，我会对社会构成威胁。无所谓了，即使可以考虑，我也不会交保释金的。"

---

① 奎尼，奎因的昵称。——译者注

"说到这，我们可以帮你提前付这笔钱，如果你——"

"我不会让你们这么做的。"玛吉对此很肯定。库比餐厅生意红火，但她知道沃森赚得的利润很微薄。她不打算花他们的钱。

"也好，你现在眼不见为净，"奎因说道，"因为那男孩的死，全镇都疯了。"

"疯了？什么意思？"

"像这样。"奎因打开手提包。监视员迈步向前，奎因怒目而视，说道："我想给她看份报纸。"

监视员抬起手，展开手掌，往后退回去了。奎因面露凶相时，没人敢惹她。她举起一份《凯登县星报》。报纸头版刊登了一大幅照片，在照片里，鲜花、蜡烛、毛绒玩具和足球纪念品堆在高中体育场的入口处，吉米·亨特曾经是校队里的最佳球员。栏杆和售货亭里装点着手写的诗歌和圣经经文，还拉着一条巨大的横幅，上面写着"为吉米·亨特伸张正义"。

报道旁还附有小幅照片，那是他母亲奥克塔维娅·亨特，她把脸遮掩在面纱之下，悲痛地倚在她丈夫旁。其他照片拍摄的则是哭泣的足球运动员，和一脸难以置信的啦啦队队员。图片说明为"对当地英雄倾泻而出的爱"。

玛吉胃里翻滚，涌起一阵恐惧。她扣动了扳机，他因此毙命。他将她勒得窒息，她为了活命而挣扎，但似乎没有人了解故事的另一面。你怎么能说服整个城镇，土生土长的英雄其实是万恶不赦的强奸犯？

有人做了海报，放大了她那张入狱照。惨白的光打在她满是瘀伤的脸，显得惶恐而凄惨，头像上还印刷了"死刑"二字。

"葬礼更夸张。"奎因说道，边摇头边将报纸折起来，"整支得州农工大学行进乐队都来演奏了。看他们演奏的架势，仿佛他是一位战争英雄。"

"人们确实爱橄榄球。"玛吉说。

奎因身体前倾。"你的脸色看着有点苍白。"

"我想我快焦虑死了,"玛吉叹了口气,"我总是觉得饿,而这里的食物又很难吃。我还总是觉得恶心。"

"你去医务室看过吗?"

"我填了一张申请表,但他们一直说我得等。"这里的一切都是等待。

"你需要吃东西,你太瘦了,一定要吃点东西,听到了吗?我往你的囚犯信托账户里存了点钱。虽然不多,但我想让你有些许钱傍身。"

"噢,奎尼。"她几乎是哭着喊出她的名字。

"还有,去一趟医务室。你现在这个样子——他们得做点什么。发生了这样的事,我真的很抱歉。我会努力为你祈祷的。"

当她低声说再见时,玛吉嗓子一紧,泪水夺眶而出。自从她母亲去世后,她就没有感受过这种关爱。那种体贴的宠爱似乎是从奎因身上自然散发出来的,如同灰烬的余温。

接下来的几周全是毫无缘由的拖延和没有回应的请求。法院设定了一个法定听证会的日期,但这个日期不断推迟,也没给出任何解释。据萨迪说,推迟日期是不合法的,但投诉无门,就这么一直拖延下去了。

玛吉一直期待着奎因能回来看她。或者库比餐厅某个她认识的人能来探访,比如在店里工作的那些女孩,或者是南达,清洁工作团队的负责人,或者是负责木柴供应的老人乔克,他对玛吉总是很友善。但是没有人来过。也许他们很忙。也许餐厅里的女孩根本就不是真正的朋友,只是和她一起工作的同事。

她也搞不清楚了。

十四

玛吉的情况并非个例。和她一样，监狱里的大多数女性在等待裁决的过程中会迷失在官僚主义的僵局里。和她一样，大多数人，更可能是所有人，都很穷。不是所有人都能交得起保释金。法律要求在合理的时间范围内提出指控，并且将为她的案件指派一名公共辩护人，但这事似乎变得无关紧要。她找不到人去询问，也没有投诉的途径。

食物糟透了。她觉得哪一样都寡淡无味。她试着吃东西，但是所有食物都发黏，难以下咽。食堂里的一个女人说，她看起来像个稻草人。

她吃不下东西，但却因祸得福。在填了许多张申请表后，她终于获准去医务室。值班护士伦弗洛太太检查了她的伤势，对她说："食物、休息和锻炼。"这是她在这个地方听到的第一句有温度的话。"尽量在院子里多待一会儿，记得呼吸。"

院子的一角有个菜园。哪怕是最微小的消遣活动，她也乐意参加。她让自己忙起来，照料起菜园里的香草、青菜、辣椒和圣女果。有一次，她晚回囚区，自助食堂的主管说她该去厨房值班。本该是一种惩罚，但玛吉欣然接受了这项任务。

她不是"可信赖人员"，而是"未分类人员"，这意味着她还没有被贴上"闹事者"的标签。至少这份工作能让她从无休止的烦闷和忧虑中解脱出来。餐食准备工作包括打开包装袋和罐头，然后将食物倒进保温的不锈钢盛菜盆中。没有实际的烹饪过程。她戴着发网和手套，穿上围裙，打开带滑道的菜品展示架，放上午餐托盘。午餐通常包括土豆沙拉、碎牛肉汉堡、布丁和果汁。大多数碎牛肉都没怎么吃就当厨余回收了，三明治也只被人挑着吃了一点。

玛吉的西班牙语属于非常基础的水平，但她能向工作人员表达自己的意思。她总能找到谈论食物的方式。帮厨至少把她当人来看待。一天，玛吉正在调料台调配酱料，她把糖、盐、芥末酱、胡椒粉和一点醋混合在一个小杯子里，餐厅经理宁法此时走了过来。玛吉又往混合酱汁中加了些干洋葱碎和红甜椒。然后她一声不吭地将杯子递给宁法。宁法轻轻耸了耸肩，试了下这份调和物。

她点了点头。"嗯。尝着不错。"

对于供餐服务的食材品质，她无能为力，但她还是有办法改善味道的。玛吉帮忙准备了早餐饼干和配香肠的调味肉汁。她用瓶子里的柠檬汁和菜园里的百里香给味道寡淡的鸡肉调味，给炸鲶鱼块也配了调味佐料。

她对自身处境的恐惧并没有消退。但两样东西拯救了她——图书馆推车上的书和自助食堂的工作。这份为她的狱友们准备食物的厨房工作，给了她脚踏实地的感觉。如果没了这份工作，她可能会陷入绝望的深渊。

她从祷告小组顺来了便条纸，用铅笔算着日子。在第44天，她被戴上手铐，带到一间无窗的会议室，里面只有一张桌子和两把椅子。警官说，她将与法庭指派的律师见面。

律师，终于等来了。

公共辩护人叫兰德里·耶茨。他看起来像个童子军——外表整洁，苹果般饱满红润的脸颊，可能年轻得还没有到蓄胡子的年纪。他的目光环视着小会议室，似乎在寻找一个紧急出口。他的手摆弄着公文包，笔掉了两次。他光滑洁白的额头上渗出了晶莹的汗珠。

他很怕她吗？可能他真的觉得她是谋杀犯。

"我在这等了很久，"玛吉说，"你怎么这么久才跟我见面？"

他把公文包放在桌上，拿出电话和记事本。"对你经历的情况……我真的很抱歉，"他说，"我现在可以听你的陈述了。"

"有个女人几周前录了我的陈述，你不能复印一份吗？"

他皱了皱眉。"什么女人？"

"格洛弗警探。就在事情发生之后，录完他们就将我扣押起来了。"

他抿紧了嘴唇。"糟了！证人陈述，是吗？"

"她是这么说的。"

"在向你宣读米兰达警告[①]之前？"

从她读过的书里，她对这个术语有所了解。"是的。"

兰德里的脸变得更加煞白。他在黄色便条纸上做了个笔记。"做这样的陈述准没好事。我想报告已经到了，但我还没来得及看。"

"他们说我必须做陈述，我不知道我还有别的选择。"

他的嘴唇抿成了一条线。"做那种陈述是自愿性的。"

"当时看起来可不是自愿的。我以为这能帮他们抓住强奸我的人，他们说我必须这么做。"

"你跟他们说了什么？"

"我回答了她所有的问题。我告诉她吉米·亨特对我做了什么。麻烦你，"她说，"我在这儿待太久了，我想回家。"

[①] 米兰达警告，又称米兰达权利，是美国刑事诉讼中的犯罪嫌疑人保持沉默的权利。——译者注

"我需要你告诉我，你和那个警探说过的所有话。只是现在，你说的任何话都是特许保密的，仅止于你我之间，你可以毫无保留。我得到所有信息后，我会看看能做些什么。"

"那要花多长时间？"

"不一定，取决于法庭上会不会发生别的情况。"

"我只是想回家。"她重复道。

钢笔又掉在地上了，他弯下身去，把它从地板上捡起来。"我会考虑申请人身保护令，但这取决于法庭日程安排，然后由法官决定。现在，我需要听你的描述，了解事情的全貌。"

玛吉再次经历了那个可怖的夜晚，直到枪声响起的时刻。耶茨的手机不断有来电和信息的震动提醒，他一直在查看，似乎不像警探那样专注地听着。

"我不是故意要伤害他的，"她说，"我无法呼吸，我必须让他停下来。"她胃里在翻滚。除了蚊子和蟑螂，她从来没有杀过别的东西。然而那天晚上，她开枪打死了一个男人。

他的手机又震动了。"重罪审查部门已经开始调查此事，我们需要安排另一场听证会。"他给了她一张表格让她签字。

她盯着表格看。"我不会再在任何法律文件上签字了。"

"这是为了帮助你，我会设法让你在庭审前获释。"

"他们说我必须交保释金，还必须是现金。"她指出。

"我们会看看我们能做些什么。目前还没有案子，没有刑事起诉书。到目前为止，他们掌握的只是一起犯罪，一名嫌疑人和一名被逮捕人员。"

玛吉对兰德里·耶茨毫无信心。他似乎很真诚，甚至同情她的处境。但他兼顾着太多的案件，分身乏术，他也坦承缺乏人力和预算来给他提供额外的支持。

183

· · ·

当兰德里·耶茨终于为她安排上出庭日期时,玛吉感觉比以前更难受了。她尽量让自己仪表整洁。宁法借给她一条发带,给她找了一套干净的连体衣。一名警官将她从监狱带到了法庭。考虑到镇里群情汹涌的形势,兰德里不希望她被塞进警车,被押进法庭。

"你很紧张。"玛吉对他说。他们在法庭外大理石走廊的一张硬质长凳上等候。空气中弥漫着家具上光剂的味道,大厅上方高耸的穹顶放大了吊扇的嗡嗡声。兰德里看上去比她自己感觉的还要糟糕。"你一直在研究墙上的标志,我就看出来了。"那是一份嵌在玻璃展示牌里的名单,列出了当天主审法官的名字。

"这不是我期待的法官。这位谢尔比·黑尔以维护法律和秩序为竞选纲领。喜欢把人关进监狱,而且他还在海登乡村俱乐部打高尔夫。"

"我猜猜看,亨特家族是这家乡村俱乐部的会员。"

"奥克塔维娅·亨特是那里的董事会成员。"

"这难道不是利益冲突吗?"

"可以这么认为。"

她希望他能更有自信一点,但后来发现,他太忙了,忙到没有时间建立自信或做其他事情。有那么多需要帮助的人,公共辩护人无法休息。兰德里要应付各种案件、听证会和诉辩状,而他人手不足,她对此无能为力。

在法庭上,旁听席上坐满了人,比兰德里平时见到的多。他们都想看看是哪个恶魔枪杀了他们最爱的儿子。警官和法警在来回巡视,试图维持好秩序。兰德里发出了一声喘息,听着像是"糟糕"。

"怎么了？"她低声问道。

"我本以为他们只派一个助理检察官来。但看来地方检察官来了，厄休拉·弗洛里斯。"

"很糟糕吗？"

他的嘴唇抿成一条线。"她是一位好检察官。"

玛吉盯着栏杆前长桌旁的女人。她打扮得干净利落，一头乌黑油亮的头发，穿着剪裁得当的套装，在整理桌上的材料时，动作从容而高效。

"我们不就是想要一名好检察官吗？"玛吉问道。

"如果她负责起诉你，那就不想了。一名优秀的地方检察官连一个火腿三明治都能起诉。"

几分钟后，弗洛里斯女士的一位同事也来了，他是个高个子，带着军人的举止仪态和政客假模假样的真诚，丝毫不掩饰敌意。他怒目瞪着玛吉，仿佛要用意念把她活活烤熟。这个人长得很眼熟。

他长得很像吉米·亨特。

我哥哥布里斯科是一名律师。等着瞧吧，他总有一天会当上首席检察官，甚至是州长。他就是这么聪明。

她注意到一对夫妻在埋头窃窃私语。这个女人看起来也很面熟。玛吉每周二都在库比餐厅见过她。"吉米的父母吗？"她低声问。

兰德里轻点了一下头。

她怀疑趾高气扬的奥克塔维娅·亨特是否会留意到，玛吉·萨利纳斯曾是在库比餐厅为她服务过无数次的侍应生。她打了个寒战，眼睛一直盯着面前的桌子。

到了向法官陈述时，兰德里说："我请求释放我的当事人，以便更好地准备辩护。"

"这纯属无稽之谈，法官大人，"弗洛里斯女士说，"我们已经提供了证据,证明她有潜逃风险,并对公众构成威胁。除了一份兼职服务员的工作,她与社区没有任何联结。她父母家在另一个城镇,而她离家出走,逃到班纳溪,成了游民。她高中辍学,谎报年龄,在酒吧找了份工作,被发现后,她就去当服务员。她没有留在这里的理由,一条都没有。"

玛吉皱起眉头。这就是人们对她的看法吗?辍学者、骗子、游民?表面上看,弗洛里斯所说的一切都是准确的,但那不是玛吉。到目前为止,法官所知道的关于她的一切都是检察官告诉他的——她漂泊无依,没有接受过完整的教育,靠自己的脸蛋勉强过活,和不同的男朋友乱搞,每晚下班后喝酒玩乐。她在证人陈述中承认,吉米到她家时,她衣着暴露地在厨房里走来走去。

"她是吉米的女朋友,"地方检察官接着说,"吉米被她迷得神魂颠倒,但她开枪打死了他。当他倒在血泊中奄奄一息时,她没能施以援手。她既没有尝试给他止血,也没有采取其他方式拯救他的生命。当救援人员赶到时,这个年轻人,这个得州农工大学橄榄球队的熠熠之星,已经无力回天。"

"反对,"兰德里说,"她在陈述证词,法官大人。这背离本次开庭的目的——"

"反对有效。"法官平静地说。

兰德里说:"萨利纳斯小姐是出于自卫。"他翻看着写字板上的文件,声音听起来有些颤抖。"根据性侵伤害护士检查员的记录,共发现33处受伤处。我的当事人被绞杀、殴打、强奸——"

"不过是道听途说,"地方检察官厉声说,"她是受害者的女朋友。他们在当晚之前就发生过性关系,而当晚的情形并无特殊,一切正常,直到她向他开枪并试图逃离现场。"

"我没有逃离,"玛吉喃喃说道,"我——"

"嘘，别说话。"兰德里做了个手势让她安静下来。

地方检察官描述了一个与玛吉的经历截然相反的夜晚。检察官谈到玛吉和吉米第一次见面时十分轻松愉快。她的同事金妮·库姆斯出具了一份附誓书面证词，描述了他们刚刚发展起来的恋爱关系。从手机中提取的信息记录表明，他们的晚餐约会是双方都热切期待的，而且在她开枪打死他的不久前，他曾在她家住了一晚。法庭大屏幕上的幻灯片展示着他们相互调情的信息，信息里显示玛吉突然拒绝，这伤透了吉米·亨特柔软的心。

最糟糕的是，还轮播了犯罪现场的照片，包括吉米的尸体。玛吉看不下去了。

她无数次想站起来解释到底发生了什么事。兰德里警告过她一句话也别说，行使你保持沉默的权利，他一遍又一遍地告诫她。玛吉只能在他的便笺簿上愤怒地写下潦草的笔记，并在上面加下划线和感叹号。

检察官如兰德里所预料的那样陈述了案情。法官审阅了提交的文件，绷着脸翻看，偶尔问几个问题。当法官一定很难，她心想。听着人们对彼此所做的可怕恶行，肯定很压抑。

她的同事提供了证词，连带一些信息和一些只是粗略了解实情的旁观者的描述，这些证据都表明她曾找过吉米，是热切渴求他的伴侣。言下之意是她的伤是双方自愿的粗暴性行为造成的。她被描绘成一个随随便便的女人，是寻欢作乐的派对常客，衣着暴露，总请男人到家里过夜，以此博得关注。他们声称她是赤裸裸的机会主义者，渴望攀附吉米·亨特的地位，觊觎他们的家庭财富。

兰德里对这种描述表示反对，但法官允许了。面对她的律师提出的问题和提示，她早有准备，并设法让自己保持冷静。是的，她在一家小酒馆认识了吉米·亨特。他长得英俊迷人，是的，她邀请过他回家,为他准备晚餐,是的,她和他睡过。这些问题和回答都是为交叉询问环节准备的,以取得先机。

"你穿着暴露。你在喝酒,但你还不到21岁。你行为随便,与吉米和其他男人都发生过关系,这些都是事实。那么所谓的强奸是由你的行为引起的吗?"

这是一个萦绕玛吉心头的问题。多年后,她还会回避它,回避内心最深的疑虑——这是她一手造成的。她不想要那些回忆,她不想让这些回忆成为她故事的一部分。她不想重温那件事给她带来的感受。她不想让这件事影响她是谁的本质。

"……现在,除了被告之外没有证人,而大家都知道,被告是骗子,"地方检察官补充道,"唯一在场的另一个人当场被杀,这可不巧了吗?"

她在兰德里的便笺簿上草草写下"我没有撒谎"。

兰德里说:"法官大人,她是在保护自己免受致命攻击。她没有退避的义务。根据得州刑法第九章,她使用致命武力是正当的。"

"在挑衅他人后使用致命武力的人无法得到法律保护。被告煽动受害者攻击她,然后她才向他开枪。如果她感到了威胁,她完全可以在不伤害任何人的情况下逃离。"地方检察官坚称,"她本可以逃跑,不让强奸发生。她只是发怒了,开枪打死了他,现在她撒谎,免得自己惹上麻烦。"

我得喂猫,玛吉心想。

"请记住,她近距离射杀了她的情人。显然,她会对其他人构成威胁。"

玛吉不被允许说话,所以她放弃了尝试。在监狱里的煎熬让她学会了超脱,她遁逃到脑海里的某处。

她想起了妈妈用她那粗哑的烟嗓唱着"你是我的阳光"。她考虑着在烧烤酱中加入猕猴桃,那是一种天然的嫩滑剂。她想着她家的猫,想起用手心抚摸它时那种毛茸茸的触感。

在短暂休庭期间,她对兰德里说:"你眼睁睁看着他们把我塑造成一个杀人犯,你为什么不解释到底发生了什么?你联系了谁来为我出庭作证?"

他正用一台黑莓手机查收邮件。"我们要让事实说话。"

"那就是没找到人了。连库比和奎因都联系不上吗?教堂的信众呢?"

"我确实问了。但你要知道,这是个很难为人的要求。在这种情形下,有色人种可能会因此遇上诸多不便。"

这个提醒使她不寒而栗。"你是说他们会受到恐吓?遭受骚扰?"

"你朋友的境地岌岌可危,他们会失去很多。"他继续查看他的电子邮件。

也许萨迪是对的,这就是奎因第一次探访后没有再来的原因。可能是因为她对射杀吉米·亨特的女人表示友好,而面临威胁了。

"我的天,兰德里,你对此没有意见吗?"玛吉问道。

"我有没有意见并不重要。"

"去找吉米约会过的其他女孩怎么样?"她坚持着,"我敢打赌,我不是第一个被他粗暴对待的人。"

"如果有审判,我们可能会有人手去调查此事。我会有更多发掘证据的时间。"

"你是什么意思,如果有审判?"

他收起黑莓手机,看了看时钟。"我们得往积极的方向想。该回去了。"

返回法庭后,兰德里把玛吉描绘成一个勤奋工作的年轻女人,她所制作的美味烧烤酱汁使她在当地的烧烤店很受欢迎。是的,她和吉米约会过一两次，但她的手机记录显示，她已经清楚明白地和他分手了。

玛吉希望她当时对吉米更直接和坦率些。她不应该试着缓和气氛，减少对他的打击——我现在精神状态不好——她应该告诉他，他那晚在她家过夜时表现得像个混蛋，在安全套这件事上表现得毫不尊重、毫无担当。

"她还打了911，"他指出，"当詹姆斯·亨特出现时，她明显感觉不安全。"

兰德里出示了加尔扎护士的报告结果作为证据，在屏幕上展示了她受伤的惨状，这并没有顾及她的感受。玛吉力图让自己别再重温那些疼痛。你现在没事了，她不断安慰自己，你现在没事了。

有那么一瞬间，一缕曙光闪现，仿佛加尔扎女士似乎在直面法官，与他对话。

"我的证词是，导致这起强奸事件的原因只有一个——强奸犯。"

地方检察官站起来提出反对。

然后兰德里得出结论，她在自己家里遭受袭击，担心自己的生命安全。在她竭力摆脱他的致命袭击时，她努力够到枪支——正是那支吉米用来威胁她的枪——她开了唯一一枪，才保住了自己的性命。

法官宣布，他会阅读所有文件和证据，并就合理根据作出裁决。然后她的案子将移交给大陪审团。由于大陪审团在未来几周内都没法开会，所以需要继续等待。最后，黑尔法官敲击法槌，宣告闭庭。他的戒指闪着绿松石色，玛吉留意到戒托是一头沉重的银色长角牛，这是得州大学的标志。众人离场后，她没有离开座位。"我觉得我好像又被强奸了一次，"后来她颤抖着声音，对兰德里低语道，"我没听错吧？他们没有降低保释金吗？"

"没听错。这意味着你将在监狱里为自己的案子而战。"

她的心跳得像受困的笼中之鸟。"不行,我不能……你必须做点什么。"

"在大陪审团开会之前,没有什么可以做的了,开会是六个星期后的事情。之后,我们将会收到控方的信息。"

"收到什么?她已经让我看起来有罪了,还说服法官把我关起来。"

"说实话,对你来说,这里可能是唯一安全的地方。"

"这是什么意思?亨特家族要抓我?"

他用沉默表示肯定。

"他们最好别伤害我的猫。"

"猫是你最不用担心的事情。听着,这是地方检察官逃避审判的伎俩。审判要耗费很长时间,对州政府来说琐碎杂乱,成本高昂,系统总是会一推再推。所以,把你关在监狱里,是为了削弱你的决心。这样一来,检察官就手握很大的砝码,能逼迫你接受认罪协议。"

"所以他们把我关在监狱里是为了消磨我的斗志?削弱我的决心?"

"除非大陪审团提交起诉书,否则我们不需要做这种讨论。"

"你是说他们可能不会提交?"他没有回答,所以她知道可能性很小。"什么样的协议?"她问道。

"如果你承认较轻的指控,他们可能会满足你的一些诉求。"

"我为什么要这么做?我是无辜的,我没有犯罪。"

"这样可以避免连续几个月等待审判日期,也可能是几年。"

"我不想要认罪协议,我希望被判无罪。我在我自己家击退了一个强奸我的人,在我自己的床上。"

"事实是你开枪打死了他。"

"对，那是因为——"

"因为你。他是因你而死的。"

"他的死，是因为他强奸了我，而我反击了。"

兰德里举起手，打断了她的话。"如果你不想被困在监狱里，你应该对协议保持开放的心态。鉴于你没有前科，你最终可能会被判较轻的刑期。"

"我根本不应该被判刑。"她说。

"这不是你能决定的。如果我们没有认罪，你会被判重刑的。"

"我不会仅凭你的空口白话就认罪。"

"控方会指控你在一场情侣争吵中开枪打死了一个人。最终，这将由陪审团来决定。"

陪审团。她心一沉。在这个县里，无论陪审团里有哪些人，势必会有人认为亨特家族神通广大、无所不能。"那你在这儿的作用是什么？"

他看上去疲倦而心烦意乱。"事情是这样的。你签署了一份供述——"

"作为受害者签署的。该死，我把一切都告诉了他们，好让他们以强奸的罪名逮捕吉米。我当时都不知道他死了，他们怎么能用这个给我定罪？"

"这份供述已被法庭接纳。我可以反驳说这不具有可采性，但他们会说这是证词。我确实想拿到当时的视频片段，但显然设备有故障，没有录上视频，只有你的供述。"

"警探把过程录下来了。"玛吉指出。

"我可以索要一份，但我怀疑它会不会被采纳。最终，决定权在法官。"

"我以为法官应该维护正义。"

"听着，亨特家族在这里很有名。公民领袖，影响力极大。在全州范围内他们都被誉为正直的公民。"

"正是如此，我才知道你在骗我，说什么如果我认罪就能从轻处罚。他们一定会把我关一辈子的，或者把我送上电椅。"

"得州没有电椅。"

"好吧，不管用什么手段，我相信亨特家的人都认为我活该受到那种惩罚。"

兰德里面色凝重。"现在的情况不容乐观，我也不会假惺惺地开解你。吉米是他们的金童，赛场内外的英雄。"

"吉米是个强奸犯。"

"控方会证明你和他处于恋爱关系，他们会找到证人证明你们一起出去约过会。"

"他强迫我。他勒我的脖子，啃咬我，抽打我。"

"这可以被描述为粗暴的性爱。"他脸红了，在椅子上挪了下身，"有些人……好吧，亲密伴侣之间有时会发生这种事，这不是犯罪。"

"这是自卫，我是就地防卫。"

"就地防卫法在得克萨斯州不适用。现在眼前还有个类似的概念，'城堡原则'[①]，也是出于相同目的——"

"很好，那就用这条原则。"

"我们可以要求法官在这条原则的基础上做出裁决，但这有风险。有可能会被驳斥，说你当时没有迫在眉睫的危险，你的行为很有攻击性。说你激怒了他。"

"我有攻击性？"玛吉把手掌压在脖子上，"他想杀了我，我有权

[①] 城堡原则，亦称堡垒原则：面对非法侵入和暴力袭击，主人、租户、委托保管人等有权使用致命武力来保护其"堡垒"。住宅"堡垒"包括院子和车道。——译者注

保护自己。耶茨先生,我希望你的工作能做得更出色,拜托了。"

・・・

玛吉感觉胃部不适,而且睡得也不多。她读了更多的书——《杀死一只知更鸟》,萨迪说这本书已经过时了,但仍然是一本经典。玛吉喜欢那些印有"奥普拉读书俱乐部"标志的书,这些书阴郁严肃,和她的感受如出一辙。她也会沉迷于爱情小说中,这些小说满足了她对拥有另一种生活的幻想。在幻想中,人们可以追随自己的内心,无论是什么困难,到最后一章总会迎刃而解。她继续学西班牙语,压着嗓子默念着词组短语。她还看了更多有关得州法律的书,其中有一篇文章是关于城堡原则的立法,文章指出,当一个人在住所里面临威胁时,他没有退避的义务。

监狱是一个可怕的噩梦,但不是像电视节目里的那种。没有越狱的情节,狱友之间也没有算计或阴谋,没有帮派和打斗。只有无尽的时间,让人百无聊赖,陷入焦虑,想做各种能打发时光的事情——比如阅读,或者在休息室里盯着电视上乏味无聊的游戏节目。她在厨房帮忙,想办法在预算范围内,用多余的农产品或送过来熟透的核果制作酱汁。她从宁法和其他工作人员那学到一些技巧,他们仅凭一麻袋马萨面粉和几罐阿多波酱就能创造奇迹。她每天都盼着早上和下午,那会儿她获准在院子里散步,照料花园。她会做一切事情,来让自己的人性保持完整,个性不被消磨。

正如兰德里预测的那样,控方提出了认罪协议。如果她能承认激情杀人,就可以避免审判和飘忽不定的命运。

会议结束后,萨迪陪她在院子里散步。"坏消息吗?"她问道。

"我的律师认为我应该接受认罪协议,他说这是我最好的机会。"

"什么机会？"

"争取在监狱里度过 15 年的最好机会。"这种预期把她吓坏了，她感觉恶心想吐。"刑期可能更长。"

"那你怎么想？"萨迪提示道。

"我不在乎是 15 年还是 15 分钟。我不会承认犯罪，因为我所做的只是自卫。"

"所以就这样了？"

"我想是吧，兰德里·耶茨觉得我该认罪。"

"你能请别的律师吗？"

"他们说不能。"

玛吉总是感到疲倦和难过。她常有饿意，伴有恶心，不知怎的，注意力总是无法集中。也许她得了膀胱感染，因为她小便的次数变多了。也许她得了性病。那天早上医院给她开了药，但后来她在洗澡时吐了，可能药没有起作用。

她一直在心底里隐隐思索着什么，但又说不清道不明。洗澡时，她留意到垃圾桶旁边的地板上有一张卫生棉条的包装纸，就在这一瞬间，恐惧袭来，如同有人冲她的胃部猛锤了一拳。

她月经推迟了。

十五

"我得把它处理掉。消失,我要让它消失,"她对医务室的护士说,"彻底消失,这是紧急情况。"

"我听到了,亲爱的,"伦弗洛太太说道,"我理解。"她是一位善良的护士,囚区里的所有女孩都喜欢她。朱迪·伦弗洛年纪稍长,她的白大褂上别着一枚粉红色的癌症幸存者胸针。她用自己的方式来看待医务室的每一个来访者,囚犯感觉自己卸下了囚犯的身份,被当成人来平等对待。

玛吉刚来的时候,伦弗洛太太就问起她的伤情,玛吉直截了当地告诉她吉米·亨特是怎样伤害她的,当时伦弗洛太太表现得感同身受,如同她自己也跟着一起受了伤。

前一天晚上,玛吉躺在床上辗转难眠,想象着时间在无情地流逝,细胞在悄悄地分裂,那是一头藏进她体内的怪物。她想起了吉米·亨特那硬朗的脸庞、傲慢的笑容、残暴的声音、硕大的手脚以及冷酷的眼睛。像临别时撂下的狠话,他把他的种子埋在她体内,用一句难听的咒骂来强化他的仇恨行为。

这个早上,护士一开始猜测玛吉可能因为太过瘦弱、压力太大而月经推迟了。但测试结果却恰恰相反。再测一次也只是重新确认第一次的结果。

"检查性侵伤害的护士说他们做了验孕测试，"她说，"结果是阴性。"

"假阴性很少见。我的推断是，当时你还处于怀孕早期，测出的结果不准确。"

"我得把它处理掉，"她说，"我需要堕胎，我不可能给强奸犯生孩子。"

"我非常非常抱歉，我无法想象这对你来说是什么打击。我真的很抱歉，但我想确认一下，上次月经后还有其他伴侣吗？"

"肯定没有，"她说，"我不是随便乱搞的人。和吉米共度的那一晚并不是我生活的常态。我的天哪，现在别提我有多后悔了。"

伦弗洛太太皱起了眉头。"事件发生后，他们在做性暴行检查时，没有给你做什么措施吗？比如打针或者吃药？"

"做了。治疗性传播疾病的药片和紧急避孕药，但是……"她转移了视线，那天早晨的记忆十分模糊。"我刚吃完药，就在洗澡的时候吐了。"

"你能回想起药片被吐出来了吗？"

玛吉摇了摇头。"我当时在洗澡，没想到要检查一下。我本应该在12小时后再服一次药。她说遵照医嘱很重要，但那时他们已经将我的东西全拿走了。他们把我关进了拘留室，我就不知道东西去哪了。"

"遇袭后，你在哪里接受治疗？告诉我。"

"圣迈克尔。"

伦弗洛太太的嘴唇抿成了一条线，表示不太认同。

"对于他们把我带到哪里，我没有选择，"玛吉说，"他们不应该把我带到那里去吗？"

"嗯，这只是……在我看来，这不是做紧急避孕的最佳选择。一些天主教医院会用药物来阻隔受精,但是这些药对受精卵不起作用。所以如果受精卵已经着床,服药是无效的。"

玛吉回想起她在健康教育课上学习过这个过程——排卵后,卵子缓慢通过输卵管。如果一个精子恰好在周围游动,则可能发生受精,受精卵就会在子宫着床。"他们为什么要用一种可能不起作用的药呢?"

"因为他们秉承的原则是,受精卵必须像生命一样得到保护,无论最后是否成活。如果受孕本身是可以避免的,那么他们没有异议。但是如果已经受精,那么他们认为有道德义务来保护它。"

"它?你是说保护受精卵或囊胚之类的吗?这是他们的道德义务?对一个刚被强奸、活生生的、尚有呼吸的女性,他们就没有义务吗?"她的心因恐慌而狂跳不止。

伦弗洛太太量了量体温。"不同的医院有不同的领导团队,运作模式自然不同。"

"他们就没想过要告诉我,他们开的药可能不管用吗?"玛吉气得头晕目眩。没有人费心向她解释这一点,这使她大为震惊。这是另一种形式的侵犯,完全漠视了她身为人的权利。

"很遗憾,医学科学不得不与宗教教条交锋时,情况就会很棘手。"

"棘手?是啊,尤其是他们不透露治疗方案可能不起半点作用时。现在再吃药是不是来不及了?"

护士点点头。"恐怕是的。"

"那现在我该怎么做?"怀孕的想法如幻觉般不真实。

"你可以申请暂准狱外就医,到诊所终止妊娠。"

她如释重负,紧绷的肩膀和脖子一下轻松下来。"很好,那我去申请。我该怎么做?"

"你填好表格,那是张病假申请单,和你申请到医务室时要填的表格很相似。如果批准了——"

"如果?你意思是可能不被批准?"玛吉的脉搏怦怦直跳,以示抗议。

"这个嘛,因为这不是医学上必须要做的手术——"

"什么?我被强奸了,所以是的,这非常必须。我不能因为被强奸而怀孕生孩子。"

"从生理角度看,你可以。因此,堕胎属于非急需的、可选择的手术。"

"而我选择做流产手术。我需要怎么做?"

"得有个流程。首先,你向监狱管理员申请。得到批准后,你需要取得法院指令才能被转送到监外,还需要预先支付安保和交通费用,连同堕胎手术本身的医药费。"

"听起来得花上好几百美元。"

"是的。"伦弗洛太太检查了玛吉的脉搏和血压,"你试着吃点东西,多休息。想办法支付这些费用。我会给你拿一份获批的诊所列表。"

玛吉感觉心烦意乱,她已经知道她承担不起这笔费用。上一次查账单时,她的银行存款还不到一百美元。她的大部分工资都用来支付上次事故产生的账单,剩余的则花在房租和其他开销上。

她想到了库比,但是不能,她不能问他借钱。她什么时候能还上钱呢?在绝望中,她考虑起德尔。她可以问他吗?他会帮她吗?可能不会。妈妈去世后,德尔受了很大的刺激,待情绪平复后,他变得愤愤不平,因为妈妈除了未偿还的信用卡账单外,什么都没有留下。玛吉怀疑他对她的处境会不会有半点怜悯之情。

但她必须做点什么。怀上吉米·亨特的孩子实在令人憎恨,眼前最重要的是避免怀孕。

她鼓足勇气，动用了自己宝贵的囚犯账户存款，给德尔打电话。她通过他曾经工作过的啤酒分销公司找到了他的电话号码。妈妈在世时，玛吉和德尔相处得还算融洽。她想他可能还记得。

"我听说你遇到麻烦了，"德尔说，"报纸和网上都在报道你的新闻。"

"我需要你的帮助，"她说，"很紧急的情况，一个医疗问题。你知道，如果我能想出其他办法，我是不会求你的。"

"你病了吗，孩子？"那种懒洋洋、慢吞吞的声音勾起了她不愉快的回忆。

"我……对，"她说，"我需要看病，但得凑够钱。"

"帮不了你，尤其是这个时候。"

"妈妈去世后我从来没有求过你帮忙。我只是想问你借一笔钱。"

"我说了，帮不了，"他的声音听起来很尖锐，"我甚至都不应该和你说话。"

"应该……"她生起一阵恐惧的寒意，"他们找到你了，是不是？"她颤抖着说，"亨特家族。"兰德里提醒过她，如果走到审判那一步，地方检察官会穷尽所能去挖出她的丑闻。他说过这些人会追查她过去认识的人。"他们想让你出庭作证指控我。"

"现在，玛吉——"

"帮不帮，德尔？你是不是有了一辆新卡车？一套高级高尔夫球杆？"

他什么也没说，他的沉默已经给出了她想要的全部答案。她挂了电话，靠在墙上，瑟瑟发抖。他们肯定联系了德尔，他们知道可以利用他来破坏她的形象。德尔软弱无能，却又狂妄自大。如果他们让他认为他是在帮助亨特家族，他会受宠若惊，觉得自己很重要。

后来，她的律师证实了她的怀疑。德尔给出了一份证人陈述，声称在玛吉十几岁时就挑逗过他，说她总是穿着暴露地在家里走来走去，夜深时分偷偷溜出去和男孩见面。他说她逃学，穿着露骨，他在她母亲去世后给她提供栖身之所，她却毫无感激之情。

她对德尔的期待并不高，但也没想到他会在敌营。

玛吉提交了第一份申请手术的书面请求，但石沉大海，没有任何反馈。她也没有办法强迫监狱管理员作出回应。一周后，她请求伦弗洛太太出面干预。护士跟她说，监狱管理员格雷厄姆上尉正在"研究这事"。

又过了一阵子，一名警官拿着她提交的原始表格回来了。"你没有填对。"

"这到底是什么意思？"

"这是一个医学手术申请表。你要填的是非急需手术申请表。"

更多的文书工作随之而来，也就意味着一直往后拖延。在通往她所需帮助的路上，这些限制就像路障一样，每走一步就会蹦出来一道。监狱是在格雷厄姆上尉铁腕统治下的一块小封地。她发现这位管理员是众所周知的反堕胎极端活动分子。他坚持认为，一团鹰嘴豆大小的细胞应该高于一个活生生的、尚有呼吸的女性的意愿。如果这名女性碰巧是他监狱里的囚犯，那他便会与她长期周旋，没人能阻拦他。

当她挣扎着穿过迷宫般的障碍物时，玛吉察觉到了他的把戏。他在拖延，把她不想接受的意外怀孕拖到下一阶段。

她试着和兰德里谈起这个情况，但他一直说他的工作是为她的谋杀指控辩护，而不是捍卫她堕胎的权利。

她花了好几个小时认真研读从监狱中央图书馆专门借来的书。根据她所研究的书，最高法院曾在一起案件中作出裁定，保护一名被监禁女性的生育权。

玛吉在下一次医务室诊疗时,带着这本书去了。"就在这写着,"她指向某篇期刊文章中的一段话,说道,"我有强烈的医疗需求,这是我的权利。"

"上尉可能会说你没有被监禁,"伦弗洛太太说,"你在等待审判。"她写下了玛吉的体重,"你重了一磅,你该吃这些药。"她递给玛吉一瓶药。

"我不需要孕期维生素,"她说,"我不打算怀孕。"

"你的身体需要,善待一下自己。吃药,吃到你终止怀孕为止。它们对你自己的健康有益,不仅仅是为了胎儿。"

"伦弗洛太太,"玛吉声音颤抖地说,"我想放手一搏。囚区里有人说,能有办法让我来月经——"

"我的天哪,你可不能。"护士一脸惊愕,"答应我你不会伤害自己。我是认真的,玛吉。天啊,这就是堕胎必须安全合法的原因之一,这样女孩们就不会因试图终止妊娠而伤害自己。"

玛吉想起了她在厨房里听到的那些窃窃私语,那些民间偏方可能不管用,但确实是诱人的提议。"对哪些女孩合法?所有女孩吗?还是只是那些能承担得起费用的女孩?"

伦弗洛太太说:"听着,所有与自残有关的言论,我都应该向格雷厄姆上尉报告。"

玛吉向门口缩了缩,门外有一名警官一直等候着送她回囚区。"别,夫人。我求求你——"

"答应我你不会做那种傻事,你得向我保证。"

玛吉点点头,说道:"好的,夫人。"

伦弗洛太太背对着门站着,压低声音说道:"我打听了一下。我联系了一家机构,阿米加基金会。这是一个囚犯权益保护团体,总部在圣安东尼奥。我看看他们能不能帮上忙。"

几天后，阿米加基金会就派来了一名团队支持人员，名字叫特鲁利·斯通。她扎着马尾辫，嚼着口香糖，看起来像个高中生。但是她很聪明机敏，聆听时总是身体前倾，往探视窗口靠拢，她那长着淡淡雀斑的脸表现出她在全神贯注地聆听。

"我完全理解你的迫切性，"当玛吉解释情况时，她说道，"没有人能命令你怀一个你不想要的孩子。这是违法的。"

"这是监狱。在这个地方，我们被命令做各种各样的事情。"玛吉说。就在当天早上，天还没亮就提前点名了，因为早班狱监忘了把自己手机放在哪儿了。与她同一囚区的所有人在凌晨四点就被叫醒，狱监翻看了她们的床铺，后来发现手机丢在了工作人员的卫生间。

"我明白。然而，限制你堕胎和强迫你生下强奸犯的孩子不能成为惩罚措施。你还有权利。"

"我应该拥有我所有的权利，我甚至不应该在这个地方。我知道我是无辜的，我要为生命而战。"

"管理员不需要考虑这些情况。只要你还在这个体系的囚区里，你就得遵守他的规则。但底线是，你有权利做这个决定。这是积极的一面。"

"这意味着有消极的一面。"

特鲁利噘起嘴唇，然后用口香糖吹了一个小泡泡。

砰。玛吉吓得退缩了一下。

"这里的惩教人员自由裁度的空间很大，他们能忽视和阻挠你的请求。此外，你有权使用的许可设施也很少。出于他们不必解释的原因，只有某些诊所拥有治疗囚犯的授权，而且要等待很长时间才能排上诊疗的日程。我担心管理官员可能会拖延时间，到时就没法选择安全的孕早期流产了。"

"我想他们现在就是在拖。"

"欢迎来到父权社会。我会尽力帮你的，只是……在这套体系里有时会进退维谷。"

"你能当我的律师吗？"玛吉想起兰德里一直以来总是疲于应付、分身乏术的样子。

"我不是律师，"特鲁利说，"我只是实习生。我正在攻读公共卫生硕士学位。总之，这不是法律问题，你选择终止妊娠的权利是程序问题。"

"我需要做什么？"

"我想想办法，给你的交通和安保费用筹集资金。在一定程度上，基金会也可以负责未尽的事宜，比如房租和账单之类的。"

"能让人帮忙找找我的猫吗？确保它能吃顿饱饭？"玛吉把地址给了她。

特鲁利写了下来。"可以，另外我们会帮你付房租的。我会看看能做些什么，来催促管理员批准这个手术。"

"越快越好，"玛吉说，她一圈圈地转着手腕上的囚犯腕带，"麻烦了。"

"我尽力。"特鲁利又吹破了一个泡泡，"我知道我看起来不怎么样，但我斗志高昂。当我知道自己站在正确的一边时，我不会放弃战斗的。"

几个星期以来，玛吉第一次感觉到希望的曙光。是的，她仍被关在牢里。是的，她还怀着孕，恐惧不安。但是，她终于意识到，能找到一个不受制于监狱管理员的人，还是能有出路的。

"特鲁利·斯通，"她说，透过宝克力挡板仔细端详着对方，"这是你的真名吗？"

"打我出生起就叫这名字，"她脸颊变得绯红，"人们总是喊我'嗑嗨'①。说实话，我从来没嗑过药。你呢？"

"我嗑过一次药，"玛吉承认，"那年我13岁，很傻。"

· · ·

玛吉很久没有想回忆起那一天了。那天她跟着妈妈外出做餐饮服务。对玛吉来说，这不像是工作，更像是去窥看另一种生活的模样。有时，她们会开车穿过那些百万富翁们居住的社区，驶过奥斯汀优雅蜿蜒的山间街道——韦斯特莱克、蜜蜂洞、德里夫特伍德、洛基悬崖。过去，这里奢华至极的豪宅都属于石油大亨。现在，科技行业的百万富翁和媒体人成了巨富，他们挣得的钱财让景色宜人的街道上涌动着喧嚣浮华。

她曾幻想过这些雅致的铸铁栅栏和石灰岩墙背后的生活。她和妈妈去过很多地方工作，有的配有无边泳池和池边小屋，有的房子专门留有一整个房间用来放置三角钢琴，有的则配备家庭剧院，剧院里一排排舒适的椅子正对着屏幕。

有一次，洛基悬崖的某座豪宅里举办夏日派对，妈妈承包了餐饮工作。豪宅主人是受人尊敬的博勒加德·福尔肯牧师，他是一位电视福音布道者，妈妈打趣说，他比上帝还有钱。房子位于得州首府最繁华的地区，高高耸立在科罗拉多河之上。虽然年仅13岁，玛吉就已经知道怎么当一个好帮手。她的衣着和母亲相仿，一条普通的黑色休闲裤搭配一件洁净挺括的白衬衫。她系着围裙，金色的长

---

① 特鲁利·斯通的名字原文为 Truly Stone，而 stone 的形容词变形 stoned 有"（在毒品或酒精作用下）晕晕乎乎，飘飘然"的意思，所以玛吉提出疑问，这也是斯通昵称的由来。——译者注

发梳在脑后,整齐地编成辫子。"看看我们,"妈妈对她微笑着说,"我们是孪生姐妹。"每当别人说她俩看起来更像姐妹而不是母女时,妈妈总会满心欢喜。

那是一场槌球派对,这显然是超级富豪的专属爱好。聚会的唯一要求似乎就是客人从头到脚都只穿白色。这就像走进了故事书里的世界,每个人都会有幸福美满的结局。

草坪上绿意盎然,看起来像铺了一张翻涌的绿地毯,人们在草坪上玩着传统游戏,时不时喝一口冰镇薄荷酒和薰衣草柠檬水。有人在一架彩绘立式钢琴上演奏着雷格泰姆音乐,一切看起来都那么愉快和优雅。厨房旁边的石板露台上搭建了一个餐食帐篷。妈妈准备了小汉堡、芝士火腿洋葱卷、薄饼、沙瓦玛素肉卷饼和软塔可饼,玛吉听到人们对这些食物赞不绝口。每个人对玛吉都非常友好,夸赞她很漂亮、很能干,因为她来回奔波,到处派发和收拾着零食托盘和餐具。

厨房宽敞而忙碌,这种繁忙与外面露台、草坪和泳池甲板上的闲适形成鲜明对比。她不禁注意到,把厨房和房屋收拾得井井有条的全是非裔,而打理花园和草坪的全是拉丁裔。据她观察,参加聚会的客人全是白人。

玛吉端回一个沉重的托盘,里面装着用过的玻璃器皿和餐具。她想去一下卫生间。有人告诉她盥洗室怎么走——这是卫生间的高级说法——从厨房走到走廊尽头,就在一个拱形门口下面。盥洗室像一个典雅的小型绿洲,悬挂着一盏自动感应的串珠吊灯。室内摆放着一堆干净的毛巾,供一次性使用,擦手后即可丢弃在一个小篮筐里。墙纸就像一幅法国油画,而且屋里散发着芳香,很难看出是卫生间。她用清香的香皂涂抹着双手,然后慢慢冲洗。陶瓷洗手盆刷了亮漆,水龙头闪闪发光。

当她走出卫生间，回到走廊时，屋里空无一人。她四下张望，觉得不会有被发现的危险，于是决定继续探索。再多逛一小会儿吧。她沿着走廊走到宽敞的门厅，地板和柱子全是大理石材质，挑高的屋顶垂悬着一盏光彩熠熠的巨型吊灯。整个空间被两条弧形楼梯包围着，看似通往天国的阶梯。

玛吉踮着脚尖上了楼梯。空气中弥漫着柠檬精油、干净衣服和鲜花的香气。

在楼上，长走廊通向格调高雅的房间，高耸的天花板下是精致高档的床铺和壁炉。在一条走廊的尽头，是一个罗密欧与朱丽叶式的阳台，站在阳台上可以俯视槌球派对，餐饮服务员正端着托盘在场地上忙得不可开交。玛吉的妈妈总是面带微笑，人们——尤其是男人们——会找她拿三明治，并愉快地交谈几句。妈妈用亲手烹调的食物为他人带来愉悦，这是她得心应手的时刻。

玛吉怀着既自豪又向往的心情观望着。为什么有些人能过上这样的生活，而另一些人则做三明治、打扫房子、修剪树篱，让这个世界在前者看来更美好？她知道妈妈会怎么回答这个问题，因为她们有时会谈论到。

"噢，宝贝，"妈妈会说，"每个人都有专属于自己的一片乐土，而且这因人而异。"

然后玛吉会问道："那你的乐土是哪里？"妈妈总会回答："你，宝贝。你是我的幸福源泉。"

我在这里也能很幸福，玛吉想。她又探头看了看几个房间——一间图书馆，一间光线昏暗、摆放了吧台和桌球台的凹室，还有一间家庭健身房。下一个房间装饰成粉红色调。不是糖浆般的粉红色，而是一种有品位的粉色调，墙上贴了点缀着金色斑点的壁纸，地板铺着柔软的长毛地毯，还有一张架有遮蓬、垂下奢华帷帘的床，床上散落着一堆动物毛绒玩具。空气中弥漫着一种奇怪的松树气味。房间里嵌有壁炉,这是一间洒满明媚阳光的向阳房间。

玛吉跪在一张展示桌旁,细细观察着桌上精致的娃娃屋。她已经过了玩洋娃娃的年纪,但这个娃娃屋太梦幻了,细节做得异常精美——屋里有一间豪华舞厅、一间餐厅,甚至还有一个配备了披萨烤箱的美食厨房。一个拿着木铲的小厨师侧身躺着。她伸手把小人扶了起来。

"噢,嘿。"一个声音响起。

她猛地站起来,差点尿了裤子。她瞥了一眼门,思考着她是否应该冲出去。但她太害怕了,吓得动弹不得。

在房间的另一头,一扇开着的窗户旁,两个女孩正看着她。一个是亚裔,另一个是金发白人。她们懒洋洋地躺在豆袋沙发上抽烟,任由烟雾飘出窗外。玛吉用手捂住嘴,然后慢慢地往门口挪动。"啊……对不起,"她的声音从指缝间透出,"我是——我没想……呃,我在找洗手间。"

"才不是,"那个十几岁的金发女孩看起来并不生气,她只是微微一笑,"你在窥探。"

"我没有,"玛吉脱口而出,然后她低头看了看那双磨坏的鞋子。"好吧,我是在偷看。抱歉。"

"没什么,我们不介意。你叫什么名字?"

"玛吉·萨利纳斯。"

"我叫奥特姆,这是我妹妹,塔玛拉。"

"你俩长得不像姐妹。"

名叫塔玛拉的女孩笑了。"观察得真细致。我是领养的,很显然吧。"

"哦,好的。好吧,我得走了。"

"不，留下来吧，"奥特姆坚持说，"这没什么。"她递过一根烟。"抽过烟吗？"

"你说大麻烟吗？没有。"光是想想就够荒谬了，她能去哪儿弄到大麻呢？

"想试试吗？"

她犹豫了一下。"什么感觉？"

"很有意思，"塔玛拉说，"它能让你感觉快乐又滑稽。"

玛吉缓缓靠近她们。这两个调皮的酷女孩对她这么好，她受宠若惊。"好吧，"她说。

奥特姆教她该怎么抽。"你需要吸气，就像你马上要跳进水里一样。然后屏住呼吸。刚开始会觉得有点冲，但你会习惯的。"

玛吉吸入了松树香味的烟雾，然后感觉头几乎要炸裂了。她屏住呼吸，引发一阵猛烈的咳嗽。"我无法相信，你们竟然喜欢这个。"她坦承道。

"你会慢慢习惯的，然后你就懂了。"奥特姆说道。

"得咳几声才能上头。"塔玛拉接着说。

玛吉再试了一次，又一次。几分钟后，一种奇怪的愉悦感涌上来，她笑了。

"是吧？"塔玛拉说，"很酷，对吧？"

"嗯。"玛吉的嘴唇麻木而沉重，嘴里像塞满了看不见的棉花。她不太确定这种愉悦感有何意义，但这个家庭和这座故事书般的城堡让她心驰神往，他们的白人朋友都穿着白色衣服，他们的吃穿用度非常精致，屋子里井井有条。

"那些纹身是真的吗？"她问道，这对姐妹的手腕上有一模一样的纹身，一只用细线描画的飞鸟。

奥特姆点点头。"这是猎鹰，我们是猎鹰姐妹[1]。"

"我们刚纹上的时候，爸妈都要气炸了，"塔玛拉说，"他们威胁要把我们送到军事寄宿学校，"她打了个寒战，然后朝门口看了看，脸色大变。"噢，"她说着，把大麻烟卷和打火机挡在身后，"嘿，米西。"

一个穿着黑裙子和白围裙的女佣朝她们匆匆走来。"别对我说什么噢嘿，"她说，"你们这些孩子赶紧把那东西收起来，丢到屋外。"

"对不起。"奥特姆说。

"还有你，"米西转向玛吉，她现在吓得浑身发抖。"你到底是谁？"

"我……我叫玛吉。"她紧张地尖声回答道。

"好吧，你不属于这里，别跟着这俩捣蛋鬼在这惹麻烦。"她仔细端详着玛吉的脸、头发和围裙上的标志。"你是那个三明治女士的女儿，你不该出现在这儿。"

"我知道，"玛吉承认道，"我很抱歉。"

"不是她的错，"奥特姆说道，"我们喊她跟我们一起玩的。"

"基本上是我们逼她的。"塔玛拉补充说。

"女孩应该懂得说不。别那么傻，听到了吗？你要吸那东西，只会惹上麻烦。"

玛吉面带愧色地站在那儿，感觉自己漂浮在云端。

米西转向福尔肯姐妹。"如果你们家人发现了，知道有什么后果吗？知道吗？"

奥特姆和塔玛拉低头看着地板。"军事寄宿学校。"塔玛拉含糊地说。

---

[1] 这一家庭的姓氏是 Falcon，音译为"福尔肯"，该单词有"猎鹰"之意。——译者注

玛吉对军校了解不多，但听起来就像监狱一样难以忍受。

"发生什么事了？"福尔肯太太大步走进房间。她个子很高，面相凶悍，顶着在美发厅做的发型，戴着看起来货真价实、闪亮夺目的珠宝首饰。她像猎犬一样嗅着空气。"我闻到了大麻的味道。"

奥特姆的脸变得苍白。"妈妈——"

"你们在吸大麻。"

塔玛拉哭了起来。"我们没有，妈妈，我发誓。"

她们的母亲勃然大怒，就像一个女巫在施咒。"你们知道这会给你们父亲造成什么影响吗？对他的名誉，对我们家族的名声？"

姐妹二人看起来很是可怜，于是玛吉脱口而出："是我吸的。"

福尔肯太太转过身来，似乎才刚看见她。她双眼瞪圆，鼻翼张大，显得相当滑稽。"你是……？"

"玛吉·萨利纳斯。您的两个女儿和这件事没有任何关系。"她说这话完全是一时冲动，甚至有种挑衅的意味。这两个陌生女孩似乎被那种命运吓得不轻，她想保护她们，让她们免受伤害。"都是我的错，所以请不要责怪她们。"

这位母亲似乎很乐意相信她的话。她并不想真的把女儿们送走，并因此饱受煎熬。她转过身来面对米西。"好吧，那就没什么可说的了。请送这位……萨利纳斯小姐到门口去。"她说出名字时带着一股怒气。

姐妹俩震惊不已，瞪大眼睛看着玛吉。塔玛拉双手合十，默默做了个感激的手势。

"我肯定，"女仆对玛吉说，"你只会制造麻烦，来吧。"她示意她到门口去，又把她推往大楼梯上去。

玛吉不停伸手去抓扶手，却怎么也够不着。米西就像倒垃圾一样，把玛吉交给她妈妈。"让这孩子别惹麻烦了。"她对妈妈说。

211

母亲瞥了一下玛吉的眼睛。尽管她向女佣道了谢，也道了歉，但玛吉看得出她太阳穴上青筋暴突，非常生气。她几乎从不发脾气，但当她真的生气时，就像热烤箱里的爆炸气浪。

在回家的路上，妈妈狠狠地批评了她一顿。"你知道那对我来说有多糟糕吗？"她质问道，"你到底在想什么？"

玛吉缩进餐车的凹形座椅里，妈妈熟练地点着打火机，给自己点了一支烟。她把车窗调出一条缝，吹出一股灰蓝色的烟雾。"别跟我唠叨抽烟这事，"她抢在玛吉说话之前说道，"至少这是合法的。你在想什么？"她又问了一遍。

"好奇心作怪。我当时在他们家偷看来着，那些女孩就把我叫过去了。"

"然后你就跟她们一起胡闹了。竟然做出这种愚蠢的事，愚蠢得难以置信。"

玛吉抠着自己的指甲。"我不应该这么做。她们真的很好，好像她们想和我成为朋友。"

"你不懂，那些女孩不是你的朋友，她们根本不了解你。如果她们被抓到抽大麻，也没什么大不了的。也许她们会被禁足，不能上骑马课或者去欧洲旅行。但是你呢？如果你被抓了，你会被送去少管所。你知道那是什么吧？改造学校，有穿制服的人专门看守，围墙上都有铁丝网，天知道还有什么。你最终会留有案底，那你的人生就彻底毁了。你想这样吗？"

"不想，妈妈。但她们真的非常非常害怕，而且她们的父亲还是著名的电视布道家。如果她们被抓了，就得去军事寄宿学校。所以我就告诉福尔肯太太，这是我的错。"

"我那个天啊。你为什么要这么做？她们不是你的朋友。"她重复道。

"她们吓坏了,我只是出于保护她们的心态,想都没想就说出口了。"

"太棒了,我女儿是拯救失足少女的圣女贞德。少管所可能会对你有好处。"

玛吉向后一靠,盯着窗外。她不再感到兴奋,只是精疲力竭,口渴难耐。虽然她知道妈妈说得对,做同样事情的孩子们会受到不同的对待,但她不明白为什么一定要这样。"其中一个女儿是收养的。"她说道,试图转移话题。

"是吗?她们告诉你的吗?"

"很明显,"她说道,借用了塔玛拉·福尔肯的说辞,"她是亚裔,而她姐姐是白人。"

"那可能是个幸运的孩子。"妈妈说。

"因为一个富有的家庭收养了她?"

"是啊。"

"如果她继续和原生家庭在一起,而没有生活在有钱的家庭里呢?"

"这个么,可能这根本就不会发生。可能她的亲生母亲当时没有选择。"

玛吉静静地看着窗外。"你当初怀孕时,想过将我送去领养吗?"

"当然想过,我想了所有可能的选择,包括领养和堕胎。亲爱的,我那时才16岁。我父母说我只能靠自己,我男朋友跑得没影了。所以,我权衡了我的选择。老实说,当我意识到自己怀孕时,已经是孕中期了。如果我能早点发现,如果我最开始就察觉到了,我肯定会选择堕胎。但大多数时候,我都很庆幸我没有堕胎,今天除外。"

"今天的事,我很抱歉。"玛吉说道。

"我知道，宝贝。即使在你这样的年纪，在我还是个懵懂的孩子时，我就知道对我们俩来说，最好的选择就是由我来抚养你，并永远爱你。"

"噢，我很高兴你留下了我。"

"你希望我把你交给有钱人抚养，像那个福尔肯家的女孩那样吗？"

玛吉想起那幢漂亮的房子、游泳池、花园和马匹。然后她想起了她和妈妈住在阿罗约的单倍宽移动房屋里[①]，想起妈妈每天早上做三明治的厨房。但她也想起睡前的嬉笑和依偎，想起了在炎炎夏日伴着"穿越得克萨斯的华尔兹"起舞，想起了在巴顿温泉跳入冰冷清澈的水中，想起了她多么喜欢母亲的笑声，她无法想象另一种生活。

"不，"她说，想起豪宅里的女孩，"我想那两姐妹似乎并不比其他孩子更快乐或更悲伤。而且他们的妈妈很可怕。"

"你个小老太婆，跷跷板玛格丽·道[②]。很高兴你能当我的女儿。"

"我也是，"玛吉说道，"我很抱歉抽大麻了。"

"我只是庆幸没惹出什么大麻烦，最好别有下一次了。"

那件事以后不久，德尔就像电视上的客串明星一样走进了他们的生活，大摇大摆地登堂入室。玛吉已经习惯了男人们都想和她妈妈约会，她是那么漂亮。但她太挑剔了，没有一段感情能维持长久。

但德尔不一样，或者说，至少他表现得不一样。他像对待女王一样对待妈妈。他开着一辆啤酒卡车，给餐馆运送桶装啤酒，但后

[①] 移动房屋（又称拖车式房屋）一般在安置后会永久或长时间居住。这类房屋分为两种标准尺寸，其中单倍宽（singlewide）一般宽度约5.5米，长度约27米。——译者注

[②] 《跷跷板玛格丽·道》（*Seesaw Margery Daw*）是一首经典英语童谣，出自《鹅妈妈童谣》（*Mother Goose's Melody*）。——译者注

来他背部受伤,落下残疾,就没再工作了。

他们搬进了阿罗约一个更大的双倍宽[①]屋子里。房子多了一个浴室,但仍然在阿罗约。德尔说,他不想让玛吉和她的朋友们分开,也不想让她在高中半途转学。他承诺过,在她毕业后,他们会有自己的房子。他过去承诺过很多事情。

・・・

玛吉从回忆中抽离出来,透过宝克力挡板凝视着特鲁利·斯通。"我妈妈生下我时还很年轻,"她讲述完大麻的故事后解释道,"她说这完全是一场意外,她甚至都不知道自己怀孕了,直到为时已晚,无法补救。"这是让玛吉心烦意乱的地方。如果她母亲早点意识到,如果她终止怀孕,这一切都不会发生。玛吉不会出现,她不会在这里,吉米·亨特也会活着,世界依然照常运转。

特鲁利没说话,而是饶有兴趣地端详着她。

"我发誓,"玛吉说,"这是我做过的唯一一件违法的事。你看我的眼神好像我是个罪犯似的。"

"不,不是那样的。只是……你想过当母亲吗?"

"你想过吗?"

"只是抽象地思考过。"特鲁利坦承。

"我一直觉得我会有个孩子,但不是像现在这样一团糟。"玛吉既对怀孕这事充满好奇,同时对于要生下吉米·亨特的孩子感到恐惧和厌恶,这种复杂的感觉撕扯着她。她叹了口气。"我每天都想念着妈妈,她是我最好的朋友。我刚成长到可以穿她衣服的年纪,她

[①] 移动房屋的标准尺寸之一,双倍宽一般宽度约6.1米,长度约27米。——译者注

就离世了。人们常说我们长得像姐妹,不过我也不确定。她真的很漂亮。"

"你确实长得很像她。你非常漂亮,跟她一样。"

"什么?你怎么知道我长得像她?"

"报纸上有一篇文章并排刊登了你和你母亲的照片。"

"文章?什么文章?"

"哦,我的天哪。我猜你在这里是看不到的。"

"事情发生后,我看过一些东西。但……文章?"

"这件事成了新闻。甚至连《得克萨斯月刊》也报道了。我还关注了一个博客,叫'孤星正义'。"

"那是巴克利·德威特的博客。"

"你认识他?"

"算是朋友吧,我想。"听说他一直在写关于她的文章,这让她很震惊。作为一个朋友,她想知道,他也认为她是一个杀人犯吗?

"报纸和网上的报道都没说什么好听的话。"特鲁利吹破了一个泡泡,"这是意料之中的。这家人不愿相信他们的小金童是个强奸犯。我想他们是想通过煽动公众情绪,来推动地方检察官立案。"

一想到文章和照片在广泛传播,玛吉就起鸡皮疙瘩。她无法忍受人们对那晚的事情肆意猜测,妄下结论,把她往最坏的方面想。

"我很抱歉,真希望我什么都没说。我以为你知道,还以为你的律师会随时给你同步最新情况。"

"他几乎不跟我说话,也算不上我的律师。听起来,他们已经在报纸上给我定罪了。这是合理的吗?"

"不合理。我看看能不能找人帮忙,让你和律师沟通得更顺畅。在你的手术得到批准之前,我不会撒手不管的。"

"拜托你了。"玛吉说,试图紧握住一线希望。

"我会看看我能做些什么。"特鲁利说。

. . .

每一天的等待都漫长到没有尽头，焦虑和恐惧加剧了这种煎熬。玛吉幻想着自己来例假，她寄希望于意念，期待奇迹发生。她仔细琢磨着她在厨房和囚区里听到的疗法和手术，比如吃木瓜、肉桂，或者跳绳跳到精疲力竭。有时她觉得自己疯了，但又不确定疯是什么感觉。

她妈妈猝死那天，她疯过一次。她看到德尔把卡车停在车道上，然后下车跑到门廊，他彻底崩溃了。但那并不是疯了，那是悲痛欲绝。她知道悲痛欲绝是什么感觉，就是她妈妈咽下最后一口气后，她还得努力呼吸。

现在她开始觉得自己确切地体会到了疯的感觉：她的心怦怦直跳，感觉要从胸口里蹦出来。肺部充斥着恐惧，无法呼吸。她双手发麻，坐立不安，想拔腿狂奔，但在这个地方无处可逃。厨房的工作是意外的惊喜，因为能让她有事可做。即使是洗碗这种最低级的工作，也能让她暂时分神。但是工作只能持续几个小时。其余的时间里，她依然焦虑不安。

玛吉讨厌流逝的每一分钟，因为每过一分钟，她怀孕这件事就变得越发真实。她总是想吐，被恶心和恐慌这对孪生魔鬼所折磨。她每五分钟就得尿一次，胸部会有奇怪的胀痛感。

她经常读书，自学西班牙语，在囚区和厨房里和其他女人练习。她把自己的想法写在从祷告小组拿来的白纸上。后来，她开始写下自己的食谱，有的是她自创的，有的是借鉴母亲的。

母亲去世后，玛吉最大的宝藏就是那本厚厚的、杂乱无章的笔记本，里面塞满了从旧书、杂志上摘录下来的食谱，有的则是朋友们传给她妈妈的。她妈妈的手写便条一直让她难以忘怀。"温度过高，味道太浓"，她在一张从《南方生活》杂志剪贴下来的食谱旁写到。在一份蜂蜜黄油饼干夹鸡肉的菜谱旁，她草草备注下"庆祝亚当的 12 岁生日"。亚当是谁？他是什么时候满 12 岁的？

某一份食谱上夹了书签，书签是一组在照片亭拍的黑白照片。每个镜头都是玛吉和她妈妈在做鬼脸。拍照片的那天，是玛吉记忆中最美好的一天。那天妈妈载着她去了科珀斯克里斯蒂海滩，她生平第一次看见大海。

这个食谱笔记本让玛吉对母亲的想法略知一二，但现在她根本没有机会问她问题或深入挖掘。

她一直都想将食谱誊写下来，将它们整理得更有条理。现在她不知道她的私人物品去了哪里，也不清楚那个已经成为犯罪现场的房子里其他物品的影踪。她希望笔记本还安然躺在厨房柜台上方的架子上。

她试着根据记忆重新编写食谱，还自创了其他方子。美国各地有不同风味的烧烤。她从来没有去过别的地方，但她经常去海登县免费图书馆借阅图书。尽管酱汁是由糖和盐这两种基本调味料调制成的，但是却有无穷无尽的酱汁种类。在堪萨斯城，当地的烧烤以浓郁风味的酱汁而闻名，酱汁基底是浓稠的番茄汁。在南卡罗来纳州，有一个名为低地的地区——她不知道为什么叫低地——当地人喜欢吃一种淡黄色的芥末酱。而在得州，人们则嗜辣——墨西哥辣椒、塞拉诺高山椒、甚至火辣的魔鬼辣椒——就是这些味道浓烈可口的辣椒，让库比餐厅的店员匆匆忙忙赶去采购扎啤和加仑装的甜茶。

在休息室里，玛吉发现了一本旅游杂志，杂志上印有一幅美国地图，展示了每个城市的标志性食物。她希望能游览每一个地方，哪怕是像密尔沃基、安娜堡、佛蒙特和蒙大拿这样寒冷的地方。不过，她最向往的目的地是加利福尼亚州的旧金山。当然，她从未亲眼见过这个地方。但她知道，她会爱上这座著名的城市，那里有缆车、酸面包、彩绘建筑、山丘和桥梁，还有侵蚀着海岸线的太平洋。

在玛吉的成长过程中，学校组织去过得州首府奥斯汀，这对她来说可是件大事。妈妈喜欢带她逛"希望户外画廊"，在那里无需花费就可以欣赏艺术品。有一次，她们在黄昏时分进城，站在蝙蝠桥[①]上，惊恐而好奇地看着成千上万只蝙蝠展翅冲上橘色的天空。每年四月，她妈妈都会抽出一个完整的星期天，驱车到乡下看蓝帽花。她们都深深沉醉于大片深靛蓝色的花海中。

有时她俩独处的时候，她们会谈论起想去的远方——坎昆和科苏梅尔，来自墨西哥湾的海浪起起落落，拍打在绵延数里的沙滩上。还有落基山脉、大苏尔、俄勒冈海岸、南北卡罗来纳州，甚至新英格兰。一切听起来都远在天边，但玛吉一直相信，她们终有一天会亲眼看见这些远方。

在监狱里痛苦的等待中，她开始担心这会不会沦为奢望。

[①] 指奥斯汀的国会大道桥，临近黄昏时可在此桥上观看成群的蝙蝠飞出觅食。——译者注

十六

"有个好消息,"特鲁利·斯通在电话里告诉她,"手术预约在下周一。"

"谢天谢地。"玛吉瘫倒在电话机旁的墙上。她最近被焦虑折磨得筋疲力尽,而且总是觉得恶心,不仅早上难受,连每顿饭后也会反胃。情感上的内耗也让人疲惫不堪。惨遭强暴、事后创伤,加上身而为人的权利屡受侵犯,她整天心绪不宁,噩梦缠扰。"那费用……"

"基金会将支付所有费用。"

"哇,真的……真的很感谢。"玛吉满怀感激,但仍有心结。在她体内分裂繁殖的细胞并没有伤害到一个灵魂,但它的存在本身就是所能想象到的最大伤害。天哪,她想,这件事越早结束越好。"你去过我家了吗?看到我的猫了吗?"

"去过,我们帮你续租了一个月。但是没有看见猫,很抱歉。我把好几种食物留在外面了。"

"谢谢你尽力帮忙。"玛吉如释重负,长吁了一口气。周一过后,一切就结束了。她将摆脱吉米·亨特和他暴力侵害的影响,摆脱县监狱系统对她权利的侵犯。她比过去几周都更心存希望,当天晚些时候兰德里·耶茨来见她时,她甚至露出了微笑。

"我希望你有好消息要告诉我。比如,大陪审团早些时候开会了,没有起诉我。"

他在椅子上挪了挪,调整眼镜。他把公文包放在桌子上,拿出一些文件,此时手机响了。"关于你周一狱外就医的事。"

玛吉感到胃里翻涌起一阵忧虑。"怎么了?"

"推迟了。接到了临时限制令。"

"这到底是什么意思?"

"是为了阻止你终止妊娠。"

本能的忧虑似乎像冰一样凝固了。"什么?谁——"

"那个家族,亨特家族。"兰德里说,"限制令申请是以他们的名义提交的。"

"好吧,我希望你能告诉他们,我受宪法保护的个人决定与他们没半点关系。"

"事情没那么简单。为了举行听证会,手术将被推迟。"

"听证会?关于我个人身体的个人健康决定?让我猜猜。法官是他们乡村俱乐部里的狐朋狗友,是吧?"

兰德里的手机又震动起来。"我不好说。"

"这次听证会的目的究竟是什么?我一定要出席吗?我有发言权吗?"

"目的是为未出生的孩子指定一名监护人。"

"什么?"她简直不敢相信自己的耳朵。

"法律文件声称,未出生的孩子有权被指定一名监护人。"

玛吉感觉头昏脑胀,她没有接受过法律方面的教育,但她一直如饥似渴地阅读,连她也能看出这种情况显然是荒谬的。"亨特家族到底是怎么得知这件事的?"

"他们是亨特家族,消息灵通。"

221

"那他们也不能限制我选择堕胎的权利。"

"你有权利对限制令提出异议。然而,有一些法律准则是需要遵循的。你现在可以提出紧急申诉——"

"很好,那就提,赶紧提。"

"你得找个律师。"

"你是什么,无关紧要的透明人吗?"

"我以前告诉过你,我是你刑事案件的公共辩护人,而这是另一个案子。你需要雇一个私人执业律师来处理这个问题,因为这不属于我为你辩护的范畴。"

"我请不起私人律师。"

"你可以在没有律师的情况下对这个限制令提出质疑。不过,这将是一场硬仗。"

"什么,难道现在不是一场硬仗吗?被关押?被漠视?被欺骗?成天担心我的猫?被强暴而后怀孕?你以为提个破申诉比这些事情更有挑战性吗?"

他还算知趣,脸上因愧疚而通红。"我很抱歉。"

"那就帮帮我,兰德里。告诉我该怎么做。"

他深吸了一口气,轻轻摇了摇头。"我在这个县里得维持长期的关系。我的工作是在刑事案件中为你辩护。"

"我请求你,不要将这当成一项工作,我请求你做这件事,是因为这事是正确的。没有人,包括亨特家族,能强迫我违背自己的意愿把孩子生下来。这是……残忍野蛮的。就像……《使女的故事》的情节。"她觉得自己和刚进监狱时那个茫然失措、精神受创的女孩不一样了。亨特家族在到处耍疯,但他们也使得她的正义感和自信心越发增强。"这么说吧,我知道为我辩护是你的工作。但是,帮助我对抗这狗屁限制令是……作为一个深谙法律是如何运作的人,这是你的责任。"

他又转移视线,然后看向她。"这不是我做事的方式。"

在那一刻,从他微微眯起的眼睛和紧抿的嘴唇中,她终于明白了。得知真相后,她感觉自己像重重挨了一拳。"噢,天啊,"她低声说,"噢,我的天啊。在你看来,一个女人不该有权做出个人健康决策。"

兰德里什么也没说,也不用说。她感到一种精疲力竭的挫败感。"我猜,连你也觉得我是谋杀犯。你认为我谋杀了吉米·亨特。"

"这不由我来决定,"他说,"我给你做辩护,这是你的宪法权利。"

"你知道我还有什么宪法权利吗?堕胎。你无权决定我能拥有什么权利。"她直视着他的眼睛,希望自己的目光如钢铁般寒光闪闪。"我怀孕了,因为一个怪物袭击了我。现阶段做手术安全简单,但我所剩的时间不多了。如果你任由他们逼迫我一直拖到最后,那该怎么办?结果会是怎样,兰德里?你告诉我。我会在监狱里被迫生下一个强奸犯的孩子吗?"

"当然不会,你会被转移到医院。"

"噢,对哦。我得自己支付交通和安保费用——你明知我负担不起。我会被铐在病床上吗?那孩子怎么办?孩子也会被拷起来吗?我是把他带回监狱?在监狱里抚养强奸犯的孩子吗?"

"亨特家族坚持维护孩子父亲的权益。"他指了指桌上的文件。

"他们……什么?太荒唐了。父亲是不存在的。现在连活生生的婴儿都没影呢。"

"亨特夫妇已经承诺要取得孩子的抚养权——"

"我的天啊。你知道自己在说什么吗?你想让我像一匹传种母马一样孕育这个孩子,然后将他拱手送人,交由他们抚育成第二个吉

223

米。一个酗酒、暴力的强奸犯——"

"我没想让你干嘛,"兰德里说,"我只是来通知你临时限制令的事。"

"临时是多久?我还有多长时间?"

他的指尖在文件上敲击着。他手机又震动起来。她知道自己陷入困局了,不仅仅是堕胎手术,还有她的辩护。兰德里有太多的案子要处理,却没有足够的资源。他不相信她,他认为女性不应该拥有权利,他主张控制女性,他不会为她而战。她只是一个他要承担的义务。

她怒视着他,请求警卫来接她。

...

"我不知道该说什么。"当玛吉惊慌失措地打电话给特鲁利时,特鲁利听起来困惑不解。"这对你而言,的确是可怕的两难境地。我已经给各种渠道打了上百个电话,希望这件事能及时解决。"

时间是敌人。每一分钟过得拖沓而漫长,但日子却飞逝而过。根据她读过的有关强暴创伤的书,玛吉知道她没有疯,而是患有创伤后应激障碍。她已经深受恐惧和忧虑的折磨,现在她的生活又飞来横祸。手术的延误给她带来了极大的情绪困扰,而且她还面临着与日俱增的医疗风险。逼迫女性怀孕并生下强奸犯的孩子,并在未来充满变数的情形下将其抚养成人,已有充分证据证实这对女性心理健康将产生什么预期后果。有可能,她最终还是会疯掉。

她觉得自己等不了多久了。

特鲁利联系到倡导团体、女性健康中心和法律援助志愿者。客观地看,限制令是不合理的,应该被驳回,这一点无人质疑。

但驳回的过程需要时间,而玛吉没有时间。

最终,一位名叫哈利·布鲁克斯的法律援助实习生获准探视她。他和特鲁利一样,年轻而真诚。这是一丝微光。他准确仔细地援引判例法,证明女性享受明确的法律权利,能做出个人健康决策,即使在监狱里的女性也是如此。这让她振奋起来。

但是,她得递交书面请求,对限制令提出质疑。这就关乎到正确填写文件,并以适当的方式及时提交。

他们面临的障碍似乎是由这个腐败的体系精心设计的。他们会在日程表上安排一场听证会,然后突然变更时间。所有事情都被往后拖延。他们只能完全听任于法庭计划调度员的摆布。这位调度员名为克伦·卡斯特罗,她恰好是副警长贝尔·菲尔茨的好朋友,而这名副警长的婚前姓正是亨特。所有事都回到亨特家族这个圆心。

哈利提交了两份紧急申诉,其中一份直接递交到州最高法院。上诉法院拒绝立即采取行动。

"我们暂定在四周内能与上诉法庭法官见面。"他告诉她。

她拒绝了。"我们不能——我不能等那么久。他们是听不懂'紧急申诉'这四个字吗?"

"这是他们能给出的最早期限了。"

"不行。那会儿我就进入孕中期了。你明白这意味着什么,对吧?"她感到自己脸上变得煞白。终止妊娠的时间越晚,就意味着她会面临越高的并发症风险,需要受制于更多规定和条件,关于未来情形的噩梦也会持续侵扰她。

她越发清醒地意识到,胎儿成活的可能性越来越大。它不再是一团细胞,而是一个独立的人。

"我强调了这是紧急情况。"她还没来得及问,他就告诉她。

玛吉辗转反侧,夜夜如此。她恶心作呕,体重下降。当她躺在薄薄的床垫上,盯着坑坑洼洼的天花板时,她会反复思索伦弗洛太太给她的说明性读物。她想到细胞分化和肢芽,想到她体内的一簇细胞正全面掌控她的身体。

然后她就会琢磨一半的基因来自吉米·亨特。他是大学生、明星运动员、县里首富的儿子、强奸犯。

一天晚上,她从断断续续的睡眠中醒来,试着平躺着,做伦弗洛太太教她的呼吸练习,这可能有助于缓解她的焦虑。她躺在床上,吸气,二,三,四,屏住呼吸,二,三,四……在那一刻,她感觉到……某种东西。一阵涟漪,但不是由焦虑引起的,天知道,她很熟悉焦虑感。而是……其他东西引发的涟漪,在她体内的某种东西。一个他者。

虽然她逃避这种感觉,逃避它所暗指的事实,她的内心并没有平静下来。她脑子里一直冒出疑问:如果呢?如果她什么都不做,弃械投降,放弃个人权利,那她将会迎来一个重大的人生改变——生下一个强奸犯的孩子。她的思想、身体和灵魂都将因此发生永恒的改变,因为她将忍受数月的非自愿怀孕,而这种折磨,如果她仍有选择的话,是绝对不需要忍受的。

如果亨特家族得逞了,那么几个月后,一个婴儿就会诞生。而她还在监狱里等待审判。吉米的家人会提出争夺这个孩子的抚养权。除非她采取极端的措施。

• • •

第二天,玛吉填了一张前往医务室的紧急申请表单。由于失眠,她眼窝凹陷,因焦虑和身体不适而憔悴枯瘦,因此获准立即就医。到目前为止,似乎没有人注意到她只在伦弗洛太太值班时才去医务室。她是唯一真正理解玛吉的人,她的同情似乎是真挚的。

伦弗洛太太试图向管理部门寻求更多的医疗服务,但她一无所获。"这证明了亨特夫妇并不关心胎儿,"玛吉说,"如果他们真的关心,他们会确保我身体健康。他们真正想做的只是复仇。"

伦弗洛太太耸了耸肩。"我在做详细的记录,玛吉,"她身体前倾,以防被警卫听见,"现在发生的事情可能是违法的。我会妥善保管这些记录,以备你需要的时候能用上。"

寻求正义的想法似乎遥不可及,但护士的善意使玛吉热泪盈眶。"这怎么可能是我的生活?"她挥动手臂做了个手势,"我真的觉得太无助了,感觉深陷泥潭。他们故意拖延时间,让我彻底错过终止妊娠的窗口期。"

"看起来是这样的,嗯。"

"早些时候,这还是个很容易做的决定。现在……变得越来越复杂了。"玛吉用指关节抵着下唇,"昨晚,我躺在床上,我想我感觉到了什么。"

"感觉到什么?"

她把手放在腿上。"动了一下,更像是……颤动。"

"你是感觉到婴儿在动吗?"

玛吉耸了耸肩。"我想,应该是的。"

"这个阶段还早,所以可能只是消化不良,可能是气体。这很常见。"

"这次感觉不一样。当时我平躺着,感觉到了。"

"好吧,你真的太瘦了。而且有两个可能的受孕日期。"

她在膝上搓着双手。"所以……嗯……当我第一次意识到自己怀孕时,我很清楚自己要做什么。为了我自己。简单明确,没有半点犹疑。我知道这是一个正确的决定,毋庸置疑。"

"你之前和我说得很明白,而且法律支持你的决定。"伦弗洛太太测了玛吉的血压。"现在你的想法是?"

"我,不,想,怀孕。"玛吉一字一顿地说着,无比渴望这个愿望能实现。她垂下眼睛盯着地板。"我不能凭一己之力摆脱它,现在我明白到,为什么很多女性自始至终都力图终止违背她们意愿的妊娠。"

"噢,玛吉,我很抱歉。"

"他们让我等了太久,久到我满脑子想的是我无法阻止时间的流逝。一开始我会想,'我必须这么做',现在则变为'我做得到吗'?"

"你在想什么?"

"我在想,如果他们把我拖得太久,我最后不得不生下这个孩子,会发生什么?"

"你想生这个孩子吗?"

"天哪,不,现在不想。再说,吉米·亨特的孩子?想都别想。我明白,孩子的父亲是个残暴的怪物,这不是孩子的错,但我是知道实情的。我每天都得背负着这个实情。"

伦弗洛太太用耳温枪测了下她的体温。"唔。"

玛吉听出了她声音里的不置可否。当护士想表现出自己在聆听,但又不想透露她的想法时,就会用这种语气。

"我很害怕,"玛吉说,"但我也不傻。我知道他们让我等待的时间越长,发生并发症的风险就越高。但是,被逼着生孩子的风险更高,对吧?"

"只要照顾得当,这两种情况下的风险都能降到最低。"

"照顾得当,在这个地方?"玛吉深吸一口气,鼓起勇气问了个问题:"如果一个囚犯生下孩子,之后会发生什么?我是说……如果。"

"孩子会和妈妈一起生活至少18个月。然后孩子会被送到亲戚或养父母那里，直到母亲被释放出狱。"

玛吉没有亲戚。那就只能送到养父母那了。她可以选择养父母吗？奎因和库比？或者教堂里的朋友？"如果母亲需要很久才刑满出狱呢？"

伦弗洛太太移开视线，检查起推车里的物件。"母亲被监禁时，孩子可以像其他人一样来探访。"

玛吉试着想象出可能的场景。一个小孩，被大人拽着进了探视室，面对宝克力挡板背后的陌生人，孩子来回扭动，畏缩不前。那不是一个孩子该过的生活。"我在其他犯人那见过这样的场景，"她说，"那些都是想要孩子的女性，简直是噩梦。"

"对不起，玛吉。这与你的理想状态相去甚远。孩子的适应力是很强的。"

"他们本不需要适应。他们本该当个孩子。"玛吉看着血压计袖带放气，指针在表盘上回落。

她颤抖着深吸一口气，声音平和而响亮，问道："如果把孩子送给别人收养呢？"

这个念头是在夜里冒出的，像一个鬼鬼祟祟的入侵者一样在她的脑海里打转。她记得，很久以前遇到过一个叫塔玛拉·福尔肯的女孩，她被一个家境殷实的家庭收养了，生活美好得如同居住在尖塔上的公主。

"你是说你能考虑收养吗？"伦弗洛太太语气平静地问道。

"其他选择都在考虑范围内，就是没有我需要的。"玛吉说着，抹了抹眼泪。"我不知道了。放弃孩子，将他送给别人收养，这是为数不多的选择之一，对吧？"

"有可能，"护士同意道，"只是你得知道，现在人们更常用的说法是将孩子'安置'到领养家庭,而不是'放弃'。"

"我也不喜欢'放弃'这个说法。但我害怕时间消耗殆尽,最终只能生下我不想要的孩子。"

"亨特家族提出过抚养孩子。"伦弗洛太太提醒她。

"不行,我的天啊,绝对不行。哪怕是一只疯狗我都不会给他们家养。他们已经养育出一头怪物了,我为什么要再给他们一次机会?不,绝不。"一个可怕的念头向她袭来。"该死,他们会把孩子从我身边夺走吗?"

"如果将孩子送去领养,亨特家族再来争夺就是违法的。作为孩子的亲生母亲,你有绝对的选择权。"

"作为一个人,当我被强奸时,我也有绝对的权利保护自己,但我还是被关在这里。"玛吉指出,"抱歉,我不会相信这个体系里的任何事情。"

"我们一步步来解决问题。我理解的是,你正在考虑堕胎以外的其他选择,对吗?"

"我……不是。也可能是。天知道,这不是我的第一选择,但是不断的拖延将我逼到这一步。如果我真的要这么做,如果我真的想走领养程序,我得确保亨特家族永远不会靠近我的孩子半步。我会寻找一个跟他们毫无干系的陌生家庭,他们能给孩子幸福美好的生活,让孩子无须忍受他父亲在强奸他母亲时被枪杀的这种事实。"

玛吉对自己的这番话大为震惊,有种第一次从陌生人口中听到这些话的感觉。她默不作声,思考着实际会发生的场景——忍受非意愿妊娠,分娩,将婴儿交给别人。这是什么感觉?她颤抖着,一圈圈地转动着手腕上的囚犯腕带。

"玛吉,你确定要了解这个选择吗?"伦弗洛太太提示道,"因为一旦临时限制令解除,你仍然有权终止妊娠。"

"见鬼,不,我什么都不确定。如果现在有机会做流产手术,我一定会欣然接受。但是我……再拖下去,时机很快就会错过了,你知道吗?"

"如果你愿意,我可以联系社会服务机构,给你提供有关收养程序的信息。"

"好吧,好的。我不是说这是我的选择,但我也不能说这不是我的选择。照现在的情况,我的希望越发渺茫了。我需要一个该死的备选计划。"

17

让别人关注到自己要考虑收养，比为她没有犯下的罪行伸张正义要容易得多。第二天，一位社工就出现了，给她解释私人收养的流程，并提出为玛吉联系收养服务机构。原来，很多家庭都在等着收养一个新生儿。可供挑选的机构令她眼花缭乱。大多数机构都是由律师运营的，因为显然，给某人生孩子这事得走很复杂的法律程序。

浏览着这些信息，玛吉感到一种微妙的变化。作为一个被强暴怀孕、关进监牢的年轻孕妇，她只能任由体系摆布。然而，因为很可能成为未来孩子的亲生母亲，她掌握着整个领养家庭的命运，可操控巨大的权力。这让她始料未及。突然间，她成了某些人内心最深处的渴望。

"一直以来都是我在求着见律师，"她对社工说，"还遭人冷落和漠视。看来是没找准对路的方法。"

"好吧，我们先说清楚。这些不是刑事辩护律师，除了领养这件事，他们不能代表你处理其他案子。他们只专注于统筹这次合法的私人收养事宜。"

"我理解，"玛吉说，"我当然知道不能拿这个孩子当作换取律师服务的筹码。"

她获得了特殊许可，能与候选的收养专家开长时间的电话会议。其中一位是一个脾气火爆的男人，他警告她，如果她堕胎，她会在地狱里被活活烧死。他还反对非基督教徒和同性伴侣收养孩子。她迫不及待地挂断他的电话，不能让那样的男人为孩子选择父母。

另一名律师声称她的成功率很高，但她没有提供任何证明。她似乎心不在焉，与玛吉沟通时，貌似还在电脑前工作。她总是把所有的问题都推给同事，而她的同事又不能加入电话会议。她最喜欢说的一句话是："我会让人帮你查一下。"玛吉对她没什么好印象。她想找一个已经知道问题答案的人，她需要建立起足够充分的信任。她对这个决定仍犹豫不决。如果限制令能及时解除，终止妊娠的可能性仍然存在。

最后，她和玛克辛·梅科姆律师谈话了。玛克辛既是一名律师，也是一名收养协调员。她成功协调的收养记录在全州位列前茅，且有经认证的证明材料。在整个通话过程中，她始终倾听着，不妄加评论和指责，而且给出了清晰的、有把握的答案。当玛吉提到她仍有可能选择堕胎时，玛克辛说她支持女性有权做出自己的医疗决定，实际上她也积极参与到计划生育帮扶协会的活动中。她并没有催着玛吉仓促行事，没有施以压力，也没有逼迫玛吉给出答复。

在经过漫长的几周之后，玛吉确定了收养协调员，随后流程进展之快令她惊讶。当天晚上，梅科姆女士就亲自来见她。她把一头浓密的银发高高梳起，戴着环形耳环，看上去有点像玛吉妈妈最喜欢的州长安·理查兹。妈妈过去把州长的签名照片贴在冰箱上。梅科姆女士似乎一点也不反感玛吉的囚服和手铐，也不厌恶她讲述的强奸和枪击事件。虽然她们得在一个阴暗无窗、有警卫看守的会议室里见面，她也毫无怨言。

"我的天啊，"梅科姆女士说，"你太瘦弱了。你现在感觉如何，亲爱的?"

"糟透了。一半是恶心,另一半是焦虑。"

"听到你这么说,我很难过。你经历了这一切,真让人心疼。肯定事事不顺心吧。"

"有时候我甚至不敢相信这是我的生活。我是个服务员,我做烧烤酱汁,照顾我的猫。然后就到这里来了。我已经想尽办法寻求出路了,我读了所有我能找到的书,阿米加基金会也在帮助我。但我仍然被困在监狱里,别无选择。我感觉像活在地狱里。"

"你知道温斯顿·丘吉尔有句名言吗?'如果你身陷地狱,那么就继续前行。'"

玛吉摆弄着手铐。"我只是想说,我还没有百分百下定决心。在我做决定之前,我想先深入了解这个流程。"

"你应该充分考虑所有的选择。我保证,一定会有解决办法的,"玛克辛说道,"我是来帮忙的,但最终,你会做出对自己最有利的选择。"

"你能把我从监狱里救出来吗?"玛吉知道答案,但还是问了。

"我不是那种律师。但是……"玛克辛停顿了,目光移开了一会儿。

"但是什么?"

"我唯一的关注点是确保收养流程安全合法,为妈妈和孩子创造最好的结果。现在,我们来谈谈你的问题和担忧。"

玛吉递给她一些折了角的纸张。"他们给了我一支铅笔,但纸需要在小卖部里花钱买。所以我就把问题写在祈祷小组发的便条纸上。"

"我会确保你的囚犯账户里有足够的钱来买纸。"玛克辛说。

"……谢谢。"玛吉感到很诧异,一阵情绪突然迸发。自从奎因探访以来,再没有人愿意给她提供任何东西,哪怕是像纸这样不起眼的东西。她的情绪就像站在一个无法控制的滑板上滑行，迅速变化，最终失去控制。伦弗洛太太说这可能怀孕后荷尔蒙变化引起的。

吉米·亨特还能引发她情绪上的波动，玛吉对此厌恶至极。

"不如我先介绍整个过程是如何运作的，如果你决定选择收养的话。"玛克辛拿出一份大活页挂图来展示过程步骤。"目前最迫切的是需要帮你找到最好的产前护理。"

玛吉凝视着挂图上的照片，照片里展示的是，在一个豪华的医疗套间里，医生和护士陪着一个面容和善的年轻女人。她想起了她之前去过的诊所，诊所面向低收入人群开放，灯光明亮刺眼，布置着塑料家具，工作人员忙碌急躁。"看起来像五星级酒店。"

"整个流程里牵涉到的各方都承担着高风险，所以我们会为你挑选一支专属护理团队。"

"他们要把一个护理团队送进监狱里？"

"我们会制订一个时间表，定期带你去复诊。"

"他们有没有告诉你，配备一支护送我外出的安保队伍需要花多少钱？"

"你不需要付一分钱。常规流程是，领养家庭会承担在你分娩之前、期间和之后的所有医疗费用。交通费用、安保措施、咨询服务和个人护理都属于我这边协调安排的事宜。虽然不是必需的，但可能还会有其他方面的生活补贴。"

"等一下。咨询服务？个人护理？"

"这些是所有孕妈妈们的基本需求。孕妈妈能得到充足坚实的支持，才能保证孩子成功安置到领养家庭，这是公认的事实。"

"而监狱管理人员对此没有意见。"

玛克辛快速点点头。"一旦你选择了一个家庭，你会和养父母签订法律合同，你需要做很多决定。例如，在孩子出生前，你可以决定领养家庭的干预程度,而安置孩子后,也可以选择与养父母保持何种程度的联系。孩子出生后,你要签署一份终止亲权的最终协议,紧接而来的是等待期和家访,最后养父母将取得完全的监护权。"

"然后呢?我当作什么事都没发生,就这样一走了之?你猜怎么着,我无法一走了之,"玛吉打了个寒战,"我只能在囚区那边的院子里绕圈走。"在生下孩子并将他拱手让给他人后,她还会受困在这里,等待审判,这真是难以置信。

"我想,你会发现,事情并不像你预想的那样,"玛克辛说,"你做不到一走了之,我遇到的所有妈妈都做不到。你也无法忘却,这将是你身上发生过的一件大事,你人生中的一件大事。它会塑造你,永远成为你的一部分。这就是为什么过程中会安排咨询服务和自我关怀的环节。"

玛吉低头看着双腿,用拇指摩擦着手铐的边缘。

"其实,这并不意味着它会拖累你的整个未来,"玛克辛说,"恰恰相反。你可以继续你的生活,知道自己为另一个人做了一件无私有爱的事情。"

监狱里没有秘密。囚犯之间窃窃私语,打手势暗示,流言蜚语通过无形的网络传播开来。玛吉考虑领养的消息在囚区里传开后,她的选择就成了囚犯和工作人员热议的话题。其他女孩从旁观者的角度提出她们的建议。不管是出于无聊还是真正的同情,玛吉的狱友们都积极参与到这个过程中。选这家,选那家。你得选一户富裕的人家。选一户有其他孩子的家庭。选一对只想领养一个孩子的夫妇。选一个知道不该和男人扯上关系的单身妈妈。家里得养狗,得养马,得给孩子储备了有保障的大学教育资金。做好父母离婚或丧偶的计划。大家众说纷纭。

玛吉被这些喋喋不休的建议弄得心烦意乱。熄灯后,她静静地躺着，屏蔽掉所有噪音，全然专注于她面临的选择。她在脑子里反复琢磨着她那些有限的选择。她仍然希望自己能堕胎，重新掌控自己的身体。她想象自己在监狱里成为母亲，不仅为自己心碎不已，还为一个18个月后被迫与母亲分离的孩子而难过。她幻想着赢得自由，永远离开得州。她可以去佛蒙特州做以枫糖浆为基底的酱汁，也可以去西雅图、旧金山或丹佛。

但随着时间一天天过去，自由似乎越来越不可能了。

然而现在，她突然得到了比以往任何时候都多的支持——她的身边多了领养律师、监狱社会工作者和另一名社工。监狱管理人员还会指定一名调解员。玛克辛肯定口才了得，因为她凭着三寸之舌就给自己争取到了额外的探视时间，甚至还被允许带笔记本电脑。玛吉面临一堆眼花缭乱的选择，在严格的监视下，她能查看候选家庭的简介材料和视频。这些全是渴望拥有孩子的家庭。她聆听着他们诉说希望和梦想，看到他们流露出爱和绝望。她研究他们的照片，读他们写的信，试着想象出他们的日常生活。这些陌生人由衷地分享着自己的故事和视频，时而感人，时而心碎，呈现出他们的生活碎片。玛吉观察到，他们在自己温馨的家里放松娱乐，并肩散步，和亲朋好友庆祝节日。

为一个甚至还不存在的人选择一种生活，感觉很不真实。她每时每刻都在想象她能给孩子决定怎样的人生道路。

城市生活还是乡村生活？当医生的妈妈，在电台当节目主持人的爸爸，双语家庭，带花园的大房子，高层公寓住房，独生子女，有兄弟姐妹，浸礼会教徒，佛教徒，纯素食者，环球旅行者，居家一族……

玛吉了解到的每个家庭似乎都很美好，很感人。然而他们背后的故事是悲伤的：有的人因为健康状况无法怀孕；有的女性接二连三地流产；有想成为父亲的男同性恋者；有渴望成为父母的夫妇，无论孩子多大、有什么特殊需求，他们都承诺会好好爱护。

她意识到，这些材料让他们显得很完美。她很好奇，如果他们其中一方精神错乱或罹患疾病，如果他们破产或遭遇车祸，他们会是什么状态。

梅科姆女士鼓励玛吉向她想了解更多的家庭提出这些问题。

没有一个候选家庭住在拖车公园里。他们似乎都不担心房租从何而来，也不用顾虑能不能给车加满油。玛吉疑惑地想，如果她妈妈不用勉强维持生计，艰难度日，自己的生活会是什么样子。有时她不得不喘口气，因为看到所有这些故事，她会陷入长时间的认真思考，回顾她的成长历程。她和妈妈一无所有，只有一间租来的拖车式住房，和一辆年纪比妈妈还大的车。然而，玛吉从未感觉到穷苦。她们的生活丰富充实，这和银行存款没有任何关系。她们的世界建立在彼此间爱与信任的基础上。她们住在哪里并不重要，重要的是她们对彼此的意义。她们拥有的，是这些惆怅、焦急、不愁吃穿的夫妇们全心全意渴望的东西。

妈妈，谢谢你，她心想。我希望你能全然感受到我对你的感激。

玛克辛建议玛吉把选择范围缩小到几个感觉不错的家庭，她会安排视频面谈。她希望玛吉和候选父母能通过坦诚交流和相互尊重来建立起信任关系。成功的领养未必容易，但有些事情能让整个过程更有意义、更有价值。

"大多数家庭都想了解过往病史，"玛克辛解释说，"至于其他方面，取决于你。"

"他们也应该知道我跟你提到的——我并没有百分百下定决心。"

"这很合理，"玛克辛说，"领养是一趟苦乐参半、情感备受煎熬的旅程。这也是我做过的最有价值、最无私的事情。"

"你做过?"玛吉目瞪口呆。

玛克辛点点头。"我那会儿比你还小。那是很久以前的事了,当时的流程很隐秘静默。我没有支持团队。这就是我成为律师的原因,也是我专门研究收养安置的原因。这也解释了我为什么会在计划生育帮扶协会做志愿者。我想伸出援手,避免类似情况再度发生。"

"后来的事情你知道吗?"玛吉问道,"我指孩子被收养之后。"

"那是秘密收养,所以我不知道。"玛克辛合上笔记本电脑,熟练地把它塞进公文包。"我从来没有机会把孩子抱在怀里。现在我们已经能给生母提供帮助,改善流程,尽可能地帮你维系紧密的联结。"

玛吉仔细端详着玛克辛脸上的皱纹,看着她说话时将手捂在胸前。她亲切和善,像绘本里的奶奶。难以想象她有过一颗受伤的心,一段破碎的生活。我们每个人都有自己的故事,她想。

· · ·

"这六个。"玛吉将铅笔写成的笔记放在会议室的桌子上,这一沓厚厚的、光滑的信纸是从小卖部买来的。"我希望这六个家庭能多了解我。"

"多了解,"玛克辛问,"了解到什么程度?"

"了解一切事情,"她说,"我想让他们确切地知道我是谁——一个高中辍学生,但能做出世界上最美味的烧烤酱汁。我想让他们知道我在哪里,为什么在这里。我想让他们知道,这个孩子是在一次暴力事件中怀上的,身上带着强奸犯的基因。我想让他们知道,我在自卫时开枪打死了捐精者。我想让他们知道我在监狱里。"

"嗯,这当然是你的选择。我想,你应该意识到有些家庭可能会很难接受这个信息。"

"没错。如果他们不能接受我是谁,如果他们不能接受导致我怀孕的原因,那他们就不是对的选择。"

玛克辛审视着她,深吸了一口气。"你像个饱经世故的老太婆,玛吉·萨利纳斯。"

玛吉大吃一惊。"我妈妈以前也这么说我。"

"她很了解你。"

...

玛吉坚持坦诚告知所有信息,于是可选择的范围缩窄到三个家庭。显然,其他三个家庭对她的背景或处境持有保留意见。剩下的夫妇向玛克辛保证,他们对孩子的受孕方式和针对玛吉的指控没有任何疑虑。

来自阿比林的贾森和埃弗里甚至通过玛克辛给玛吉发送了个人信息,向她保证孩子父亲的罪行不会玷污在玛吉子宫里发育的心灵。

他们育有一个残疾的儿子,也经历过几次流产。从资料上看,他们平易近人,讨人喜欢,看起来像是房地产广告中的幸福夫妻。他们经营着一家生意不错的体育用品商店,赞助了当地的少年棒球联盟组织。夫妇俩每天都去教堂,风雨无阻。

布伦特和艾琳是在海岸警卫队认识的,两人住在旧金山。他们热爱户外活动,有一个大家庭。艾琳是一名普通外科医生,布伦特则在护理学校工作。在视频里,他们牵着两条被救助回家的狗,沿着加州海岸或在红杉树森林里徒步,看起来精明能干、谦逊谨慎。艾琳在 30 岁的时候做了子宫切除术。她说,当时布伦特给予了坚实的支持,她对他更加感激不尽了。玛吉喜欢他们的房子——房子坐落在一条路的尽头，被参天大树簇拥着，漂亮精致而不显得花哨。她可以想象孩子在这里奔跑玩乐，四处探索。他们似乎是那种会用爱包围孩子的父母。

第三对恋人是林赛和桑杰，他们已经结婚14年了。林赛是一家科技初创公司的首席执行官和创始人，桑杰是一名音乐会钢琴家和铁人三项运动员。他们住在奥斯汀。他们签订了婚前协议，并承认这有悖传统。他们还制订了一份育儿计划，因为尽管他们从没想过会需要这样的计划，但他们希望生母知道，哪怕他们的婚姻出了什么问题，他们也为孩子做好了万全的计划。林赛戏谑着笑称："结婚可能是短暂的，但离婚是永远的。"桑杰补充道："你知道还有什么是永远的吗？为人父母。家庭是永恒的。"

他们的真诚坦率吸引了玛吉。在她看来，对于一对想要孩子的恋人，收养孩子应该是他们所做的最明确、最清醒的选择。

玛克辛安排了双方会面，并获得了监狱管理员的特别许可。借助一个名为时光谱（Skype）的电脑软件程序，他们能通过视频与对方对话，所以这有点像面对面的交流。玛吉心情紧张，但满怀希望。囚区里的女孩们都打了赌，游说玛吉选择她们喜欢的家庭。玛吉再次努力排除这些噪音和猜测的干扰，确保最终决定是她独立做出的。

在第一场面谈的那天，她坐在会议室里，面对着玛克辛的笔记本电脑。贾森和埃弗里出现在视频里，背景是一个敞亮的乡村厨房。他们肩并肩坐着，笑意吟吟，所处的空间洒满阳光。他们身后是一个架子，摆满了自制的腌菜和果酱，玛吉第一眼就喜欢上了。墙上挂有一些铭牌，铭牌上雅致的字体写着对他们的肯定，还有一组家庭照片。他们言辞真诚地谈论了他们的生活和社区，也简单介绍了小儿子的情况。小男孩做完了手术，正接受物理治疗。他们谈及在好学校接受教育和去教堂的重要性，也强调了双方父母都身体硬朗、充满朝气。他们彼此间溢于言表的爱让玛吉羡慕不已,甚至让她胸口作痛。

当会议结束时,她毫不怀疑,这对任何孩子来说都是一个充满爱意的美好家庭。

然后她转向玛克辛。"不是这家。"

"怎么这么说?"

"他们没有问我一个问题。"

"他们收养的又不是你。"

"我知道这与我无关,但他们对我一点兴趣都没有。我只是个孵化器。"

"你在信息公开表里告诉了他们每一个细节,所以也许他们没有遗留问题。也有可能是他们不想让你产生被审问的感觉。"她停了一下,"不过没关系。你应该相信自己的直觉。"

"我希望我的直觉是对的,因为他们家看起来真的很棒,对于某些幸运的孩子来说,他们会是一个很美好的家庭。"

艾琳和布伦特也很好,他们坐在后院露台上,俯瞰着旧金山湾。在玛吉看来,这里的环境令她神往,是那种会在旅游杂志上看到的景色。他们说的全是她乐意听到的话,个别事情让她颇为震惊。在微笑中,艾琳颤抖着落泪,布伦特握着她的手。她的眼神一直倾注在他身上,眼里闪烁着希望的光。他们承诺会给孩子安全稳定的家庭生活。他们希望能满足孩子的一切需求,他们与对方、与大家庭的联结看似真实而强大。他们请玛吉分享任何她愿意分享的事情,想了解她对自己的未来有什么期待。艾琳还问起她是否得到支持,来应对这次强暴及事后余波。

"我感谢你的提问,"玛吉说,"但答案是没有,我没有得到任何特殊的帮助,也很肯定自己患有创伤后应激障碍。在我所在的地方,我似乎无从获得特殊帮助。"

"那肯定很可怕,"艾琳瞥了布伦特一眼说道,"我希望司法系统能为你妥善解决问题,让你挺过这一关。我们肯定会想办法帮助你,不只是医疗健康,也会留意关于强暴事件的咨询服务。"她转向丈夫,问道:"对吧,亲爱的?"

布伦特说:"当然,宝贝。听到你的遭遇,我很难过,玛吉。你不应该被这样对待。你是如此美丽年轻的女孩。"

如果她没有这张美丽的脸孔呢?玛吉心想。那他们还想收养她的孩子吗?

他也许从她脸上的神色察觉出什么,补充道:"我是说,我本不该这么说的……但是,你和艾琳长得很像姐妹。我不禁注意到你们的相似之处。"

艾琳拥有一头金色长发和大大的蓝色眼睛,像玛吉,也像玛吉的妈妈。"这很重要吗?"玛吉问道。

"当然不是,"艾琳瞥了丈夫一眼,赶紧说道,"我们想要个孩子,对吧?"

布伦特点点头。"我自己也是被收养的。在我成长的过程中,人们会说我长得像我爸爸,我一直觉得这很厉害,因为我们没有血缘关系。但这并不能定义我们的关系。定义我俩关系的是,我爸是很了不起的爸爸,现在也很了不起。他住在索萨利托,就在海湾那边,"他遥指露台以外,"他会是个了不起的爷爷。"

"你了解你的亲生母亲吗?"玛吉问道。

布伦特稍微愣了一下。"在我18岁那年,我俩见过面。她……她一直受心理健康问题困扰。我很感激她把我安置在收养家庭。我知道这并不容易,但这是给我最好的爱。"

"我们希望你随时与我们联系,"艾琳说,"玛吉,如果你有问题，无论是想找人谈谈，还是想更深入了解我们，我们随时都在，随时。"她看向布伦特，"对吧？"

"当然，宝贝。"他做出竖起拇指的手势。

面谈后，玛克辛转向玛吉，"所以呢？"

"哇。只是……哇。他们看起来很棒，还问起我的情况，"玛吉感觉自己快要哭了，"似乎我并不只是一个生产婴儿的人。"她不确定自己是否被孕期荷尔蒙所吞没了，还是这个奇怪、伤感、悲喜交加的过程在影响着她。

"我很高兴你和他们谈得很投机。不过记住，完全不用着急。你才刚刚开始，还有很多时间去寻找合适的人选。"

这对旧金山的夫妇给后来者设了一道高门槛。在第三次面谈开始时，玛吉感觉很矛盾。这个过程的每一步都不简单，充满了不确定性。虽然她不抱有很高的期待，但她一直希望能有一个豁然开朗的时刻，能让她清楚地知道自己该做什么。到目前为止，她所感到的只有难以摆脱的自我怀疑，其间夹杂着希望的微光。同一囚区的女孩们可能会为布伦特而发狂，因为他像电影里的超级英雄一样英俊不凡。他的妻子是一名医生，他们住在玛吉一直梦想去的城市。然而，她仍然在考虑另外两个选择——留下孩子，或者终止妊娠。

玛克辛进入下一场会议时，玛吉紧闭双眼，深吸了一口气。然后，她等着第三对夫妇出现。她看着对方在屏幕上紧张地微笑，感觉这种与人见面的方式很奇怪。你真的能了解对方吗？玛克辛说过，如果她真的物色到一个家庭，她可以经由管理员的允许，安排一次面对面的交流。林赛和桑杰并排坐在一架锃亮的黑色三角钢琴前。背景是一面玻璃墙，墙外看着像一片热带森林。

她现在已经准备好迎接那些焦虑的、真诚的、匆匆投射出的目光，也预见到那些旨在使她安心的闲聊。"我们都来自关系亲密的家庭，"桑杰说着，指向钢琴上的一组镶框照片，"你呢，玛吉？如果你不介意分享的话。"

"我不是。"虽然手腕被铐上了，她尽力将双手交叉在胸前，"所以我想你们明白我为什么在这里。"

"我们一遍又一遍地读了你的个人陈述，"林赛说，"我们非常抱歉。没有人应该经历这样的遭遇，我无法想象你的处境有多艰难。"

"你现在所做的事很出色，很无私，真的很了不起。"桑杰补充说。

也许前两场面谈让她精疲力尽了，也许因为错过了午餐时间，她饥饿难耐。不管出于什么原因，玛吉现在没有心情，这番赞美之词让她很恼火。她决定把她的想法直接说出来。

"我不出色，也没什么了不起的，"她告诉他们，"未婚先孕并不是我身上发生过的最糟糕的事情。我判断力太差了，竟然和一个暴力罪犯勾搭在一起。他不接受我的拒绝，于是强暴了我，导致他自己被枪杀。所以，不，我不出色。我只是为了求得生存，不得不做出可怕的事情。"

一阵沉默。他们面面相觑，好像受到了惊吓。他们可能会因为她的态度而改变主意。好吧，如果他们连她的怒气都无法忍受，那他们很可能也无法抚养一个孩子。

"说实话，我尝试了一切可能的办法来避免生下这个孩子。我想堕胎，现在我还有机会做这个选择。但时间不多了，所以我估计要陷入困境了。而我对此很恼火。"

他们看了看对方，然后快速转过头来，重新看向镜头。"这对你来说是一个沉重的负担。我们不会操纵你的选择，劝诱你走哪条路，"林赛说，"如果你决定把孩子交给我们，我们会尽一切努力支持你。"

她端详着他们出现在小屏幕上的脸。像其他夫妇一样，他们样貌俊俏，真挚诚恳。"不管怎样，我知道孩子也别无选择。这麻烦不是他自找的，我也一样。所以，我现在能做的，是在这个狼狈的境地里做一个明智的选择。也许你们是我的最优选，也许不是。你们可以说我无私，但我不是。我只是想努力熬过去，仅此而已。"

像另外两对夫妇一样，他们真诚地谈论了他们对家庭的希冀和梦想，玛戈感受到了他们的痛苦。他们热爱户外活动，比如远足和露营。面谈过程中，一只小狗蹦蹦跳跳地进入了画面。他们从当地的动物救助站救出了沃利。他们不会花太多时间看体育赛事，但是桑杰会为备战比赛而努力训练，他们还喜欢打网球、玩滑水运动。据他们说，他们的房子有足够空间，配有院子，附近也有好学校。

两人似乎赤诚以待，而且说的都是合乎时宜的话，从自己最爱的墨西哥卷餐厅（当然是托奇餐厅），聊到最好的儿童电影是哪一部——他们一直在争论，到底是《玩具总动员》还是《狮子王》？

是《美女与野兽》，玛吉心想。在妈妈工作时，她会用一台出故障的 DVD 播放机和二手电视，翻来覆去地看这部电影。但她没有说出来。如果她将孩子送去领养，那她在这件事或其他任何事情上都没有发言权。

在面谈快结束时，有一瞬间猝不及防地出现了，似乎并非事先安排的。小狗跳到桑杰的大腿上，向林赛靠拢过来，两人交换了一下眼神，那眼神如此温柔，玛吉几乎要融化了。

"这个男人的身上有太多我爱的地方，"林赛说，"我可以花一整天的时间，给你细说他的好，直到你被甜得陷入糖尿病昏迷。不过现在，我还是放过你吧。"

"我想说的是，我们收养的孩子将生活在一个充满爱和肯定的环境里，"桑杰补充说，"我们不会成为完美的父母，但是我们每一天都会尽最大的努力，趋于最好。"

如果我能找到那样的真爱，我就得救了，玛吉心想。

十八

警卫将玛吉护送至探访中心,这让她很吃惊。她没料到今天会有人来看她,但自从怀孕事件闹得沸沸扬扬后,她吸引了更多关注。她看到特鲁利在探访中心的大厅里等候着,嚼着口香糖来回踱步,辫子在每次转身时都高高扬起,显得神采奕奕。她一看见玛吉就急忙跑上前来。

"有新消息,"她说,"两件事。首先,限制你堕胎的命令被撤销了。负责审查命令的法官大为震惊,并立即撤销了限制令。他非常严厉地作出裁决。他说没有人有权否决女性的选择。他还提到,这个流程花了这么长时间,简直匪夷所思,而且体系中的各级法院都接触过这个案子,却无人依据法律行事,这是可耻的。不仅如此,最初批准限制令的法官也受到了谴责。今天上午,哈利将正式文件递交到行政办公室了。"她长吁了一口气,往宝克力挡板探过身来。"你知道这意味着什么,对吧?阻挠你终止妊娠的障碍再次扫清了。"

玛吉听到这个消息,沉默了好久,没作回应。所以,那个选择重新进入考虑范围了。这个选择是安全合法的。所有的煎熬将在半天内终结。她的身体,乃至她的人生,将重新回到自己的掌控之中。这种可能性让她大感意外。

"哇,"她平静地说道,"哇,这……正是我想要的。"

"你似乎很震惊，玛吉。"

"好吧，如果是四周前，我会很乐意听到这个消息。我会感觉如释重负。"

"你现在没有如释重负的感觉吗？"

"说实话，我有点吓到了，我得想清楚。你看，现在情况不一样了。我在考虑其他选择。"

特鲁利眉毛一挑，"比方说？"

"嗯，除了堕胎，我能想到的只有两个选择。我可以留下这个孩子。他会和我度过18个月，然后被送往寄养机构。"

"什么？"特鲁利脸色煞白，"我的天，玛吉——"

"冷静，我不打算自己留下这个强奸犯的孩子。但也绝不会交给亨特家族抚养。"

特鲁利跌坐在座椅上。"那就好，谢天谢地。"

"所以只剩下收养这个选择了，合法的私人收养。"她把物色收养专家和与候选父母面谈的事告诉了特鲁利，"相信我，这种情况不是我所期待的，但我还是走到了这步。"

"太了不起了，"特鲁利说道，"你太了不起了。"

"并不是，"玛吉说，"我十分憎恨这个狗屁体系，迫使我不得不走上这条路。我被逼到一个可怕的境地。"她停下不说了，低头看着双腿。最近她的腹部增厚了，不易察觉，但也无法忽视。

这层厚度可以在几小时内消失。她现在有权利寻求她最初想要的东西——终止因强奸而导致的意外怀孕。

她在哭泣，但她懵然不知，直到她抬头看着特鲁利，在宝克力玻璃上看到自己的倒影。"对我而言，我接下来要做的事情很可怕，但现在我觉得这是唯一的选择。我得想办法与这个选择和解。"

"噢，"特鲁利说，"你一定觉得释然了。你想让我帮你在诊所里重新预约一下医生吗?"

玛吉摇了摇头。"也许,我经历的这场风波至少能促成一件好事。在所有我遭遇过的不幸中,在这个我无法掌控的局面中,我能推动一件好事发生。有一个家庭在等待,这一家人会很幸福的。"

这是她第一次大声说出自己的意愿。她没给任何人透露过,但不知怎的,她早已做好决定,甚至不像是一个决定。刚才有那么一刻,她感觉不受自己控制。有别的东西在驱使着她——她内心有一种不可动摇的、毋庸置疑的意识。

"我的天。我……好吧,哇,"特鲁利停顿了一下,"但我得再问一句——你百分之百确定吗?我想确认,你没有遭受逼迫,或者得到什么承诺作为回报,甚至……受到威胁。"

"我很紧张不安,"玛吉承认,"即将发生的事确实很可怕。但这完全是我自己的决定,我发誓,没人逼迫我或给我许诺什么。我还没告诉领养律师和那对养父母,我仍然在适应这个决定。你是第一个知道的人。"

"我什么都不会说。这是你的故事,不是我的,"特鲁利说,她也哭了起来,用袖子擦着眼睛。"我知道你不希望别人说你很了不起,但你的确如此,真的很了不起。"

"好吧。"

"还有一件事,"特鲁利说,"停,别那样看着我。是件好事,可能是最棒的一件事了。你会有一位新律师。"

玛吉皱起眉,"我没听懂。"

"好吧,这当然取决于你。你可以继续和公共辩护人合作,但现在你有别的选择。一位匿名捐赠者专门为你的法律辩护提供了资金,你可以聘请自己的刑事辩护律师。"

"你意思是给谋杀指控做辩护吗?"

249

"没错。一名只为你服务的私人律师，免费的。捐赠者会通过阿米加基金会支付全部费用，你可以选择任意一位律师。"

"有人突然联系你了？"她问，"就这样？"

"就这样。"

"而你根本不知道是谁。"

"不知道。基金会的总监知道，但那是保密的。"

玛吉眯着眼睛看着她。"有什么猫腻吗？为什么会有人替我付律师费？"

"我们也不知道，也许总监知道。我发誓，没什么猫腻，也没有任何附带条件。媒体报道了你的案件，你的事甚至登上了《得克萨斯月刊》。有人知道你遭到不公待遇，所以想帮帮你。"

"这人还是个慷慨阔绰的有钱人。"

"基金会里有这样的捐赠者。玛吉，这绝无虚假，我发誓。"

"说真的，谁会这么做？"

"一个关心你的人，或者是一个关心正义的人。"

除了库比和奎因，没人关心她。不过，玛吉怀疑他们能否承担得起为谋杀审判辩护的律师费——除非他们在教堂里发起募捐，也有可能。但匿名是一个线索。可能是他们想帮忙，但不想引起社区的任何关注。

"该死。"她向后靠在塑料椅子上，胃部一阵翻滚，可能是婴儿的缘故。"假设我同意，接下来该怎么运作？我不认识任何律师。"

"我带来了一份基金会总法律顾问的推荐信。他是一位大名鼎鼎的金牌律师，一个能真正帮你辩护的人。"她把一张名片放在台面上。

玛吉透过宝克力玻璃看着名片。特伦斯·斯威夫特，律师。地址在奥斯汀法院附近。

"你不一定要聘请他。你可以请任何人,也可以不请律师。他的确是被鼎力推荐的人选。你只需要告诉你的公共辩护人,然后其他事就会被妥善处理。如果你愿意,也可以先见见他再做决定。他随时都有空,取决于你的时间。"

玛吉想到了兰德里·耶茨,他似乎要处理无数事务,总是忙得不可开交,做事也火急火燎的。她又想到,他拒绝帮她撤回亨特家申请的限制令,也拒绝帮她协调堕胎手术。

然后她注视着新律师的名片,"我想他能完全胜任。"

...

特伦斯·斯威夫特是那种标准的美国南方白人。如果在库比餐厅或者烧烤店对面的酒吧,人们都会称他为"好老弟"[①]。他穿着得体的西装和擦得锃亮的牛仔靴,搭配一条保守的领带。他可能给小费很大方,但看起来并不特别热心或友善。

相比于温暖或善意,他能给玛吉提供更需要的东西。他沟通时全神贯注,把文件交给她签字,流露出十足的把握。他将她视为他的委托人,并称阿米加基金会将全额支付他的报酬。

"我以前从来没有当过谁的委托人。"

"那就算你走运了。"

"接下来会发生什么?"

"我会让法庭撤销对你的指控。"他说道。

"撤销?意思是他们会撤回指控吗?"

"是的,女士。"

[①] 原文为 good old boy,指美国南方各州的典型白人男子。——译者注

"什么时候？"

"很快。我们会提出撤销指控的理由，申请加急听证会，等法官裁决后你就会被释放。"

"哇，我……好吧。我该怎么做？"

"静观其变，保持乐观。我办公室的同事会随时通知你。"

当他起身离开时，她问："如果指控没有撤销怎么办？我还得留在这里等待审判吗？"

"不会有审判的。"

"你不会让我认罪吧，"她说，"另一个律师说这是避免审判的唯一办法。"

"这不是我的办法。"

"谁派你来做这事的？我是说……这一切看似太顺利了。指控可以就这么被撤销了？就这么简单？"

"走一个流程，我胜券在握。"

自由的念头在她内心萌发出来，让她无比向往。后来她在院子里散步时，萨迪走近她身边。"你见了特伦斯·斯威夫特。"她说。

玛吉不再好奇消息是如何传遍整个囚区的，这里的八卦工厂比高速互联网还高效。"你认识他？"

"我听说过他，你没有吗？"

玛吉耸耸肩。"今天之前都没听说过，我应该知道这人吗？"

"他就像得克萨斯州的克拉伦斯·达罗[①]。就是那个——"

[①] 克拉伦斯·达罗，美国律师，曾为李奥波德与勒伯案、斯科普斯案、干草市场暴乱等大案作辩护律师而闻名。——译者注

"李奥波德与勒伯案的律师[①]，"玛吉说，"我读过那本书。但他让他们认罪了。"

"该死，姑娘，"萨迪说，"有什么是你不知道的吗？"

"我一直在看书，看了不少。"

"好吧，那他就不是克拉伦斯·达罗了，"她仔细观察着玛吉的表情，"也许是阿蒂克斯·芬奇[②]？"

"那是一个虚构角色。"不过她的确很喜欢《杀死一只知更鸟》，她读完一遍后，又回到开头重读了一遍。"但如果我的律师像书里那样，我想他站在我这边是件好事。"

· · ·

听证会当天早上，一名值班警官出现了，她带来了一件白色衬衫、深蓝色裙子和一双免系鞋带的帆布便鞋。"上庭前先换上这身衣服。"她说道。

这套衣服带有尼曼百货[③]的标签。玛吉从未拥有过尼曼百货销售的任何东西。衣服是基本款式，但面料奢华，看上去很昂贵。裙子的腰部可调节松紧。

她感觉有点恶心，但主要是干呕。

她怀孕的决定逐渐变得真实。不，她根本不想怀孕，而且她对

[①] 李奥波德与勒伯于1924年因绑架谋杀一名14岁少年而被捕，在当时被称为"世纪犯罪"，并吸引大量犯罪学家与心理学者研究，后出现一些改编其故事的艺术作品。——译者注

[②] 阿蒂克斯·芬奇为小说《杀死一只知更鸟》中一名勇敢的南方白人律师。——译者注

[③] 美国一家专售奢侈品的百货公司。——译者注

非自愿怀孕这事感到愤恨。尽管如此,她还是准备为了这个孩子,坚持完成既定的计划。她现在开始将他看作一个人了。虽然违背内心的意愿,她还是在体内孕育着一个完整的人。

斯威夫特先生似乎对怀孕这事特别冷漠。他的精力集中得像激光一样,专注于谋杀案上——特别是,聚焦在没有发生谋杀这一事实上。他和他的助手在会议室里和玛吉沟通了几个小时,回顾了整个事件的每分每秒。

回顾所有细节,就像重新揭开伤口。斯威夫特并没有表达歉意,也没有退缩,一点也没有。他的助理还收集了邻居和同事的口供,联系了教堂的信众。

"我希望你知道,"她说,"亨特家族在这个县里能只手遮天。"

斯威夫特先生只是浅浅一笑,没有半点温度。"罗伊·亨特和我相识已久。"他说。

"罗伊·亨特一直在报纸上攻击我,可能也在网上发表言论了。"她说,"而且,他是一名退休法官。"

"我就是他退休的原因。"斯威夫特说。

. . .

地方检察官提出缩短诉讼程序,声称玛吉更换新律师并不能给予她申请新听证会的资格。

"法官阁下,本案的事实并没有改变,这些都是被告自己证实的。一方面,我们知道一名女性在一场恋人间的争吵中谋杀了她的男友。另一方面,被害人是詹姆斯·布赖恩特·亨特,他一生都居住在班纳溪。他曾是前途无限的运动员,出身于一个正直虔诚的家庭,却被一个睚眦必报的女人无情杀害了。证据确凿,足以提出指控。"

玛吉的眼睛直直地盯着前方。现在,她本该已经对这些话习以为常,但是每一句话都像是一记重击。

斯威夫特先生一声不吭,他没有对检察官所说的话提出反对。他就坐在那儿,似乎无动于衷。她开始担心自己犯了一个严重的错误。这是亨特夫妇想逼迫她认罪的阴谋,也许他们就是匿名资助者。她开始恐慌不安,她应该问斯威夫特更多问题的,强烈要求他告知到底为谁服务。

他慢慢站起来,不紧不慢地发言。

"现在,我们暂且不去考虑这个体系在各个方面都辜负了我的委托人。"他说,"我们先不提未能在合理时间内提起诉讼,不提调查人员使用的操纵策略,还有未能及时提供律师,而被指派律师是她该有的权利。在她遭受残忍的性侵犯后,未能向她提供医疗和心理健康援助。没有将强奸案的关键要素作为证据。"

"反对,"地方检察官提出,"法官阁下,这是证词,没有时间——"

斯威夫特挥挥手,好像在驱赶一只苍蝇。他介绍了有关吉米·亨特的情况。地方检察官反对,但被法官驳回了,因为她已经吹捧过吉米的优秀品格,所以辩方也有同等机会。他所在大学的一些女生提出过投诉,但体育学院隐瞒了事实。还有两张酒后驾驶的罚单。

"好,我们把这些都先搁置不谈,"斯威夫特用宽宏大量的口吻说道,"通过审查这宗案件的事实,眼前的问题迎刃而解。我的委托人是在她自己家里遭到侵犯的。这是一次无端的侵犯行为,而且显然危及生命。她竭力摆脱袭击者,然而袭击者的身型是她两倍之大,在挣扎求生之际,她开了枪,这枪为袭击者所有,且此前袭击者用这把枪威胁过她的性命。她没有退避的义务。根据得克萨斯州的法律，尤其是 2007 年立法机关对该法律的修订，她可以免于起诉。"

"这个辩词显然不成立，"地方检察官指出，"被告自己承认，她认识被害者，这是毋庸置疑的。他们约会过，并发生了性关系。这一点也没有争议。那天晚上，被害者前往被告家里找她，天真地以为他们处于恋爱关系中，以为被告会喜欢他的殷勤关心。但是，被告奚落并激怒了他。"屏幕上展示了一些文本信息。

屏幕上出现了一只手的特写。"如你所见，这个伤口是由被告的菜刀造成的。萨利纳斯女士用刀割伤了他的手。"检察官还展示了事发后她房子的照片。玛吉认出是她的家，但因面目全非而难以辨认：家具被掀翻了，关键地点放置了编号标记，血迹斑斑，前门上还有一个手印。某个人，可能是吉米的母亲或姐姐，在轻声抽泣着。玛吉的喉咙哽住了，她努力呼吸。

格洛弗警探证实了她从玛吉那里拿到的证词。证词被投映到屏幕上。玛吉认出了证词底部的签名，签名证实了这份文件的准确性。她眯起眼睛，能辨认出打印页底部的文件路径。

她抓起一支铅笔，潦草地写了一张纸条给斯威夫特先生。他草草瞥了纸条一眼，然后对警探说："逮捕报告显示，萨利纳斯小姐是在 12 点 40 分被宣读米兰达警告的。这是否准确？"

"就我所知，是的。"

"你刚才说证人陈述是什么时候记录的？"

"文件上的时间戳是 13 点 45 分。"格洛弗警探回答说。

"我能看到。问题是，你是什么时候记录的？"

"我……我再说一遍，文件上有时间戳。"

"那么，你的证词是，萨利纳斯小姐是在那个时间点签名的。"他没有等对方回答，而是指向他的屏幕，"这段视频展示了被告签署文件的时间，上午 9 点 58 分。"

玛吉一脸惊诧地看着。兰德里告诉她，那视频不存在。然而显而易见，视频是存在的。

特伦斯·斯威夫特向证人席走近了一步。"想修改一下你的证词吗，警探？"

地方检察官要求与法官讨论一下。玛吉注意到斯威夫特的行为举止发生了细微的变化——也许，他扬起了下巴。他没有幸灾乐祸，也不是沾沾自喜。只是……心满意足。

法医证明玛吉右手上有残留物。她意识到，这给了特伦斯·斯威夫特另一个机会。"你也检查了被告指甲里的样本吗？"

法医停顿了。"对。"

"结果呢？"

证人向一旁瞥去。"我想我没有这些数据。"

"嗯，这就有点奇怪了，因为我有数据。"

地方检察官强烈反对，并再次与法官交谈。

斯威夫特先生站起来，向长椅走去。短暂的讨论紧张进行中，玛吉从斯威夫特下巴微微上扬的角度可以推测出，一切尽在他掌控之中。早些时候，她在法庭上注意到了安杰拉·加尔扎，那位负责强奸案的护士。当斯威夫特召唤她作证时，她自信地走了出来，并用坚定、清晰的声音发誓会说出真相。

她很快用行动践行了自己的承诺。袭击发生后，她记录了 33 处具体的受伤处。玛吉克制住了捂住耳朵的冲动。听着细节被如此冷静地叙述出来，那晚的可怖再次袭来。不出所料，检察官提出了质疑和反对，但事实是无可辩驳的。斯威夫特多次询问她的发现，追问起从玛吉指甲里提取的物质。显然，法医没有提到皮肤样本——深层的皮肤刮痕，而不仅仅是表层——来自袭击玛吉的人。

地方检察官反对使用"袭击者"一词，但斯威夫特挥挥手，改称他为"死者"。他已经证明了自己的论点。"有充分的证据表明，萨利纳斯小姐在他开始袭击时，采取了非致命的防护措施。大量的事实证明她的行为是正当防卫，她没有退避的义务。手机通话记录显示她拨打了911，但这并没有震慑住死者。相反，死者变本加厉，掐住被告的脖子并压制住她，她很担心自己的生命安危。鉴于控方存在诸多错误和疏漏，此案必须撤销。我的委托人有权免受起诉。"

这引发了长椅上又一番激烈的讨论。法官言辞严厉地与双方律师交谈。玛吉犯了个错误，她越过右肩往旁听席上看了一眼。布里斯科·亨特，吉米的哥哥，比吉米年长，也更冷酷无情，他投射出的眼神似乎要在她身上钻出深洞。

然后斯威夫特先生回到玛吉旁边的椅子上。她看不出他的下巴是否还上扬着，也不明白为什么他的下颌线看起来如此硬朗。

法官双手交叠，环视法庭一圈。他第一次久久地凝视着玛吉。玛吉强忍着转移视线的冲动。

"根据今日呈堂的信息，被告很明显面临生命危险。她的伤势符合遭受强暴性侵的特征。她做的是自我防卫行为，且没有义务退避。本案撤销。"法槌落下。

砰。

十九

玛吉一脸茫然,在警察局警卫的护送下离开法庭。她不太明白护送的原因,直到斯威夫特先生陪她走到出口。

"结束了?"她问道,带着不可置信的语气,"真的吗?确定吗?"

"是的,女士。"

"我……我都不知道该说什么了。谢谢你!我打心底里感谢你。"

他戴上一顶款式昂贵的宽边牛仔帽和一副墨镜。"不过一天的工夫。"

"还有,请你……替我感谢支付你酬劳的人。我不知道这份感激能否传达到,因为他们是匿名的。"她感到如释重负,同时心怀感激,情绪强烈得无以言表。她激动得膝盖发软。

"这个案子结束了,并不意味着你的折磨就到头了。"斯威夫特提醒玛吉。

他是对的。吉米·亨特,橄榄球英雄,最受宠爱的儿子,离世了。他的家人仍想看到她受到惩治,似乎在强奸中幸存下来并意外怀上不想要的孩子还不足够。她的无罪释放肯定会激怒亨特家族。

特鲁利·斯通等着见她。这是他们第一次在没有宝克力玻璃挡板的阻隔下互相问候,她俩久久地拥抱在一起。对玛吉来说,这种简单的人际交往感觉奇特而美好。看着特鲁利和斯威夫特在交谈,她仍感觉心有余悸。

一群当地新闻机构的记者们急匆匆地往法院的门廊奔去。斯威夫特先生和他的助手上前回应,而玛吉则跟着特鲁利往相反的方向离开。

他们匆忙远离人群时,玛吉打了个寒战。"今天我的案件撤销了,这并不重要,"她说,"他对我的所作所为也并不重要。人们始终会拿我的自卫行为来评判我。"

"对此我很遗憾。你值得一个全新的开始。我的车停在大楼的另一边,"特鲁利说。她给玛吉戴上一顶宽檐太阳帽和一副墨镜。"让你的律师去应付那些爱凑热闹的人吧。"

玛吉跟着她上了一辆银色普锐斯,然后她俩驶离法院,扬长而去。经历这漫长的一切,她就这么径直离开了。"我们要去哪儿?"她问道。

"你说了算。你想去哪儿?"

"我无家可归,"玛吉说,"我的意思是,基金会替我付了房租,我真的很感激,但我无法住在那个地方了,哪怕一晚也不行。不过我得回去看看我的猫。"在她过往生活的残垣败瓦中,只有几样东西值得她不顾一切拯救出来:她养的猫,她妈妈做罐头的工具套装和她的食谱收集册。这么长的时间过去了,找回凯文的概率不高,但他可能一直在附近徘徊,在门廊附近和溪边这些过去经常出没的地方游荡。

"告诉我怎么走,"特鲁利说道。特鲁利拐入从农场通往市集的路,她笑得格外灿烂。"我真为你高兴,玛吉。你一定松了一口气。"

玛吉望着窗外的高粱地、蜿蜒曲折的小溪、牧场和仓库,希尔地区的尘土把它们染得苍白。她不敢相信,在被关押的日子里,她多么想念这些稀松平常的风景——长着一棵活橡树的山巅,铁皮屋顶的谷仓，装有风力发电机的旧农场，缓缓驶过的黄色校车。世界的模样不同了。在几个月的光景里，一切都变了。而最大的变化源自她自身。

"说到手机，"特鲁利说，"我从基金会里给你带了一部。如果一个女性想重新开始，这是必需品之一。你得重新回到世界里。手机就在你脚边的箱子里，都激活好了，准备就绪。你只需要创建一个个人身份识别码（PIN）[①]，就可以按照自己喜好设置了。"

"哇，那真的——很感谢你。"她被捕时，原来的手机也被没收了。手机后来交还给了她，但已经不能用了，之前的流量数据计划也被取消了。她打开箱子，看到一件带有黑色玻璃屏幕的扁平物体。"这是什么？苹果随身听吗？"

"比苹果随身听更好，"特鲁利说，"这是一部苹果手机，最新发布的型号。有家奥斯汀的公司叫罗克莱，他们给基金会的所有工作人员都提供了一台新手机。你会爱上它的，我发誓。"

在开车前往班纳溪的路上，玛吉倒腾着新手机——这台先进的设备使用的是屏幕而非键盘，能提供比电脑还丰富的功能。她登录了自己的邮件账户，找回了自己的通讯录，但是现在，她没有能打电话的人。

"现在你重获自由了，你对孩子有什么感觉？"

"就是怀孕的感觉。"她这才反应过来特鲁利在问什么，"你是问，我会不会改变领养的决定？去堕胎吗？太晚了，托这个愚蠢的县监狱体系的福。把孩子留下？绝对不会。无论我身在何处，在做什么，我都不会抚养吉米·亨特的孩子。这对我来说苦不堪言，对孩子也不公平。"

---

① PIN 码是 SIM 卡的身份识别码，可将其设置为 SIM 卡锁，每次开机或更换手机时，会要求输入正确的 PIN 码解锁 SIM 卡，以防他人盗用。——译者注

"我明白了。"特鲁利的眼睛一直在看路。

玛吉给玛克辛发了一条短信，让她知道案子已经结束了，她仍然打算继续收养程序。

小镇的边界处展示着"欢迎来到班纳溪"的标语，但标语底部立有一个吉米·亨特的纪念碑。高中体育场竖立着"为吉米伸张正义"的标语，如今已残破不堪。玛吉惊愕地发现，库比烧烤店外挂着"装修中，已停业"的字样。

"搞什么？"她问，"可以靠边停一下吗？我的天，这是怎么回事？"

"发生过一起恶意破坏事件，报纸上报道了。"特鲁利说着，把车停在了大楼对面的街道上。新玻璃窗上还贴着贴纸，他们透过窗户往里探看。屋内，穿着白色连体衣的工人正在安装固定家具。新装潢的天花板上散布着半月形图案，每个图案上都装有一个监控摄像头。

"发生了什么？"玛吉问到。

"好像主要是窗户被砸碎了。还有……呃，有人往屋里扔了些恶心的东西。"

"该死，因为沃森夫妇是匿名捐赠者吗？"

"我不这么认为，"特鲁利说，"我是说，我也不确定，但不可能。"

"因为这是我以前工作的地方，"玛吉说。她感觉很难受，库比毕生的事业，他未来的退休生活，都因为她而毁于一旦。虽然她担心会给沃森一家招致更多的麻烦，但玛吉还是得去看看他们，他们如同她的再生父母。她留意到，墙上有些N字头的单词[①]还没被完全擦洗掉。种族因素让他们落入更易受攻击的境地。

特鲁利在车里等着，玛吉穿过街道，走进屋里找库比和奎因。

---

① 指"nigger"，是对黑人一种极其侮辱的称呼。——译者注

她一直戴着帽子和太阳镜，以防被人认出。他们拥抱了她，但她感觉到他们的谨慎。"我知道我给你们带来了很多伤害，"她说，"我真的很抱歉，你们明白这不是我本意。"

"当然明白，宝贝。"

"装修好的新店会比原来好不少，"库比说，"你别担心，我们有保险。"

玛吉将手慢慢移向腹部，小腹呈现出柔软的、不太明显的隆起。"所以我猜你们可能听说了……我要生孩子了。"

奎因点了点头。"我之前还期盼着这只是闲言碎语。"

"运气没那么好。"玛吉告诉了他们她所面临的痛苦抉择，以及她最终选择收养的过程。

"你听从了自己的内心。你知道我老提到的，如果你足够认真地倾听，你的心就不会把你引向歧途。"

"我希望你是对的，我现在得走了。"玛吉写下她的新电话号码，递给了奎因。"我得往前走，"她说，"不能再留在这个镇上了。"她再也不想见到或听到亨特家族的事，再也不想。

"我们理解。"库比说。

"我从你们身上学到了很多，"她说，"我打算继续在这个行业工作。我有个疯狂的想法，终有一天，我会开一家自己的店。"

"我肯定你会做得很好，"他说，"你一直在研制这些酱汁。姑娘，你有天赋。"

"希望如你所说。"

"来，宝贝。"奎因给了她一个大大的拥抱，"祝你安好，一切都好。"

玛吉感受到人与人之间亲密温暖的接触，一时不知所措。她会把奎因的友善铭记在心中，她知道自己永远不会遗忘。

当她跟他们说再见的时候,她感觉如此真实和脆弱。所有事情都变得错综复杂,似乎一霎便是永远。

...

一场大雨过后,溪水漫过马路,玛吉和特鲁利涉水驶过小溪时,玛吉的胃部一阵紧绷。她指了指浅滩旁边的砾石车道,特鲁利拐了进去。这所小房子看起来像弃置房屋,两扇前窗如同空洞的双眼,门廊上的家具撂成一堆。她的车还停在之前的位置,就在房子旁边的单坡屋顶小房下,轮胎周围长出了灌木丛。

玛吉下车后,恐惧的浪潮席卷而来。她看见吉米·亨特把卡车停在门前的那个位置,当时他差点撞到门廊的台阶上。她还看见袭击发生的当晚,她一时糊涂,没有锁上的那扇门。

她的手颤抖着,输入门锁密码,走了进去。房子里一片狼藉,家具和箱子凌乱地摆放着。她能想象出州犯罪实验室的面包车驶进来,调查人员宣布房子和院子是有待取证的犯罪现场。她环视着厨房,倒吸一口寒气,抑制住让她颤抖的恶心感。在卧室里,床垫被搬走了,地板上覆盖着肮脏的防水布。一个棕色的手印弄脏了门框。那是她的手印,当时沾满鲜血。

哪儿都没看见她的猫,它的饭碗和床铺被塞到了厨房的一个角落里。

"你还好吗?"特鲁利问她。

玛吉朝她摆了摆手,走进浴室,然后呕吐起来。现在这成了一种反射,就像打喷嚏一样。她用纸巾擦干净。洗脸槽底下的储物柜被翻腾得乱七八糟,她的物品散落各处——清洁剂喷壶,一次性剃须刀,一盒半空的卫生棉条,都是些寻常生活的日用品。一种不再属于她的生活。

她走到屋外跟特鲁利说:"没找见我的猫,我去问问邻居。"

雷琳·普拉特开了门,当她看到是玛吉时,她后退了一步,用手握住门把手。

玛吉连忙解释说她的案子被撤销了。

"我知道,脸书(Facebook)上传开了。"

真棒,玛吉心想。特鲁利建议过她删除账号,避免看到那些仇恨帖子和无端猜测。"我是来找猫的,"她说,"你看见过它吗?"

"最近没有,"雷琳匆匆说道,"我估计那些急救和犯罪调查的人一来,它就跑了。"

那一晚,满地的血,令人头晕目眩的应急灯,急救医生和全副武装的警察。她的猫一定吓坏了。噢,凯文。"你确定吗?在那之后就没见过它了?"

雷琳摇了摇头。"我得失陪了,抱歉。"她匆匆瞟了眼她的身后,又退回到门廊上。

"这是我的手机号码,"玛吉把号码写在纸条上,"请联系我,如果——"

门砰地关上了。

玛吉叹了口气,把纸条塞进门框里。她意识到自己会引发恐惧,人们一看到她就像碰见怪物或杀手似的。整个世界都天翻地覆了。

她离开邻居家,新手机里传出响声。是一阵铃声。

她笨手笨脚地想接电话,后来才反应过来,她只需要点击屏幕。"你好,玛克辛。"她说。

"我的老天爷,你自由了。"

玛吉感觉自己露出久违的笑容。"没错。"

"这简直是天底下最好的消息。我一直将你的情况视为头等大事，我已经按照你的需求准备好了初步文件。首先要让养父母知道你的决定。你想让我转告他们吗？还是你想自己或咱俩一起和他们沟通？"

玛吉一直在为选择哪一对恋人而苦恼，但最终，她还是听从了自己的直觉。她选择的那对恋人将会成为很棒的父母。她想亲自告诉他们这个消息，下次她和他们聊天时，她会亲口告诉他们，他们将领养她的孩子，她一想到这儿就激动不已。

"我会告诉他们，"玛吉说，"我想亲口和他们说。"

"没问题。"玛克辛安排玛吉到奥斯汀来签署文件。她坚持将玛吉安排在一家安全可靠的酒店里，远离班纳溪。

她坐在门廊的台阶上，把这个消息告诉了特鲁利。"我想我不需要住在你那儿了，玛克辛说她会帮我在城里找间酒店。我要给那对父母通个电话。"

"你感觉怎么样？"

"现在嘛，感觉惊慌失措的，"她说，"但还好，至少我俩当中的一个人能有美好的未来。"她摸了摸自己的腹部。

"你们都会有美好的未来。我发誓，你会没事的。虽然我知道这听起来像陈词滥调，但我真的相信你未来可期。我通过阿米加认识了很多女性，对这些事情我有感觉。"

玛吉低头看看手机。"我连怎么用这玩意儿都毫无头绪。"

"你想现在就给他们打电话吗？"特鲁利问道，"嘿，用我的笔记本电脑打视频电话吧？我有时光谱（Skype），可以用我的移动网络。"

"能用吗？"

"能用。"特鲁利把笔记本电脑拿出来，设置完毕。"你只需要在这里输入号码，然后直接对着屏幕说话。我不打扰了，给你点私人空间。"

"我不需要私人空间,"玛吉说,"没什么要隐瞒的。"

"我知道,但是……这是你的独享时刻,我在车旁等你。"

玛吉把笔记本电脑放在膝盖上,胳膊肘向后撑着,抬头看着天空。在监狱那片被人踩得坚实的院子场地上,她也曾抬头望向同一片天空,但在这里,天空完全是不一样的模样。一切都迥然不同。过去,她常常在这里坐上几个小时,看书或照料她的植物。门廊的三级台阶上种着她的盆栽香草和辣椒。她会在酱汁中加入新鲜的香草和香料——香菜和孜然,月桂和百里香,还有能猝不及防地触发热辣感觉的鸟眼辣椒。有些花盆打翻了,可能是被犯罪现场的工作人员撞翻的。由于疏于照料,大部分植物都已枯萎结子。她从凯文最喜欢的猫薄荷上摘了一根枯枝,在她脚边的尘土中打着转,一边整理思绪,一边漫无目的地画着任意的形状。

她即将打的电话将永远改变四个人的人生。

我尽我所能,为你找到了最好的家庭,她对身体内的陌生人自言自语着。我想你会喜欢和他们一起生活的。

几声清泉叮咚的铃声之后,屏幕显示"连接成功",然后出现了一张脸。"玛吉!你感觉怎么样?一切都好吗?"她有点作呕。他这样问是因为他关心她,还是他想让她生一个健康的孩子,然后交给他养育?

"我出狱了,"她说道,"案件被撤销了。"

"哇,嘿,这真是个好消息。我是说,这简直太棒了。我对你所经历过的一切感到抱歉,但你能重获自由真是太好了。你从哪里打来的电话?"

"我曾经住过的房子。我回来找我的猫,"她告诉他,"没有它的踪迹,所以我猜它跑了。"她叹了口气,眼泪夺眶而出。"我真的很喜欢那只猫。"

"噢,玛吉,我真希望能帮帮你。"

"我想和你们两人聊聊,"她说,"现在方便吗?"

这个决定确实让她很伤脑筋。选定居在湾区的艾琳和布伦特?还是选家里有钢琴和花园的林赛和桑杰?他们都很好,同样睿智能干、和善可亲。任谁的孩子能加入到他们的家庭都很幸运。但是最后,她感觉自己被慢慢推向一个方向。她真心希望自己选对了家庭。

"当然方便,稍等一下……"他拿着笔记本电脑,走过一个铺着大理石地板、矗立着柱子的宽敞空间。也许他在银行之类的场所,不,肯定是在他们家里,因为突然之间,他们都坐了在开阔的户外——他是在绿意盎然的草坪边缘,坐在一个露台上。

"嘿,林赛,"桑杰呼喊道,"玛吉想和我们聊聊。"

她知道艾琳和布伦特会很失望。他们很棒,但是有些地方让她犹疑不决。可能是艾琳似乎总需要跟布伦特确认,她会看向他,问"是吧,亲爱的?",或者是因为布伦特将她称呼为"宝贝",这让玛吉联想起吉米·亨特。

布伦特不知道这种联想,他可能是很不错的人。但玛吉向往桑杰和林赛的关系,一种感觉更为平等的伴侣关系。不知何故,在某种她尚未理解的程度上,在更私人的层面上,她已经和他们产生了更深的联结。

在屏幕上,她看到那只狗嘴里衔着一个网球,蹦蹦跳跳地跑进镜头范围里。林赛紧随其后,穿着运动短裤,上身裸露,胸前的汗珠闪闪发光。他从椅背上抓起一件灰色T恤套上。

她怀疑,自己选择他们的一个重要因素是他们都是男性,他们对袭击女性没有半点兴趣。但不止如此。当他们看向彼此时,她从他们脸上读到爱意,哪怕面对社会的非议和质疑,他们也会公开而热烈地承诺深爱对方。考虑到这个孩子是在暴力强奸中受孕的,他可能需要这种承诺和接纳的力量。

她花了点时间来研究他们脸上的表情。"你们好呀。"

"你好呀。"

"我就开门见山了,"她说道,凝视着这两名陌生人,感觉到此时此刻的沉重分量。"林赛·罗克莱和桑杰·拉伊,我想请你们收养我的孩子。"

他们都目瞪口呆地看着她,然后紧紧相拥,似乎与彼此融为一体,他们和她的情绪如出一辙。她毫不掩饰,任凭泪水肆意地从脸上滚落下来。"玛克辛准备好了文件,我们处理完毕就能正式生效,但我想立即告诉你们。"

站在车旁的特鲁利也不禁落泪。

"我说不出话来了。我们对你的感激之情简直无法用言语来表达,"林赛说道,"真的难以言表。能被委以这份神圣的礼物,我们非常激动,甚至有点不知所措。"

玛吉点点头,仍然用猫薄荷的枝条在泥土里乱涂乱画。"整个过程中我也不知所措,但我考虑了很多。我们会挺过去,然后继续前行的,对吧?"如果你身陷地狱,那么就继续前行。

"当然。我们迫不及待想见你,"桑杰说,"我是说,如果你愿意的话。"

"当然愿意,玛克辛说我们可以在她奥斯汀的办公室里见面。"她仍然因为突如其来的释放出狱而感到茫然,无处可去的感觉真奇怪。

"你觉得怎么方便就怎么来,我们都行。"桑杰告诉她。

"我真的是从监狱里走出来的,字面意义上的'走'。我得看看我的车能不能发动,然后想清楚要去哪里。"

269

"你有别的地方住吗?"

"今晚会住在奥斯汀的一家酒店里,之后我会想办法的。"

"我们希望你能拥有所需要的一切,继续你的人生旅途。"桑杰说道,"我们可以提供帮助,以你觉得舒服的方式。"

"他所说的帮助,涵盖方方面面——医疗、咨询、住房、学校——只要你说一句话,我们就能帮你实现。"林赛补充说道。

她瞥了特鲁利一眼。"我会让你们——噢!我的天。"

特鲁利冲了过来。"怎么了?"

玛吉把笔记本电脑放在一边。一只姜黄色的爪子从门廊的台阶下伸出来,拍打着她手里的猫薄荷枝条。

"凯文,"她说道,来回摇动着猫薄荷枝条,"嘿,小家伙,你在这儿,你在这儿呀。"它小心翼翼地躺卧在她的大腿上。凯文的体型消瘦了些,皮毛上沾满灰尘,但它在她怀内放松伸展着,发出了惬意的咕噜声。

"你那边没事吧?"林赛问道。

"没事,"她说道,抱起凯文给他们看,"一切都好,我想一切都会好起来的。"

· · ·

重启一段已经脱轨的人生并非易事。从废弃的房子里,玛吉收拾出一套换洗的衣服、刀具和做罐头的工具套装。当她找回她妈妈那本塞满食谱和笔记的活页夹时,她再次崩溃了。其他东西可以取而代之,这个绝不可以。

丰田车的引擎喘息了几下后,终于发动起来了。

玛吉没有熄火,下车跟特鲁利道别。

"你拯救了我的生命。"她对特鲁利说。

"我觉得你真的很棒,令人难以置信。我从没见过像你这样的人,玛吉,我永远不会忘记你。"

"我也是,也许我们可以保持联系。"

"我很乐意。我俩之间没有挡板了,一起这样出去玩一定很好。"

"噢,天哪,是的,"玛吉说着给了特鲁利一个大大的拥抱,"我得走了,玛克辛在城里的一家酒店给我订了个房间。"她看了看手机。"德里斯基尔酒店"。

"你在开玩笑吧。你去过那吗?"

玛吉摇了摇头,说道:"我这辈子从没住过酒店。"

"那么,做好准备。德里斯基尔酒店可比县监狱高级多了。"

"真的?"

"等着瞧吧。"特鲁利笑了笑,递给她一块口香糖。

玛吉的下一站是去奥斯汀的办公室见玛克辛。她在途中迷路了好几次,后来发现她的新手机有地图导航功能。办公室离法院不远,在一栋不起眼的老式建筑里。外面的办公室有一面展示墙,墙上挂着幸福家庭的合影和成功领养孩子的证明。玛克辛拥抱了她,玛吉不敢相信,自己竟然会如此想念拥抱。

"一切都会顺利推进下去,"玛克辛说,"我有很好的预感。"她给玛吉详细解读了这些文件,并向玛吉保证,在孩子出生之前,一切都有商量余地。"桑杰和林赛想成为你亲密的盟友,"她说,"这是你的选择,完全取决于你。"

"我想我不介意多两位盟友。"

"现在,除了支付你所有的医疗费用外,他们准备提供额外的支持。你没有义务接受他们的帮助,但他们提出了非常慷慨的条件。他们愿意为你支付住房、咨询、教育和各领域培训服务的费用。"

"这……我真不知道该说什么,他们似乎太大方了。"让她自选住房?教育?认真的吗?这听起来好得不可思议。

"他们承诺对你全情付出。记住,接受这些不需要有任何压力,也没有任何附加条件。"

"难以置信,我不知道该说什么。"

"你选得很对。我已经在这一行做了很长时间,我相信你为你的孩子做了一个很棒的选择。更重要的是,他们也做了正确的选择,玛吉。"

"他们说想亲自见我。"玛吉说。

"这完全取决于你。我和他们见过几次面,他们和你预想中的一样友善。"

"我的确很想见见他们。"是的。她想看看孩子会住在哪里。看看他玩耍、吃饭和睡觉的房间。他成长的房子是什么氛围,光线条件,环境气味。

"你明天方便吗?"

她对未来一片茫然。没有工作,无家可归,今晚要在酒店过夜。"当然方便,"她说。

"好的,那你去酒店登记入住吧。我打赌你肯定愿意洗个热水澡,享受送餐服务,然后踏踏实实睡个好觉的。"

"听着像天堂。"

"如果你需要什么东西,牙刷、睡衣或明天的换洗衣物,你可以告诉酒店,并记账在房费上。我是认真的,玛吉。不要犹豫。"

"嗯……那我就直接走进酒店登记入住吗?"略微尴尬的是她从来没有住过酒店,连汽车旅馆都没有住过。

"没错,"玛克辛停顿了下,"找到入住登记处,会有人帮你的。习惯向别人求助吧,玛吉。你一下子要同时经历很多变化,但向人求助是积极的做法。我保证。"

"我得带上凯文，"她说，"它会待在笼子里，但它得跟我一起走。"

"我会提前打电话，确保他们能给你的猫提供住宿。"

玛吉用新手机导航到德里斯基尔酒店。她驶入酒店大堂前，两名身穿制服的门厅侍者立即为她打开车门，以她的名字称呼她。玛克辛一定事先打过电话。有一名服务员帮她停好车——这又是人生第一次。她的车破旧不堪，灰头土脸的，她感到很尴尬。他们帮她提着猫笼和包——一个更好超市（H.E.B.）的环保袋——进入富丽堂皇的大堂。大堂里铺设了大理石，梁柱高耸，穹顶饰有彩色玻璃，弧形楼梯宏伟气派，看似该在博物馆里展览的艺术品点缀其间。她在一张卡片上签了名，被引导至一间套房里。从房间外的阳台上能眺望时髦的市中心街道，俯瞰熙熙攘攘的咖啡馆和商店。套间里的配置让她应接不暇：家具和硬件设施崭新整洁，浴室擦得光洁明亮，配有猫砂盆、冰桶、水果和点心碗，碗里附有经理的感谢卡片。让她感慨万分的是，就在前一天晚上，她还困在煤渣砖砌成的监狱里，这一切感觉好不真实。"噢，凯文，"玛吉说，"这可不是我们熟悉的小地盘了。"

二十

隔天早晨,玛克辛开着她的运动型多用途汽车来接玛吉,带她去见她选中的养父母。"昨晚过得怎么样?"玛克辛问道。

"不可思议,"玛吉说,"我洗了两个小时澡,读了一本叫《美食,祈祷,恋爱》的书,叫了客房服务,还看了电视,这是五个月来第一次睡得安枕无忧。"她穿着简朴的束腰连衣裙和凉鞋,这是她在酒店礼品店看中的。"我怎么感谢你都不为过。"

"不用谢我,"玛克辛说,"这间酒店房间是林赛和桑杰的一番心意。他们希望你能住在一个安全舒适的地方,你想住多久就住多久,所以不用着急找安顿的住所。"

"那真的……哇。"她看到门上的卡片,一晚房费300美元。客房服务的账单价格更是高昂得惊人。"真的太奢侈了。"

"不要担心费用,他们不想让你担心任何事情。"

"我可以把凯文放进猫笼里带上吗?我不能让他单独留在房间里。"

"当然可以,他也是家里的一份子。"

玛吉把猫放进车厢,给自己扣好安全带。她掀下遮阳板,凝视着镜子中的自己。酒店里高档的洗发水比监狱里的劣质肥皂好用得多,她还给头发做了专门的护理。"我看起来还好吗?"

"当然,你看起来很美。"

她一声不吭,看着高速公路、繁忙的商业干道和住宅区在身边快速掠过,最后窗外的景色变为古老典雅的城区。庄严的活橡树在林荫大道上投下树影,街道的名字也很有趣,比如白鸽大道、公牛山湾和斗牛士路。大多数房屋从街上看不见,房屋墙体由希尔地区出产的石材和铸铁栅栏建造而成,爬满了常春藤,保护着墙内住宅的隐私。玛吉偶尔能瞥见一片精心打理的开阔花园。

他们拐进一条绿荫如盖的车道,经过一座挂有"罗克莱和拉伊"名牌的门楼,玛吉倒吸一口气。"这就是他们的家?"

玛克辛点点头。"很别致,对吧?"

"该死,"玛吉说,"你没跟我提过他们很有钱。"

"他们是很棒的一对,取得了非凡的成就。"玛克辛缓慢往前驶去。

玛吉凝望着无边无际的花园,目光落在远处一座类似城堡的建筑上。"他们也好得太不真实了吧?"

"他们并非虚有其表,"玛克辛说,"而是一个很真诚坦率的家庭。我和他们合作多年,他们表现出了超常的耐心,在每个环节都给予充分的理解。他们在这过程中经历了不少挑战。"

"你指的是另外两次不成功的领养。"

"他们告诉你了?"

"昨天我给他们打电话的时候聊起的。其中一名代孕母亲流产过两次,另一名母亲决定和孩子生父一起抚养孩子。我想那肯定很煎熬。"

"整个过程充满了风险。虽说回报是惊人的,但有时这可能是一趟令人心酸的崎岖旅程。"

"我会尽量不伤他们的心。"

玛克辛把车停在一扇铁栅栏门前，按了按键盘，随着咔哧咔哧的机械声响起，铁门徐徐打开。她们驶入车道，经过修剪整齐的草坪和网球场。球场那边是一个能俯瞰西奥斯汀山的无边泳池。她们开进环形车道，停泊在一座优雅别致的石屋前，双曲楼梯通向宏伟豪华的门厅。

"好吧，我们真的不在我们熟悉的小地盘了，"玛吉小声对猫笼里的凯文说道。"该死，"她又说，"请原谅我的语言，但该死。你为什么不告诉我？"

玛克辛瞥了她一眼。"我想你知道答案。"

玛吉点点头。"你是对的。我很庆幸我不知道。"一阵紧张的嗡鸣声在她脑海里响起。亨特家族也很富有。富人知道如何利用体系，如何利用像玛吉这样的人。这对恋人最好不是他们的同类人，她心想。

她们一下车，林赛和桑杰就冲出房子，跑下楼梯。他们张开双臂表示欢迎，眼里噙着泪水。

"我是林赛。"林赛说。

"我是桑杰。"桑杰说。

"我知道，"玛吉说，"真的很高兴见到你们。"

・・・

文书工作和闲聊过后，他们享用了美味的一餐。玛吉对美味的想念超出了她的预想。"我们不知道你喜欢吃什么，所以就让罗莎莉娅什么口味都做一点。"桑杰说。

和监狱里的食物相比，这一顿简直是五星盛宴——激发食欲的阿多波辣椒酱炖煮鲜嫩的鸡肉，佐上新鲜出炉的玉米薄饼；夹着各种配菜的芝士汉堡；虾仁燕麦粥；沙拉搭配的是一种她之前从未吃过的布拉塔奶酪；还有三种饼干配冰激凌作为甜点。

在几个小时内，玛吉的生活从充满变数和绝望的沼泽转变成某种意想不到的处境，给予她安全感和希望。也许吧，她仍隐隐地心存疑虑。一如亨特家族，他们都是有钱人。而她一无所有，浑身只带着被吉米·亨特侵犯和被体系虐待后留下的伤疤。而这些家伙就这样闯进她的生活，提出了一个终极要求：他们想要她的孩子。

然而到目前为止，林赛和桑杰对她的每一个需求都很尊重。他们说，不想让她觉得这是一种交易，这并非她用孩子来换取他们提供的优渥待遇。

他们提出，在她怀孕期间为她提供一个家，她可以选择自己喜欢的住所。得州大学校园附近的乡村小别墅、医院附近的公寓套房，或者他们庄园里的一间客住小屋，配备私人花园和日常女佣服务。

她选择了客住小屋。这勾起了她的回忆——很久以前，在见到奥特姆和塔玛拉·福尔肯姐妹的那天，她看见的那个完美的娃娃屋。现在她要把自己的孩子交给别人收养了，她经常想起那一天。眨眼间即可定夺人生。手指轻触鼠标垫，整个人生便完全改变。孩子会喜欢这里吗？喜欢这里环境奢华，有求必应，还有两位热切宽容的父亲？他或她会像那些女孩一样，变成愤世嫉俗的青少年吗？

玛吉永远都不得而知。但在接下来的几个月里，她很高兴地把凯文带到这间井然有序的小屋，屋里的书架上摆满了书，日用织品崭新整洁，还有一个功能齐全的小厨房。

在她安顿下来后，桑杰对她说："边界由你来决定，我们会尊重你。我们的目标是让你感觉到支持，无论你需要的支持是什么。你出入自如，我们只是你的邻居，大多数时候都很安静的。"

. . .

她人生中第一次做定期医疗检查,期间了解到各种各样的信息。她无蛀牙,视力达到 20/20,A 型血。虽然体重偏轻,但她的身体情况基本良好。尽管过去的几周她感觉难受,但婴儿还是健康的。婴儿,婴儿。玛吉还在努力适应这个说法。她一直觉得自己总有一天会成为母亲,但那始终是一个模糊而遥远的想法。而且她的预想和现状截然不同,现状就像是……她临时出租了身体里的空间。

最令人担心的问题是焦虑,这可能是她呕吐这么频繁的原因。医生建议她咨询性侵犯创伤专家。对玛吉来说,看心理医生是一个陌生的概念,她不知道会发生什么。治疗师的名字叫埃尔克·泰勒,她大部分时间都在倾听和确认信息。她说,对玛吉来说,找准自己的路很重要,这样她才能主动做出决策,继续过好自己的人生。没什么灵丹妙药能驱散过去的梦魇。

埃尔克推荐了一门专门面向袭击幸存者开设的自卫课程。训练时,攻击者会戴着面具和护垫,起初玛吉连看到都会胆怯,后来她的自信心逐渐增强,因为她了解到,当她面临威胁且事态无法平息时,她有办法打败对手,无论对方体型多么庞大和强壮。

尽管因为怀孕,他们不让玛吉练习任何有风险的动作,但自卫课和心理治疗很有帮助。吉米·亨特强暴她的那个夜晚依然在记忆里不断闪回,但她学会将自己抽离出来。她对那次袭击的记忆逐渐被掌控局面的新记忆所替代。

她时不时地会感到内心有一束温暖的光,她意识到这就是希望的感觉。

有时晚上,林赛和桑杰会邀请她过来。他们一开始有些犹豫,并不想打扰她,但她乐意他们陪伴在旁,也喜欢他们那幢令人惊叹的房子。她最喜欢的房间是图书馆,每一面墙都是从地板延伸到天花板的书架,每一层都摆满了书,她读得津津有味。林赛似乎读过房间里的每一本书,他喜欢和她讨论阅读。她很高兴能有这样的陪伴,尤其喜欢听桑杰弹钢琴。一天晚上,他布置了一个可以跟唱的卡拉OK屏幕。她的歌喉没有特别亮眼之处,但音调唱得很准。她唱了自己最拿手的、被她奉为经典的歌——碧昂丝的《不可替代》,她的表演还算差强人意。

一天晚饭后,她鼓起勇气,聊起食物的话题。餐食很健康,大部分都是精心准备的,但玛吉怀念烹饪的感觉。埃尔克鼓励她在各种形式的自我表达中寻找价值。对玛吉来说,这意味着去构思和描摹她梦想中的餐厅,那家她和她母亲曾无比向往的餐厅,假装这是个有天终会实现的梦想。她怀念在厨房里的时光,所以她抓住机会,问道:"听着,我知道你们雇了一位很棒的厨师,但我希望能偶尔给你们做做饭。"

"我们还以为你永远不会问起呢,"林赛说,"需要什么,列个清单就好。"

这是她乐意钻研的那种盛宴。她做了软嫩脱骨的肋排,先在极其高级的露台烧烤架上烟熏,然后将肋排转至慢火烤炉中烤制完成。她准备了三种酱汁和她最拿手的配菜——自制的玉米面包配胡椒果冻、文火慢炖的猪肉蔬菜汤和沙拉。沙拉的食材是从当地农贸市集买来的原种番茄、烤桃子和香草,上面浇了一勺布拉塔奶酪。最后以蜂鸟蛋糕作为甜点,毕竟谁不喜欢蜂鸟蛋糕呢?

当他们坐下来吃饭时,玛吉的心情在逐渐减弱的胆怯和信心满怀之间摇摆不定。他们品尝着她做的食物,脸上的表情告诉她,这一顿做得很成功。

"这真是太好吃了,好吃得我要哭了。"桑杰说。

"真的很美味,"林赛附和道,"你年纪轻轻,真是天赋异禀。"

"谢谢,我真的很热爱烹饪。"她告诉他们自己调制过小批量的酱汁,他们似乎很感兴趣。

那晚之后,他们邀请她随时过来展示厨艺。她按照母亲教她的方法,用白百合牌面粉和刨丝器刨出的黄油碎,给他们烹制蜂蜜黄油炸鸡和白脱牛奶饼干。她还做过烤茄子配香菜青酱、肉酱千层玉米面、烤玉米和炸腌黄瓜。后来,玛吉拿出了她妈妈的高压锅,重拾配制酱汁的工作。

他们为她的厨艺而疯狂。一天晚上,桑杰问:"孩子出生后,你希望你的生活是什么样子?"

"我想我会找个地方工作,餐饮工作。我很擅长,这也是我喜欢做的。山下那家乡村俱乐部的早餐部门经理已经说要雇用我了。"桑杰和林赛都是俱乐部的会员,因此她也能享受会员身份,随时在那用餐,但她从来没去过。那所餐厅过于讲究和浮夸。带纹身的厨师和服务员会在厨房后巷里休憩,和他们在巷子里打交道反而让她感觉更自在。

"你想在那儿工作?"桑杰问道。

"我一直在工作。休息最长的一段时间是我被关在监狱里的日子。"

"假设你可以做任何你想做的事,什么都可以,那会是什么呢?"

她思考了一会儿。她妈妈过去常常夸她很聪明,总在学校里得高分。"无论你做什么,"妈妈总是告诉她,"跟着你的星星走。"

"妈妈,我的星星是什么?"玛吉爱问这个问题,因为她喜欢妈妈的回答。

"嗯,你的星星能一直指引着你,做自己最想做的事情。"

现在她看着桑杰和林赛。"嗯,我想,无论是谁启发的我,我最想做的是给别人烹调食物。"

"很有道理,"林赛说,"在我认识的人里,最快乐的人往往都在做自己喜欢做的事。"

她给他们看了那本塞满食谱的笔记本。她还加了几页,是她给自己梦想中的餐厅描画的草图。晚上,当她辗转难眠,饱受焦虑折磨时,她就继续构思这个计划。草图越来越精细复杂,她的愿景也越来越具象清晰。

她把画纸铺开在厨房的台面上,带着他们在她的梦想中畅游。"我一直都想开一家餐厅,一家烧烤餐厅。"她说。在库比烧烤店工作过的她,深知这个挑战有多严峻。但她也知道,从零到一,创立起一个好厨房、一间好餐厅,能给予她多么巨大的满足感。她服务顾客时,看着对方称心如意,或者在调配酱汁时突然灵光一闪,这些感觉都很难描述。对玛吉来说,这才像是一种有意义的生活,让她的心与母亲紧紧相依——烹调美味的食物,为他人带去幸福感。

她给他们讲述她妈妈做的三明治,描述她从库比·沃森那里学到了多少经验。然后她说:"旧金山。"她脱口而出这个词,因为回忆起她从一本破损不堪的旧杂志上剪贴下来的文章。"那是我想去的地方,我想开餐厅的地方。"

"我喜欢你的想法,"桑杰说,"希望有一天你能梦想成真。"

"你的计划是什么?"林赛问。

她收拾整理好笔记本,把它推到一边。"没有计划可言,我只有一堆想法。"

"如果你的梦想是拥有自己的餐厅,那么这就是你应该做的事。"

"那肯定会很棒的。"她说。

"你觉得这不可能发生?"林赛问。

她耸耸肩。"拜托，我们说的是一件需要多年才能实现的事情。这需要雄厚的资金支持和过硬的专业能力，而我都没有。这事太大了，我脑袋转不过来。"

桑杰往后靠在椅背上，看着他的丈夫。"哦唷。你这么说，他就要来劲了。"

"我控制不住自己，必须说几句，"林赛说，"我在你这个年纪时，就有创办'绿色科技'的想法，那是我的第一家创业公司。我把学费花光了，所以我不得不辍学去储备资金。我一直追寻我的梦想，最后成功了。"

林赛·罗克莱的成功可是个传奇故事，好几本书专门讲述了他的创业史，还有团队制作了纪录片，在电视上播出，甚至上过《60分钟》栏目。他的公司目前主营开发应用程序，适配人人都为之疯狂的苹果手机机型。

玛吉想，不管这孩子是谁，都将是一个幸运的孩子。

"我不会告诉你这很容易，"林赛说，"因为就是很不容易。这完全是，你对某个东西渴求到极致，你愿意为它制订计划，并且竭尽全力去实现。"

"我知道该如何努力工作，"她向他们保证，"但是，我对商业和金融不太懂。"

"这些都可以学。"林赛说。

在她接受心理治疗的过程中，玛吉开始意识到，想让身体康复，最重要的是对自己的人生负责。失控是她最深层问题的根源。恶魔总在黑夜中潜入最隐秘的角落，重新夺取控制权是击败它的关键。埃尔克还提醒她，知道如何以及何时寻求帮助也是掌握控制权的表现。"我精通我所擅长的，"她告诉他们，"但也许更重要的是，我知道自己的缺漏。我需要你们的帮助来补全短板。"

他们交换了一下眼神，又说了一遍："我们以为你永远不会开口求助呢。"

玛吉列出了她需要学习的一切——不仅是如何做出世界上最好的烧烤，还包括如何管理整家餐厅，从店面到后厨。她知道这将是一次艰难的攀登，可能耗费数年光景，但如果它值得拥有，那就值得为之奋斗。林赛和桑杰都同意并乐意支持她的计划，这真的让玛吉喜出望外。从来没有人帮她连点成线，把她的过往和未来想抵达的远方联系起来。过去，她妈妈总是安于现状，就像夏天采集花蜜的蝴蝶。妈妈从不担心未来。林赛成了玛吉的导师，在他的引导下，她意识到，制订计划能给她带来从未有过的安全感。

规划她的未来并非易事。计划并不完美，也没有在午夜的孤独时分，填补她心头的空虚。但这至少是一个开端。

当她第一次报名参加社区大学的课程时，林赛和桑杰开了一瓶香槟庆祝，也给她开了一瓶托帕客气泡水。"敬新的开始。"桑杰说。

"敬新的开始。"玛吉附和着，注视着他们，心里突然掀起了波澜。在这短暂的几个月里，他们不仅仅是导师，更像是家人。她一直都知道，离开她的孩子会很艰难。现在她更意识到，离开桑杰和林赛也很难。她用杯子轻叩了他们的酒杯。"香槟怎么样？"

林赛给酒瓶塞上瓶塞。"你年纪太小，还怀有身孕，不能喝。"

玛吉的医生建议她每天散步，埃尔克则鼓励她尝试练习瑜伽。她参加了一个为孕妇设计的课程，练习室距离她的住所半英里远。

"你介意沃利和我今天陪你散步吗？"她从小屋里出来时，桑杰问道。

"当然不介意，"她回答，单肩背着装有瑜伽垫和水瓶的背包，戴上墨镜和软边宽檐太阳帽。"我喜欢有人陪着。"

"你不怎么社交。"他给狗狗扣上牵引绳，"自己不想？还是没遇到聊得来的人?"

"我喜欢社交,"她说,"和乡村俱乐部里工作的人都认识,在学校也交了几个朋友。但……现在我肚子越来越大,就总有人问我问题。你知道吗?"

粉红色的紫薇沿着车道两旁绚丽绽放,沃利一路上蹦蹦跳跳。他们走到一条蜿蜒通往大路的徒步小径上。

"我不知道,但大概能猜到。比如你的预产期是什么时候?知道是男孩还是女孩了吗?取名字了吗?打算当全职妈妈吗?诸如此类的?"

"正是这样的问题。我是说,我可以毫不费力地解释我是孩子的生母,孩子会被安置到领养家庭。这样一来,要么会陷入一阵尴尬的沉默,要么会招致更多其他问题。人们并不是有意无礼,但有时我觉得他们在评判我。比如,你看起来很健康轻松,为什么要把孩子送人收养?当然,我也可以解释发生在我身上的事情,但这种打破砂锅问到底的对话,什么时候是个头呢?"

"我很抱歉。那感觉肯定很糟糕。"

她斜视了他一眼。桑杰长相出众,他说他40岁了,但看起来要年轻得多。他有着精英运动员的体格,长着一头金色鬈发。"当你和林赛带着一个小孩外出遛弯时,你们可能会遇到一些尴尬时刻。"

他露齿而笑,说道:"我能应付,我很期待处理这件事。"

他和林赛还没有公布这一消息。他们可能不想说出来,怕因此毁掉收养孩子的机会。只有到玛吉签字确认放弃亲权时,收养才算完成。

她根本就不想把孩子留下来自己抚养。

但是,她渐渐明白,不管你愿不愿意,整个世界都可能在一瞬间天翻地覆。她的心里保留了最微小的一部分,仍存一丝念想,希望她体内孕育的孩子可能是宇宙中最强大的力量,强大到她无法转身离开。

然后她会想起吉米·亨特,继而心想,还是算了吧。

他们徒步穿过溪谷,走到一条繁忙的商业街上。街道两旁林立着高档沙龙、点心店、墨西哥薄饼店、时装精品店、家居用品店,还有健身中心。

那是一个美好的秋日早晨。一路上,他们遇到过推着婴儿车的保姆、慢跑运动的人和修剪园林的园丁。这与阿罗约拖车公园的早晨截然不同。那里的人们一早起来,会四处打扫收拾,清理打碎的酒瓶、快餐包装纸和吸食毒品的用具。而这里,是她的孩子即将出生的世界。

玛吉想知道,如果她在这样的社区长大,她的人生将会是什么模样。

他们穿过绿树葱茏的林荫大道,一个女人从一辆新款汽车里下车,横穿马路,径直向他们走来。她拿着一个夹在写字板上的纸质信封,看起来像是在收集请愿书的签名。沃利四腿绷紧地站立着,弓起后背,做出防御的姿态,发出一声低声而谨慎的咆哮。

桑杰拉扯了一下狗绳,低语道:"别这样,伙计。"

"玛吉·萨利纳斯吗?"女人问道,脸上带着虚假的灿烂笑容。

玛吉后退了一步。这个陌生人怎么会知道她的名字?"你是谁?"

女人将纸质信封递给她,硬塞进她的手中。"你已收到传票。"

然后她转过身,往回走向她的车。

"嘿,"玛吉喊道,"这是怎么回事?"

女人没有回头,只是不置可否地挥了一下手臂,然后钻进车里离开了。

玛吉抬头看着桑杰。"这是什么鬼东西?"

"她像是传票送达员。"

玛吉知道什么是传票送达员,她在监狱里读到过。这是一个确保法院传票直接送到接收人手中的角色。

"我们来看看她给了你什么。"桑杰说。

他们坐在附近公共汽车站的长椅上。她双手颤抖着打开了信封,法院传票听着很可怕。她和桑杰一起浏览了这些文件。

又是亨特夫妇。他们代表已故的儿子,把吉米登记为孩子的推定的父亲。

她面向桑杰,知道自己面如死灰。"这是什么鬼东西?"

"这是一种登记父权的方式。"桑杰说。

吉米的父母发表了一份声明,声称他们意图承担孩子父亲的角色,为孩子提供支持、负责监护,以保留亲权。

"等等,所以亨特夫妇还在说他们有权抚养这个孩子?"她问道。她感觉胃里翻江倒海,然后察觉出是胎动。

"我们先回家,整理下思绪,想想解决办法。"桑杰面如白蜡,一改往日平易近人、冷静淡定的形象。他给林赛发了条信息。走在回家的路上,他大步流星,焦躁不安。玛吉得小跑着才能跟上他。

林赛在门口迎接他们。他一把抓过那份包含数页的文件,扫描后发给为他们工作的众多律师中的一位。

"他们要求取得亲权,"桑杰说,然后深究起这份文件。"他们声称我们没有资格,因为我们不信奉基督教价值观。"

"什么?"玛吉发出一声干笑,"抱歉,我知道这一点都不好笑。但他们怎么想的?"

显然,亨特夫妇不知通过什么途径打听到她送孩子领养的细节。"基督教价值观,"她啐了一口,"我知道真正的基督徒是什么样的。我曾在库比和奎因的教堂里,和教徒们一起做礼拜,他们没有一个人到处强奸妇女,也不会把受害者关进监狱。我不敢相信他们竟然会这么说我,尤其是说你俩。"

"相信我,我们听过更难听的,"林赛说,"有时甚至来自对我们真正重要的人。"

"我很抱歉,这糟透了。郑重声明,我觉得你们很了不起。"她曾因为贫穷和辍学,也因为自己身为白人却去黑人教堂而饱受指责和批评,但她从来没有因为她爱的人而被责难过。并不是说她曾经像桑杰和林赛那样深爱过,但是如果她真的找到这样的真爱,她也不会因此而受到谴责。

"你能这么说真好。"林赛告诉她。他通常是那么乐观积极,但现在他的声音里全是倦意。

"我说的都是实话。在遇见你们之前,我看了上百份家庭资料,几乎所有夫妇都很完美。但你们独树一帜。"现在她对他们有了更深入的了解,更加钦佩他们了,因为他们在资料里的陈述句句属实,展示了真实的自我,却没有炫耀财富。

"我们很快就能驳回这个案子,让他们绞尽脑汁去吧。"林赛果断地说。

果然,几分钟之内,他的手机在桌上恢复安静。他触碰着屏幕,拒绝了一通来电,但玛吉已经留意到来电者的名字。她心里咯噔了一下。

"来电的人叫特伦斯·斯威夫特。"

他点点头,"没错。"

"那位帮我撤销指控的律师。"

"对。"

"他是你的律师?"

"我们公司和他的事务所有合作。"

她在心里把这些点都联系起来了。"是你们付的钱,让他把我从监狱里救出来。"

"他是通过私人资助获得报酬的。"

"我来猜猜,是你们提供的私人资助。"她在他俩之间来回扫视。"你们有打算跟我坦白吗?想过吗?"

"我们不是有意瞒你的,"林赛说,"我们唯一的目标是为你提供最好的律师代表。有时候钱能买到更好的辩护,这是一个可悲的事实。"

"我当时还没下定决心选择你们。"

"没关系。哪怕你没有选择我们,我们仍然会为你的辩护提供资助。"

"这太慷慨了,"她提出异议,"你们为什么要这么做?"

"因为这是正确的事情。"林赛说,"我们一生都在努力工作。我们很幸运,有办法为你提供最好的帮助,这就是我们所做的事。这不是施舍,玛吉,你理应得到公正。这也不是一笔交易,这么做是出于爱。"

"是吗?"她问,"我不知道了,这么做感觉像是救人于水火。"她用手按住腹部。"别误会,我很感激你们为我做的一切,所有这一切,"她环视着整个房间,"有时似乎好得令人难以置信。我从来没有相信过自己的运气。"

・・・

斯威夫特事务所派了一位助理律师,他很快就到达他们家。他来自民事案件部门,更详细地解释了亨特夫妇这个举动。"他们在试探各种方法,"他说,"他们已经开设了一个第三方托管的账户,来证明他们是认真对待抚养孩子这事。他们提供了品格证人的证词，找了他们的牧师和社区领袖来作证。"

玛吉对此大为不快。"我只知道，他们抚养成人的那个男孩是个恃强凌弱的恶霸和强奸犯。现在他们想再养一个孩子？是因为他们在养育吉米这件事上做得很成功吗？"她感觉出离愤怒和恶心。她一遍遍地和孩子低语——请千万不要成长为你生父那样的人。"我该怎么办？能把这东西丢垃圾桶吗？"

"一旦接到传票，忽视传票可不是个好主意。"

她不寒而栗。"我必须回法院吗？必须要见那些人吗？"

"当然不是。"

很快，斯威夫特先生的助理律师发现亨特夫妇获取了机密信息，以了解玛吉的计划并追查她的行踪。更骇人听闻的是，他们使用了她强奸案里的材料来确认吉米的父亲身份。考虑到他们在县里的关系，这可能并不难。但是没有法官，哪怕是亨特家族的党羽，也无法推动诉讼继续进行。让她松一口气的是，诉讼很快被驳回了。具体情况她不了解，但她也不太在乎。

经历了传票风波后，玛吉的生活回归到愉快而平静的日常。早晨总是个令她心旷神怡、感觉很不真实的惊喜，她会在别致的小屋醒来，周围花园环绕，她的猫就在不远处熟睡。她觉得自己就像白雪公主，深居简出，被以守护她为唯一使命的男人保护着。但与童话中的公主不同，玛吉并不会做白马王子的美梦。

相反，她为自己规划了想要的未来。她在乡村俱乐部的午餐服务部门工作，还参加了课程，专修餐厅管理的方向。她服用维他命，定期复诊，练瑜伽，上自卫课。她学习园艺、采购、记账和酒店管理。她似乎脱胎换骨，思想随着她体内的新生命而往外拓展。有时，她感觉梦想过于宏大，几乎要把她压垮。但有时，她又感觉自己像是漂浮在意气风发的云端。

大多数晚上，玛吉的焦虑仍然像吉米·亨特的大手一样缠绕着她的喉咙，窒息着她的气道，抽空她大脑里的氧气。她做了瑜伽式的深呼吸。吸气，二，三，四。屏气，二，三，四。呼气，二，三，四……有一些睡梦香甜的夜晚，她很享受其中。

婴儿任性地发育长大，像一种不受她控制的力量，让人不安。当她低头审视自己的身体时，它甚至不像是她的身体，看着奇怪而畸形。

她的妇产科诊室为她报名了分娩准备课程。尽管有些担心，她还是去上了医院的第一节课。课上除了玛吉外，还有五对夫妇，她立马就从他们的眼神中读出他们的种种猜疑。老师是一位分娩护士，看起来就像童话书中的老奶奶。她邀请每对夫妇做自我介绍，聊聊他们预想中的分娩过程。有一对叫桑尼和佐伊，俩人搂搂抱抱，咯咯笑个不停。还有查德和萨莉，虽然害羞得满脸通红，但是洋溢着骄傲。辛迪和彼得是新婚夫妇，两人是铁人三项运动员。玛吉错过了其他人的名字，因为恐慌填满了她的耳朵。

自我介绍演变成感人的故事分享，从恋爱、怀孕、给孩子取名字，讲述到他们对未来家庭的畅想。轮到玛吉的时候，她已经处于焦虑全面发作的边缘。听了这么多暖心的故事，她无法逼着自己和大家说一个男人强奸了我，我开枪打死了他，后来我错过了堕胎的机会，现在我打算把孩子交给一对同性恋伴侣收养。

她咕哝着说身体不舒服，走出房间，一路跑到停车场。她把自己反锁在车上，情绪崩溃，呜呜咽咽地抽泣着，悲伤席卷全身，将她那结实的孕肚包裹得严严实实。吉米·亨特从她身上夺走的东西似乎永无尽头，她永远也不会像课上的情侣那样找到真爱，她永远无法讲起和她孩子相关的甜蜜故事。孩子是在暴力、痛苦和不公中孕育出来的，他的故事是一个永远无法被改写的黑暗童话。

当她努力平静下来后，她给医生发了一条信息，说她不参加后续的课程。她知道做好准备的重要性，但她正学着聆听自己的声音。如果她觉得有什么不对劲，那就是不对劲。那些幸福的夫妇满心欢喜地期待着他们孩子的诞生，她根本无法与他们共处一室。

回到家后，她邀请桑杰和林赛一起参观医院的分娩中心，并参加了与她的分娩教练的私人面谈。

她下一次检查时，医生问她想不想知道孩子的性别。胎儿看起来像棒球手套的内侧曲线，但她分辨不出性别。

不，谢谢，她说。她试着不去想象孩子出现在她的生命中。这样似乎更容易些。

二十一

孩子是在暴风雨中出生的。一场多年一遇的得州蓝色北风，携着狂风暴雨和雨夹雪从西部呼啸而来，在城市里肆虐横行。

玛吉正吃着当天第二个贝果面包，突然有尿失禁的感觉。她意识到发生了什么，在原地僵住了约三秒钟。

她压着嗓子骂了句"糟糕"，然后找到孩子的爸爸们。

赶往医院的记忆一片混沌，不出几分钟，玛吉就躺在一间私人产房里。分娩来得艰难而迅速，宫缩的势头越来越猛，像拍岸的巨浪一样翻滚着向她涌来。疼痛强烈到不像是疼痛本身，而像是一种自然的力量，强大到足以把她抛下病床。分娩教练引导着她应对宫缩，就像船上的救生员抛出绳索，等着她抓住，把她往回拉。

在宫缩之间的间歇期，她奇怪地感到自己与当下的环境分离了。尽管周围的工作人员忙前忙后，她仍感觉自己孤身一人。她身边没有支持她的伴侣、最好的朋友或母亲。这些时候她是多么想念妈妈。玛吉第一次想知道，当她出生时，是谁陪在妈妈身边。玛吉后悔自己从未问过她，妈妈当时也是孤身一人。可能不是在这么豪华的套房里，可能并没有聘请分娩教练、产妇陪护、私人护士来助她度过这个难关。

原计划是用硬膜外麻醉来阻滞她腰部以下的疼痛。他们第一次向玛吉解释这个过程时，听起来既危险又痛苦，但现在，她迫不及待地希望能有任何东西来消除她体内爆发的阵阵剧痛。

但就像其他事情一样，在生孩子这件事上，时机就是一切。在库比烧烤店做山核桃木烟熏蜂蜜牛腹肉时，你必须慢火炙烤，等待时机合适时，才能转移到面火炉上加工完成，烤出焦糖色的酥脆表皮。在分娩中心，给孕妇的脊椎注射药剂也必须讲究最佳时机。

"你的产程比一般人快，子宫颈口已经开到 8 至 9 厘米了，"沃尔夫博士说着，举起她戴着手套的手，像是在做瓦肯人的举手礼[1]。"而麻醉师还在另一位病人那儿耽搁着。"

玛吉牙齿打着颤，问道："还有多久……？"

"不好说。你得能够坐起来，保持不动，允许 3 英寸的针穿刺给药，整个过程大约需要 10 分钟。孩子即将出生，所以我们可能错过了时机……"

其余的解释在下一次宫缩的迷雾中消失了。玛吉只知道，那个本该可以缓解疼痛的方案已经不再可行。她张开嘴，发出一声类似恐怖电影音效的号叫。

"但黑暗中总有一线光明，"分娩教练说，"现在你已经完全扩张，可以用力了。"

他们告诉她，对于初产妇，这个分娩过程有时会持续好几个小时。一想到要在这种痛苦中煎熬一整天，玛吉就无法忍受。于是，他们一说让她用力时，她就全力以赴，往下推压。

床尾一阵骚动。穿着手术服、戴着口罩的医护人员迅速就位，产房护士、技师和保育员围在她身旁。儿科医师也到场了，她的鞋底在油毡地面上发出吱吱的响声。另一名护士则站在门边的电脑旁。

---

[1] 源自电影《星际迷航》中瓦肯人的见面礼，其功能类似于打招呼。手势是中指与食指并拢，无名指与小指并拢，最后将大拇指尽可能地张开。——译者注

就在玛吉准备用力再推时,另一位女士来了,她自我介绍是沃尔夫博士的产科技师。她推着一个带轮的托盘,托盘上摆满了装在密封包装袋里的器械。沃尔夫博士穿着手术服,戴着口罩和面罩,站在玛吉的两腿之间,就像站在本垒板上的棒球教练。

"做得很好,"她说,"孩子快出来了。你感觉如何?"

"我能结束了吗?"玛吉气喘吁吁地说。

"一切尽在你的掌握之中。我们再来,"医生说,"你做得很好,非常棒。"

他们指导她完成最后的呼吸和推挤。在一阵急促的移动和混乱后,孩子突然降生到世界上,它浑身光滑暗红,带着面糊似的的胎儿皮脂。房间里出奇地安静,只听得见玛吉自己的喘气声。一阵剧烈的疼痛再次席卷全身,这次排出的东西无声无息,很快就滑过去了——那是胎盘,婴儿曾经临时的家,现在被永久排到体外了。

疼痛感瞬间消散了,似乎从来没有发生过,取而代之的是一种漂浮着的好奇感。房间里的人互相窃窃私语,他们看向彼此,隔着起褶皱的口罩和面罩,眯着眼睛笑。

接着响起另一个声音,像一只小羊羔断断续续的咩咩叫。

"准备好抱你的小家伙了吗?"分娩教练问。

很奇怪地是,玛吉先是感到麻木,然后放松下来,身体终于卸下负担。"嗯,"她说,"嗯,准备好了。"

有人建议她抱紧孩子,和这个她将永远放弃的孩子建立联系。这是放手仪式的开端。悲伤是不可避免的,让母亲回避新生儿并不会减轻半点悲伤。

为了宝宝着想,屋里灯光调暗了。玛吉可以看到孩子那污迹斑斑的黑发、稍显凹陷的脸和苍白的眼睛。宝宝目光茫然,但眼神似乎聚焦在她的脸上。她抬起双臂环成一圈,孩子的小脚从蓝绿色的手术包布中挣脱出来，在天花板的映衬下，显得那么纤细柔弱而又强壮有力。

她体内涌起一种强烈的感觉，强烈到无法用言语来形容，似乎某种全新的情感在那一瞬间迸发而出。

她将孩子完全拥入怀中，甜蜜的重量压在她的胸口上。宝宝刚刚从幽暗的庇护所里来到世上，熟悉地做着伸展动作，鼻子一抽一抽地发出安静的声响，小手长得像神奇的小海星。

过了许久，分娩教练凑近她，问道："你感觉如何，甜蜜的妈妈？"

"很好，"玛吉说，声音哽咽着。她清了清嗓子，重新回答了一遍："我很好。"

"你做到了，太棒了，真的很了不起。这次生产非常理想，快速而专注。"

玛吉目不转睛地盯着她怀里的襁褓，孩子温暖而充满活力，脸上洋溢着生命的色彩。宇宙中没有任何力量能把它从她手中夺走。

"男孩还是女孩？"她轻声问道，震惊地意识到自己还不知道。

"男孩，"教练说道，"健康完美的小男孩。"

那难以名状的情感又一次在她的全身流淌着，震颤着，像彗星的尾巴划过她身体的每一个细胞。那种感觉深入骨髓，她知道它将永远留在自己体内，无论孩子在何种情况下受孕，这种与他的联系都永不断开。看看我做了什么，她想。看看我做了什么。

她有一种强烈的冲动，想蜷缩在孩子身边，让整个世界消隐退却。她漂浮在一种由疲惫、宽慰和欢欣筑成的梦幻状态中，她渴望自己能多花几个小时、几天、几个星期甚至几十年的时间，来消化刚刚发生的事情，去探索孩子的每一处细节。

但有件事她必须做。尽管她的手臂不允许她这么做，她的内心深处也不希望她这么做。

玛吉看着她的小男孩，那俊俏的脸庞和鼻子、红润的小嘴、娇嫩的脖子和锁骨，这个在她心房下长大的陌生人，现在已经成长为完全成型的独立个体。她俯下身来，把嘴唇贴在他那有着完美贝壳状轮廓的耳朵上。他的气味是世界上独一无二的，她知道她会一直记得这个气味，直到她生命的最后一天。"你来了。真不敢相信你来到人间了。"她柔声说着，连呼吸都是悄无声息的。"我希望有一天，你能知道你曾救了我的生命，真的。当初我不想要你，我想摆脱你，我只想让你消失得无影无踪时，是你给了我目标，是你让我的生命变得有意义。怀着你，是我继续活着的唯一动力。"

她感受到的感激之情强烈到能撼动山海，但与此同时，她的内心也充斥着前所未有的悲伤，甚至比她缅怀母亲时的悲伤还要沉重。

对，有件事她必须做。

我们的故事到此结束了，她对他说。她又把嘴唇贴在那只小耳朵上，然后贴在他的额头上，她的心在和他对话。

汗水和泪水让玛吉浑身湿透，但她积攒起不知从何而来的勇气，努力说出那句话。

"他需要见见他的爸爸们。"她说。

林赛和桑杰肯定就等候在几步之外，因为他们几乎是瞬间就进了产房。他们穿着手术服，戴着口罩。桑杰似乎绊了下脚，跌跌撞撞地被林赛扶了起来。

"玛吉，宝贝。"林赛低语道。

她知道，她的微笑夹杂着郁结在胸口的痛苦，悲伤的情绪难以掩饰。"想抱抱你们的儿子吗？"

护士给他们拿来了椅子，这是对的，因为两人的膝盖打着颤，貌似连站都站不稳。

玛吉的手臂不想交出孩子，但不知怎么她就默许护士把他抱走了。不一会儿，孩子就被环抱在两个男人形成的小圈里。她取下医院配发的妈妈腕带，把它戴在林赛的手腕上。

这对新父母和孩子紧紧拥抱着，他们强有力的双手和胳膊颤抖着。泪水打湿了他们的口罩，他们目视着这个小陌生人，感受着与她同样强烈的情感。和她一样，他们无法从孩子身上移开视线，也无法忍受与他分离。

第四部分

说出真相是一个美丽的举动,即使真相本身是丑陋的。

——格伦·邓肯(Glen Duncan),英国作家

二十二

玛戈遥望着海湾的景色,金门大桥的橙红色悬索在天际划下痕迹。远处,天空被黄昏染成紫金色,一艘纵帆船翩然驶过。入夜后渐有凉意,微风中飘散着柏树的气息,她蜷起双腿,用手臂抱紧膝盖。海洋仿佛在空气中流动,糅杂着被风侵袭的冬青树的气味。她看不懂杰罗姆的表情。震惊?悲伤?可惜?

她觉得筋疲力尽,浑身疼痛,仿佛在烈日下跑了很远。"现在你知道了,"她说,"我多希望这不是我的故事,但我无法摆脱我的过去。我花了很长时间努力逃离它,但过去一直如影随形,它成为我的一部分。我想现在告诉你,是因为……好吧,我俩的关系越来越亲密,而你有孩子,你应该知道。"

"啊,玛戈。我憎恨发生在你身上的事,但我不憎恨你的故事,因为那是你的故事。这……听到你的遭遇,我非常难过。"他站起身,扶她站起来,然后把她拥入怀中。这个拥抱是那么温柔,那么热烈,那么包容,她恨不得融化在他的怀抱里。她把脸颊贴在他的胸膛上,揭开遮掩过去的帷幔让她心力交瘁。

"我很高兴你现在在这里,"他说,他把头埋在她的发梢里,话语含糊不清,"我很高兴你熬过来了。"

"没有,并非如此,"她坦承道,"过去的事……并不会永远过去。无论我去哪里,无论我和谁在一起,过去都紧随其后,无法逃避。"

他抓住她的双手,紧紧地握着。"可恶,真该死。我不敢想象你受到过那样的伤害。"

玛戈摸了摸她的脖子,然后下意识察觉到她在做什么,便把她的手放回杰罗姆的手中。她低头看了看他们紧握的双手。她的手指曾扣动扳机,葬送了一条性命。杰罗姆既然知道事实了,他也会这么想吗?"你可能有不少疑问。"

"想了解所有事情,"他同意,"但最重要的问题是,你还好吗?"

她耸了耸肩,望向那趋于崩坏的悬崖。"有时候我觉得我永远都不会好起来,"她说,"有时候又觉得我已经好了。大多数时候,我都是一团乱麻。我会一直对我夺去他人生命的事实耿耿于怀。"

"你没有别的选择。"

她又摸了摸脖子,揉了揉喉咙上的隆起。"为了证明这点,我需要一位我请不起的律师。当我在监狱里时,有些事情总会拖延,漫长到我以为永远都不会结束。我想,我向来认为公平和正义是理所当然的。后来才意识到,争得公平需要大量的金钱和权力,我有点震惊。"

她留意到了他的表情。他当然了然于心,作为一名黑人,他目睹并经历过太多不公平待遇。她试着想象,如果她是有色人种的女性,那晚的结果会是怎样。她很可能在警察赶到的那一刻就被击毙了。

"我真的很高兴你挺过来了。"杰罗姆说。

"我……是的,但我用孩子换取了自由。我必须接受这个事实。"

"拜托,别这样,事情不是这样的。"

"好吧,不完全是。我的确很早就考虑过堕胎。"她提醒他。他必须明白这一点,因为如果他对此有意见,那就没有什么可讨论的了。"一想到被迫怀孕,在监狱里分娩,生下强奸犯的孩子……这太可怕了。我身体里的每一个细胞都抗拒生下他的孩子,我满脑子想的都是终止妊娠。我不知道你怎么想,但我不会因为我想堕胎而感到抱歉。"

"这不由得我来评判,"他立马回应,"我永远不会因为你终止不想要的怀孕而批评你。事实上,你选择了收养——这很了不起。"

"不,"她直截了当地说,"那是走投无路的决定,我没有别的选择。这个决定确实导致了一些意想不到的事情发生——它让我对自己的处境重新获得了部分掌控权。事实证明,一个选择收养的女人,即使是一个被关在监狱里的女人,得到的支持比一个需要堕胎或打算留下她孩子的女人要多得多。"

"你的感受,你的行为……都没问题,玛戈。没关系的。"

她打了个寒战,他伸出胳膊搂住她,两人开始向车走去。"现在看来……是合适的。一命换一命。"

"你……如果太私密的话,你不必回答。你和那个孩子还有联系吗?"他的问题勾起了她的回忆,即使多年过去了,记忆仍栩栩如生,恍如昨日重现。她回想起,她坐在医院的摇椅上,抱着孩子,将他抵在丰满而疼痛的乳房上,当时她正准备送他离开。她对着怀里的襁褓,轻声道着最后的告别,悲痛得撕心裂肺。

她在放弃亲权的文件上签字时,手是颤抖的。尽管她明白,从那一刻起就已成定局,无法回头,但她还是忍不住去想她和孩子可能会过的生活,那将是什么样子的。也许就像她和母亲一起度过的童年,他们会勉强维持生计,但因对方而找寻到快乐。又或许,她看着孩子时,会想起是那个残忍的强奸犯让她怀孕的。她所做的决定让后两个场景无法实现。

即便如此,她的命运还是与她所创造的小人紧密相连。她永远不会忘记他在她怀里的甜蜜重量。她会错过他人生中那些里程碑式的时刻,也会因此心生好奇——他的生日、假期、迈出的第一步、会说的第一个字、开学日、第一次学会骑自行车。这些生命中的重要事件一点点上演,无论他走到哪里,她的一部分会与他形影相随。

有时玛戈渴望打破她与孩子之间建立的界限。如果她想留在孩子附近,或者想保持联系,观察孩子和他爸爸们的生活,她相信他们是不会反对的。但她总是让自己远离那些冲动,时刻提醒自己,放手,让他去过已经为他选择好的人生。

大多数时候,她能平心静气地面对自己为孩子做出的选择。尽管如此,这是一种永远不会消退的痛楚,但她能控制好。

她试图向杰罗姆解释:"我们没有联系。但你创造出一个生命后,有些事情会发生。你有孩子,所以你明白的,对吧?你和孩子的命运从此交织在一起。但领养之后,你所创造的最神圣的宝贝就会离你而去。你不能把他抱入怀里,你不能撕破你俩之间的界限。这是一种空虚的感觉,就像身体里缺失了一部分。"

"啊,亲爱的玛戈。"他边走,边把她搂得更紧。

"圣诞节时,我每年都会收到他爸爸们的来信。他们给他起名为迈尔斯。几年后,他有了一个妹妹,小女孩叫贾雅,从印度收养的。桑杰——其中一个爸爸——也是印度裔。"她擦了擦脸颊。

"那……我真希望我知道该说些什么来帮你解决这个问题。"

问题就在这,她需要解决问题。但她不想做一个需要依赖别人来疗愈自己的女朋友。"我在尽我所能地照顾好自己,做心理咨询,上自卫课,拼命工作。"

"是的,但你感觉如何?"

终于能和别人聊起她的烦心事,而且这个人不是因为接受了报酬才听她倾诉的，这令她很惊诧，甚至有点尴尬。"对于发生了什么、我做了什么、事情结果如何，我心里都清楚得很。但说实话，我不能说我没有遗憾。我想过，如果我的生命中有了那个孩子，会是什么样子。今天和你的孩子们在一起的时候，我真的很受打击，"她留意到他的表情，赶紧补充道，"不是消极的打击，而是一个提醒。我心里有一部分永远不想放下我的孩子，总是惦记着他——那个我只抱过几次的小男孩。他太重要了，根本无法忘却。我会想起他，想象如果他在这里，生活会是什么样子。我们可能会去野餐，或者学武术动作，或者像你的孩子一样犯傻。我会想象他的房间会是什么样子，还有些生活琐事，比如带他去理发，教他游泳或骑自行车，所有你和孩子一起做的事情。这种渴望的感觉淹没了我。现在我懂得不去抗拒这种感觉。有时我会闭上眼睛，静止不动，从我内心最深处传递出爱和善意，我希望这些爱和善意能触达到他。"

杰罗姆停了下来。他使劲咽了口唾沫，她看到他眼里闪烁着泪光。"该死，"他哽咽着说，"我不知道该说什么，真希望我那时就认识你，真希望我能保护你。"

她也希望那样。然而，如果这一切没有发生，她就永远不会遇到他。

"我很高兴你现在和我在一起，"他说，"我爱你开启了全新的生活的努力。我爱你。"

玛戈往后一缩，抬头看着他，目光紧盯着他。除了她的母亲，从来没有人对她说过这句话。他永远也不会知道，玛戈付出了多少努力，才做到和他交往时不退缩。他值得所有的努力，他值得。她想说点什么，但只会发出嘶哑的声音，所以她保持沉默，眨着眼睛强忍住眼泪。

他把她的脸颊捧在手心。"我是认真的。这种感觉已经有一段时间了，我想了很多，不确定是否应该告诉你。你什么也不必说，什么也不必做，但我想对你说这些话，而现在——"

"停，"她小声说，把两根手指贴在他的嘴唇上。"别说了。"她把嘴凑到他的唇边，吻了他。他们亲吻着对方，世界仿佛停止了转动。几分钟后，她抽身远离，把脸靠在了他的胸口上。她能感觉到他的温暖，听到他那平稳的心跳。"这可能是史上最棒的吻。"她说。

"你还可以期待更多。"

"我有信任问题，"她说。

"完全理解。我会赢得你的信任。"

"不是你的问题。我最不信任的是我自己——我的判断。我不是什么随机的强奸受害者，"她说，"我选择了他，我和他约会过。我邀请过他来我家，给他准备晚餐。这意味着什么？"

"意味着，你当时很年轻，你没有觉察到危险信号，你没想到有人会伤害你。"他把她的脸仰到他面前，"我永远不会伤害你，我发誓。"

"我想对你说同样的话。但我从来没有恋爱过，以前从来没有人爱过我，我不知道该怎么做。"

他温柔的笑声让她泛起暖意。"你知道我在想什么吗？我在想，你这辈子遇到过很多坎坷，比大多数人过得都难。但此时此刻，不再是坎坷。相反，你将迎来轻松的幸福。"

· · ·

玛戈频繁地想着杰罗姆——他的眼睛，他的双手，他的嘴唇。她不是坠入爱河，因为坠入意味着某些突发的事情，暗示着意外和错误。不，她对他的感情是日积月累的，这既令人激动，又引起她恐慌，甚至她在应该专注于工作的时候，也被这种感觉分了神。

最后，她鼓起勇气穿过厨房，来到"糖"的工作区，发现他正在电脑前努力工作。烘焙店里的空气总是那么香甜。"我会打扰到你吗？"

"是的。"他在椅子上转过身来，"但没关系。我正要结束今天的工作。"

"你星期一能过来吃晚饭吗？还有，我希望你能来过夜。"她能感觉到脸颊发烫，微微潮红。也许她应该发信息邀请他，而不是像这样径直走近他，与他当面说话，迫使他做出仓促的决定。

笑意在他的脸上逐渐泛开。"我需要带点什么？"

"带你自己就好。"

"那很好，"他说，"到时见。"

・・・

玛戈给杰罗姆准备了虾仁燕麦粥，配上浓郁的索诺马霞多丽白葡萄酒，用柠檬派作甜点。

"哦，亲爱的，"他边说，边帮她收拾餐桌，"饭菜太可口了，我感觉你已经和我做爱了。"

"哦，亲爱的，"她说，"我才刚刚开始呢。"她拉着他的手，领他进了卧室。猫一脸困惑地看着他们，然后从床上滑下来，踩着小碎步离开了。玛戈面带微笑，但她的心却怦怦直跳。她曾有过约会，但因为她在亲密接触时总是畏手畏脚，这些约会最后不欢而散。她之前的尝试都失败了，但她不想让杰罗姆失望，因为他对她来说太重要了。在他身上，她第一次渴望除了亲密行为和释放欲望以外的东西。他占据了她的心。她轻声喘息着，听起来像是在抽泣。

"你还好吗?"他问道,把她抱在怀里。

"还好,我……很好。但这太多了,你给予了太多。"她吸了口气,"你的生命中拥有很多爱,杰罗姆。你知道爱是什么感觉。而我,我还在寻找。"

"不管怎样,"他说,"我从来没有对其他人有过这种感觉,直到遇见你。"

他缓慢推进着。当他们相互交融时,他确保她有充足的安全感。她完全沉浸在和他共度的时刻,她的内心和脑海只专属于他。他们对彼此仍不熟悉,过程中偶有笨拙和尴尬,但也有幽默和爱意,最终两人收获了快乐。

这是一个漫长的夜晚,他们几乎没怎么睡。玛戈陶醉其中,感觉如空气般轻盈。当她透过窗外看到黎明的曙光时,她笑了。杰罗姆伸了个懒腰,用鼻子蹭了蹭她。"我今天要请假。"他说。

"我俩一起过吧。"她带着愉悦叹了口气。

"你想做什么?"

在那一刻,一切似乎皆有可能。"你知道我一直想做什么吗?去纹身。"

"哇,什么?"

"就是纹身,我从来没有纹过身。"

"我完全没想到。我喜欢你大脑的思考方式。"

她轻声一笑,手指轻轻摩挲着,玩弄着他赤裸的胸膛。"我的大脑没有在思考,我的大脑现在只想着玩。"

他颤抖了一下。"呃……我们说到哪了?"

"纹身。"

"什么样的纹身?"

"我……别笑,我想纹一个撒盐罐。"她从床头柜上拿起一叠纸,给他画了一幅草图。"你觉得怎样?"

"极客纹身,"他说,"这很酷。纹在哪里?请不要说你的脖子或后腰。"

"不可能。如果纹了看不见,那纹身有什么意义呢?我想纹在小腿上,就在我靴筒的上方。"

"那你就应该去做。"他蹭了蹭她的脸,她能感受到他在清晨新长的胡茬。

"你愿意和我一起去吗?"

"你害怕吗?"

她耸耸肩。"你可能得按住我。"

· · ·

他们去了珀迪塔街和恩孔特拉街十字路口处的红狗纹身店。纹身师尼克尔认出了杰罗姆。"送哥拉奇的男人,"她说,"你满足了我怀孕时的所有食欲。我能为你做些什么?"

"我只是来这里支持我的女人。"他说。

"哦,我现在成了你的女人?"玛戈笑个不停。尼克尔做了一个模板,开始工作。噪音、痛苦和鲜血抹去了玛戈脸上的笑容,但她紧紧抓住杰罗姆的手,努力支撑下去。这是她以前从未有过的体验,既灼热又冰凉,完成后,她有种奇怪的脆弱感。

"你呢,大块头?"尼克尔问杰罗姆。

"我也要纹她那样的。"他说着露出了脚踝。

"真的吗?"玛戈问道。"那太酷了。"

"只是需要换个图案。"他用手机给她看图片。

"这是什么?"尼克尔问。

一阵快乐涌上玛戈的心头。"是一个糖罐。"

等到两人的纹身伤口痊愈时,他们已经是一对了。杰罗姆和玛戈约会过的其他男人完全不同。她已经感觉到了,这种感受很特别。不能和杰罗姆在一起的每一分钟,她都感觉焦躁不安。而当她和他在一起时,又觉得时间飞逝。他们各自的工作都很繁忙,有时他们只能满足于在厨房里与对方擦肩而过,交换一个神秘的眼神。

她总是以为,自己不明白爱是什么。最近她一直想起她的母亲,思念着她,想告诉她杰罗姆的事。妈妈曾柔声细语地对她说:"你是我的幸福源泉。"那个场景玛吉仍历历在目。然后,玛吉意识到,她确实知道爱是什么,她知道那是什么感觉。多亏了母亲,她一直都知道,但混乱的过去让她遗忘了。

有一次,她在餐厅厨房里遇到杰罗姆,他用鼻子蹭着她的脖子,她悄悄对杰罗姆说:"如果这段关系破裂了,那我们就要完蛋了。我们得共用这个空间。"

"噢,我们会有完满的结果的,别担心。"

"你听着对自己很有自信。"

"我有岁月赋予的睿智,你得相信我。"他说。

另一天,玛戈正在做她最不喜欢的文书杂务。眼前她要处理的,是一堆奥克兰社区大学的表格。"为员工提供的学费资助。"她告诉杰罗姆。

"你能着手做这件事,真的很酷,"他说,"你的一切都很酷。"

"停。"

"真的。你把这间厨房变成了工作的地方,一个安全的空间。自从你和我说了得州的事后,我就明白了。"

她的自豪之情油然而生。"谢谢你这么说。"她还将一定比例的利润捐给了计划生育帮扶协会和阿米加基金会。每年的圣诞节和复活节,班纳溪的希望教堂都会收到一位匿名捐赠者的大笔捐款。

"提问,"杰罗姆说,"你觉得婚礼怎么样?"

这问得她措手不及。他在问什么?"婚礼,我承办过不少婚礼餐饮服务。"

"愿意陪我参加一场吗?不是以餐饮供应者的身份,以受邀宾客的身份。"

她倒吸一口气。"艾达和弗兰克吗?"

"对。"

"哇,真的吗?当然,一万个愿意。我很荣幸能和你一起去参加他们的婚礼。"她为他们感到兴奋。弗兰克和艾达自从重逢以来,就一直形影不离。杰罗姆已经习惯了弗兰克的存在。他发现他们之间有些奇特的相似之处——他们不仅都患有哮喘,还都是左撇子。他们最爱的冰激凌口味是枫糖核桃,两人都不喜欢香菜的味道。他们都弹奏尤克里里。在学生时期,他们最喜欢的科目都是化学。

从一开始,艾达和弗兰克就拒绝保守秘密。他们把各自的孩子和孙辈都约到一起见面,期望一切顺其自然。玛戈和杰罗姆一起见了弗兰克的儿女和孙辈。他们对彼此都很陌生,也很谨慎,但就像杰罗姆一样,在最初的震惊过后,格雷迪和詹娜都为他们的父亲和艾达感到高兴。反正,在玛戈看来是这样的。但说到家庭的内部关系,她就知之甚少了。和杰罗姆在一起后,她能频频对他们的家庭投去好奇的目光,体会身处一个混乱吵闹、兴奋激动的家庭是什么感觉。

. . .

一天,玛戈正坐在办公桌前,为穿什么去参加婚礼而苦恼,这时她的手机屏幕上出现了一个陌生号码。得州区号。她立即犹豫了,正想挂断电话。然后,她带着倔强挑衅的语气,接起了电话。

"我是巴克利·德威特,"对方带着拖腔慢条斯理地说道,"还记得我吗?"

她噗嗤一笑。"你在开玩笑吧?我当然记得你,巴克利。大概一百年前吧,你为我的酱汁写了第一篇评论,我永远不会忘记。你是怎么找到我的号码的?"

"我现在是一名调查记者,"他说,"以前我当烤肉美食编辑的助理时,还开了一个法律博客,从那时起我就初露锋芒了。"

"是吗?替你高兴。"

"我现在是《得克萨斯月刊》的资深撰稿人。我在《远方旅行》上看到了报道你那家餐厅的文章,从照片上认出你来。祝贺你,玛吉。看起来你做得很好。"

"我现在改名叫玛戈了。"她说。

"我注意到了。玛戈·索尔顿,主营一家名为'盐'的新餐厅,口碑很好。方便说说你为什么改名字吗?"

她不确定他对她的故事知道多少。从她从县监狱释放的那一刻起,林赛和桑杰一直保持警惕,时刻注意保护她的隐私。"我想你知道,巴克利。"

"吉米·亨特事件。"

她那地狱般的一年只被称作一次"事件"。她脉搏加快,将手伸向喉咙。"你在查什么,巴克利?"

"我想写一篇关于吉米·亨特死亡当晚的文章,给《得克萨斯月刊》供稿。"

"绝对不行!该死!巴克利,我为什么要提起这件事?"

"因为很多人仍然不知道真实的故事。"

"我没有义务去启发他们。对不起,巴克利。"

"玛吉,玛戈,我完全可以依据《信息自由法》,了解故事的细枝末节,但我希望和你相互配合,彼此尊重。我宁愿听听你的讲述。我知道这个请求——"

"事情远比你想象的严重。"她声音颤抖着说。

"那就告诉我,告诉全世界,你的亲身经历很重要。我希望你能发声,讲述你的故事,而不是由我来描述从文件中搜刮到的蛛丝马迹。"

玛戈不想因为自己的过往而变得束手束脚,她从来都不想。但这不就是她现在正做的事吗?不就是她从2007年以来就做过的事吗?那个故事,不就是她从不让自己坠入爱河的原因,也是她对待杰罗姆如此谨慎的原因吗?尽管如此,她还是拒绝了。"那件事已经是陈年旧闻了,巴克利。现在这个世界不需要听到我的故事。"

"亨特家族刚刚提交了一个新橄榄球场的修建计划。"趁她挂断电话前,他快速说道,"多年来,他们一直在筹集资金,最近计划获得了最终批准。"

她翻着白眼说道:"在得州,橄榄球就像一种宗教。让他们造去吧,我不在乎。"

"他们打算用吉米·亨特的名字给体育场命名,计划里还提到在体育馆前建一座12英尺高的吉米的雕像。我会把他们提交给县规划委员会的示意图链接发给你。"

旧日的怒火再现。"简直令人作呕。"她说。看到这个12英尺高的强奸犯形象时,她畏缩了一下。

"你可以做点什么,不然亨特夫妇就会掌控全部叙事了。我决定报道这个故事的原因,是他们让一些公关公司联系了杂志,想大肆发表一些自吹自擂的文章。布里斯科·亨特要从政了,所以他想提高自己的声誉。他们要把吉米粉饰成某种悲剧英雄。"

这让玛戈犹豫了。她想到这座体育场会给女孩们、给世界传递的信息,他们要怀缅一个在实施残暴强奸时丧生的男人。她的沉默促成了这种局面。也许巴克利是对的,她需要鼓足勇气,响亮发声,说出她压抑在内心许久的话。她需要说出真相,一了百了。不过,一想到要重提旧事,她就心生厌恶。"我不知道,巴克利……"

"哦,我提到过布里斯科是划地委员会的成员吗?他坚持要对库比·沃森家的餐厅行使公用征收权,将它改建为体育场的停车场。"

"真该死,巴克利,"她说,一想到要为那个让她遭受地狱般折磨的男人建一座纪念碑,她就怒火中烧,"在我改变主意之前,你赶紧买票过来。"

二十三

那篇文章最近刊登了，玛戈的收件箱里塞满了关于这篇文章的搜索引擎提醒。巴克利事先给她看了稿件，她快速地扫读了一遍，有种奇怪的旁观者的感觉。看着自己说的话印在纸上，她与所发生的事情之间产生了怪诞的疏离感。往日那种被侵犯的感觉得到了充分的佐证，显得愈发真实。

采访花费了三天多的时间，不仅是因为要协调她的工作日程，还因为重温整个事件的全过程格外艰难。能心潮澎湃地为自己发声，这是一种难以置信的解脱。这和告诉杰罗姆的感觉完全不同，和杰罗姆的对话是一次私人谈话。面对巴克利，她聚焦于事实，而事实本身会唤醒新的痛苦和创伤。巴克利不露声色地取得信任，为她创设了一个有安全感的空间，让她自如表达，让她感觉自己被倾听。重新审视这个案子的事实，这迫使她深入挖掘，撕开一处尚未愈合、仍有痛感的伤口。即使她在世界上尽其所能地努力生活，尝试找回自己的平衡，痛感也依然强烈。她提醒自己，在某个地方，可能有别的女性身处类似处境，她们会读到这篇文章，一想到这儿，她的勇气便油然而生。她希望告诉世人，他们有权利讲述自己的故事，坚持不懈地讲下去，直到最终有人倾听。

为了给她保留一点隐私，也为了不让别有用心之人攻击她的餐馆，巴克利给文章写的结尾是："玛吉·萨利纳斯现在在加州经营一家餐厅。"

玛戈知道，一旦这篇文章流传开来，她就要承受后果，她对此有心理准备。至少，她认为她准备好了。报纸和新闻媒体报道了这一事件，在得克萨斯州引发了轩然大波，汹涌的舆论迅速蔓延到加州。果不其然，人们对这件事的看法两极分化。有些人因她而动容，并为她愤怒不已，有些人则声称，她只是另一个逍遥法外的令人鄙夷的女人。当她得知体育场和雕像的计划正在接受审查时，她打开了一瓶进口的拉比克啤酒，一边拿起酒瓶喝，一边仰望着夜空。

第二天，阿妮娅试探性地敲了敲办公室的门，打断了玛戈浏览媒体报道。"有个消息。"她说。

玛戈的胃一下绷紧了。她把自己的故事公之于众，确实很冒风险。"坏消息？"

"除非你觉得获得今年的迪维纳奖是坏消息。"

"什么？"玛戈一下跳了起来，"我吗？不可能。"

迪维纳奖并不只是一个简单的厨师奖项。它不仅仅表彰烹饪技巧，更是肯定厨师个人的性格和人品，检验一位厨师的基本品质——她的价值观和商业实践、管理风格、厨房环境，以及她的同事和员工对她的评价。如果大厨们乱发脾气、霸凌员工、酬不抵劳，这些情况都会被计算在内。对于获得该奖项提名的人，考量范围不局限于烹饪技能，还包括他们为员工创造的工作环境以及对社区的贡献。

在那一刻，她真希望自己前一晚没有喝完那瓶拉比克啤酒，那是少数从比利时进口的啤酒。

"我需要啤酒。"她怀着敬畏的心情低声说。

"现在是早上十点。"阿妮娅说道。

"我只是需要借酒宣泄。"玛戈告诉她。

・・・

为了参加玛戈的颁奖典礼,杰罗姆和他的孩子们特意把鞋子擦得锃亮。他告诉阿舍和欧内斯特,能见证身边人获得令人向往的迪维纳最佳新厨师奖,这好事可不是天天有的。孩子们对颁奖仪式并不是太感兴趣,但杰罗姆承诺过仪式后有美食宴席,这可让他们垂涎欲滴。

孩子们穿好西装,蹬着锃光瓦亮的皮鞋,看起来英俊帅气,他因此心生自豪。在场的大多数人都是烹饪界举足轻重的人物——拥有国际声誉的美食作家、餐厅巨头、拥有大量粉丝的博主和网红,还有给餐饮行业员工提供支持的非营利组织代表。美食频道对颁奖仪式做了直播报道。来自得克萨斯州的杂志作家巴克利·德威特也出席了。他的故事在得州引起了巨大的反响,影响力一直扩散到加州。读完那篇文章,杰罗姆意识到,玛戈在遭受了这么多磨难后,让生活重归正轨是多么艰难。这让他想将她永远放进心房,呵护备至。

这一幕,亲爱的,他心想,环顾着现场谈笑闲聊的人群,现在你梦想实现,亲朋簇拥,就将这一幕当作与过去的挥手告别吧。

此刻是属于玛戈的时刻。她一路走来,历经多少荆棘和坎坷。他可能永远无法理解她奋斗得多么艰辛,但显然,她最终凭自己的力量重新振作起来,战胜了足以摧毁大多数人的挑战,做出了巨大的牺牲。这个奖项是对她的充分认可。

杰罗姆注意到弗洛伦丝给他发了一条信息,但他决定之后再处理。这是玛戈闪耀的时刻。当她被授予那枚挂在彩色勋带上的奖章时，镜头全程拍摄着。随后，协会主席发表主题演讲，赞扬她的成就。这些赞誉之辞让她满脸绯红，就像他母亲最喜欢的玫瑰一样z嫣红。

一名活动摄影师捕捉到了这一瞬间，人们也纷纷举起手机拍照。宴席上，同事、投资者、媒体人和朋友们在她周围挤得水泄不通。有些是追随而至的粉丝，希望她能在纪念菜单上签名。

杰罗姆的心似乎在胸腔中扩展开来。在这里，他思绪清晰，感觉很好。他对她的爱似乎是恒久不变的，而且这种感觉很明确，不会与其他感觉混淆。离婚后，他陷入了如履薄冰、痛苦沮丧的情绪中，而现在，这种爱意与此前的情绪形成鲜明反差，这显然是他乐于接受的。

艾达·B和弗兰克也出席了仪式，他往他们身边靠了过去。"看看我的女朋友，她浑身都在熠熠发光。"

"是的，"艾达说，"你的眼光不错。"

"的确。"杰罗姆说。

"那女人是谁？"艾达问道，"一直在挥着记号笔和菜单的那位。"

杰罗姆耸耸肩。"我不认识她，也许是粉丝？"他站起来，在人群里穿梭而行，朝玛戈走去。他对今晚有自己的打算。艾达和弗兰克会把孩子们带回城里。杰罗姆打算将玛戈带到贝拉·维斯塔大庄园的尊贵顾客套房，来场专属他俩的庆祝活动。他口袋里揣着戒指。

他走近她时，那个陌生女人正从对面朝她走来。

"玛吉·萨利纳斯？"她用的是疑问的语气。

杰罗姆看见玛戈恍惚了一下。她皱了皱眉，歪过头问道："抱歉，什么？"

"玛吉·萨利纳斯，也就是玛戈·索尔顿。"女人回答说。

玛戈愣住了，红润的脸色明显消退。她举目四望，但眼神茫然，如同一只受困的动物。

然后她直视着对方,问道:"你到底是谁?"

那女人将一个纸质信封交给她,硬塞进她的手中。"你已收到传票。"

"诽谤名誉?"玛戈盯着纸质文件,尽力不让自己呼吸急促。吸气,二、三、四;呼气,二、三、四。

她把贝拉·维斯塔大庄园里的豪华套间视作临时的避难所。杰罗姆预订这个房间,本是计划过一个浪漫的夜晚,但现在,浪漫在她心里难寻踪影。

罗伊·亨特和奥克塔维娅·亨特诉玛吉·萨利纳斯(即玛戈·索尔顿)。受那篇杂志文章的刺激,他们向她提起了诉讼。他们要求经济赔偿,因为她说出了真相,直指他们死去的强奸犯儿子。

如果杰罗姆没有用双臂搂住她,把她支撑起来,她可能已经瘫倒在地了。"我们先不要惊慌。"他说道,但看到她表情后,他连忙补充说:"抱歉,对一个濒临恐慌的人说这样的话,太不应该了。我们可以一起解决问题。"

"我要吐了。"

"深呼吸,亲爱的。我理解你。"

不,他不理解,但她很感激他的好意。"这个家族,他们简直是一场噩梦。"

她取下奖章放在一边。杰罗姆把对折的信封放在门边的一张桌子上,松开了领带。她牵着他的手,抬头仰视着他,感受着自己的每一下心跳。她一直谨小慎微,慢慢习惯于爱上他的事实中。但是她了解自己的感受,她已经开始相信,与他同度未来是可能实现的,直至收到这个信封。

在遭受强暴和关押后,在将迈尔斯安置给领养父母后,她继续

319

前行，重新构筑起新生活。现在亨特夫妇的行为让玛戈陷入怀疑，反思自己是否有权利重获新生。杰罗姆可能不理解她在得克萨斯州海登县激起了怎样的轩然大波。

他划了一根摆在炉边的火柴，在壁炉里生起火，炉膛映亮了这间古朴典雅、装潢精致的房间。然后，他牵着她走到壁炉前的沙发旁，让她坐下来靠着自己。他给她脱下鞋子，动作轻柔地给她按摩双脚。"你在想什么？"他问道，"我希望你想的是奖项，但我感觉不是。"

"我为这个奖感到骄傲，"她说，"最让我骄傲的，是看见你、艾达和孩子们都在场。这感觉……感觉像拥有了一个家，我甚至无法用语言来解释这对我意味着什么。"

他把她的脚放下，展开臂膀，将她搂入怀中。"这意味着，你不必独自面对这些，"他告诉她，"我会一直在你身边。无论顺境逆境，无论大事小事，我都在你身边支持你。"

"我配不上你。"她呢喃着说。

"我告诉你什么是你不配得到的，就是这张扯淡的传票。"

"不管是不是扯淡，我都得应对。法律问题，无论出于复仇还是无聊，都不会自行消失的。"

"我和你一起去。"

玛戈摇了摇头，"亨特家族是我的问题，不是你的。他们想要摧毁我，我不会让你卷进来的。我不会让外界对我的看法牵连到你和你所拥有的一切。"

"这种事情不会发生的。"

"在得克萨斯州的海登县，任何事情都有可能发生，因为亨特家族能只手遮天。我差点被判终身监禁，就因为我开枪射杀了强奸我的人。我被迫生了孩子，因为他们阻挠我，让我无法及时终止妊娠。

亨特家族想方设法来夺走我的一切——如果他们发现你对我多么重要,也会夺走你和孩子们的一切。"

"事情不会这么发展的。他们休想碰我,我也不会容许他们伤害你。"

那天晚上,玛戈睡在杰罗姆的怀里,但总是睡睡醒醒。她心灰意冷,意识到她永远也逃脱不了所发生的一切。她所能做的就是让过去尽可能地远离现在。

杰罗姆说过,"我不会容许他们伤害你。"

她在脑子里反复琢磨着那句话。她只能为他做这一点。

. . .

"杰罗姆。"

他站在屋子的前厅,听到前妻的声音,转过身来。他在等玛戈,而不是弗洛伦丝。玛戈打算孤身一人前往得州,她坚持说这是她需要独自解决的问题。他的潜意识鼓动他要与她同行,但是他克制住了自己。考虑到她所经历的一切,杰罗姆不想横加干预,也不想剥夺她的独立性。他必须相信她,相信在没有他的帮助下,她也能妥善处理。她答应过他,去机场时会顺路来和他道别。

"弗洛伦丝。"他打开纱门,示意她进屋。她环视了一下他们曾经共同居住的房子,脸上的表情一言难尽。天气炎热,他把所有的窗户都打开了,想让风吹进屋里。

他们很少见面,几乎从不说话。在制订了离婚和抚养孩子的计划后,他们一直保持着距离。两个男孩往返于他俩之间,就像旧金山湾区地铁上的通勤者,父亲这边的滑动门关上后,母亲那边的门随即打开。这已经成了日常。两人的沟通则依靠发文字信息来实现。

所以，当他的前妻要求见面时，他怀疑她心里是不是在想着什么事儿。

这房子是他们以前的家。十年的记忆全都承载于此，共同的日常生活和节庆活动，为人父母的愉悦、失望和争吵。现在他与弗洛伦丝已经形同陌路，她就像一个会在健身房或教堂里偶尔碰见的人。她现在怀孕了。他看到她圆润的身体，漂亮得像一只成熟的梨子，不由得回想起旧日时光。那时候，一切似乎尚有可能。他们彼此似乎尚有可能。

"你想说什么？"他问道。他希望别再是欧内斯特的事。

"孩子们和我说，你恋爱了。你可能会和她结婚。"

如果她答应的话，他心想。

"到目前为止，他们相处得很好，"他说，"他们没说什么不好吧？"

她瞪着他，眼神里带着怒火，"按照他们的说法，她像是某种武术高超的芭比娃娃。"

"她很酷，"他说。不要过分夸奖她，他想。弗洛伦丝刚搬去和洛博住的时候，杰罗姆很受打击，感觉像挨了重重一拳。这意味着，那扇透着一丝曙光的门被永远关上了。以往他对家庭的想法被彻底改变了。现在，轮到他往前走了，也轮到弗洛伦丝和这种新情况和解。

"我很担心，杰罗姆，"她说，"我在谷歌上搜索过她——"

"你还搜索过她。太棒了，弗洛。"

"那你告诉我，我和洛博刚开始约会的时候，你没有搜过他的信息。"她挑衅道。

他一声不吭。他当然查过那家伙了。

"不管怎样，我很担心，"她说，"不是为了你——你的事与我无关——而是为了孩子们。"

"因为她是白人？"

"这也不是什么加分项，但不是，这不是问题所在。"

"因为她年轻？"

"拜托，不是。是这个，这才是问题。"弗洛伦丝把一本杂志啪地摔在他们之间的桌子上。

这本杂志出版时，他为玛戈感到骄傲。封面上是一只手工制作的牛仔靴，还有一个非写实的金发女人图像，标题异常醒目："别惹得州女人"。讽刺的是，亨特家族正要惹她。

两人陷入出奇的沉默。杰罗姆听到了屋外车门关上的声音。"她有过一段过去，"他对弗洛伦丝说道，"我们也是。每个人都有过去。"

"杰罗姆，你听听自己在说什么，好吗？看在上帝的份上，她开枪打死了人。"

"她在自卫，这样才能逃脱强奸犯的侵害。"

"发生在她身上的事太可怕了，这点我绝不否认。不过，我担心的是我的孩子们，孩子们在她身边我很不放心。"

"我向来不喜欢洛博，但我相信你的判断。你也得相信我。"

"洛博没有杀人……抱歉，杰罗姆，但我不放心。如果你选择了她，我想重新协商孩子们的监护权。"

"你不能这么做。"

"这些是我的孩子。我没在玩把戏，杰罗姆。你是个好人，也是一个好父亲。你值得一段全新的爱情。但是她……我不能允许她和我的孩子们在一起。"

"你没有这样的权利。"杰罗姆说。

"也许她有。"玛戈走进前门。她表情严肃，面色惨白。很显然，她听到了。"我是玛戈，"她对弗洛伦丝说，"我没打算打断你们。我只是在去机场的路上，顺路过来道别。"

弗洛伦丝摸了摸她的肚子，这是所有孕妇似乎都会做的无意识动作。"听着，这不是针对你。我相信杰罗姆的判断，不管他和谁在一起，我都接受。但是这个……得州的情况。肯定是一段很糟心的经历，但毕竟……那是枪击。我被吓得心神不定的。我只是担心我的孩子们，仅此而已。"

"因为你是个好妈妈，"玛戈说，"我想你会不惜一切代价保护你的孩子，我尊重这一点。"

"你的意见我听到了。"杰罗姆说着，刻意为弗洛伦丝扶着门。离开时，她朝他投去了一个眼神，那眼神他记忆深刻，表明她不会就此罢休。

"我也得走了，"玛戈说，"快车司机在外面等着。杰罗姆，我不会和你前妻争论的。她没说错，她的感觉就是她的感觉，你无法左右。我不想你因为我而减少和孩子们相处的时间。"

"那不会发生的，"他对弗洛伦丝感到很失望，同时心疼玛戈，"我发誓——"

"不仅如此，"她说，"是我，我……我觉得我做不到这样，杰罗姆。"

"这样？"

"我俩这样。"

"别说这话，"他说，"你不是认真的，宝贝。"

"我需要去得州，解除危机。坦率地说，我对自己是否准备好谈恋爱仍心存疑虑。我不能要求你等我。"

"你没有要求我。"

快车司机按了下喇叭。"对不起，我得走了。"她说。

二十四

　　海登县法院在她的噩梦里反复出现。玛戈立即闻到了熟悉的木质家具上光剂和地板清洁剂的味道，记起了头顶吊扇规律的转动声和大理石穹顶下隐隐约约的回声。不管过去了多长时间，哪怕她不再是那个穿着塑料鞋和囚犯连体衣的受惊女孩，记忆依然深刻。这个地方太熟悉了，唤醒了她恐惧和痛苦的记忆。

　　多么讽刺啊，她竟然再次回到原点。在过往那段生活中，她不得不奋力击退强奸犯，后来被关押在监狱里，与她抗衡的力量非常强大，但她始终努力守住自己的防线。曾经，她感觉无能为力，每走一步都必须依赖他人的帮助——公益组织热心人士、护士、警官、法官、辩护律师、孩子和领养父母。她像是一片受风雨吹打而飘荡零落的树叶，想拼命抓住一丝一毫的力量。等她重新掌控人生，生活逐渐步入正轨时，亨特家族卷土重来。

　　玛戈想念杰罗姆。感谢有他，她才得以发现爱的各种模样，同时也有了新的体验——别离的痛苦。在门尚未完全开启时，她选择将它关上。牵肠挂肚的感觉固然痛苦，但她知道自己会挺过去的。和迈尔斯告别后，她就意识到，没有什么告别是无法承受的。

　　尽管如此，她还是恨自己就这么把难题抛给了他。她希望，终有一天他能理解，为什么她对两人关系的信心逐渐减弱。孩子们的母亲对她的疑虑是无可争辩的。她不可能让她的孩子们接近一个杀过人的女人。面对杰罗姆的前妻，她不禁有点胆怯。这是一个和他结婚十年的女人，她对杰罗姆的了解如此之深，这是玛吉无法匹敌的。她是他孩子的母亲。玛戈不想强迫他在她和孩子之间做出选择。

如果审判进展不顺利，她的恐惧会加剧，因为这意味着她永远无法真正摆脱已经发生的过去。

如果她提出请求，他肯定会和她一起来得州，但继续保持这段关系，会将他置于危险之中，而她拒绝让他卷入旋涡。诉讼里的一条要求是，索取她的未来收入和资产。她不会将他扯进这个无底深渊中。

在诉讼开始之前，她尽量不让自己产生挫败感。

"玛戈，"巴克利·德威特大步穿过圆顶大厅，"你没收到我的信息？"

"噢，我……"她摸索着她的手提包，"对不起，你应该能想到，我有点魂不守舍。"

他把她推到一个有长椅的等候区。"我很抱歉让你经历这些。"

"有人曾经告诉我，如果你身陷地狱，那么就继续前行。听着，当初我决定说出真相时，我就能预想到这些风险。但我必须这么做，巴克利，你做了正确的事，给了我讲述自己故事的机会。我不能眼睁睁看着他们为吉米·亨特建一座该死的体育场和纪念雕像。"她抱着双臂，一阵空调的冷气吹得她直哆嗦。"不过，我对这次和解会议也没抱期待。"

"但这比上法庭要好。"他说，"法官将听取双方的意见，你也可以大致推断出，如果真的出庭，他将如何裁决。亨特夫妇提起这种烦人的狗屁诉讼是不会有什么结果的。杂志的法律顾问是这么认为的。我只是替你难过，你得费心应付他们。"

"这位法律顾问了解亨特夫妇吗？我的律师说，这取决于和解会议上的法官。再说，这个地区的所有法官和亨特夫妇的关系都很好，我得自己操心，打场硬仗了。"

特伦斯·斯威夫特，那位曾接手她谋杀指控的律师，他不处理民事案件。他将她转介给布莱尔·奥尔巴克。新律师看起来精明能干，准备充分，但她没有流露出斯威夫特那种傲慢的自信。

"最理想的情况是，案子被直接撤销。"巴克利说。

玛戈面带愠怒的神色，说道："最坏的情况是交由陪审团审判，而陪审团全是吉米·亨特的支持者。"这正是她所担心的。亨特家族一直在海登县横行霸道，她怀疑这点永远都不会变。吉米的哥哥布里斯科是一名律师，也是县规划委员会的负责人。县里的律师和法官都去乡村俱乐部打高尔夫球、做交易，全都沆瀣一气。

她的律师踩着昂贵的鞋子踱步而来，鞋跟在大理石地板上啪嗒作响。"别忘了关掉你的手机，"她说，"法官不喜欢听到手机响。"

"明白。"玛戈说。

布莱尔看了看用玻璃面板罩着的公告板，上面展示着当天的房间号和对应法官。"也许我们运气好，法官不是他们的同党。不同的法官可能会改变整场游戏。"

"你会一切顺利的，玛戈。"巴克利安慰她。

"别忘了呼吸，我在另一边等你。"

"如果你有需要的话，还有时间去趟洗手间。"布莱尔建议道。

"好提议。"玛戈穿过走廊，躲进了女洗手间。她双手撑在洗手槽的边缘，对着镜子检查仪容。当天早上，她给眼袋抹了很多遮瑕膏，还滴了眼药水来消除眼球的血丝。她穿着紧身的黑色休闲裤和白色丝绸衬衫，这种衬衫有隐蔽的腋窝垫，因为她已经预想到自己会紧张出汗。她把头发烫得平整服帖，脚上穿着低跟鞋，全身打扮没有什么引人瞩目的地方。她不想让和解会议的焦点落在衣着上。

其中一个隔间冲水了,一个穿着牛仔裤和T恤的女士走了出来,站在水槽边洗手。她俩的眼神在镜中相汇,然后各自转移开视线。随后,这名年轻漂亮的亚裔女士转身面向她,说道:"对不起,我不是有意盯着你看。我们之前见过面吗?"

玛戈把化妆包收到手提包里。"不太可能。"然后,她留意到女人的手腕上纹有一只飞鸟的纹身,熟悉的感觉突然袭来。一段往事闪过脑海。"塔玛拉·福尔肯。"她说。

"对,是我。"她擦干了手,"提示我一下,我们在哪见过?"

"我估计你不记得了。很多年前,我们还是孩子的时候,我妈妈在你父母家承办了派对的餐饮服务。"

"哇,我的天啊,我可太记得你了。哇,"她又感慨了一声,"那是非常难忘的一天。"

玛戈回忆起抽大麻事件,感觉脸颊发烫。"很久远的事了。"她说。

"嗯,你看起来很精神。"塔玛拉扫了一眼手表,然后整理起一沓厚厚的文件。"你是律师吗?你的装扮很像律师。"

"没有。我,呃,我是来处理些法律问题的。"她勉强挤出一个微笑,"你呢?"

"我来这工作。为了顶替某个同事,不得不在休假期间来工作,我也很意外。"塔玛拉往门口走去,"说到这儿……我得走了。很高兴见到你。"

玛戈和她的律师重新会合,两人穿过长长的走廊,走进会议室。亨特夫妇已经到场,正和他们的律师闲聊。

奥克塔维娅·亨特看着玛戈放下手提包,眼神中充满了仇恨,却努力表现出镇静自信的姿态。玛戈能感觉到怒火从这个女人身上向外蔓延，如同炎炎夏日里高速公路上的热浪。亨特太太已到中年，风采依旧，衣着整洁考究，留着一头赤褐色的卷发，穿着贝壳粉色的细高跟鞋。玛吉留意到一个与她的装扮格格不入的细节——三根手指的指甲都被啃咬到指甲下的活肉了。亨特太太似乎注意到了玛戈的发现，她将手指缩回，握成拳头。

她的丈夫罗伊穿着西装，系着一条细领带，领带在他突出的肚子上弯曲成一定弧度。他们的儿子，布里斯科·亨特，和吉米长相神似，引发了玛吉一阵恐惧。

他向后靠在椅子上，对她细细打量，眼神迟迟不移开。他话语简洁，说道："好啊，好啊，好啊。这不就是大名鼎鼎的玛戈·索尔顿嘛。"他特意拖着长腔，把她从头到脚审视一番。

她一言不发。这家人的孩子被她射杀了，她没什么可说的。他们永远不会接受那天晚上实际发生的事情。他们失去了一个挚爱的人，一个他们从小看着长大的人。他们认识的吉米不是那晚袭击她的吉米。玛戈感到一丝同情，但这份同情瞬间就泯灭了。这一家人试图把她关押在监狱里，想偷走他们强迫她生下的孩子，而现在又要起诉她。玛戈很难原谅这些行径。

玛戈坐在长会议桌旁，挨着她的律师，等待法官进场。桌子正中间摆着一沓白纸和几瓶水。

"你看过我们提出的和解方案了吗？"亨特夫妇的律师问。

布莱尔面无表情地看着他。"你们已经得到了我的答复。我们要求你们撤诉。"

"我不会撤诉的。"奥克塔维娅不耐烦地回应。

律师俯过身对她低声说了些什么。

"你不了解，"奥克塔维娅说，"我们拭目以待，听听黑尔法官怎么看这种情况。"

玛戈感到恶心想吐。谢尔比·黑尔法官正是她第一次被捕时，不愿在审判前释放她的法官。她知道他是县里的常客，而且肯定是亨特夫妇的老朋友。

门开了，一名工作人员走了进来。"抱歉耽搁大家了。黑尔法官家里有急事，另一位女法官会来听讼。她马上就来。"

"女法官？"罗伊转向他的律师，"你是说那个新上任的法官吗？"

"海登县最年轻的法官，"布里斯科厌恶地撇了撇嘴，"去年以51%的选票侥幸当选。"

"这样的话，"亨特夫妇的律师说，"我们将重新安排这次诉讼。"

"恐怕这是不可能的。"新法官穿着长袍进来了。她面无笑容地环视着整个房间，双手按在桌面上。她袖子的褶边下，露出一处小小的飞鸟纹身。

工作人员拿出几个文件夹。"尊敬的塔玛拉·福尔肯为本案的首席法官。"她说。

二十五

玛戈迫不及待想离开得州,但她有几件事需要先处置好。她开着租来的车,去了库比餐厅,发现他正在烤炉旁忙碌着。他看起来和她记忆中的一样魁梧伟岸,如同一位笼罩在蓝灰色烟雾中的神灵,又像交响乐指挥一样挥舞着烧烤夹。他看了她一眼,又定睛确认了一下,然后用手肘推了推助手,匆匆朝她走来。

"好啊,看看你,玛吉小姐。看看你,再看看我,满身汗臭,烟熏缭绕的。"

不管怎样,她拥抱了他,满怀酸楚的感激之情,她回忆起他和奎因曾经是她唯一的家人。"你看起来状态很好,"她说,"而我呢,反反复复掉进泥潭。"

"报纸上都有报道。"他用毛巾擦了擦手,然后他们走进办公室。办公室,连同店里其他地方都翻新过。从店里配备的先进设备看来,餐厅的生意很红火。

奎因正在电脑前工作。房间里摆着一台菜单速印机、能显示库存状态的电子屏幕和展示所有监控摄像头影像的显示屏。

奎因一看见玛戈,便欢欣雀跃地叫了起来:"天啊,天啊。你看起来漂亮极了。"她们紧紧拥抱在一起,然后奎因示意她坐在椅子上。"坐一会儿再走。"

"案子被驳回了,"玛戈说,"没有听证会,没有审判,就直接撤案了。"

"当然该撤案,"奎因说,"真相就是你最好的辩护,你终于能说出真相了。"

这个结果还是让玛戈很惊愕。她告诉他们,在开始前的最后一刻换了法官。"正如福尔肯法官所说的,当涉及诽谤、口头诽谤或文字诽谤,真相就是对指控的绝对辩护。既然我说的都是真的,那就没有诉讼案件可言。"

"很好,我很高兴我在上次选举时投票给她了。"奎因说。

玛戈哆嗦了一下。"亨特家已经扬言要上诉了。他们认为只要换个法官就能成功,比如换成他们的朋友谢尔比·黑尔。"

库比摇了摇头。"不会被允许的。他和亨特太太关系暧昧,已经很多年了。这是人尽皆知的秘密。他们每周二都会来这,因为周二是罗伊的高尔夫常规联赛日。"他指了指监控摄像头的显示屏,"后来消息传开了,哪怕是亨特家,最终也会真相大白的。"

玛戈顿了一下。也许这就是为什么法官家里突然有急事了。

"还有更多消息,我正要离开法院时收到的。巴克利·德威特说这是官方消息,体育场项目被叫停了。不会建吉米·亨特的纪念场馆,也不会有那座该死的雕像。他们不会把你的餐厅改建为停车场。"

"真的吗?"奎因和卡比交换了一下眼神,"你确定吗?"

"巴克利说明天报纸上就会刊登报道。"

奎因用手抚了抚眉毛,库比则捏了捏她的肩膀。"感谢上帝。"

"感谢我们的女孩玛吉,"库比说着,朝她开怀大笑,"如果你没有说出你的故事,我们店就会被夷为平地了。"

"这个嘛,我就不知道了。"玛戈说。

"我知道。"库比说。

"我们都知道，"奎因说，"你是我们最珍贵的宝贝。"

面对他们，她感慨万分。他们将她视为家人，给她指明了人生道路，把她带进了他们的信仰社群。"你们给予我的，远超我本该得到的，"她说，"我怎么感谢你们都不为过。在我最孤立无援时，你们一直在我身边。"

"哦，宝贝，"奎因露出最甜美的微笑，宠溺地说，"再见到你真好。"

"很抱歉我离开了这么久。我觉得你们不该因为我而受到那样的关注。但你们一直在我心中，这是事实。"

"你随时回来看我们，听见没？"库比说。

"我会的。如果哪天你们能来找我，那我会觉得非常荣幸。"

"我们会记着的。"库比说。

奎因把她送到门口。"你幸福吗，宝贝？我知道你做得很棒，但是，你幸福吗？"

玛戈知道不能敷衍了事，奎因总是能读懂她。"我在走向幸福，"她说，声音因为情绪激动而沙哑，"我做得比自己想象的还要努力。我开了一家好餐厅，交到了几个好朋友。我甚至爱上了一个好男人。"

"哇，那不是很好吗？"

"曾经很好，也许未来会有一天会变好。他有孩子，而我有自己的过去……比较复杂。"她努力挤出一个微笑，"我想，我已经收获到我该得到的幸福了。"

· · ·

玛戈在奥斯汀的德里斯基尔酒店度过了最后一晚。这家豪华的酒店曾经是她和凯文的避风港，虽然这似乎是一次奢侈的放纵，但她决定犒劳自己。她感觉精疲力竭，就像刚跑完马拉松或值了 12 小时连轴转的班。这一天忙碌下来,她的精神和情感都备受摧残,疲惫不堪,她只想在灯光幽暗的酒店酒吧里喝一杯或者吃点东西。

她走上宽阔的楼梯,来到酒吧。酒吧吊顶是铜色天花板,有锤凿而成的纹路,壁炉上方挂着一只长角牛的牛头。几对夫妇和一群男人聚集在吧台周围。玛戈找了个隐蔽的小隔间坐了下来,点了一杯包含四份酒的"西部荒原"。热烈火辣的鸡尾酒让她平静下来。她坐在隔间里,听着扬声器里传出的音乐,偶尔夹杂着那群男人爆发出的笑声。林赛·罗克莱发来一条信息。如果你有时间的话,我们想见见你。

她犹疑了。她的孩子自他出生后就被她交到他养父们的臂弯里,她想象着再次重逢是什么场景。他现在应该是大孩子了。她啜了一小口酒,回复道:"好的。"

他们又来来回回交谈了几句。他们邀请她去家里,但她拒绝了。那个地方有些毕生难忘的时刻,她回想起那个阳光明媚的花园小屋和敞亮的厨房,想起曾在那儿遇到的人,他们看到了她最好的一面。但这些回忆,得留在原处。

而且,她不相信亨特家族。据她所知,他们在秘密跟踪她。她不想把他们引到迈尔斯家。她提议早上在齐尔克公园见一面,就在植物园附近。时隔多年,她重返得州,重访那些和母亲过去常去的地标性景点,她不免有种异样的感觉。她对这些地方并没有什么怀恋之情,相反,这勾起了她思念母亲的痛苦。

玛戈只看过迈尔斯的照片。他的爸爸们从一开始就告诉了他领养的事,等他逐渐长大,他们就如实回答他的问题。他们允许他问任何问题。到最后,关于他出生的大小事情,他都知道了,玛戈支持这种做法。他应该了解自己的身世背景,哪怕有难以启齿的部分,甚至包括他是怎么被创造出来的故事。他们向她保证,现在他完全是一个天真快乐的孩子,一个大哥哥,是他两位爸爸的骄傲和幸福。

有人悄无声息地溜进隔间，坐在她对面，放下一只海波杯，酒杯半满，液体呈琥珀色。"我想过来看看，"布里斯科·亨特说，"看你还打算做点什么来毁掉我的家庭。"

玛戈感到一阵寒意，如同一根冰柱直刺进她的体内。他看上去比以往任何时候都更像吉米，他的眼神因醉酒而呆滞，言语也变得油滑。"你跟踪我。"

"这是个自由的国家。"

"走开。"她说。

"我不这么打算，宝贝。你找着了我最爱的酒吧。"

他脸上的表情既冷淡又充满敌意，这触发了她的反应。她甚至用不着思考，便察觉出身体在评估形势，权衡自己的选择。她脉搏加快，皮肤泛红。"你真的要自找麻烦吗？"

"这就是你觉得我在干的事？自找麻烦？"

玛戈知道摆脱不了他，也没心情跟他继续纠缠。她把酒留在桌上，走出了酒吧。最好别让他跟到她住的房间。在铺设了大理石地板的走廊尽头，她留意到一个女士休息室的标志，于是便躲了进去。幸好里面空无一人，她靠在镜子前的台面上，闭上了眼睛。她的心脏似乎跳到了时速一百迈。

冷静，她对自己说，冷静。他和他弟弟一样，都是喝醉酒的恶霸。但她不再是受害者了。

她睁开眼睛看着镜子。蓝色眼眸，和她妈妈一样。迈尔斯的眼睛也是蓝色的吗？

正当她想着即将见到迈尔斯的场景时，门开了，布里斯科·亨特出现在门口。她转过身来，先是震惊，而后愤怒。"你认真的吗？"她大声质问道。

"你还不明白吗？"他问，"我不接受拒绝。"然后他向她猛扑过来。

噢，不。

她当即对他使出了四方投，多年训练和练习的成果在这一刻终于派上用场。她利用他自己的冲力，将他猛摔在大理石地板上，听见了他的肺部受到撞击后喷薄而出的气流声。他睁大眼睛，大口呼吸着。她绕过他身旁，说道："你可躺好了，我这就叫保安。"

・・・

隔天早上，林赛和桑杰骑着自行车到了齐尔克公园。他们的外表看着几乎一模一样，脸上都带着微笑，穿着时髦昂贵的自行车服。他们锁好自行车，匆匆向她走来。

他们都给了她一个拥抱。"谢谢你来见我们。"桑杰说，他指了指某条荫凉的小路，"迈尔斯就在那边，给他妹妹扶一把手。她刚卸下了自行车的辅助轮。"

玛戈的心跳加快了。她看到一个瘦削的金发男孩，跟着一个黑发女孩一路小跑，小女孩正骑着一辆粉色小自行车，车子摇摇晃晃地往前跑去。你好，迈尔斯。

她胸腔里泛起一阵悲喜交加的痛楚。"你们的孩子看起来很棒。"

"是我们宇宙的中心。"林赛说。

阳光挥洒在他们身上，闪闪发亮，玛戈用手遮住眼睛。"我妈妈以前常带我来这里。每逢集市日，餐车就停在巴顿溪那边。"

"她会为你感到骄傲的。你做得很出色，"桑杰说，"听说你把亨特一家打得落荒而逃。"

玛戈想到了前一天晚上，不禁打了个寒战。她告诉酒店保安，有个喝醉的男人躺在夹层女士休息室的地板上，然后她就回自己的房间了。她灌了三杯从小酒柜里拿的酒，才让自己平静下来，但灌完后，她便倒头睡着了。

"我也不想搞得这么戏剧性，"她告诉他们，"我只是很庆幸终于告一段落了。希望这事能永远结束。"

"我们也是，"桑杰说，"你看起来非常棒。我感觉每次你出场都自带主题曲。"

"别逗了。"她瞥了一眼自行车道。

"准备好去打个招呼了吗？"

她点了点头，深吸一口气。"我很乐意。"她说。她现在觉得自己足够坚强了。当初，她将孩子安置给领养人时，曾因悲伤而不堪折磨。现在，她强大的内心足以抵御这种悲痛。

"迈尔斯和贾雅，这是玛戈小姐。"桑杰喊道，"她想跟你们打个招呼。"

男孩放慢速度，稳住自行车，停下脚步。然后，他似乎忘记了他的妹妹，转向玛戈。"你好。"他说。

"很高兴见到你。"她说。

迈尔斯那双蓝色的大眼睛向玛戈望去。他眼眸的色度和她妈妈的如出一辙。也许是意志力的作用，但她在他身上看不到一丝亨特的影子。她不想让他感到羞耻或内疚。一个孩子应该为自己的身份认同感到骄傲和快乐。这就是她对他的期望。其他的一切都会由此而萌生。

"你是我的亲生妈妈。"他说。

"是的。"

他后退了一步，脸颊涨红了，腼腆地垂下下巴。"哦。嗯，好的。"

"我想看看你过得怎么样。"她说，"我和你爸爸说过，你可以随时问我任何问题。所以……你有什么要问我的吗？"

他耸了耸肩，"没什么要问的。"

"你可能已经知道了,但我想亲口告诉你。在我这一生里,我做过很多事情,我想我还会做更多。但你是最重要的,成为你的亲生妈妈是我做过的最棒的事。其次是将你交由你的爸爸们抚养。"

"好的。"他又应答了一句,小脸依然通红。"呃……谢谢?"

他的踌躇触动了她的心。"不需要说谢谢。"她递给他一张装在玻璃纸信封里的照片,"这是我最喜欢的一张照片,我妈妈和我的合照,那时我和你差不多大。如果你想要的话,可以留着。"那是她和她妈妈在科珀斯克里斯蒂的照相亭里拍的。她在背面写了一句话。也许他会看到,也许不会。

迈尔斯仔细观察着她俩的脸,看了好一会儿。玛戈好奇他看到了什么,想到了什么。她渴望知道他是谁,他将成为谁。她知道自己不能参与其中,但与此同时,她又永远是其中的一部分。

"谢谢你。"他又说了一句,这次没有疑问的语气。"爸爸,"他说,"你能帮我保管一下吗?"

"爸爸,我们能吃冰淇淋吗?"小女孩问道。她梳着一束有光泽的马尾辫,乖巧可人,惹人怜爱。

"马上。"林赛说道,将照片小心收入背包里。"想一起吃吗,玛戈?"

想,非常想。她摇了摇头。"我要去机场了。迈尔斯和贾雅,很高兴见到你们。"

"嗯,我也是。"他说着,她妹妹紧抓住他的手。

玛戈转身穿过马路,来到停车场,她心里百感交集,充斥着无法辨明的情绪。亦喜亦忧的骄傲,憧憬向往,如释重负。迈尔斯是个很棒、很帅气的男孩,他就像春日里的花朵,阳光而纯朴。一直保持这副模样吧,她心想,默念着无声的告别。祝你一切安好。

在街道的另一边,她转过身看着他们离开。一家四口手牵着手,阳光穿过树叶间的缝隙,星星点点地映在他们身上,忽明忽暗。

二十六

玛戈回到了湾区,在她眼里,世界变得迥然不同了。她感觉离开了一个世纪,自己像是苍老了十岁。她的航班落地时已是周日早上,回到家,她把凯文拥入怀里,紧紧拥抱着它。邻居一直来帮忙喂食,但凯文和她都渴望彼此的爱。尽管是白昼,她还是蜷缩在床上一直睡到天黑。

她醒来时感觉有点迷糊。已经是晚上十点多了,但她现在清醒得睡不着觉。那就工作去吧。

她洗了澡,换了身衣服,开车到了"盐"。店里空无一人,于是她决定利用这段时间,处理她不在时错过的无数杂务。查看电子邮件,完成文书工作,跟进近期的进度。她离开的这段日子里,员工来了又去,菜单多处都做了更改。

一阵敲门声把她吓了一跳。艾达和弗兰克站在门外,向她招手,示意给他们开门。"我们看到灯亮着。"艾达说,"欢迎回家。"

玛戈很欣赏他们的晚装,艾达穿着一条不拖地的中长礼服裙,而弗兰克穿着正式西装。"你们到城里去了吗?"

"是的,"弗兰克说,"有一出名为《巴士站》的经典戏剧重演了。我们去看了首演。喝咖啡吗?我做低因卡布奇诺很拿手。"

"听着不错。"玛戈说。

"把我那杯装到外带杯里吧，"艾达说，"我马上要睡觉了。"

"好的，女士。"他走到烘焙店，操作起那台锃亮的大型意式咖啡机。

"现在，"艾达切换成干脆利落、严肃认真的口吻，对她说道，"关于你和杰罗姆。"

"你读了那篇报道？"

"对。"

"那你应该明白我为什么要离开了。"滚烫的泪珠从玛戈眼里掉落下来，"尽管我离开了得州，我的过去从未远离。杰罗姆让我忘却了过往，我沉迷于他和他的家庭，陶醉于能和他共度人生的幻想，我在这样的幻想中迷失了自我。很抱歉，我也很希望我俩能走到最后，但这事太复杂了。"

"所以，你是在说弗洛伦丝。"艾达抿紧嘴唇，"她当了我十年的儿媳妇，我了解她。她需要习惯你的存在。你所做的一切是为了拯救自己，这是你在激烈抵抗、奋力自卫，就像她保护自己的孩子一样。等她静下心来，就会想明白这一点的，只是需要时间。"

"我不知道，艾达。"

"好吧，我知道。听着，你的离开，会伤透你俩的心。但如果你留下来，你可能会获得一些我花了半个世纪才找到的东西。"

弗兰克端来了咖啡，他们聊起了其他话题——戏剧、天气、他们的孙子孙女。玛戈喜欢看到他们在一起幸福恩爱的样子。这种幸福可以改变世界吧，她想。

他们离开后，她看着这片为自己开辟出的拥挤的工作区。桌子上方的软木板上钉着一些照片，有她和妈妈的合照、几张凯文的照片，还有一张最近拍的——她、杰罗姆和他的孩子们在天使岛上的合影。他们看起来不像她的家人，但她的心在自欺欺人，让她觉得一切都有可能。

　　桌上堆满了未启封的邮件、箱子和送来的包裹。她抓起一把美工刀，拆信开箱，处理每一项事务，有条不紊地工作起来。她不喜欢这些工作内容，但无可避免。蓝色的大垃圾桶渐渐堆满废弃的纸张和硬纸板，她站起来伸伸腿，把可回收废物推到后厨巷子里。

　　这时，黎明降临天际，她能听见这座城市逐渐苏醒、轰隆隆地恢复生机的声音。她忙得忘记了时间。她打开那个大金属装箱，清空了可回收垃圾桶。等她转身准备回到店里时，她意外发现一个男性身影正逐渐逼近。

　　她举起双手作防御状，然后认出来是他。"杰罗姆。"

　　"所以我们又回到了原点。"他说，"你可以卸下防卫了，玛戈。你整晚都在这里，是不是？"

　　"睡不着，就过来赶赶工作进度。"

　　"赶赶我这边的进度，好吗？"

　　在她看来，他是那么的善良，那么的英俊，她的心都漏跳了一拍。他今天的衣着特别讲究，一条裤线立挺的休闲裤搭配熨烫过的白衬衫。也许他有什么重要的事要做。"你妈妈让你到这来找我的吧。"

　　"我们进去吧。"

　　玛戈回想起她第一次见到杰罗姆时的情景，当时她在惊慌中把他击倒在地。她回想起他第一次带她出海说的那句话——你要相信我总会回来找你的。他成了最不可能伤害她的人。他成了唯一一个目睹过她的真实面目、却没有将视线转移开的人。

　　他们面对面坐在其中一张咖啡桌旁。清晨，烘焙店里空空荡荡，只有宁静围绕着他们。空气里飘散着咖啡和烘焙面点那温和舒适的香气。"聊聊吧，"杰罗姆说道，"还是说我们连聊天都不能聊了？"

　　她听到他声音里的痛苦，懊恼不已。"我害怕把你带进我的生活,所以我逃跑了。我很抱歉。我不知道还能怎么做。"

"可以考虑相信我吗?"

"我相信你,一直都相信。但是亨特一家对我怀恨在心,他们手段凶狠。"她回想起布里斯克扑向她时脸上的表情,打了个寒战。"你有孩子,有自己的家庭和事业,你是很多人的依靠。还有孩子们的妈妈——承认吧,如果你不认识我,你会想让我这样的人出现在你孩子的生活中吗?"

"我认识你,"他回答说,"我也的确希望你能出现在孩子们的生活中。这就得提到接下来要说的事。有件事我们应该谈谈。"

"什么?"

"婚礼。"

她倒吸一口气,"杰罗姆——"

"冷静,"他说,"我说的是艾达的婚礼。你说过你会来,你改变想法了吗?"

她太爱他了,爱得越深,就越痛苦。也许这就是爱的运作方式。如果你能承受痛苦,你就能享受甜蜜。"我从未改变过想法。"

• • •

杰罗姆陪伴着艾达走过教堂的过道。这不符合传统,但他妈妈的爱情故事本就跳脱出传统的藩篱。玛戈从来没有体验过这样的家庭氛围,两个本是没有交集的群体,如今融合成一个大家庭。对她而言,这就像是童话故事。

艾达穿着一身漂亮的象牙色长裙,弗兰克穿着燕尾服,高大威严,气宇不凡。婚礼场地美好得难以置信——贝拉·维斯塔大庄园,周围环绕着索诺马县的果园和葡萄园。伴郎是新娘的两个孙子,婚礼司仪是弗兰克的儿子格雷迪。

"我见到你的那一刻,"艾达抬头看着弗兰克说,"你就在我心中占据了一席之地。我有幸拥有了充实而美好的生活,而你让我的人生变得更加丰富。"她停顿了一下,目光短暂地停留在杰罗姆身上,一闪而过。"在某种程度上,你始终和我在一起,尽管我不知道你身在何方。现在我们重聚于此,得到家人的支持,我的每一个梦想终于如愿以偿。"

弗兰克清了几下嗓子,然后拿出一块手帕轻拭着额头,又擦了擦眼睛。玛戈看着他,感觉如鲠在喉。她不太了解这个男人,但她辨识得出他脸上流露的情感。他说:"时至今日,我们的爱依然强烈,一如往昔。我依然了解你,艾达。但我知道,还有很多事情等待我去发掘。我将用我的余生来重新认识你。"

看着艾达和弗兰克,看着簇拥着他们的家人,玛戈惊叹于真爱的幸福可以改变一个人的一生——不局限于一个人,而是一群人,这种幸福会泛起层层涟漪,往外传递。她看着身旁高大挺拔的杰罗姆。她终于明白,如果她听从自己的内心,跟随感觉走,会预见什么结果。路途遥遥千里,她一路跋涉,才走到今天这一步。她迷失过方向,因一场可怕的事故,她的人生偏离了航线,花了好几年才重新掌舵,调整船帆,让人生回归正轨。也许是因为婚礼仪式的美好,她沉浸在音乐伴奏和温暖明媚的人性中。玛戈心想,她深受触动,也可能是因为她终于可以设想这种爱出现在自己的人生中。

"为什么泪流满面?"杰罗姆低声问道,从口袋里拿出一包纸巾递给她。

"我不想等50年过后才发现你是我最爱的人。"

他把她的手包裹在自己的掌心中。虽然他依然目视前方,一言不发,但她感到一股暖流从他身上散发出来。那种凡事皆有可能的感觉突然变得愈发真实。

婚宴设在贝拉·维斯塔的苹果园里，场地上华灯闪烁。菜单是由大名鼎鼎的贝拉·维斯塔厨房精心设计的，葡萄酒来自邻近的罗西葡萄庄园。这场盛大的婚宴上，菜肴食材源自本地，蛋糕装裱精美，是用有机柠檬和奶油糖霜制作而成的。夕阳的金色余晖把现场渲染得流金溢彩，大家的祝酒词或愚蠢或尴尬，后来尽显温情。现场有乐队演奏音乐，翻唱着20世纪70年代早期旧金山流行的歌曲。杰罗姆和玛戈尝试了一些在交谊舞课上学到的舞步，但她觉得局促不安，于是离开了舞池。

"看来你需要喝一杯。"艾达说，给她递了一杯香槟酒。

玛戈报以感激的微笑。"谢谢。"

艾达把她带到一张桌子旁。"坐吧，告诉我你在想什么。"

防御的围墙立起来了。一种反射。玛戈只是不习惯与人亲近。尤其是那些非常重要的人，比如杰罗姆的母亲。"很棒的婚礼，"她说，"这么棒的婚礼可不能被我的舞步糟蹋了。"

"你跳得还行。"艾达说，"舞跳得不好的唯一原因就是跳在了错误的时间。"

"我会记住的。杰罗姆跳得真好。"

"可能是因为和他舞伴的联结。"艾达微笑着，看着玛戈震惊的表情，"我从没见过他这样，浑身洋溢着幸福，真好。"

"听到这些话，对我来说太重要了。艾达，这就是我总在脑海中想象过的家庭。"她指了指阳光照耀下的果园，那儿的宾客笑意盈盈，沉浸在快乐中。

"今天大家都穿着得体，举止有礼。"艾达说。她的注意力落在阿舍身上，小男孩正偷拿甜品桌上的巧克力杏仁糖，把口袋塞得满满当当。"好吧，至少大多人是这样的。但谢谢你这么说。发生了这么多事情后,我对家庭的概念也有了新认识。"

"两位美女在闲聊什么?"杰罗姆大步走了过来。

"聊你呢。"他妈妈说,"现在,我得去说服我的新丈夫再陪我跳一支舞。"

杰罗姆看着她裙摆上的乳白色蕾丝飘远了。"在聊我,嗯?"他说。

"你是我们的交集,你妈妈和我。杰罗姆,她真的很酷。"

"你也是。"他把她拉到身边,嘴唇紧贴在她的太阳穴上。"我们再去参加一次婚礼吧,"他说,"我喜欢和你一起参加婚礼。"

"是吗?嗯,我也喜欢。"她在人群中寻找弗兰克的女儿詹娜,她接到了新娘的捧花。她刚经历了一场痛苦的离婚,才恢复单身,但玛戈能看得出一个女人渴求爱情的样子。"詹娜?对她来说是不是太快了?我意思是,她离婚还不到一年。也许吧,不过……"

"玛戈。记住我的话——终有一天,我会娶你回家。"

"别闹了。你不会的。"她的脉搏开始加快,尽管如此,她还是感到一阵喜悦和希望。

"你以为我对付不了你?"

"杰罗姆,我想你能对付任何事情。问题不在于你,在于我。"

"这事我来说了算,怎么样?"他拉着她的手,把她带到一张远离人群、靠近墙角的桌子旁。

她低头盯着自己的大腿。"我以前从未谈过恋爱,我可能会带来很大的风险。"

"但你却在美国消费水平最高的城市开了一家烧烤店,你从不惧怕冒险。"他说。

"在工作上,我不惧怕。但在你身上……"她看着坐在桌子对面的他。天啊,这张脸。"有时……大多数时候,我都招架不住我对你的感觉。"

"这是坏事吗？"

"我害怕如果你了解我，真正了解我，你就不会想和我在一起了。不仅仅是因为诉讼，甚至不是因为你的前妻，而是因为……我就是那样的人。我就是那个夺走了别人生命的人。"

"不。那不是真正的你。你那么做是因为你别无选择。我很感激你能活下来，能和我在一起。现在你还害怕什么？"

她意识到还有比她在得州所受的折磨更糟糕的事情。"害怕失去你。我离开那阵子，我太想你了，离了你，我感觉无法活下去。"

"现在也是吗？"他从口袋里拿出一个圆形的小盒子。

她倒抽了一口气，说不出话来，甚至忘记了呼吸。她的心脏似乎停止了跳动，尽管她知道这是不可能的。

"别慌，"杰罗姆说，"我认为这可能是朝着正确方向迈出的一步。"他猛然翻开盒子的顶盖。盒子里是一条项链，链坠上镶嵌着一颗闪亮的钻石，如同夜空中的一颗星星。"这和我预想的不太一样，但我一分钟都不想再等了。这是我对你的承诺，一个承诺。现在这一刻，我并不请求什么。你什么都不用做，做你自己就好。"

他似乎不太理解她因过于惊愕而沉默。"这是一颗卡拉哈里钻石，"他说，"我选的是方形切割，因为这样看起来像盐的结晶体。"

玛戈把手伸到桌子对面，伸出两只手指碰了碰他的嘴唇。"这是我见过的最漂亮的东西。"她声音颤抖着，感觉胸口隐隐作痛。她觉得自己毫无经验，过于脆弱，无法承受如此沉重的爱。亨特家族让她产生了自我怀疑，她不确定自己是否有权得到这样的爱，这样的生活。这是她第一次坠入爱河，她不知道自己是否能做到。创伤在她心中留下了不可磨灭的疤痕。她和杰罗姆之间存在年龄差距、种族差异，他有孩子，她会成为继母。如果他们有了自己的孩子，她将面临抚养一个混血孩子的微妙挑战。她心中所有的疑虑都在那一瞬间爆发了。

"我现在一团糟，杰罗姆。我不想把这事搞砸了。"

"你有过一段痛苦的过往，"他说，"但我们总能因祸得福。我能处理混乱的状况。我知道如何小心行事，保持耐心。听着，你不是罪犯或受害者。你是幸存者。爱你自己，宝贝。爱那个过早失去妈妈的女孩，她看错了人，不得不为自己的性命而战。爱那个女孩——因为我真的爱她。"

玛戈把手掌压在桌子上，感觉自己的心脏像笼中之鸟一样怦怦直跳。然后她闭上眼睛，因为她无法忍受看着他。"杰罗姆，如果我……如果我们决定这么做，这趟旅程注定不会轻松。"她低声说。

"先别说话。我爱你，"他说，"我爱你残缺的部分，也爱你完美的部分。我爱你的全部。我永远不会抛下你，也不会让你因为我而迷失自己。"他站起来，把她拉起来，搂入怀中。

她把耳朵贴在他的胸口前，听着他的心跳。就在那几分钟里，玛戈感受到一些微妙的变化。对，她确实是一团糟，但她并不脆弱。她也不会被击垮。

在她的一生中，有很多个瞬间令她感到无能为力，但是一旦她掌控了自己的力量，她便意识到，原来内在的力量一直都在，只是静待她来发现。杰罗姆似乎深谙这一点。他是她的避风港。终于，他诠释了谁是她命中注定的那个人，那个看见了她、守护着她，并珍惜她的人。"对我来说，你像一场好梦。"她低声说道。

"那你就一直陶醉在梦中吧。这一次，没有梦醒时分。"

后 记

虽然玛吉/玛戈的情况看似并不可能发生，但这是基于真实事件改写的。2018 年，布里塔尼·史密斯（Brittany Smith）开枪打死了对她实施强暴的人，随后她被控谋杀，全美媒体报道了这个案件。她获得自由的唯一方法就是认罪，给自己贴上重罪犯的标签。16 岁的辛托亚·布朗（Cyntoia Brown）因谋杀一名男子而被判处终身监禁，该男子曾对她施虐和逼迫她进行性交易，后来州长比尔·哈斯拉姆（Bill Haslam）批准给予她赦免。17 岁的克里斯托尔·凯泽（Chrystul Kizer）是性交易和性虐待的幸存者，她被指控一级故意杀人罪。纽约州的凯瑟琳·威廉姆斯 – 朱利安夫人（Lady Kathryn Williams-Julien）因为在家庭暴力中杀害了她的丈夫，被控谋杀。36 岁的她没有犯罪前科，只有遭到父亲和丈夫虐待的记录。在她的游说努力下，州议会通过了《家庭暴力幸存者司法法案》（Domestic Violence Survivors Justice Act），该法案赋予法官自由裁量权，考虑性虐待在性暴力情形中的影响。有令人不安的证据表明，在以自卫为由而撤诉的案件中，男性被告比女性被告更常见。

某些医疗机构给强奸幸存者治疗的药物可以阻止受精，但对已受精的受精卵不起作用，因此受侵害者有可能因强奸而怀孕，这也是真实存在的情况。

据"监狱政策倡议"（Prison Policy Initiative）组织称，由于强制现金保释制度，美国各地的地方监狱里囚禁着大量尚未定罪的人。即使是无辜者，他们也可能因为付不起保释金而在地方监狱里待上几天、几周甚至几年。

《蜜糖与盐巴》的食谱

由苏珊·威格斯收集整理，灵感源于小说

鸡尾酒

欢迎光临"盐"

1份青柠汁，烟熏风味海盐，1份烟熏梅斯卡尔酒，1份君度或柑曼怡酒，1小块墨西哥辣椒。

用青柠汁沾湿杯沿，再蘸上烟熏风味海盐。把酒杯放进冰箱冷藏备用。将两份酒连同冰块倒进调酒器，充分摇匀。将酒滤至准备好的酒杯中，放入墨西哥辣椒作装饰即可。

情冷芳心

1/4至1/2盎司[①]鲜榨青柠汁，粗盐，2盎司银龙舌兰酒或微陈龙舌兰酒，4盎司加锐得（Jarritos）葡萄柚苏打水、苏克得（Squirt）或

---

① 1盎司约合29.57毫升。——编者注

弗雷斯卡（Fresca）饮料，一圈葡萄柚子皮。

用青柠汁沾湿高杯边缘，然后将杯口蘸上粗盐。往杯里装满冰块，加入龙舌兰酒和苏打水，搅拌直至混合，用葡萄柚子皮装饰后即可享用。

第一个星期五

8片黄瓜片，8片薄荷叶，6盎司汤力水。

将黄瓜片和薄荷叶放入调酒器中混合，加入冰块，倒进汤力水，充分搅拌，然后将酒滤至盛满冰块的高杯中。

主菜、酱汁与配菜

劲爆热辣烧烤酱

如果你已经在气头上，那这款酱汁会让你辣得怒火中烧。

4杯红糖粉，1/2杯糖蜜，1杯枫糖浆，1/2杯蜂蜜，1/2杯橙汁，2磅新鲜杏子，切成两半并去核（或使用罐装杏肉），3汤匙盐，2汤匙伍斯特调味汁，2汤匙酱油，4杯苹果醋，1罐（29盎司）番茄泥，2杯番茄酱，1杯芥末酱，3汤匙鸡精，4汤匙红辣椒碎，2汤匙大蒜粉，2汤匙洋葱粉，1汤匙黑胡椒粒研磨粉，2汤匙烟熏液。

取一口大荷兰锅，在锅里混合除烟熏液以外的所有材料；煮沸，加热过程中搅拌，避免粘锅。转小火，开盖煨一到两个小时，偶尔搅拌一下。使用手持料理棒将汤汁搅拌至浓稠。把烟熏液搅进去。

最后，将酱汁舀入罐中，放入冰箱保存或使用传统的罐装方法保存。

改编自布鲁斯·费希尔（Bruce Fischer）的《牛仔食谱》(Cowboy Cookbook)。

妈妈做的湿玉米面包

人生苦短，怎么能忍受啃着又干又硬的玉米面包？这款面包就是你一直在寻找的。你甚至不需要搅拌机。吃不完的面包还可以对角斜切，烤至金黄，配着胡椒果冻或番茄酱吃。

将烤箱预热至350°F（约177℃）。给8英寸×8英寸的烤盘涂上黄油，或使用准备好的铸铁平底锅。

在一个小罐子里混合以下湿食材，让玉米粉浸泡软化：4汤匙融化的黄油，1/3杯油，1 1/2杯白脱牛奶或加牛奶稀释的原味酸奶，2个鸡蛋，1/2杯玉米粉。

任其静置，同时在碗里混合以下干食材：1 1/2杯面粉，1/2杯糖，1汤匙泡打粉，1茶匙盐，1/4茶匙卡宴辣椒粉。

把所有食材混合在一起，使其更加湿润，但不用搅打或过度拌和。

然后拌入1小罐青椒丁，1杯切碎的切达奶酪，1杯新鲜冷冻的玉米粒，也可以用罐装玉米粒，但需沥干水分。

轻轻拌入以下可选食材，可选择自己喜欢的组合，切勿拌和过度：葱粒，墨西哥辣椒圈，清炒过的五彩甜椒，蔓越莓干，得州山核桃，切碎的新鲜香草如迷迭香、鼠尾草或百里香。

将面糊倒入烤盘中，烤约30分钟。如果面糊中间仍然潮湿，再烤5—10分钟。趁热上桌，搭配黄油、番茄酱或胡椒果冻食用。

蜂蜜黄油炸鸡

它值得花上一番功夫。

2磅鸡块（或者请老板帮忙将整鸡切块），1品脱白脱牛奶，1/2茶匙犹太盐，1/4茶匙黑胡椒粒研磨粉，1/4杯土豆淀粉，1/4杯中筋面粉，1/2茶匙泡打粉，煎炸用的花生油。

用盐水腌制鸡肉8—12小时，分别加入一杯糖和一杯盐。可加入你喜欢的其他风味，如柠檬、胡椒粒、香草等。将鸡肉从盐水中取出，拍干水分，然后把鸡块浸入装有白脱牛奶的碗里。在一个宽面浅口的碗里混合干食材。捞出鸡肉，放入调味粉中。在深底锅或炸锅中将油加热至350°F（约177℃）。用钳子把鸡块放入油中，先炸颜色较深的肉块。每一面油炸5分钟左右，用钳子翻面。当鸡块内部温度达到165°F（约74℃）时，鸡块就大功告成了。在烤盘上方放置架子，将鸡块捞出沥油。

蜂蜜黄油酱食材：4汤匙黄油，3瓣蒜切碎成蒜末，1/4杯红糖，2茶匙酱油，2茶匙蜂蜜。

在平底煎锅上融化黄油，加入蒜末，煎炒约1分钟。倒入其他材料搅匀，转小火煮至沸腾冒泡。将酱汁浇到鸡块上即可享用。

懒人饼干

无须翻找出饼干模具。这些饼干虽然外观不那么漂亮规整，但胜在味道可口。

2杯白百合牌面粉（面粉原料为冬小麦，可制作出最松软的饼干），2茶匙泡打粉，1/2茶匙小苏打，1茶匙糖，3/4茶匙食盐，1杯低温白脱牛奶，8汤匙融化的无盐黄油，外加2汤匙用于涂抹饼干的融化黄油，马尔顿海盐（或其他片状盐）。

把烤箱加热到475℉(约246℃)。取一个大碗，混合所有干食材。将白脱牛奶和8汤匙融化黄油放入罐中搅拌，直到黄油形成小颗粒。在干食材中加入白脱牛奶和黄油的混合物，搅拌至面糊不再黏着碗的内壁。使用抹过油的1/4杯称量杯，将一平勺面糊舀到铺有烤箱纸的烤盘上。这个量应该能制作大约12块饼干。烤至饼干顶部金黄酥脆，时间约12—14分钟。在饼干上刷上更多融化黄油，最后撒上一小撮盐。

牛腹肉凯撒面包

不要吝啬，尽情撒上烧烤薯片碎这种并不神秘的配料吧。

4个凯撒面包涂抹黄油并烘烤，1杯烧烤酱，1磅牛腩或烤波多贝罗蘑菇，1个大洋葱用黄油和盐在平底煎锅中炒至焦糖色，1/2杯蛋黄酱，4个意大利腌辣椒切成薄片，烧烤薯片碎。

面包横切两半，在面包的顶部和底部刷上烧烤酱。然后把牛肉或蘑菇、焦糖色的洋葱、蛋黄酱和辣椒叠放在底层的面包上。撒上一层薯片碎，再盖上另一半覆有杂粮籽仁的面包。

美好结局

得克萨斯薄片蛋糕

2杯中筋面粉，2杯糖，1/4茶匙盐，1/2杯白脱牛奶，1茶匙小苏打，1茶匙香草精，2个鸡蛋，2条黄油块，4大汤匙可可粉。

糖霜食材：1 3/4条黄油块，4大汤匙可可粉，6汤匙牛奶，1茶匙香草精，1磅糖粉。

烤箱预热至350 °F（约177℃）。把面粉、糖和盐混合起来。另取一碗，混合白脱牛奶、小苏打、香草精和鸡蛋。

取一个中等尺寸的炖锅，融化黄油，加入可可粉搅拌。烧开一杯水，将水倒入锅中，加热至冒泡，然后熄火。将混合物倒入搅拌均匀后的面粉中，加入蛋液继续搅拌。倒入带边的10英寸×13英寸烤盘，烤20分钟。

同时，制作糖霜。融化黄油，加入可可粉，然后加入牛奶、香草精和糖粉。把蛋糕从烤箱里拿出来后，趁蛋糕仍然滚烫时，浇上温热的糖霜。放凉后即可食用。

此食谱由我的朋友珍妮丝亲手撰写。

致　谢

写书，本就是孤独的，受疫情影响，创作过程变得更为孤独。对我而言，同行作家填补了我的空虚，他们总是在我身边支持我，哪怕只是通过一块小小的发光屏幕。感谢安贾莉·班纳吉（Anjali Banerjee）、洛伊丝·戴尔（Lois Dyer）和希拉·罗伯茨（Sheila Roberts）。这里需要特别提及 K. B.，感谢其热烈讨论这本小说里涉及的话题。

感谢坎德拉里奥·埃利松多（Candelario Elizondo），他是一位才华横溢的律师，给我解答了关键的法律问题。感谢诗人兼作家费丽塔·希克斯（Faylita Hicks），她对贫困的被逮捕者细致观察，所作描述让人大开眼界，她优美的表达还刊登于《得州观察家报》（*Texas Observer*）上。特别感谢卡希达·卡特（Kashinda Carter）对早期初稿提出了睿智的见解，她表现出敏锐的感悟力。

感谢劳里·麦吉（Laurie McGee）帮我做了高明而有洞察力的编辑工作，也感谢玛丽莲·罗（Marilyn Rowe）和柯尔丝滕·韦斯贝克（Kirsten Weisbeck）的校对支持。

感谢辛迪·彼得斯（Cindy Peters）和阿什利·海斯（Ashley Hayes）及时在网上发布最新动态。

我写的每一本书，都离不开我的文学经纪人梅格·鲁利（Meg

Ruley）和她的同事安纳莉丝·罗比（Annelise Robey）为我提供丰富的信息和灵感。同时感谢出色的出版团队——哈珀柯林斯（HarperCollins）的子公司威廉·莫罗（William Morrow）——给每本书赋予了生命。感谢瑞秋·卡亨（Rachel Kahan）、詹妮弗·哈特（Jennifer Hart）、莱特·斯特利克（Liate Stehlik）、塔维亚·科瓦尔奇克（Tavia Kowalchuk）、比安卡·弗洛里斯（Bianca Flores）和他们众多富有创造性的同事，是他们让出版成了一场伟大的奇遇。

SUGAR AND SALT, Copyright © 2022 by Susan Wiggs
Published by arrangement with William Morrow, an imprint of HarperCollins Publishers.
The simplified Chinese translation copyrights © 2023 by China Translation & Publishing House
ALL RIGHTS RESERVED

著作权合同登记号：图字01-2023-4296号

图书在版编目（CIP）数据

蜜糖与盐巴/（美）苏珊·威格斯（Susan Wiggs）著；区颖怡译.--北京：中译出版社，2024.1
书名原文：Sugar and Salt
ISBN 978-7-5001-7571-1

Ⅰ.①蜜… Ⅱ.①苏… ②区… Ⅲ.①长篇小说-美国-现代 Ⅳ.①I712.45

中国国家版本馆CIP数据核字（2023）第209632号

蜜糖与盐巴
MITANG YU YANBA

出版发行：中译出版社
地　　址：北京市西城区新街口外大街28号普天德胜主楼4层
电　　话：（010）68359827；68359303（发行部）；68359725（编辑部）
传　　真：（010）68357870　　电子邮箱：book@ctph.com.cn
邮　　编：100088　　　　　　网　　址：http://www.ctph.com.cn

出 版 人：乔卫兵　　　　　　总 策 划：刘永淳
策划编辑：范祥镇　杨佳特　　责任编辑：范祥镇
文字编辑：杨佳特　　　　　　营销编辑：吴雪峰　董思嫄
版权支持：马燕琦　　　　　　封面设计：潘　峰

排　　版：北京中文天地文化艺术有限公司
印　　刷：北京盛通印刷股份有限公司
经　　销：新华书店
规　　格：880 mm×1230 mm　1/32
字　　数：264千字　　　　　版　　次：2024年1月第1版
印　　张：11.375　　　　　　印　　次：2024年1月第1次

ISBN 978-7-5001-7571-1　　　定价：58.00元

版权所有　侵权必究
中　译　出　版　社